[韩天航文集] ④

重返石库门

——韩天航中短篇小说选集(四)

韩天航 著

新疆生产建设兵团出版社

图书在版编目（ＣＩＰ）数据

重返石库门 / 韩天航著. -- 五家渠 : 新疆生产建设兵团出版社, 2020.12
（韩天航中短篇小说集 ；四）
ISBN 978-7-5574-1595-2

Ⅰ.①重… Ⅱ.①韩… Ⅲ.①中篇小说－小说集－中国－当代②短篇小说－小说集－中国－当代 Ⅳ.①I247.7

中国版本图书馆CIP数据核字(2021)第014058号

责任编辑：昝卫江

重返石库门：韩天航中短篇小说集 （四）

出版发行	新疆生产建设兵团出版社
地　　址	新疆五家渠市迎宾路619号
邮　　编	831300
电　　话	0994—5677185
发　　行	0994—5677048
传　　真	0994—5677519
印　　刷	北京一鑫印务有限责任公司
开　　本	710mm*1000mm　1/16
印　　张	19
字　　数	280千字
版　　次	2020年12月第1版
印　　次	2021年8月第1次印刷
书　　号	ISBN 978-7-5574-1595-2
定　　价	57.00元

韩天航在上海华东师大一附中上中学时拉琴

根据韩天航中篇小说《背叛》改编的电视连续剧《问问你的心》剧照

根据韩天航同名中篇小说改编的电视连续剧《重返石库门》剧照

韩天航与父亲韩铁夫(新中国成立初期,上海文协会员)

韩天航参观兵团支边青年回沪后创办的企业

2018年，韩天航夫妇在兵团电视台《不忘初心》录制节目现场

二十世纪四十年代末，韩天航（右一）与哥哥、弟弟、妹妹合影

韩天航家族合影

书香之家:韩天航哥哥韩天青画作

延年益壽

時在庚子春月 天鷹
書於布里斯班

书香之家：韩天航六弟林天鹰书法

白娘子

祝英台

书香之家：韩天航女儿韩飞翼动漫设计图

目　录

短篇小说

克拉玛依情话……………………003
早霞火样红………………………021
车行五彩湾………………………038

中篇小说

克拉玛依的一天…………………053
背叛………………………………092
重返石库门………………………146
悠悠棚户情………………………190
洋楼与车库………………………246

附　录

《回忆随录》节选…………………291

短篇小说

短篇小说

克拉玛依情话

相　遇

一

从克拉玛依市到外滩区的各厂处，每半小时都有一次班车。有一天，由于有几个急需的零件我们钻井处库房没有，我只好赶到市里的总库去领。由于时间紧，我连衣服都没换，穿着油腻的工作服，跳上了到市里去的班车。

六月初的太阳已经是火辣辣的，但那一座座红的、黄的土丘，那满地的戈壁石，那一座座井架，那一墩墩闪着银光的储油罐，将灿烂的阳光反射回去，整个戈壁滩显得那么明媚，那么可爱。我坐在高级的带空调的大轿车上，观看着戈壁滩的美景。车上的人很多，可是没有一个人愿意坐在我的旁

原载《广州文艺》1983年第3期

边,我那身油腻腻的工作服把乘客们都吓住了,这正是我求之不得的事,天那么热,一个人坐这么个大位子,多自在。

车到技工学校,上来几个姑娘,都穿得时髦得很。她们看看我,不由眉毛都拧成了一个疙瘩,她们情愿跟别人挤,也不愿坐到我的旁边,但其中有一个毫不在乎地在我旁边坐下了。那姑娘戴着副茶色太阳镜,穿着粉红色的领口还镶着银丝的连衣裙,脚下是一双擦得锃亮的鲜红的高跟鞋。她个子不高,腰身很细,长得很小巧。而她的脸呢?更是小巧而美丽,白皙的皮肤,细长的富有韵采的眼睛,小而挺的鼻子,那小鼻孔在呼吸时,在轻微地噏动着,嘴唇很薄,曲线很美,上嘴唇上还有一层淡淡的茸毛。说实话,我们小伙子见到这样美貌动人的姑娘,往往是又喜欢又害怕,喜欢,因为她们美;害怕,不知是什么原因,反正有那么一点怕……我不由自主地将身子往里面挪了挪。

"哼,"她鼻子噏了一下,"还怪自觉的。"她眼睛往我这么一瞥。

"那当然。"我说,在姑娘跟前,我从不示弱。

"还那当然。"她讥讽地耸耸肩,"五讲四美你懂不懂?你这算什么。"她指指我衣服。

"我刚从井上下来,你懂不懂?"我毫不示弱。

"井上下来的人就可以不要五讲四美?"她也针锋相对,眼睛又这么一瞥,脸不动。

她的嘴真厉害,我不知怎么回答好,一时语塞。

"在井队上干什么?"完全是审问的口气。

"班长!"这下我感到有些自豪了。

"哦,职位还挺高的——倒数老大。"她讥讽地笑笑。

"井上的班长责任重大,掌刹把的。"我有点恼了,"像我这样的年纪掌刹把,在我们钻井队还不多。"

"这有什么了不起。"

"刹把底下掌着几条命呢,你懂不懂?"我"啪"地转过身,脸对着她。

"不懂!"她也"啪"地转过身,背对着我!

"不懂就学着点儿。"

"不想学。"

"没出息！"

"从来就没有想到有出息！"

这场争论可真有意思，明明是她不讲理，理在我这边，然而我却输了，不是从道理上看来输了，而是在精神上输了。我哑口无言，满头大汗，她呢，得意扬扬，甩着小手帕扇着风。

我气得直喘粗气。

汽车开到市里，第一站就是总库，我准备下车。

"请让一下。"

"可以。"她看着我想笑，侧了一下身子。车猛地煞住，我身子晃了一下，撞到她身上。

"对不起，"我说，"再见。"

"我可不想同你再见面。"她说。

我越发窘了，匆匆下了车，从车旁走过，这时她突然从窗口探出身子，喊道："喂——气死你！你这个掌刹把的流浪汉。"

车"嗖"地从我身旁开过，我抬头看看她，她高兴地笑着，还朝气坏了的我挥着小手帕。

二

我和她的第二次相遇，是在一次跳舞会上。

这天，市某个文化单位举办一次舞会，刚好轮到我休息，朋友给了我一张舞会票，我就把自己打扮了一番，别看我这个"掌刹把的流浪汉"，在井上是一身油污一身泥浆，可下来，也挺"五讲四美"的。

可一跳开舞，"野性"就发足了。什么"甩手舞"啦，"快四步"啦，"探戈"啦，别人一拍跳一步，我来个一拍跳两步。尤其是"快四步"，节奏本来就够快的了，我还要快一倍。跳得我上气不接下气，我的舞伴生气地一转身离开了我,我呢？脚这么一拐,只听"咯嘣"一声响,那疼痛从脚脖子一直钻到头顶,痛得我直冒冷汗。

我只好坐在一旁,眼巴巴地看着别人跳。

"喂,我请你跳舞。"一个脆甜甜的声音说。

我回头一看,啊,是她！那个叫我"掌刹把的流浪汉"的姑娘。

"我……"我发慌了,"我……不会。"而在这一刹那,我骂我自己,慌什么,哼,也给她一点厉害看看,别看她长得漂亮,长得漂亮我也不怕！

这时,她亭亭玉立地站在我身旁,穿得又是那么时髦,绿色的连衣裙,肉色袜子,雪白的高跟凉鞋。她没戴茶色镜,那细长的眼睛富有魅力。她手中握着小手帕,笑笑说:"不会？不会就学着点。"

"不想学!"我以牙还牙地怼了她一句。

"那你到这儿来干吗？"

"来看!"

"看舞？"她用手帕捂着嘴咯咯地笑了,"这儿是跳舞会,不是看舞会,怎么,你当真不会跳？"

"对!"我回答得干脆。

"那刚才是谁在舞场上乱蹦,一步跳成两步？"她盯着我问。

"这……"我额头上又冒汗了,"我……我的脚扭了。"

"咯咯咯……"一串笑声后,她用手指点了我一下,说,"啊,你可真有出息哟！掌刹把的流浪汉。"

如果地下有条缝,我准钻进去。这次,我不但在精神上输了,在道理上,也输了——彻底的输！

她去跳舞,跳得那么好。这当儿,我真有些嫉妒伴她跳舞的那个小伙子。

一支舞曲快完了,我再也坐不下去了,便一拐一拐地走出舞场。当我快走出大门时,听到仿佛有人在叫,回头一看那姑娘飘然来到我跟前。

"给！刚才我为你去弄的。"她递给我一个小纸包。

"什么？"

"伤痛膏。"她说。

"给我?"

"对,这儿只有你,没有别人。"她笑笑说,把纸包往我手里一塞,"掌刹把的班长同志,跳舞耍野只伤自己的脚,干活耍野,可要伤别人的命呐。"

"这……"

"刹把底下掌着几条命呢,你懂不懂?"她学着我的腔说,"再见。"

她又飘进舞场里去了,我捏着这一包伤痛膏,心里不知是什么味儿!

三

我们第三次相遇,是在井架上。

那是六月中旬的一个上午,一辆八座的小面包车停在我们的井架边上。那阵子我正在井架上操作。面包车上下来几个人,嘿!我眼睛一亮,里面竟有她!她穿着一身工作服,朴朴素素,大大方方,又显出另一种美。

她跟着几个人在井架周围兜一圈后,那几个人就找我们队长去了。而她呢?抬头朝我看看,然后向我招招手,好像她事先就知道我在这儿似的。她"噔噔噔"地走上井架,向我伸出手说:"你好。"我忙伸出油污污的手,同她那又白又嫩的手握了握:"你们是……"

"研究院的,不知道吗?"她说,"来检查你们的工作。"

"检查工作?"

"班长同志,我是技术员,起码是个排级,比你的大班长高一级,所以是检查。"

"啊——"我也不知道为什么来这么个"啊",是承认她这种"检查"的身份呢?还是表示明白了她的意思呢?还是其他什么呢?谁说得清。

"通知你一下,我今天在你那儿吃饭。"

"行!我们伙食还可以。"我答。

"不是你们,是你,在你赵斌这儿吃午饭。懂吗?"她走到井架的楼梯口,又转过身,"我在你那儿吃,清楚了没有,掌刹把的大班长同志。"

"行啊。"我高兴地点点头,"哎,你怎么知道我叫赵斌?"

"我不会打听啊,真蠢!"她"噔噔噔"地走下井架。

"喂,你叫什么呀?"我在井架上对她喊。

她抬起头:"我吗?姓李名烨,火字旁边一个中华的华,认识这个字吗?"

我在手心上画了画,摇摇头。

"烨,不要念成华了,学着点,懂吗?"她说着,去追他们的人去了。

老天!这真是意想不到的事,我高兴得头都有些晕。但慢慢一想,啊,她不是在同我开玩笑吧?可又一想,管他呢!反正做好她吃午饭的准备,可菜呢?光伙房那些菜能行吗?不要又让她笑话:"喂,掌刹把的流浪汉,你可真小气!"想到这里,我忙向副班长交代了一下,骑上摩托车前往附近的商店。我买了一大提兜罐头,有鱼,有肉,有香肠,有水果……为了感谢她那包伤痛膏,我非要好好招待她。何况……当然,那不可能,那只是我的痴心妄想,就是说……爱……

快到中午,我们交班了。那时,我看到她正从我们队长的小板房里出来,我匆匆从井架上下来,等着她。

她走到我跟前,亲切地向我笑笑:"怎么,准备好了吗?"

"准备好了。"

"听说你连续两年都被评为先进工作者?"我不好意思地笑笑,说,"胡凑合。"

"先进工作者能凑合来的?"她又露出那讥讽的微笑。

"你们来干什么?"我忙把话岔开,因为她再问下去,我又要输,我可真输怕了,虽然只输了两次。

"我们杨工程师特地来看看。"她说,神态变得很认真,俨然像谈公事的模样,"你们钻的这口井对我们整个矿区来说,关系重大。这口井如果出油量大,那就证明我们这个矿区还大有发展前途哩,掌刹把的大班长同志,你身上的责任重大哟!"

"那当然。"我想起那次车上说过的话。

我把她让进我们的板房。

"用什么招待？"

"不用急，自有好的招待你。"我说，忙打开提兜，将一听听罐头往我那用铁皮焊的小桌子上放。她呢，看着我，笑笑，她那一笑，弄得我有些慌神。

"你看，丰富吧。"我说。

"为什么要买这么多东西？"她板着脸，一本正经地问。

"这……"

"讲清楚，讲清楚我再吃。"

"钻井工人从来是好客的。"我寻找着理由。

"其他人来你也是这样招待吗？"

"那当然。"

"也买那么多东西？"

"这……当然没有这么多。"

"那你为什么要给我买这么多了？"

天哪，她可是硬把我往墙角上逼呀。

"快说……快说呀。"

"我……"

"你什么呀？"

"我……"我脸红得不知所措。

"不说我走。"她站起身。

"因为我……"我说。心想，怕什么，她这么逼，我就照直说，说错了就说是她逼的，"我……因为我喜欢你。"

"光喜欢吗？"

"还……还有点害怕。"

"好，那我吃一半。"

"吃一半？"

"对，只吃喜欢的一半。"

"不，我不但喜欢你，还……还喜欢你。"

"你可真聪明，掌刹把的流浪汉哟，行，我全吃！"

亲爱的读者,你要知道,天下什么样的奇遇都会有呢。

恋 爱

一

后来,我们就经常来往了。

有一天晚上,她约我去看电影。在我们克拉玛依,夏天的白天很长,到晚上八九点钟,天还亮亮的。她陪着我在马路上逛,我们正商量着看什么电影。

"看《笔中情》吧。"

"哟,这可真对你胃口,谈情说爱的,对吧?"

"不,不,其实,哪个电影里都有谈情说爱的,那是味精,撒上一些才有味,不过那个《笔中情》,味精撒得多了点——够味!"我笑嘻嘻地说着,有点在卖弄口才。

"有什么味,纯粹胡编!"她那白嫩的手在空中画了个圈,"你看过《红楼梦》吗?"

"小人书看过。"

"真有出息。不过那也行,你看看那里面写的,公子哥儿一出门,丫头小厮一大群;而《笔中情》呢?一个堂堂将军出外,连个随从都没有,我们现在的将军出外,也起码带个警卫员,你看,把古代人写得多革命化。甚至公主的儿子外出,也不带个人。还有太尉的女儿,跟着个丫头逛大街。"

"这倒是。"我说着看看她,心想,到底是她懂得多。

"不过,里面有句台词倒蛮有些水平。什么'知之为知之,不知为不知,连之都不知,还叫什么赵旭之'。"

我禁不住仰起脖子哈哈大笑:"你的嘴可真厉害。"

"喂,这是在大街上,文雅点。"她瞪了我一眼,说,"我厉害什么,你才厉害呢。"

"我厉害?"

"那当然,我们才见上两次面,你就把我的心俘虏过去了,还不厉害。"

"真的?"

"现在不就是证明。"

那时我激动得恨不得把她搂在怀里,不过,我只是心里想,行动上可不敢。

"那看什么呢?"

"去看《西安事变》吧。看看这种电影,起码可以学点历史。"她说,"我爸爸说,你们咯帮小青年呵,"她学着四川话,"过去的历史也不懂,旧社会的情况也不知道。你们要知道唆,打这天下,不容易着来,那是多少革命先辈流血牺牲得来的哟。你们咯帮小青年,身在福中不知福哟。"

"对,你爸爸说得有道理。"我说。

"我可不服气。"她说,仍然学着四川话,"你们咯帮老同志哟,莫拿老眼光看我们哟,新长征还要靠我们小青年咪。你要知道哟,我们咯帮小青年不会比你们咯帮老同志的青年时代差哟!"

"哈,你答得好。"

"好什么好。"她笑笑,"我爸爸听后说,别嘴巴硬来,我要看你们的实际行动来。喂,你的实际行动怎么样?"

"我?"

"对。走,看《笔中情》。"

"呵,不,我看过了。看《西安事变》吧。我还没看过呢。"其实《西安事变》我看了一半,就溜了。

看完电影已是深夜十二点多了。我们这儿一到晚上,天就凉下来,从山谷吹来的风拂在身上,凉凉的,真是舒服。

"怎么,送我回家吧?"她说。

"那当然,你家住在哪儿?"

"市委大院。"

"市委大院? 你爸爸是干啥的?"

"市委书记。"

"啊？那……我,我只送到门口……"

"怎么,害怕了？你呀,没出息!"

我送到她家门口,那是一幢四层楼的大楼,她在中间的一个门口站住,转过身来,说:"怎么,真不进去?"

"不,下次进吧。"我说。

"那,再见。"她走上两级台阶,可又转身下来,走到我跟前说:"喂,掌刹把的,今天看电影我发觉你有一个严重的缺点。"

"严重的缺点？是什么?"

"太——老——实。"

她飘进了大楼,我愣在了门口。

二

七月中旬的一天,她给我捎来一封信,叫我休息天就到她家去,一起复习功课。因为按国务院通知,我和她都属于考核范围的人。这真是再好没有的事。

她爸爸不在家。我们就在她房间里复习功课。我做着数学题,她呢?在看语法。

"喂,你怎么老看我。"她说。

"我想看。"我说。

"我约你到这儿是干什么的?"

"复习功课。"

"那就复习,别贼头贼脑的,拿眼睛偷看人。"

"可是我控制不住自己,只想看你。"

"把这十道题做完。做完我让你好好看。"

"看多长时间?"

"五分钟,算课间,休息。"她笑笑说。

"怎么看都行吗?"我有点放肆了,我想,不要"太——老——实"。

"可以。"她说,"但要保持一定的距离。"

"多大?"

她捂着嘴笑笑,伸出一个指头:"一厘米。"

我埋下头,想赶紧做完她布置的十道题。嘿!爱情的力量真伟大,不出一个半小时,十道题我都做完了。

"让我检查。"她接过我的本子,又翻开她的本子,细细地核对着,那阵子,我仔细地瞧她,阳光从窗口透进来,照在她那白皙细嫩的脸上。

"行!"她笑了,"全对。"

"说话算数。"

"请看吧。"她往椅子上一靠,闭上眼睛。

谁有这个本领,离心爱的姑娘的脸只有一厘米的距离,而不去碰她的脸。我开始还不敢离得那么近看,看着看着一股热血涌到脸上,就离得近了,还不到一厘米,我的脸就贴了上去,与此同时,她的脸猛地往后一仰,跳起来说:"啊,你可真大胆!"

"怎么啦?"

"违反协定!"她指指我鼻子说。

"那怎么办?"

"罚题五道!"

有什么办法呢?我只好把复习本推过去,说:"再请点五道题吧。"

我又埋头做题。她突然咯咯地笑起来,走上来揉着我的头发说:"我可爱的流浪汉,你可真老实啊!"

"哼,"我委屈地说,"一会儿违反协定,一会儿又太老实,反正我在你眼里,什么都不是。"

"我吗?偏偏就爱你这一点。"

三

八月中旬考试,我三门功课全及格,总分在钻井处第二名。我把考第二名的喜讯告诉她,她也很高兴,说:"啊,比我还行。我在我们单位才考了第三名。行,有你的。"

"不过这要感谢你。"我说。

"怎么谢我?"

"你说呢?"

"八月二十日是我的生日,请看怎么谢吧?"

八月二十日眼看就要到了,我犯了愁,送她什么礼物好呢?唉,我这个"掌刹把的流浪汉"啊,真是太粗心,没有好好观察她喜欢什么,或者缺什么。这真愁人咧!

买书吧,我想,对,买书,电影里电视里都是这样,男的给女的买书,女的给男的买书,又有意义,又可以表示心意,又显得挺高雅。

八月十九日,有关石油科研方面的书我买了几大本,这几本书竟要二十几元钱。傍晚,我拎着这一沓包扎得很好的书,就到约定的地方去找她。她已经在等着我。我三蹦两跳地跑到她跟前,得意扬扬地说:"李烨,给,这是我送你的生日礼物。"

我把书递上去,笑眯眯地看着她。但她看看书,看看我,虎着脸,小嘴噘得老高,说:"啊,这就是你送我的最好的礼物啊?"

"这书,又长知识,又有意义,还不好吗?"我有些慌神。

"你这是跟谁学的?"

"电影里,电视里不都是这样的嘛。"我感到委屈。

"哼!我不稀罕这书。要书嘛,我们图书馆、资料室里有的是,要长知识,我会上图书馆、资料室,这几本书顶什么用。喂,赵斌同志,难道我们生活中,除了书,就只有书吗?那要饭店干什么?要电影院干什么?要电视塔干什么?要商店干什么?要服装公司干什么?要工艺部门干什么?啊,干什么？干什么？"

我傻了眼，回答不出。

"你看看，现实生活中，有几个给自己女朋友或者男朋友买书的？几个？有几个？把书串起来，钉起来，当衣服、当首饰，穿在身上，挂在身上，能行吗？这可成了二十世纪八十年代的新一代猿人了。"

"我……我没想到这些，那买什么好呢？"

"你呀，你没看看日常生活中，人家送给自己男朋友或者女朋友的是什么？比如送件衣服呀！买条裤子啦，或者给女朋友买样首饰呀。打扮得美，本身就体现了生活的美嘛。生活本身那么丰富多彩，为什么要人为地搞得那么单调呢？"

"那……"我看看手中拎着的书："那我给你买什么好呢？"

"我以为你会给我买一个漂亮的首饰呢，比如耳环啦，项链啦，像拉兹送给丽达的礼物，但不要偷的。你没看到？你没看到我喜欢打扮吗？你这个流浪汉比拉兹差远了。"

"那……那我再去买。"

"不用了！从这件事我可看透你了，不懂生活，不懂人生，更不了解一个姑娘的心！没意思。"

"那你说怎么办？"

"吹！"

"啊？"

失　恋

一

我失恋了。

唉，要知道失恋有这么苦，我可一辈子都不想谈恋爱。尤其像我这种情况，明明是一时的恼火，或者说，根本没有恼，只不过存心气气我，她才这么说的。她肯定还爱我,而我呢?那么爱她,爱得那么深。那有神的眼睛,那小巧的鼻子,那鲜红的嘴唇,那机敏锋利的谈吐,那疼人的心,唉,世上还有这么好的姑娘吗?

我们井架上拉起了迎接十二大的横幅,形势一派大好。可我呢?别再发愁了。我想,干工作吧,把失恋的事忘了吧。

八月二十九日的一天,刮了一场大风后,天空阴云密布,接着就下起了密密细雨。我淋着细雨,仍在井架上。快到中午的时候,突然一辆面包车开到井架下。我的心怦怦地跳起来。研究院的杨工程师走了出来,我简直要停止呼吸了。啊,在细雨中,我的眼前竟出现一丝阳光,李烨从车里钻了出来,穿着一身工作服,还戴着顶工作帽。

她会抬头看我吗?会上井架来吗?我想,太遗憾了,她连头都没抬一抬,她是存心这样的!我想,真狠心。她跟杨工程师他们一起往队长住的板房走去。不过,从她走路的样子,一定感觉到我的存在。因为她曾经停住步,想回头,但不知为什么竟没回头,就迈步走了。真够厉害的。

怎么办呢?我想,她说不定存心考验考验我,看我是不是还爱她?是不是还会给她买那么多东西招待她?说不定,我的热情招待,可以"将功赎罪"。

我骑着摩托车,冒着细雨,朝商店冲去。我提回一兜罐头,全身都淋湿了。交接班后,我就在板房门口等她。雨越下越大。我还站在门口等。开饭的时间到了,我看到炊事员端着饭菜进了队长的板房。李烨就是不出来。

啊,门开了,李烨出来了,朝我走来。但她淋着雨水的脸没有笑容,一本正经的,可我看得出是装的。她只看着我,不说话,我把她让进板房,立刻从兜里将一听听罐头拿到铁皮焊的小桌上。

"你这是干什么?"

"招待你呀,"我说,"我打饭去。"

"我吃过了。"她冷冷地说。

我像泄了气的皮球,往床上一坐。

"喂,我来看你是想同你说件事。你们这口井,正是关键时刻。争取在十二大召开的日子里出油,行不行?"

"向你保证。没问题。"我也想要耍滑头,搞个试探,这"向你保证",就是试探性的。

"向我保证什么?"她也真机灵,听出我话里的试探性味儿,说,"向十二大保证,至于我们的关系,是上下级关系。"

"上下级关系?"

"别忘了,我起码是排级,你是班级,懂不懂?"

"那……那我们那个关系呢?"

"你怎么老是那,那的。"她笑了一下,但又板下脸,"还是那句话。"

"什么话?"

"吹!"

"啊?"

"你这个掌刹把的流浪汉啊,真蠢!"

二

"你这个掌刹把的流浪汉呵,真蠢!"这是什么意思呢?我琢磨了好几个晚上,也想不出一个道理来。

我想她,想得心发酸;我恨她,恨得心发痛。

我的工作越来越出色,月底,我拿到了更多的奖金,手中一大把票子干什么用呢?国库券我买了好多,再买吗?会计说算了。啊,对,我想,在恋爱方面我不能老打被动仗,我也该主动主动呀,是呀,我真蠢。我一交了班,就往县里跑。我将一大把钱往卖首饰的柜台上一放,耳环、项链、胸针、发卡、戒指,都买上。我把这一小盒、一小袋的东西往一个大塑料袋里一放,就去找她。我也得打进攻仗,要不,这样折磨人,我可受不了!

我到研究院,刚好上班。我坐在会客厅等她。她出来了。穿着白大褂。

"你找我?现在是上班,马上我们就要看电视,听十二大的报告,比你的事重要吧。"

"我只说一句话。"我说。

"那你说吧。"

我们来到庭院前的树荫下,这儿静悄悄的。我掏出那一塑料袋首饰说:"给你。"

"什么?"

"你要的首饰,耳环、项链,什么都有。"

她嘟起嘴,恼了,说:"第一,我可没叫你买首饰。"

"生日礼物呀。"

"那么,第二,我的生日早过了,要送,也得到明年;第三,花那么多钱,买那么多东西,这是浪费。"

"什么?"

"我的大班长同志啊,"她跺跺脚说,"你怎么这么不懂事。"她看看表说,"电视马上要开始了,你已经说几句话了,我走啦。"

"你站住!"我吼了声,然后马上又软下来说,"李烨同志,咱们的关系到底怎么样?"

"就这个样。"

"还是吹吗?"

"你呀,又叫人气,又叫人爱。再见。"

三

在爱情上的主动进攻没有大成效,但向地底的进攻却取得了巨大成功。在十二大闭幕的前一天,滚滚原油从喷管中喷出。这口井的成功,将对我们矿区的发展前景有着重要作用。出油那天,石油部的领导、矿局的领导、市委的领导都来了。我们的井架上披上了彩旗。

"赵斌。"我们队长叫我,"市委书记找你。"

"你就是赵斌同志吗?"李书记握着我的手说。一口四川话,呵,准是李烨的爸爸,长的也是个小个子,不过有些胖。

"是。"我回答,心有些慌。

"有功之臣哟。"他说。

"两年都被评为先进工作者。"队长在边上介绍。

"好,很好。另外,李烨也向你问好。"他说。

"她还会向我问好啊?"我说,很伤心。

"怎么,吵嘴了?"

"吹了。"

"哪有那么回事哟,是你同她吹,还是她同你吹?"

"她!"

"小伙子,莫开玩笑哟。昨天晚上,她向我征求意见时,说,她爱上了一个钻井工人,门不当,户不对,问我同意不同意。郎个门当户对哟,我说,钻井工人好。我们只有一个社会主义的门,中华人民共和国的户,只要进社会主义的门,入中华人民共和国的户,就是门当户对哟。啊?"

我笑了。

下午,李烨骑着摩托车来了。我正从井架上下来。她走到我跟前,直对着我笑。穿的那一身衣服,正是我们在汽车上相遇时的那一身,粉红色的领口镶着银丝的连衣裙,白袜子,鲜红的高跟鞋,戴着一副茶色镜。我看着她,又是气又是爱。我往那儿一站,她走过来说:"赵斌同志,你真行,经住了爱情的考验,工作上又做出了成绩。"

"可你给我造成多大的损害。"我说。

"损害什么?"

"心!"

"啊,你也学会了。"她笑笑说,"那我就设法给你弥补。"

"怎么弥补?"

尾　声

我闭上眼睛,心也怦怦地跳起来,这时,一双软绵绵的手搂着我的脖子,而我嘴唇上则贴上了她那热热的湿润的还有些发抖的嘴唇……

啊,我多幸福,她这长长的一吻,对弥补我的损失来说,还真绰绰有余呐。是的,大多数爱情,总是幸福多于痛苦——哟!这就是我和李烨的爱情三部曲。

短篇小说

早霞火样红

一

最近这两天,我们施工队酝酿着一场冲突,这场冲突是由胡文秉和潘友咏引起的。这场冲突看上去并不严重,大多数人在表面上对这场冲突装出毫不关心的样子,其实呢?却牵动着每个人的心。另外,这场冲突还有点奇特,用队上一位小青年的话来说:"胡工想打攻坚战,正面进攻,短兵相见,以攻为守。小潘呢?打的是迂回战,在外围打得很凶,很主动。一旦正面接触,便虚晃一枪,避实就虚,以守为攻。谁胜谁负,现在难定。"

先介绍一下胡文秉。他是我们队上职称最高的技术人员——助理工程师。然而,他却是一个没有学历,没有文凭的人。今年五十出头了,在我们队上已经干了二十多年的施工员。他的助理工程

原载《吐鲁番》1984年创刊号

师的职称,是根据他干这项工作的年限被评上的。这个人的性格,看上去有着明显的两重性。对外,说话细声细气,哼哼哈哈,尤其是对建设单位的甲方代表,点头哈腰,一副媚相,生怕自己哪点儿得罪了人家,他的理由是:"得罪了甲方,人家稍微卡卡咱们,咱们就会吃不了兜着走。还是小心谨慎点好。"对内呢?不但霸道得厉害,而且脾气也坏,动不动就训人。队上劳力的安排,施工技术上的处理,他说了算。人事安排的事,他也要参与意见。整个队在根据他的眼色办事。别人稍有违规,他就会劈头盖脸来一顿训,说:"施工上出了问题谁负责?我!你呀,负不了那个责,那就得我说了算!"咱们这个队的老队长是个瓦工出身的人,为人随和。因此胡文秉实际上是我们队上掌实权的人。他不允许也不容忍对他在队上的权威提出任何挑衅。他的模样呢?也实在不像个助理工程师,黑瘦的脸,胡子拉碴的下巴,小小的眼睛,低窄的额头,一身皱皱巴巴的衣服,被莫合烟熏得蜡黄的手指,看上去像个农场里的老农工。然而队上的人必须尊称他为"胡工"。否则他就不高兴。他办事的一个最大特点是:谨小慎微,对内对外都是这样。因此队上的工作虽没出什么大问题,但死气沉沉的也没多大起色。他有个女儿叫胡燕燕,长得白嫩,漂亮,不但在队上,就是在全工区,都是拔尖儿的美人。当胡文秉和胡燕燕在一起时,人们很难相信他们是父女俩,因为这简直不可思议。胡燕燕的对象就是潘友咏。

现在我们来介绍潘友咏。他是个二十三四岁的小伙子。长得中等身材,瘦虽瘦,但身子骨却很结实,胳膊腿上的肌肉都硬邦邦的。瓜子脸长得很英俊、很精神,一双灵活的大眼睛带着很重的孩子气。他高中毕业后,在我们队上干了三年,后来考上了省工学院建筑系的中专班,学了两年,毕业后又回到了我们队,当上了施工员。用队上小青年的话来说,上了两年学,跳了两大级。原来在队上当小工,为别人提灰浆,搬红砖,现在呢?跳过大工这一级,当上了施工员。要想有出息,就得捞文凭。从表现上看,他一身的孩子气,坐没个坐样,站也没个站相,走也没个走相,就是看电视,哪怕像《少林寺》这样扣人心弦的片子,他也没有两分钟的安静,整天嘻嘻哈哈。但全队的人都喜欢他,因为他头脑灵活,心底单纯,为人热情,肚量又大,是个很易相处的人。有人可以打包票说,在我们队,他没个"仇人"。以前他在这个队,是队上这帮哥儿们的"参谋长"。遇到打群架,怎么包抄,怎么进攻,点子都是他出的。别的"参谋长"是"运筹帷幄",然而他却在进攻时,带头冲锋,嘴里还呜里哇啦乱叫,有时还"哦,哦——"地跳着喊几声。在他眼里,那不是在打群架,而是小朋友们在玩军事游戏。有一次,他下巴被打烂了,缝了两针。他捂着下巴,嬉笑着说:"没事儿,挂了点彩,嘿嘿嘿……"不过,我们都不知道他从什么时候开始学好的,而且还考上了中专。其实像他这样心地单纯的人,学好起来也快。几年来,他人虽学好了,但性格却没变,然而同他接触的人都感到,无论从哪一个方面来讲,他比以前要成熟得多了,心计也深得多了,是个有头脑并且想干出点名堂的人。工作几年又上了两年学的人,出来就是不一样!

但他同胡文秉的冲突是怎么发生的呢?

二

新疆大漠的早霞是很有特色的。当那广垠的荒漠和苍凉的天空相交的地方,透出一长溜青蓝色的光带的时候,那霞光已经飞过那条光带,染红了空中飘浮着的云丝,显得鲜红、炽热,蕴含着一种巨大的能量和活力。

这儿的春天来得迟,但又来得很迅速。原先还是光秃秃的树枝,几天工夫就是一片翠绿,浓浓的树荫便覆在公路上。春天送来了一股宜人而温暖的风。由于气候寒冷而停止施工的建筑工地,顿时又忙碌起来了。定位放线啦,挖地基啦,拉片石啦,堆红砖啦,筛沙子啦,那些跨年工程,又开始砌砖啦,装修啦……汽车喇叭嘀嘀叫,砂浆搅拌机隆隆响,显得又热闹、又紧张。……

一大清早,人们还没有上班,潘友咏就从宿舍里溜出来,匆匆朝他们施工的工地走去。他走起路来也真够特别的,双手大幅度地甩摆着,走几步,跳一跳,跑几步,蹦一下,还噘着嘴唇吹着口哨,吹的是日本民歌《拉网小调》,吹着吹着,一抬手还"嗨"地喊一声,因为歌词里有这么一声"嗨",同时还把整天捏在手中的气体打火机往空中一抛,让它翻个筋斗,再接在手中。

我们的施工工地紧挨着戈壁滩。这里从五十年代起就开始开发了,但真正大规模的建设,是从一九七八年才开始的。短短几年的建设,已是楼房林立了,但它的边缘上,仍是一片戈壁和土丘,显出了昔日的荒漠和苍凉,这一对比,倒体现出了开发者的力量。我们施工队今年承包了三幢住宅楼的施工任务。我们队原有三个排,但今年体制改革后,排撤销了,实行幢号包干,幢号长就是排长,民主选举产生。幢号长负责同队上签订承包合同,负责幢号的全面工作,是好是坏,你一个人兜着,全幢号四五十个职工的切身利益都挂在了你的腰上,就看你幢号长的刷子了!

潘友咏呢?也被"包"进了一个幢号里,每个幢号都有一个施工员,喏,前面就是施工工地,那三幢楼房的地基已经挖好了,靠东面的那一头的一幢楼房,就是潘友咏负责施工的,他们的幢号长叫赵欣武。

赵欣武过去是同潘友咏很要好的哥儿们。长长的脸,浑身是结实的肌肉,为人忠厚。虽然他是个大力士,看上去像个愣头小伙子,但心却不笨。以前爱打群架那阵子,他从不参加。前几年小青年们都进夜校读书,他是学得最卖劲的一个。去年正儿八经的高中毕业文凭已拿到手,目前正在争取考广播电视大学。在哥儿们中,他很有威信,所以在选幢号长时,他们那个排的票数他超过了百分之九十。他当上幢号长后,向队上提出,要潘友咏当他们幢号的施工员。有这样的"参谋长",他不怕干不好工作。他俩一开始工作,就配合得很好。潘友咏为他安排了一个全面施工计划,很科学,很来劲。然而就在这时,潘友咏和胡文秉之间产生了第一次摩擦。

事情是这样的,他们给他们的那幢楼定位放线后,为了不耽误备料,前两天同一个公社外出跑运输的两辆拖拉机订了一个短途运输的承包合同。这事叫胡文秉知道了,就把潘友咏叫来狠狠地训了一顿,说:"这样的事为什么不给队上打声招呼?公司早就有规定,不许雇外面的车!得用我们公司自己的车!"

"胡工,这规定去年还适用,今年不适用了,不信你打电话问问公司。"潘友咏笑眯眯地说,"以前的那个规定是一种垄断行为。公司运输队的汽车运费价格高,服务态度差,又难伺候,人家公社拖拉机,价钱便宜,服务态度好,叫怎么干就怎么干。我们幢号包干,自负盈亏,谁服务态度好,价格低,就用谁的车,这叫保护竞争。"

胡文秉抓起电话就往公司打,公司回答的也干脆,雇用外单位的车辆,政策允许,只要价钱便宜的,完全可以。后来一打听,原来公司的运输队以前是个"老爷队"。活儿不好好干,事情还多得很,也是个"老大难"单位,现在也叫他们搞单车包干,自己找活干,不好好干就没饭吃! 允许别的车来参加竞争,叫他们"老爷"当不成!

胡文秉只好灰溜溜地放下电话。可心里总感到不舒服。几天没有好好理潘友咏,可潘友咏呢?像没事儿一样,星期六照旧掂着两瓶酒来孝敬未来的"岳父大人"。弄得胡文秉哭笑不得。

工地上还没人。潘友咏一个箭步跳上一堆土堆,蹲在上面,掏出一盒烟,用手指啪啪地弹着烟盒底,弹出一支烟,用嘴唇将烟叼出来,把一直捏在手中的气体打火机打着,用大拇指顶着气门螺丝,一会儿把气放大,火焰喷到半尺来高,一会儿又把气门拧小,小到只有一点点火星子,这才把烟点着,这家伙,点烟时都不安分。他呼呼地吸了几口烟,圆着嘴唇,吐出几个烟圈儿,看着横在楼房地基前的那一溜土堆,好像有些犯愁了。

三

这儿的住宅区原先是没有好好规划过的,盖平房,棚地窝子,挖菜窖,想怎么干就怎么干。棚地窝和挖菜窖的土就往住宅区后面倒。分配到这儿来工作的人越来越多,住房也越盖越杂,后面的土堆便堆成了宽宽的长溜溜的一堆。前几年,规划设计院在这儿重新做了规划,并且拆除了平房和地窝子,盖起了一幢幢楼房,结果那乱盖的房子,乱挖的菜窖给施工造成了很大的困难。现在他们施工的这三幢楼房就出现了这问题。楼房的一边,紧挨着平房,那儿还住着人,要等楼房盖好后才能搬,才能拆,那道儿太窄,汽车拖拉机根本没法进。另一边呢?就是那一长溜的土堆,土堆高低不平,坑坑洼洼,汽车不但开不到楼跟前,连放红砖都困难。对于这土堆的问题,胡工代表施工队去交涉过,同所在单位的基建科和甲方代表指出过,根据合同,甲方必须在施工前做到"三通一平"。即水通、电通、路通、场地要平。因此甲方有义务把这一长溜的土堆运掉。但甲方说:第一,他们没劳力;第二,他们如果雇用劳力,也没有这笔钱的开支。因为原先的地形图上,就没有这堆土的标记,所以上面也没有拨出这笔平场地的钱。如果你们觉得施工不方便,可以自己运,但这是尽义务,甲方不负责这笔费用。要是你们不想干,可以撤销合同,我们另外请人。

现在这年头就是这样,基建任务少,搞工程的多,劳力过剩,再加上鼓励竞争,能抓到一批工程不容易,甲方这么一压,胡文秉就屈服了,说:"既然人家这么说,咱们就顾全大局,凑合着干吧。"

潘友咏听了这话,又提出了不同意见,说:"这不讲理,'三通一平'是甲方的事,合同上这么写就得这么办。现在的合同,就是法律,咱们得去讲这个理!"

这下可把胡文秉急坏了,说:"我的小祖宗,对外的事你少插手!现在这年头,关系比啥都重要,关系搞坏了,啥事也干不成。"

"关系要搞好,但这运土的钱也得给。"

"甲方没这钱,得由他们上头拨。我们也插不上手,你刚从学校出来,懂什么!"

潘友咏不响了,揉揉鼻子,嘻嘻一笑。

接着,胡文秉一本正经地视察了工地,最后得出结论说:"这土我们不能尽义务运,这太吃亏了,咱们不能干这种傻事。"但片石、红砖往哪儿堆放呢?他很权威地指出,"就在这一长溜的土堆的边上平个场地,堆放红砖和片石,等砌地基和墙时,在土堆中间开条路,红砖和片石用架子车往里拉。"他对这个方案很得意,老队长也很快表示支持:就这么干!

可是两天后,潘友咏又有不同意见了。他说,根据他的详细计算,就是尽义务把这堆土运掉,也比现在这么干划得来。他当场拿出他的计算结果,给胡文秉和老队长看。可胡文秉看也不看,说:"小潘,不是我摆老资格,工程上的事,你好生跟着我学吧,等你练硬了翅膀再飞。我干了二十几年的施工,还抵不上你那念的两年书本?笑话!"

"那不见得。"潘友咏抛着打火机,笑着说,"一条正确的计算公式,说不定抵得上你二百年的实际经验。"

"胡放屁!"

只要胡文秉一发脾气,潘友咏就笑笑,不吭声了,回避!其实潘友咏心里清楚,胡文秉虽然上了点年纪,但这个人又好胜又自尊。他没有学历和文凭,现今这年月,这是个劣势,但他不但不承认这个劣势,还要用自己的优势来压倒这个劣势,他的优势就是:二十几年的施工实践,助理工程师的实践就是凭这得的!你潘友咏才上了个中专,就想逞能?另外,将来潘友咏说不定是他女婿,女婿比老岳父强,这不光彩!更重要的是,他在队上干了二十几年树立起来的权威地位,不允许任何人来动摇。所以你现在想改变他的决定,对不起,没门!

老队长也说:"小潘,施工上听胡工的吧,他干了二十几年,有经验。啊?"

潘友咏对这事既不生气也不气馁。车有车路,马有马路,只要不违背政策,对工作有利,咱们走着瞧!他揉揉鼻子,嘴上的《拉网小调》照旧吹得一个劲。

这时,早霞已经红满了半边天。远处那广袤无垠的荒漠和那奇形怪状的经过千百万年风蚀的土丘,近处那新盖的楼房,都披上了一层红霞,像一匹匹红缎子覆盖在那上面。

潘友咏在地上画了一阵,抽完一支烟,眯着眼看看前面,只见身体高大的赵欣武朝他走来。

四

"我又不是胡燕燕,一清早把我叫到这里来干吗?"赵欣武也一个大步跨上土堆,拍了一下潘友咏的肩膀笑着说,他的嗓门真大。

"来,"潘友咏掏出根烟甩给他,"咱们到这儿,来算笔账。"他打着气体打火机为他点燃烟说,"欣武,你看看咱们楼前的这堆土,要运完得用多少劳力?"

"光拉咱们楼前的吗?"

"那当然,我们包我们的,他们包他们的。不吃大锅饭!"

"大概要二百个劳力。"

"我们全排用两天时间可以干完吗?"

"用不了。"

"好,咱们再算一下。从土堆这边朝里面拉片石,拉红砖。咱们光算拉红砖吧。"潘友咏想了想说:"一辆架子车装满能拉多少砖?"

"二百块碰顶了。"

"对,一天能拉多少车?"

"最多十五车。"

"好,两个人一辆车,连拉带装带卸,一天算他十五车,那也是碰顶了的事。我们这幢楼,按预算得用四十五万块砖,需要多少劳力?"

赵欣武用手指在地上划,说:"三百个劳力。"

"对,往里拉片石的劳力还不算。这叫两次倒运,人家也是一分钱不给。再说,就这么一条小路往里运砖,会给砖造成损失,影响砖的质量不说,而且肯定也赶不上砖的消耗,这要影响工程的进度,那些大工们完不成定额,就会骂咱们的娘。所以我的意见,就是尽义务也得把这土运掉。让片石和红砖直接卸到楼跟前,咱们不能捡了芝麻,掉了西瓜。"

"你这账算得对!可胡工不叫干怎么办?他把堆放红砖和片石的地方都定好了。"

"欣武,你脑袋里还是少根弦。"潘友咏拍着赵欣武的肩膀说,"你别看现在实行体制改革,落实经济责任制。有些人嘴巴上同意,可实际干起来,还是老步子,老习惯,老套套。我那位未来的岳父,就是这么个人,只相信自己,不相信别人;只相信过去,不相信现在。现在幢号包干,你是幢号长,合同上明文规定,你有权安排劳力,指挥生产。你现在是真正的实权派,得拿出实权派的架势来干。落实经济责任制,只落实任务,不落实权力,怎么干?怎么包?"

"这话对!"赵欣武说,"光落实任务,不落实权力,屁事不顶!"赵欣武就是这么个人,只要一拿定主意。几条大牛也甭想把他拉回来。

"好,说干就干,咱们今天就上人。"潘友咏说。又摔了根烟给赵欣武,"我已经把地形看好了。离这儿五十米有个大洼坑,把土运到那坑里。运的时候,横着把战线拉开,这样可以并排跑三辆架子车。如果以竖头运,只能跑一辆架子车,来回跑,架子车碰架子车,碍事!"

你别看潘友咏平时嘻嘻哈哈,孩子气十足,可脑袋瓜子就是灵。赵欣武满意地看了他一眼,你瞧,讲出的道道,叫人听起来就这么得劲!他娘的,以前没走正道时,打群架当参谋长。现在呢?中了!

五

胡燕燕觉得眼睛被谁蒙住了。一摸手,这个潘友咏,表达爱情也不分个场合!她羞红了脸,说:"潘友咏,松开手,我要发脾气了。"

潘友咏嬉皮笑脸地松开手,将老捏在手中的打火机抛在空中翻了个筋斗,说:"没事儿,发啥火哟。"

"这是办公室,叫人看见多不好!"

"现在没人,有人也没什么。咱俩秘密恋爱阶段已经过去了,还装什么蒜。"

胡燕燕知道,你要同他扯这种事,他什么屁话都会扯出来。她赶忙把话岔开说:"你来干什么?"

"求你。"

"求我?你这个中专生还有求我的时候?"

"你是预算员,请你算算咱们工地上那堆土,运到五十米外的地方,要多少钱?"

"算这干啥。人家不是说,运了也是尽义务哟。"

"这你就别管了。"他神秘地笑笑,挑逗地说,"等把土运完,我自有办法。"

"爸爸不是不叫运吗?"

"这你也别管。我也自有办法。"

"友咏,你怎么老跟爸爸闹别扭呢?叫我夹在中间为难,真是猪八戒照镜子——两面不是人。"

"猪八戒哪有你漂亮呵。你才会做人呢,在我跟前支持我,在你爸跟前支持你爸。是快刀切萝卜——两面光!"

"还不是你的馊主意!"

"行了,预算明天我来取。"潘友咏跳出办公室,说,"古得拜。"

唉!这人真是。胡燕燕那漂亮白嫩的脸上布满了一层阴影。自从潘友咏同胡文秉发生摩擦后,胡文秉气得就在胡燕燕跟前说潘友咏,实际上是要女儿向潘友咏施加压力,并且警告说,如果潘友咏再有意同他过不去,他要干涉他们的关系了。可潘友咏呢?根本不吃这一套,说:"我有中专文凭,还怕找不到对象?现在姑娘围着文凭转,香着呢。"气得她又哭又喊。其实她也知道,潘友咏对她爱得很深。毕业分配公司要留他在机关施工科,他不干,非要下基层实习。下基层到哪个队不好去,偏偏要回这个队。别人问他,他毫不掩饰地说:"因为心爱的在这儿。"胡燕燕没办法,不但施加压力没施成,反过来还要潘友咏给她想个办法。

"这容易,"潘友咏说,"在表面上,你百分之百地支持你爸爸。但在心里,你得支持我,咱俩只要哑巴吃饺子——心中有数!"

这一方法真灵,上次她爸爸说潘友咏有些不知天高地厚时,她也跟着说。当爸爸的心里挺舒服,心想女儿到底同父亲心贴心。其实呢?当天黄昏,她和潘友咏在山丘后面散步的时候,议论起这件事,他就说:"你爸呀,老朽了,合同上明文规定的事就得争。合同是干什么的?是法,国家经济体制改革的一个重要方面。你爸爸还按老套套行事,非吃亏不可!"她呢?对他佩服得要死,钻到山洞里搂着他脖子亲他。她同他才是真正的心贴心呢。

六

赵欣武领着他的全排人马,刚开始摆开战场,拉了几车土,事情就闹开了。

胡文秉没有想到,他的权威现在受到了全面的公开的挑战。说实话,他压根儿不习惯于现在这种经营方式。他觉得现在这种经营方式简直是一副散架子,包干到幢号,各自为政,那怎么行?二十几年来,他习惯于集中管理,这个队的劳力安排,施工技术,他说了算。他深深地依恋着这种管理方法,像一个深深相爱了二十几年的情人,不愿让她从身边走开。由于迫于形势,他们队也搞幢号包干了,他只希望在形式上这样做做,摆摆样子,但在具体做法上,还要他说了算。可现在,你瞧,赵欣武在潘友咏的怂恿下,公开闹"独立"了。他不能容忍!

他来到工地,工地上已集中了十几辆架子车,呼呼啦啦地干开来了。架子车装满了土吱吱地扯足劲儿在叫,潘友咏呢?也嘻嘻哈哈地夹在里面。

"赵欣武!"胡文秉看着这场面,黑瘦的脸气得铁青,"这土是谁叫运的?"

"我。"赵欣武梗着结实的脖子说。

"为什么不征求队上的同意?"

"合同上有规定,幢号长有权安排整个幢号的劳力。"

"但要征得队上的同意!"

"这话合同上可没写。如果幢号长连这种事都做不了主,那还叫什么幢号包干,名存实亡!"那语气和眼神都是挑衅性的。

"可运这土是尽义务,不给钱的。你们好好算算这笔账!"胡文秉气得浑身打战,说话声音都有些沙哑。

"我们算过了。按你的办法,费工、费料、费时,损失更大。咱们再也不能跟着别人瞎转圈。怎么有利怎么干。幢号包干好就好在有了这个自主权!"

这时,那两幢幢号的幢号长也赶过来了。他们趁机想"探听探听情报。"

便挤在人群中,一个幢号长叫王一平,虽然只有三十来岁,头顶已经秃了一大块。人很聪明,但为人怯懦,是个胆小怕事的人。另一个叫方正刚,大方脸,宽肩膀,技术上很有一套,但头脑有些简单,说话大大咧咧的。胡文秉看到了他们俩,好像捞到了救生圈,说:"你看看王一平,方正刚,就没有跟着你们一起胡来。"说着,还赞扬地拍了拍王一平的肩膀。

王一平受宠若惊,摸了摸秃头说:"我们听胡工的。"

胡文秉听了,非常得意,示威性地把胸一挺。五十多岁的人了,那逞能的劲头还是这么高。他虎着脸对赵欣武说:"你们要这样胡来,将来等着瞧吧,准会吃不了兜着走。"

潘友咏也不知是什么时候挤进来的,他拉架子车拉得满头大汗,还喘着气。他蹲到胡文秉跟前,说:"胡工,别生气,抽支烟再说。这事不怪赵欣武,点子是我出的。"

"我清楚!"胡文秉狠狠地顿了一下脚。

潘友咏嬉笑着脸,递了支烟上去。这时,这种笑脸最可恨,亏他怎么笑得出!胡文秉真是气不打一处来,他啪地将那烟打在地上说:"潘友咏,你少跟我嬉皮笑脸。你要这样干下去,准吃亏!"说着转身就走。

潘友咏呢?从地上捡起那支烟,吹掉烟上沾的土,叼在嘴上,打着那气体打火机,将火苗放得老高,猛抽了几口烟,嬉笑着喊:"哥儿们、姐妹们,咱们干吧!"

气得胡文秉差点没瘫倒在地上。

七

胡文秉气呼呼地把这事儿同老队长一说,老队长也非常同情他。但又说:"老胡,咱们就少操这份心吧,让这些小青年去折腾去,幢号包干了哟,是好是坏,都包在他们身上了。我们要干涉得多了,反而不美。你得想开点。"

"我想不通!"胡文秉一拍大腿,站起来就走,他想不到队长也会说这样的话,说,"你要怂恿着他们这么折腾,我干不了了!"

短篇小说

第二天,一张病假条飘到了队长的办公桌上,胡文秉躺倒了,队长可发了愁,这是以前从来没有过的。想来想去,觉得队上的事还得靠这位助理工程师。为了对胡文秉表示一下支持,他到工地上把赵欣武,潘友咏训了一顿。潘友咏毫不在乎,说:"队长这训是象征性的训,做做样子给胡工看的。"他对赵欣武说:"其实他心里认为我们做得没错,这你没听出来?"

"怎么?"

"他只批评了我们的态度,没批评我们的做法。"

赵欣武一笑。这猴儿真精。

胡文秉躺倒了,胡燕燕也在为难,坐在办公室里掉眼泪。但潘友咏要她搞的预算,她仍在卖着劲儿算。唉,爱情,这玩意儿真难捉摸。

本来要干两天的活,他们一天半就干完了。现在他们施工的楼房前的场地平平的了,看上去叫人感到舒服。下午,就可以进砖进片石了。全幢号的人都感到十分满意,虽说白干了一天半的活,可给以后的工作带来了多少方便!省了多少不必要的麻烦!潘友咏觉得自己打了个大胜仗,高兴得不得了。不过胡文秉那一头,他也有点发了愁。你别看他脸上嘻嘻哈哈,心里可有底!第一,人家一个五十来岁的助理工程师,虽说跟不上新潮流的趟,但毕竟有二十来年的实践经验,有许多值得他学的地方。第二,你同胡燕燕谈着对象,而且到了快要结婚的程度,关系搞僵了总不好。将来你得叫人家一声爹呢……不过什么事都难不倒他。

他跳进胡燕燕的办公室,看到她含着泪为他在做预算,看上去又可怜又可爱。便亲亲热热地走上去说:"燕燕,你怎么了?"

"都怪你,做事太绝!这次我心里也不支持你。"

"这是你爸爸逼出来的。正确意见他听不进。喂,中午有空吗?"

"干吗?"

"陪我上次街。"

"不去!"

"去吧。我去买点你爸爸爱吃的东西,去看看他。"

"假心假意!"她呸了他一下。

可吃过中午饭,她还是陪他去了。自己的心上人,再骂再恨,也总还是亲的。根据胡燕燕的意见,他除了买了两瓶好酒外,还买了几听水果罐头。"爸爸爱吃水果。"她说。但现在这季节,这里没有新鲜水果卖,只好用水果罐头代替。胡燕燕觉得潘友咏尽管孩子气十足,但心眼儿还是挺好的,而且是个有心计的人,她紧挨着他走着,心中充满了一种甜滋滋的温暖。

八

当胡燕燕陪着提着一大兜东西的潘友咏走进家门的时候,胡文秉就发火了。还没等他们坐下,他就劈头盖脸一顿臭骂。可潘友咏还是不在乎,那俊秀的瓜子脸依然笑嘻嘻的,说:"胡工,你怎么骂我都行,我是你的小辈。"他吧嗒吧嗒地打着打火机,点上一支烟,"但在这件事上,反正是你错。"

"这话怎么说?"

"第一,你那不运土的方案是不科学,不合算的。第二,体制改革,关键问题就是要充分发挥每个人的积极性和能动性,把经济搞活。可你呢,仍像以前那样,把什么事都卡得死死的。这怎么行?有些权力不下放,体制改革就是一句空话。"

"你懂个屁!"

"屁不屁我不管,但幢号包干就得这么干。"潘友咏说这话时,把语气也加强了。胡燕燕偷偷地拉了拉他的衣服。

正在这时,王一平和方正刚进来了。这两位幢号长,说是来"探病"的,但神色却不像,王一平畏畏缩缩,好像有什么要得罪胡工的话要说。方正刚呢?大方脸上有着明显的反叛情绪。他们寒暄几句后,就把话引到了正题上。

"胡工。"王一平摸了摸秃头,哼哼哈哈地说,"我们想请示你一下。我们这两个幢号的人,也想把那土运走。你看行吗?"那眼神是讨好的,乞求的。

潘友咏见了这种眼神,心里就犯嘀咕。唉,有些人,长期叫别人管惯了,总爱看别人的眼色行事。自己的主动性到哪儿去了呢……可这也难怪啊,长期以来形成的心理状态,要一下改掉也难。

"你们愿意怎么干就怎么干,问我干什么!"胡文秉气呼呼地说。但他心中却咯噔了一下,他的权威正在受到越来越严重的挑战。

"胡工,你也不要发脾气。"方正刚大大咧咧地说,"我索性把话挑明了吧。群众说我们跟着当官的屁股后面转,出卖大伙儿的利益去做好人。他们说,要按你胡工的方法办,我们要吃大亏了。过去瞎指挥,吃亏的是国家,现在瞎指挥,吃亏的是国家加大家。我们不干,他们准备重新选幢号长。"

"有人还说,"王一平补充道,"幢号长不为大伙儿利益着想,选他顶屁用!"

胡文秉一听这话,顿时感到泄了气,很有些大势已去的味道呵!这是怎么的呢?

"胡工,你就点个头吧。"潘友咏打着圆场说。

胡文秉这时窝着一肚子火,但又感到无可奈何,便挥挥手说:"你们去干吧。"

王一平,方正刚出去后,潘友咏说:"胡工,你思想转变得真快。"

"都是你给闹的!"胡文秉挥着打战的手喊道。接着抓起潘友咏买来的东西就要往外扔。潘友咏一把将那些东西抱住,说:"胡工,你还像个当大人的样子吗?还像个助理工程师的样子吗?"潘友咏那笑嘻嘻的脸突然变得非常严峻了。

"爸爸!"胡燕燕也不满地嘟起了嘴,"你也太那个了。事实证明你错了嘛。"

潘友咏把胡文秉按着坐在椅子上,说:"胡工,你好好想想吧。我将来迟早是你的女婿,我会对你有恶意吗?"

胡文秉一屁股坐在椅子上,叹了口气。他感到自己的心,突然变得异常的空虚和惆怅。他感到很痛苦,闭上眼睛,什么话也不愿说了。潘友咏和胡燕燕也不知在什么时候,悄悄地溜了出去。

九

他俩溜到工地上,工人们已经上班了,工地上一片热气腾腾。"怎么样?"潘友咏有些得意地对胡燕燕说,"对你爸爸这样的人就应该这样,软磨要比硬顶好。这是我多年来的生活经验。"

"屁!胡子没长几根,还谈什么多年的生活经验呢。"胡燕燕嘴上虽这么说,但心里确实也佩服他,"哎,你上哪儿?"

"到工地上去呀。"

"我预算已经搞好了,你帮我去核对一下数字吧。"

"行啊。"

上班后不久,胡文秉居然到办公室来了。他脸色阴沉,神情懊丧。老队长一看胡文秉来上班了,高兴地为他泡了一杯茶。潘友咏和胡燕燕正在核对数据。见胡文秉来了,潘友咏赶忙站起来让座。还笑眯眯地递上了一支烟。胡文秉觉得中午那顿脾气发得也有点过火。说实在的,潘友咏从哪方面来讲,都是不错的。现在的小青年里,像潘友咏这样既聪明又能干的小伙子还不很多呢。自然,女儿找到这么个对象,她满意了,当父亲的呢?从内心来讲也是满意的。如果没有这几次的冲突该有多好呀。但是……胡文秉接过了潘友咏递上来的烟,潘友咏又赶忙凑上去,打着气体打火机为他点烟。这时,他的眼中流出了一丝歉意。

电话铃突然响了,胡文秉主动去接电话。电话是市建设银行打来的。说,他们施工队向建设银行送来了一份工作联系单,建设银行已经研究批复了,并且已经通知了有关部门。在施工中,甲乙双方都应该严格遵守合同的条文,保持合同的严肃性。"三通一平"所发生的费用必须由甲方负责。建设银行说,有关部门已同意将此款项划拨给他们所在的建设单位。请他们把所运土方和距离做出预算,报建设单位和建设银行审批。电话很响,大家都听到了。这就是说,他们运的这些土,按照合同,可以拿回钱来了。"这份工作联系单是谁写的?"胡文秉放下电话问队长。

"我。"潘友咏说,"瞧,合同!人家硬是把合同当作一回事。燕燕,把预算复写几份,明天送到建行去。"

老队长和胡文秉面面相觑了一阵,都想说两句话,但又都感到,什么也说不出了……只觉得胸中涌上了一股又心酸又难过又有点激动的泉流。

第二天一早,胡文秉来到工地上。那两个幢号也在加紧运土。潘友咏也挤在人群中推着架子车,有时还挥着手,"哦,哦——"地叫着。休息时,他掏出烟请别人抽,把气体打火机打得吧嗒吧嗒响,那打火机里蹿出的火苗有半尺高,仿佛同潘友咏一样的愉快和欢乐。他又噘着嘴,吹起了《拉网小调》。

不久,这个月的奖金发下来了,用的就是运这土的钱。胡文秉也领到了十五元。当他在那发放册上签字时,手也发抖了。楼前,在那平整的场地上,有棱有角地堆放着红砖和片石,当月就拿到了公司发放的文明施工的流动红旗。不过,这些都是后话了。

而当胡文秉走进工地后,人们还是很敬重地叫他,青年们热情地为他递烟。这时,霞光已经飞过那一溜青蓝色的光带,染红了天空中的云彩。太阳升腾起来了,像一团火红的燃烧着的球,半边天空顿时霞光满天。早霞啊,像火一样的鲜红,炽热,充满了无限的活力……

车行五彩湾

顾调度这个人说不上是什么味儿,厉害起来,六亲不认。可有时嘻嘻哈哈逗起乐来,满嘴的"哥儿"啦,"妞儿"啦,像个"活宝"。

"小倔头啊,"他对我说,现在他是"活宝"脸,"以前叫你上五彩湾出趟车,你就像大姑娘上轿那么难,可今儿怎么这么自觉?"

"你别老不正经的了,快给我开路单,我好上路。"

"你别假正经。这事儿你瞒不住我,准是上次来的那个妞儿把你的心给牵住了。"他把路单递给我。

"得了,老顾,这种事用不着你操心。"我接过路单,挑衅性地在他脸前抖了抖。

今天一早起,我就感到肚子有些不舒服,小腹老是隐隐作痛。是不是昨天晚上同哥儿们猛吃了一通西瓜加红烧肉吃坏了?要在往常,像这种情况

原载《新疆文学》1984年第9期

我自然不会出车,更何况是出车上五彩湾。

五彩湾,在准噶尔盆地的东面,那儿是一片刚开发的新油田。五彩湾,名字确是充满了诗情画意。可你往五彩湾出一趟车试试!车队有人跑了趟五彩湾,就编了段顺口溜:"车行五彩湾,汽车泥里钻,轮子悬了空,司机傻了眼。"我第一次上了趟五彩湾,在泥坑里钻了几次后,就赌咒发誓,杀头也不去五彩湾了,那路是人走的吗?

我记得,那天天将黄昏的时候,我总算又从泥坑里爬出来,又在坑坑洼洼的路面上颠簸起来,真是骨头架子都要颠散了。而这时,又刮起了风,腾起的尘土满天飞扬,仿佛天空在下着泥沙雨。我只好打开车灯,放慢速度,双手紧紧地把着方向盘,那手心是汗津津的。这种路况只要稍不留神,随时都有翻车的危险。

路边停着一辆车,有三个人站在那儿,两个人在修车,另一个焦急地看着他们。这三个人满身满脸都沾上了厚厚的一层泥,成了泥人,只有眼睛边上的那一圈,才可以看到皮肤的颜色。其中一个人举起手来挡我的车。

"伙计,"那举手的人说,"我们车坏了,得修一阵子,你把这位姑娘带上吧,她有急事。"

姑娘?我嬉笑着说:"现在可看不见什么姑娘不姑娘,成了中性泥人了。行,上车吧。"

那姑娘白了我一眼,同那人叽叽咕咕地说了些什么,但那人还是从他们驾驶室里拿出一个女式的小提包,连劝带拉地送到我车前,扶她上了车。

她不想上我车,大概以为我是那种不正经的货。我觉得这有点伤了我的自尊心。车又开始在那高低不平的路上爬着。那姑娘很严肃,眼睛直视前方,好像根本没有想到我的存在似的。太阳已经慢慢西沉,茫茫的荒原和戈壁被那燃烧的火映得通红。这是一幅十分悲壮、深沉,蕴含着一种巨大的野性的自然力的图画。那红光也映红了她的脸,但那脸除了眼睛和鼻孔外,都沾满了泥。她头上包着条纱巾,由于沾满了泥沙,那纱巾是什么颜色也看不出来了。唉,一个姑娘家,干吗出来受这份罪!

"请问你在哪儿工作?"我话音常带着点"油"气,存心想气气她。

她不答。

"上五彩湾去干什么?"我又问。

她还是不搭腔,那直视的眼睛连瞟都没有瞟我一眼。嗨,好大的架子!我噘起嘴唇,用口哨儿哼起歌。这些天来,我一上路就爱哼这首歌,这首歌的曲子非常优美,旋律轻快、欢乐,还有点幽默,很有味儿。那曲调儿实在也好听,我发觉她在听,而且听得挺来劲,从她那沾满泥土的脸的肌肉的蠕动上可以看出来。

"喂,这歌儿怎么样? 曲调儿可以吧?"我笑笑说,把被坑洼不平的路颠歪了的屁股坐坐正,"作曲的人是个伟大的天才,可作词的人呢,却是个混蛋王八蛋。歌词愿不愿意也欣赏欣赏?"

她终于看了我一眼,她想听歌词? 好吧,我就唱给你听听。本来这歌词就够油的了,而我唱得更油,还学着女人的尖嗓子:"哎——哟哦!"我拉长了腔,"憨愣愣的哥呀爬上山哟,娇嫩嫩的妹呀遛上坡哟,迎着那夕阳唱山歌哟,哥来一声妹呀妹喊一声哥哟,他俩偷偷摸摸,羞羞答答,嗨! 亲个嘴哟!"

"你放正经点!"她狠狠瞪了我一眼,"你再这样,我就跳下去,不坐你的车!"

夕阳已经西沉了,那一团团燃烧的火也正在渐渐熄灭。我偷偷地看了她一眼,我发觉她这时专注地凝视着西落的夕阳,那眼神在燃烧着一种激情的火花,她似乎痴痴地迷恋着眼前的这种情景。她一定忘了我,忘了我的俏皮话,忘了我的存在……

夕阳的最后一点儿光线从地平线上消失了,天全黑下来了,我打开了车灯。她好像惋惜地叹了口气。四下是一片黑沉沉的戈壁。车大约又开了一个多小时,我看到左边那远远的地方,闪着一两点灯光。

"到了,"她说,"让我下车。"

"姑娘,"我惊奇地说,"这儿什么也没有啊?"

"那边不是?"她指指那远处的灯光。

"那还远着呢,起码有三公里。我送你进去吧。"

"不,"她说,"车进不去,那儿都是沙包。"

说着,她跳下了车。

"喂,你一个人在戈壁滩上走,不害怕吗?"

"这有什么可害怕的?"她说,"这儿我考察过了,没有狼,没有熊,更没有流氓阿飞。"她说到这里笑笑,意思是这后一句话不是针对我的。这笑告诉我,她相信我不是"那号人"了。

"再见。"她朝我挥挥手。

她消失在黑暗中。我正准备开车走,突然一种担忧又夹杂着说不清的怅惘的情绪涌上了我的心头,我毫不犹豫地跳下车,把车门锁上,追了上去。

"让我送你进去吧。"我说,好像有点在恳求,"真的,让我陪你进去吧。"

"不,不用。"她说,很友好地朝我笑笑,"我一个人单独这么走,已经不是一次了。我喜欢一个人单独在戈壁滩上走,谢谢你的好意,谢谢。"

月亮升起来了,把戈壁滩照得一片白。四下就显得更空旷、更寂静、更荒凉了。只有风,把芨芨草吹得簌簌响。她脚踩在干燥的戈壁石上发出的沙沙声最后消失了。我回到了汽车边,正准备上车,风从她那个方向吹过来,我听到了她的歌声:"憨愣愣的哥呀爬上山哟,娇嫩嫩的妹呀遛上坡哟,迎着那夕阳唱山歌哟,哥来一声妹呀妹喊一声哥哟,他俩偷偷摸摸,羞羞答答,嗨,啊啊啊哟。"

到底是姑娘,在没人的地方,她也不好意思唱那"关键性"的三个字,用"啊啊啊"来代替。然而那曲调确实美,她在唱的时候,在那明快、欢乐、带点幽默旋律中,含着一种健康豪爽的气息,给人一种特有的韵味。那歌声在茫茫的戈壁滩上回荡,给人留下了多么难以忘怀的印象啊……

汽车在颠簸着,我感到我的肚子越来越难受。但我今天一定要把这车货物送到"她"那儿。她叫人捎信来给我,希望我能在十七号以前把这车货送到,我拍着胸脯向带信的人保证:"没问题!我小倔头办事牢靠!"今天已经是十七号了,如果前几天不是有个紧急任务,我早把货送去了。今天送到还算"以前",如果今天送不到就是"以后"了。天气是炎热的,但有风,山那边飘出了几片云彩,正慢慢地朝这边儿的天空上飘来……

我记得第二次上五彩湾去的时候,同顾调度一顿好吵。那是离我第一次上五彩湾后一个半月的时间,他又派我上五彩湾出车。我想起那次受的罪,怎么也不干。吵到后来,顾调度也来真格儿的了,再也不是那个同你哥呀妞呀的"活宝"脸了,摆出了一副"法官"脸。

"好吧,"他说,"你不去可以,把驾驶执照交出来。现在是狼多肉少,人多车少。你不干有人干。"

出车吧,为了我的驾驶执照。而那天呢?比上次更不顺。虽说我只有一个半月没上五彩湾,但一路上到底变了点样。部分路面已初步整修过了,比以前要好走些了。一路上,已有了好几个"驿站"。听车队的人说起,一到晚上,那些个"驿站"远远看去,也是灯光辉煌呢。这使我想起一个半月前,送那姑娘时,在黑沉沉的戈壁滩上,看到那么一星点灯光,实在是又孤单又凄凉。

路面虽比以前强了点,但有些路段,还是很难走。中午时分,又突然下了一场大雨。车子在路上扭起秧歌来,东滑滑,西溜溜,紧张得我满头大汗。就这样,开了没几里地,只听扑通一声响,右边的后轱辘陷进了一个坑里,那坑起码有一尺来深,轮子一转,泥浆飞溅,车子像发了疟疾一样乱抖,但就是出不来。我只得下车,又是排泥浆,又是填干土,弄得满身满脸都是泥水,整整折腾了四五个小时。天黑了,戈壁滩上的夜总是冷的,何况又下了场雨,我是又冷又饿又乏。然而这儿前不着村,后不靠店,咬咬牙往前开吧。我憋着一肚子的怨气,开着车往前赶,一路上骂顾调度的娘。前面总算到了个"驿站",那已是深夜三点多钟了。传说的不错,"驿站"上那几排活动板房,倒也真是灯火辉煌。我拖着两条软绵绵的腿,推门走进食堂。里面空无一人,静悄悄的,只是灯还亮着。

"有人吗?"我叫着。

没有回音!

"有人没有!"我大喊着,只觉得有股无名火要往外泄,"人都死绝啦!"

"啪"!卖饭的小窗口打开了,露出一个中年人的睡眼惺忪的脸。问:

"干什么?"

"吃饭!"

"对不起。现在没人做饭。包涵一下吧。"他又啪地把小木窗关上了。

我心中的无名火顿时热辣辣地往上冒,怒气冲冲地奔上前,把小木窗砰砰砰地敲得山响,大声喊道:"你们开这食堂是干啥的?我们风里来,雨里去,一天在泥地里爬,到这儿连碗饭都吃不上!我要上你们处告你们,什么服务态度!"

小木窗又开了。这时是露出一张姑娘的脸,头上戴着顶圆筒式的白帽子,她睁着一双俊秀而疲乏的眼睛,上下打量了我一番,大概看到我满身满脸的泥浆,产生了同情心吧,严峻的脸变得温和了,说:"看你这身,快到外面水缸里舀点水,洗一洗。我给你做饭,想吃什么?"

那温和甜润的嗓音听起来真舒服。

"你瞧我,"我说,"又冷又饿,最好来点有热汤水的。"

"来两碗臊子面怎么样?"

"行。最好再加两个馒头,太饿了。"

"再给你炒盘鸡蛋?"

"那太好了。"

她长得很娟秀,白嫩的脸上有几点不很明显的小雀斑,嘴唇儿鲜红,但神态疲乏。看来,他们这儿的工作也不轻松。这儿的炊事员也不好当,开饭哪有个时间。你瞧我,深夜三点多钟,还得叫他们做饭。

我从车上拿下毛巾,香皂,洗了把脸。刚回到餐桌跟前,她就端上了两大碗热腾腾的臊子面和一盘黄灿灿的炒鸡蛋。难道她有一个魔法箱,说变就变出来了?"那两个馍还在热,请等一下。"

我受宠若惊地站起来,说:"打扰你了,真对不起。"为了表示敬意,还学电影里的日本人,朝她欠了欠身。

"没什么,快吃吧。"她朝我笑笑,在我对面坐下。她穿着一身白大褂,不像个炊事员,倒像个医生或护士。"路上很难走吧?"

"太难了,"我诉着苦,"尤其下的这场雨。车陷在坑里,折腾了四五个小时。唉,驾驶员啊,就得受这份罪。"

她笑笑,站起来说:"我去给你看看馍热了没有。再给你来盘咸菜怎么样? 又香又解乏。"

"好,太谢谢了。"

她将两手插在白大褂的两个大口袋里,姗姗地走进厨房。她打开那个小木窗,端出两个冒着热气的馍和一碟咸菜,说:"给。"

这顿饭是我有生以来吃得最香的一顿。我吃完饭,算好账,那姑娘眯着俊秀的眼睛,说:"喂,这顿饭吃得满意吧?"

"非常满意。"这次我是学维吾尔族人的礼节,把手放在胸前,欠着身子点了一下头。

"没意见吧?"她好像话里有话。

"没,绝对没有! 如果这还有意见,我的心就长到这儿。"我指指肚脐眼的部位。

"好。你没意见,我还有意见呢。"

"你有意见?"

"对! 对你! 你刚开始那行为,对照五讲四美,怎么样? 你辛苦,可他都没闲着啊。我们整年累月地待在这儿是在享福吗? 你呀,油腔滑调有一套,吃苦耐劳就太少!"

"你是?……"

"中性泥人!"

小木窗砰地关上了,接着听到扑哧地一声笑。

原来是她呀! 我也笑了。真有意思,这时我又想唱那支歌:"憨愣愣的哥呀爬上山哟,娇嫩嫩的妹呀遛上坡哟……"但我不敢。

道路还是那样难走,车颠得很厉害。肚子也痛得越来越厉害了,是不是应该拐回去? 不! 今天是十七号! 既然答应了,就应该做到。天上飘着好大一片云咧……是的,记得第二次从五彩湾回来不到一个星期,顾调度又要我往那儿出车了。我气得把驾驶执照往他桌上一放,说:"顾调度,你太不公平,存心整我。行,咱这狼也不吃肉了,我这人也不开车了,你看着办吧,反正社会主义饿不死人。"

"我说小倔头,这车可不是我叫你出的,是别人请你出的。"

"谁?"

"喏。"

我看到对面办公室有个姑娘,大约刚办好一个什么手续,又走回调度室来。我一看,是她!

她看看我,亲切地一笑说:"请你辛苦一趟。有一个活动板房要拉到我们那儿去。这位师傅说,"她指指顾调度,"队上的其他大拖挂都出车了,只有你的一辆大拖挂在。"

不要说她现在用这样亲切友好的态度同我说话,就为了上次她那热情的招待,我也该为她跑一趟啊。我虽然有点倔,但心也是肉长的呀。我犹豫了一下说:"好吧。"我装出这犹豫一下的样子,是为自己下台阶,因为我刚才还在为这事同顾调度拍桌子呢。我转身想去拿刚才拍在桌子上的驾驶执照时,看到顾调度已把我的执照拿在手里,又是副嬉皮笑脸的"活宝"脸:"怎么?你不是说不干了吗?"他抖着那执照气我。

我冲上去,一把抢过执照,说:"去你的吧!你这位老哥儿也够缺德的,咱们回来再算账!"

我们又上路了,天却有些阴沉沉的。恐怕要变天。通过这两次接触,我感到她很爽朗,也活泼热情,还有些天真调皮,是个心眼儿挺好的姑娘。她对我自然也没有了第一次坐我车时的那种对立情绪,态度友好多了。我们聊起天来。

"喂,姑娘。"我说,"我到现在还不明白,那天你为什么不让我送你。"

"可我也不明白你为什么要送我。"

"那时,也不知为什么,"我说,"我仿佛看到一个姑娘掉进了水里,有危险,但我却不去救她。这怎么行?我那时对你,就产生了这样一种心情。"

"可我那时并不是那种情况呀。"她笑了。

"可那时我觉得我的良心很不安。我觉得我有义务陪你走到目的地。

你要在荒无人烟的戈壁滩上走三四公里路呢,而且又是黑夜,又是个姑娘。"

她沉思了一下,一点头说:"那就谢谢你了。"

"你上次已经谢过了。"

"上次是谢你的情,这次是谢你的心。"她非常友好地看了我一眼。

汽车下了公路,拐进戈壁滩。一路上,除那茫茫的戈壁滩外,什么也看不到了。走这样的路是最单调最乏味的了。但今天我却兴致勃勃,好像戈壁滩也变美了。

"你一个人在荒凉的戈壁滩上走,真不怕吗?"

"真不怕。"她说,"上次我在那儿下车,天已经黑了。以前我在那儿下车的时候,夕阳刚刚西下,我就独自坐在路边的一块大岩石上,欣赏那美景。戈壁就像大海一样,那是一种黑色的海,平静的海,荒凉的海,它的落日的景色比大海的落日的景色更悲壮,更雄浑,更有力量。我们看不到海边落日的壮观。但海边的人,也看不到戈壁滩上的落日的悲壮。"她充满激情地说。

我想起了那天她看落日时的眼神。

"等我看完落日的壮观后我就往目的地走,黑沉沉的戈壁开始沉睡了,我感到了千古荒漠沉睡时那沉重的有力的呼吸,那种深沉的感人的力量。我觉得我一个人在那苍茫的大地上走着,又自由又痛快。戈壁是荒凉的,但它并不寂寞,有时蜥蜴会嗖地一下从你脚下穿过,那长着长尾巴的跳鼠会突然惊慌地从枇杷柴中跳出来,钻进洞里。还有那野兔,在月光下,那眼睛在闪闪发光,我真想跑上去抓住它,摸摸它那毛茸茸的身子……"

她讲了野兔,可我坏事就坏在野兔上。我津津有味地听着她那对我来说是新鲜的充满激情的感受。路越来越难走了。前面有一段沙包路。忽然间,我看见在路上一条深深的车辙中,有一只野兔蹲在那儿。当汽车开到它跟前时,它惊慌地不知往哪儿跑才好。我把着驾驶盘的手一犹豫,车身猛地朝左倾斜过去……

"当心!"她喊。我赶紧松开油门,打方向盘,但车身慢慢倾斜着滑出一段路后,终于轰的一声倒在沙包里了,溅起了一团浓浓的尘烟。等我们从驾驶室里爬出来,车身已有五分之一陷在松松的沙土中了。我检查了一下车子,除了压在底下的踏脚板歪了,其他一切都好好的。那活动板房也没损坏。

风越来越大了,乌云黑压压地布满了天空。不一会儿,风开始尖厉地呼啸起来,接着大颗的雨点打了下来。她拉了我一把,我知罪地看看她。她那眼光是谅解的。她说:"上板房里去躲躲雨吧。"我不敢进,但她又拉了我两下。我们钻进了那躺倒的板房里,我离她远远地坐着。雨点在猛烈地拍打着大地,风夹着砂粒敲打着板房。我觉得那雨点和砂粒仿佛敲打在我的身上,敲打在我的心上。

我卷了一根莫合烟,但划了几次火柴都没有划着,因为用力过猛,火柴头都断了。一只纤巧的手从我手中拿过火柴,为我点着烟。

"这车还能跑吗?"她问。

"能,但得找两辆车把它拉起来。"

我的痛苦的悔恨的神情感染了她,她的语气是宽慰的,但我更觉难受。

"委屈你了。"我说,感到鼻子发酸。

"没什么,这条路就是难走。"她说。深深地叹了口气,好像想要把现在这种沉闷不安的气氛驱散掉一样。她笑了笑说,"如果不难,也就不会有什么艰难困苦了。"

天渐渐地黑了,雨也停了,西边还没有完全消失的一点亮光,给茫茫的大地送出一点儿亮影。风虽小了点,但仍很有力量。由于下过雨,哪怕是夏天,戈壁滩上的气候也会骤然下降,变得很冷,她执意要去拦车。风吹抖着她的衣服,她穿得很单薄,在那昏昏暗暗的光亮中,那衣服紧裹着她那苗条而匀称的身子。她虽不娇嫩,但也并不强壮,但我感到在她身上有一种力量,在她的心灵中,萌发出一种光彩,这种光彩,也似乎射进了我的心里,让我产生了一种想要"自省"一下的想法……

她真的拦了两辆车来了。

等我们再次上路时,月亮已经升上来了,星星在闪烁着蓝莹莹的光。一路上,我一直不想说话,然而我的心却在激烈地翻腾着,一直到目的地。

第二天一早,我想偷偷地开着车走。但当我发动汽车后,却突然看见她朝我奔来,利索地跳上踏脚板,扒在车窗上说:"现在就走吗?"

"嗯。"

"也不打声招呼?"

我脸一红。

"记住。"她朝我笑笑,"开车别再冒失,也别瞎逞能,下次我有事,还搭你的车。我相信你。给!"她扔给我一塑料袋面包,"路上吃。"

我猛地按了两声喇叭,感到鼻子一酸,打转车头就上了公路。因为我已经克制不住自己,我不愿让她看到我的眼泪……

汽车又下了那大斜坡,穿过那红柳丛生的干沟。我感到浑身发烧,肚子绞痛得有些受不了,而且头也开始有些晕。但我不能停下,我的头脑还是清醒的,我的眼睛还是敏锐的。汽车上坡了,我感到我浑身还是充满了力量。一种不可抑制地向外冲动的力量,同汽车那隆隆的奋力向上爬坡的力量汇合在一起,似乎可以去移山,可以去填海。坡爬上来了,又是那无边无际的黑褐色的戈壁。这时,我感到那辽阔宏伟的大地是神圣的,那荒凉而无垠的戈壁是深沉的,而那西下的太阳所燃烧着的一团团火是热烈的。这种神圣,这种深沉,这种热烈,给人一种浑厚的向上的力量。那一团团火焰突然炸裂了,大地仿佛震动着,叫喊着,那一股股黑亮黑亮的原油从地底下喷了出来,那原油越积越高,越积越高……突然,又变成了一座座井架,一幢幢楼房,那井架,那楼房在闪烁着亮光,赶走了天上的星星。啊,我见到的是不是戈壁滩上经常出现的海市蜃楼?……然而那灯光又熄灭了,那星星又回来了。不过,前面总算又出现了灯光,我知道我已把车开到了她那儿。以后,我什么也不知道了……

等我醒过来,我发觉自己躺在一个板房里,在打吊针。旁边坐着一位姑娘,就是她。也是我第二次见她时的那身打扮。戴着一顶圆筒形的白帽子,穿着白大褂。在灯光上,她那娟秀的脸显得很美。她见我醒过来,把药喂进我的嘴里,用她那富有弹性的手臂托着我的脖子,把我轻轻地扶起来,给我喂了水。我朝她点点头,表示感激。

她在我床边坐下。夜一定很深了。外面在刮着风,那荒凉的戈壁滩啊,老是爱刮风。我觉得板房仿佛也在风声中摇晃。

"我是什么病?"

"急性中毒性痢疾。"她说,"你真行,亏你能熬到这里。"

"你不是带信说,这车货要十七日以前送到吗?"

"你真守信用。"

"哪里。"我说,"你在这儿干吗?是特地来看护我的吗?"

"是来看护你的,但不是特地。"她说,一笑,"这儿才是我的岗位。我是护士。"

"护士?"

"是呀。"她说,"我是克拉玛依卫生学校毕业的。"

"可那天你怎么给我做饭呢?"

"那天晚上我也是值夜班,上那儿去吃夜班饭的。想不到饭还没做好,你就造反了。"

我不好意思地笑笑。

"后来我就把我的饭让你吃了。"她说。

"怪不得那么快,我以为你是变魔术变出来的呢。"我说,"可把你饿着了,真对不起。"

"那晚上我看你那样儿,肯定饿坏了。很同情你,将心比心,都不容易呢。你这样躺着觉得闷吗?"

"不,不闷。"

"我给你唱支歌好吗?就是你爱唱的那首歌。"

我笑了。我仿佛又听到那茫茫的夜色笼罩的戈壁上飘来的歌声。

"哎——哟哦,憨愣愣的哥呀爬上山哟,娇嫩嫩的妹呀遛上坡哟,迎着那夕阳唱山歌哟,哥来一声妹呀妹喊一声哥哟,他俩偷偷摸摸,羞羞答答……"她停了一下,还"啊啊啊"吗?我想,不,她脸一红,唱,"嗨!亲个嘴哟!"她羞赧地一笑,一个扭身,嗤嗤地笑着,跑了出去。她走到门口,又转过身来:"休息吧。"她又一笑。那笑仿佛是窥探了我什么秘密似的,她脸又一红,眼往墙那儿一扫,迅速地关上门走了。

  我往墙边看。怎么回事?我的衣服,裤子,还有裤头都晾在那儿。老天,我猜到了我昏过去后发生了什么事……

  我的脸热辣辣地发烧。是的,医院里护士都干过这样的工作。可是……让我怎么说呢?

  风在呼啸着,砂粒打着板房。外面那茫茫的戈壁一定还是黑沉沉的。她叫什么名字?我还不知道她叫什么名字呢!但这又有什么?在这小小的荒凉的戈壁滩的"驿站"上,我感到有颗心在跳动,这颗心随着这宏伟的事业在跳动……荒凉的戈壁滩啊,你在我的心目中,从来没有像现在这样亲切,富有诗意……

  "哎——哟哦,"我轻声地唱起来,"憨愣愣的哥呀爬上山哟,娇嫩嫩的妹呀遛上坡哟,迎着那夕阳唱山歌哟,哥来一声妹呀妹喊一声哥哟……"一种浓重的激情在我心中荡漾,在我心中沸腾。戈壁上的风,夹杂砂石,在轻轻地敲打着板房……

中篇小说

中篇小说

克拉玛依的一天

一

"小公鸡"顾大椿晚上睡觉时,想到第二天要干的三件事。第一件事是明天干活硬得完成定额的一倍半,这样一来,这个月他连工资带奖金就可以拿到四百八十多元。哥儿们合伙给他弄来的银行的金戒指奖售券他就可以去兑现了,一只明晃晃金灿灿的24K的四克重的金戒指往范丽丽的手指上这么一戴,那么他和范丽丽的事就算敲定了。第二件事是"班头"刘一腾交给他的任务,托他把一份情书悄悄地传给幢号施工员姚琳。顾大椿虽然是一个出了名的机灵鬼,但这件事却依然使他感到意外。刘一腾是他们作业班的班长,他们都习惯叫他"班头",长得方脸盘、宽肩膀、大个头,一副虎背熊腰、倔头倔脑的样子。听别人说,他练过武功,会打

原载《中国西部文学》1991年第3期

一路拳,但大家都没亲眼见过。他在建筑上是个内行,砌砖、抹灰、看图纸,在全班他是最强的。他为人耿直、豪爽、脾气有些暴躁,但做什么事心里都挺有谱,所以在民主选班长时,他捞了个全票。以前他同他们这些哥儿们一样,留着长发,蓄着小胡子。但当上班长后,却把黑油油的长发给剪了,小胡子也刮了,剃成个小平顶头。大家见了后都说:"班长,你这不成了土老帽了?"

"扯淡!"他说,"土老帽又咋了?你没瞧见张艺谋,不也是剃了个小平头。我这个土老帽,今后就要弄个全优工程。"去年,他们班硬是捞了个公司的全优工程,于是班里的十几个小伙子也一个个跟着班头,剃了个小平头。班里的姑娘们说:"我们班都成了土老帽班了,真难看!"

姚琳是班里的施工员,一米七二的个儿,修长苗条,一双丹凤眼,薄薄的小嘴唇,说话尖刻,个性很强,但又显得天真而热情。他俩是班里的第一、第二号人物,但一个是"男子汉",一个是"女强人",两个人都要自己说了算,老说不到一块儿,总是吵得叮当响。有一次气得班头说:"我恨不得把她一脚从脚手架上踹下去。"可谁能想到呢?他现在却要顾大椿为他传情书。顾大椿感到这事儿有些棘手,但不管怎么说,他是班头最要好的哥们之一,这个忙他得帮!第三件事是姚琳交给他的,让他给工区材料股的任股长悄悄地去塞一份红包,里面装了五百元钱。本来这件事刘一腾和她都反对:"社会风气这么坏,咱们不能再去凑热闹了。"可事实却教训了他们,他们还得"现实"点。停上三天五天工,损失就得好几万!现在是幢号承包,作业班包干,经济效益挂钩,损失全摊在班里每个人头上了。刘一腾心虽动了,但表面上还倔头倔脑地不肯脱口。还是姚琳现实,眼下水泥、钢材已经开始紧张了,而班里原先领来的几十吨水泥明天眼看也就要断档了。"小公鸡,"姚琳微笑着,十分认真地对顾大椿说,"我想来想去,这个任务只有交给你。你是你们班里最机灵最善于交际的人。这事儿本来我想自己出面,但为领材料的事我跟任股长吵过架,我骂他是贪官污吏,他恨透我了。我要出面,反而更糟。明天咱们能不能领到水泥,全看你的了。"顾大椿是个机灵鬼,对眼下办事情就得送红包心里也窝着一肚子的火。可眼下这状况,不干又不行。于是他说:"姚琳,我也没干过这种事儿,让我晚上考虑考虑,明天再给你答复怎么样?"

"你准行!"她用食指在他胸脯上戳了一下。

顾大椿想好了,明天先让胖墩李中明按正常渠道去领水泥,如果实在领不出来,他再出面也不迟。李中明由于长得胖,干活不利索,每天都完不成定额,于是班头就安排他兼当班里的材料员,平时干点活,需要领材料时就让他出面,每月给他发定额工资,算是照顾他,班里的人也没意见。这也是班头能得人心的地方之一。李中明为人忠厚,有些傻憨憨的,但做事却很认真,一丝不苟,领出来的材料从来没有差错,让他当材料员也挺合适。顾大椿睡在上铺,李中明睡在下铺,顾大椿老拿他逗乐子,他也从来不生气。他俩相处得很好。就凭这一点,如果李中明领不来水泥,他顾大椿也得出面去帮忙。他办事要么不办,要办就一定要办成,在爱情问题上他也是这样。范丽丽是他们工区最美的美人儿,他凭他的机敏,凭他的执着,凭他的真诚,硬是弄得她同他一起看电影、喝咖啡、跳舞、照相、逛公园,让她满心喜欢,并且也爱上了他,而且还爱得挺深挺蜜。当他把这一消息透露给班里的哥儿们时,哥儿们都惊叹地炸了锅了。

"行!小公鸡,这是我们全班的光荣!全工区最美的美人儿叫咱们班的泥瓦匠给㨤来了。"哥儿们准备给他送一份厚礼,买一只金戒指,现在"黄货"最吃香最时髦。但他拒绝了。他说,金戒指是定情物,得用我自己的钱买来送她。于是有人提出一个折中方案,他们合伙存钱到银行去弄一张金戒指奖售券,顾大椿用自己的钱去买。这样,大伙儿的情有了,他的爱也有了,他这才答应下来。在这一点上,他觉得自己比班头刘一腾强,有一股"妹妹你大胆地往前走"的劲头。班头为了向姚琳表达爱情,竟要绕个圈,由他"小公鸡"来当"二传手"。

二

顾大椿生来就是个乐天派,他说活人不能让冬天冻死,夏天热死,该睡就睡,该吃就吃,该干就干,该乐就乐。虽然天气热得他全身冒汗,明天这儿的气温要升到四十摄氏度,但他一躺下后,照旧呼噜呼噜地睡得很香。所以天一亮,像平时一样,他醒来后的第一件事,就是像公鸡打鸣似的尖叫一声,正由于他有这个习惯,所以大伙儿就给了他一个"小公鸡"的雅号。他在床上先来个前滚翻,接着又一个后滚翻,他那匀称而结实的身体压得床板吱吱嘎嘎乱响。

"小公鸡,你安分点!"睡在他下铺的胖墩李中明睡眼惺忪地嘟着嘴抱怨着说。顾大椿一个翻身跳下床,把挂在床头的一只小型温度计摘下来,勾在腰带上,睁着那双亮晶晶的眼睛对大伙儿说:"哥儿们注意了,昨天中午我到戈壁滩上去做了个试验,我把温度计往滚烫滚烫的沙子里一插,只见水银柱像小火箭一样地往上蹿。大伙儿猜猜,那水银柱一直升到摄氏多少度?"

"三十八!""四十二!""六十!"

"六十度人还能活吗?"这时宿舍里的十几个哥儿们已经紧紧张张地开始起床。大家七嘴八舌地说着,气氛顿时变得活跃起来。

"我说的是沙子里的温度!"喊"六十度"的那个人说。

"那不也对!"顾大椿说,"八十五度五!"

"喔哟!"大伙儿一声尖叫。

"喂,胖墩。"他拍拍李中明那肥嘟嘟的肩膀说,"你说说,这温度能干啥?"

李中明想了半天,用手搓着像女人一样的胸部,憨憨地摇摇头说:"这能干啥呀?"

"煮鸡蛋!"大家发出一阵哄笑。

"煮鸡蛋吃,够营养的。你胖墩吃了,体重也是直线往上升!"

"扯淡吧!"胖墩一甩胳膊,叫起来。

大家笑得更厉害了。"胖墩!"刘一腾那硕大的脑袋从窗口伸进来说,"快上工区材料股领水泥去。早饭回来再吃。"

"是!"李中明急匆匆地穿上衣服,脸也顾不上洗,朝工区办公室的方向直奔而去。顾大椿想,姚琳让他去送红包的事,看来刘一腾还不知道。这红包里的五百元钱不知姚琳是从哪儿来的。说不定是她自己先掏腰包填上的。

姚琳这姑娘,嘴虽厉害,但心眼儿不坏!

三

顾大椿踩着吱吱扭扭叫着的竹夹板,爬上脚手架,把钩在腰间的温度计挂在架杆的螺丝上。有人问:"小公鸡,现在多少度?"

"摄氏三十三度,一度不多一度不少。"

"趁现在还凉快点,"班头朝大家喊,"大家加把油干!"班头一喊,大伙儿心里都清楚,吃早饭前的两个小时,正是手上出活的关键时刻。只要一拿上瓦刀,顾大椿就感到浑身来了劲,今天要完成定额的一倍半,这两个小时就得豁出命来干。

干活开始了,大家都很紧张。"灰浆!灰浆!"顾大椿对提灰浆的人一个劲地喊,"快,快,这里来一桶!"其实每次他的灰浆才用了一半,他就咋呼开了,怕灰浆一时跟不上,就会耽误手中的活。这一点顾大椿算得很精。要完成定额的一倍半,这不是嘴巴说说就能来的。至于第二件事,现在只有缓一缓再说,眼下实在抽不出空,况且这阵子真不是递情书的时候。这种事儿只有到时机成熟了,把球再"啪"地传出去,那才有效。灰浆用得也真快,一桶灰浆挖不了几下桶就见底了。"灰浆!"一桶新装满的灰浆桶子又提到他的脚下,他把挖空了的桶一脚踢到一边去,别挤在脚边碍事!提灰浆的小工们也真辛苦,在一片急煎煎的喊声中,"马不停蹄"地奔跑着。而当小工的大多数都是姑娘,汗水顺着发尖滴滴答答地往下流,一个个热得脸腮部是红扑扑的。

"加把劲啊,哥儿们!"顾大椿举起瓦刀喊,"我们可爱的太阳又要同我们亲热亲热啦!"

太阳升起来了,茫茫的荒漠上腾起了一股股热浪,一阵阵地朝你身上扑来。这时,全身的汗水就一个劲一个劲地往外涌。"三十六度啦,"顾大椿喊,

"趁现在的气温还没超过咱们人体的体温,再加把劲吧!"

干活好像就得有人这么"催命"似的咋呼着。听到这种咋呼声,大家都会觉得干起活来又紧张又快活又利索。要是听不到这种咋呼声,尤其在这种酷热的天气里准会觉得又沉闷又烦躁,人也会变得懒洋洋的,手上也不出活。

升降机咣当一声响,送上一推车搅拌好的灰浆,又咣当一声响,把挖完灰浆的小推车送下去。一桶桶用完了的灰浆桶扔到了小推车的四周;一桶桶装满了灰浆的胶皮桶提到了大工们的手边。小工们挥着额头上的汗水,把散在地上的空胶皮桶又拾起来拎到小推车旁。于是摔灰浆的啪啪声,放红砖的嗒嗒声,瓦刀敲在红砖上的笃笃声响成了一片。一切都进行得很顺利,整个作业线就这样紧张而热烈地流着。顾大椿感到很满意,照这样干下去,今天要完成定额的一倍半看来是没问题了。

四

早饭是油条和豆浆。伙食改善得不错。昨天早上是绿豆稀饭和红枣发糕。顾大椿绿豆稀饭就喝了三大碗,今天豆浆他也要灌三大碗。用他的话说:吃进去的营养要顶得住消耗,第三碗豆浆还没有灌进肚里,只听得咯噔一声响,搅拌机又轰隆隆地叫起来。顾大椿一口气把剩下的大半碗豆浆灌完,把半根油条全部塞进嘴里,塞得腮帮子鼓起两个包。他一面嚼着油条一面噔噔地爬上脚手架,戴上安全帽,嚼着的油条还未咽进肚里,就含含糊糊地喊:"灰浆!"还用瓦刀当当地敲着红砖。砖一块一块往上砌,墙一层一层地往上升,汗水滴滴答答地往下流。但谁也没有想到,正在非常有节奏地响着的搅拌机会咯噔一声停住了。赵正涛捏了捏他那尖得出奇的鼻子,仰起头,伸长脖子冲着上面喊:"班头——完了——"

刘一腾也正干得起劲,听到这喊声后,气恼地探出他那结实的大脑袋,挥了把汗喊:"什么完了?你个丧门星!"说实话,赵正涛的这么一声不伦不类的喊声,大伙儿听了都感到不是味儿。

"水泥完了!"赵正涛委屈地说,"我昨天就跟你讲了,剩下那点儿水泥用不到今天中午,你瞧,现在才十点多点儿,不就完了?"

"真丧气!"班头把瓦刀往墙体上一摔,脱下安全帽扇了扇风,但很快又把安全帽戴上了。要是叫工区的安全检查员发现了,就会开出罚款单罚款。现在什么事动不动就罚款,幢号一承包,好像哥儿们口袋里多装了点钱,谁都看了眼红,谁都设着法儿想从他们的口袋里掏点儿去。班头焦急起来,说:"胖墩呢? 胖墩不是领水泥去了吗? 怎么还不来?"

顾大椿把桶里最后的一把灰浆挖尽,心灰意懒地再在上面放了块红砖。完了,今天全都耽搁了。一阵叮叮当当响,大工们都把瓦刀扔在墙体上,一只只掏空了的灰浆桶被扔成一堆,张着黑洞洞的大口,像一头头饥饿的野狗,在嗷嗷地等着要吃。

"来了!"有人喊,"胖墩来了。"

大家一个个像鸭子吃食似的,伸长了脖子,看到胖墩开着手扶拖拉机驶进了工地。但大家往拖斗上一看,又都泄了气,拖斗里只放了七八袋水泥。这够什么用的? 刘一腾火了,一撂安全帽就踩着吱吱扭扭乱叫的竹夹板,跑了下去。

胖墩把拖拉机开到搅拌机跟前,停了下来,班头走上去问:"怎么回事?"

"今天气温要高到四十度,"胖墩抹着脸上、脖子上的汗水说。他全身都湿透了,那胖嘟嘟的肉从他那湿漉漉的白衬衣里透了出来。他急急地喘着气说,"水泥库房不发料。"

"那这点儿水泥从哪儿来的?"

"向别的幢号借的。"

大家看看拖斗里的那几袋水泥,不够干两个小时的,不过能向别的幢号借出这么几袋水泥,也算他胖墩尽了心了。大家都很失望地叹了口气。这时姚琳也从脚手架上走了下来。

"我早就说过,"胖墩委屈地说,"得偷偷地给人家送红包! 人家送过红包的幢号,都储了十吨二十吨的水泥。可我们,领一次才这么五六吨,干不了几天就完了。"

"这算什么理!"刘一腾恼火地说,"凭什么要把我们的钱白白地往他们口袋里送!"

"现实点吧!"姚琳走上来说。每当上工地,她就把长披发弄成个髻,挽在头顶上,看上去也很时髦。她长得也挺美,就是脸黑了点,"黑里俏"也是一种俏。"这事儿我就想通了,眼下谁能逃得脱关系网?"她说,"谁能离得开走后门?咱们口袋里多得了点钱,就得给那些当权的、管物的、查质量的匀一匀,大家都得点儿实惠呗!咱们打破了大锅饭,可没打破大锅汤,饭不能流,汤能流。反正还得在一个更大的锅里折腾。现实就是这么回事!"

"这是什么现实?我们是按劳取酬,天经地义;他们是按权取酬,贪官污吏!"刘一腾更火了,从口袋里掏出一支"大重九",呼呼地抽着。

"你再骂也没用,不送红包你就得老停工,停工损失不说,延误了工期,全优工程捞不上,你还得罚款。你算算吧,好几万!送个红包才几个钱?"姚琳说,脱下安全帽扇着风。"这笔账我可是算清了。以小失大,划不来!"

"不正之风这笔账咋算?"班头还不肯服输。

"那要叫国家政府的头儿们去算!我们算顶屁用!"姚琳也火了。眼看他们俩又要叮当开了。可这时所有的人,包括顾大椿在内心里都清楚,不管怎么说,这红包就得偷偷地送出去。所有人的眼睛都看着班头,所有人的眼神都表达了一种意思。

"好吧。"他说,"你们想送就送吧。但我不去送。这事儿让人感到别扭。"他对姚琳说,"这是你的主意,你去送。"

"我去就我去,"姚琳把白色的塑料安全帽往工棚的架子上一挂,"小公鸡,咱们走!"

"我还没有考虑好呢。"顾大椿说。

"什么时候了,还考虑!"

"跟她去吧。"班头说。

拖斗上的那几袋水泥卸了下来。姚琳跳上拖拉机,挂上挡后,顾大椿也一蹦上了拖斗,拖拉机哼哼了两声,便开出了工地,迎面扑来的是一股股灼热的风。姚琳穿着蓝色的工作服,背部被汗水浸湿了。她可以算得上是个

"女强人"了,建筑上的事她当然挺懂行,而且还会开拖拉机、摩托车、小汽车。后来才知道她老爹是公司汽车队的队长,从小就会摆弄这些玩意儿。不过她也有缺点,工作有时有些马虎,考虑问题不像班头那么周到,脑子一热就敢干。工地的外面是茫茫的戈壁滩,四下里袅袅地升腾着干干的烟气。顾大椿掏出一包已被压得扁扁的大重九香烟,抽出一支,那压扁的烟已经有了裂口,他从烟盒上撕下一片纸条,用舌尖舔舔,把裂缝粘好,啪嗒着打火机点着后,美美地抽了两口。关于抽烟的原则,他同班头的观点是一致的:抽得少,但要抽得好。他想,现在他已单独同姚琳在一起了,是立即就把刘一腾的情书交给她呢还是先试探一下再说呢?顾大椿考虑一下后,觉得为了稳妥起见,还是试探一下再说。他深深地吸了口烟,烟气从他的鼻孔里一点点地冒出来,被灼热的干风吹进了热辣辣的尘雾中。

五

记得两年前,他们施工队刚开始试行幢号承包、班组包干的经济责任制。刘一腾让顾大椿到队上的库房去领一些急需的五金材料。那也是个大热天,顾大椿连奔带跑地直奔库房。看到库房前排了好长的队,他想,材料要的急,他不能这么排着队干等着。他挤到队前一看,在库房发料的是一个新来的姑娘,细长苗条的身材,长长的披发,又黑又俏的脸,眼睛水灵灵的,人长得挺美。顾大椿见来的是个新人,以为有空子可钻了。于是挤到最前面说:

"小师傅,我领点五金材料。"

"到后面排队去!"她不满地瞪他一眼说。

"这些材料我们工地上正急等着用呢。"他递上料单说。

"请到后面排队去!"她说。

"你不认识我吧?"他嘻嘻一笑说,"公司的顾总工程师你知道吧?我是他儿子。"

"排队去!"她说,再也不理他了,开始给别人发料。顾大椿只好刮刮鼻子上的汗珠,有些灰溜溜地挨到后面去排队。一直排到快中午时才领上料。下午快下班的时候,火红的太阳正渐渐地往群山间沉下去。大地变得一片通红。

"喂!那个叫顾大椿的!你给我下来!"顾大椿探出脑袋,一看是她,穿着天蓝色的连衣裙,显得越发的苗条俏丽了。顾大椿走下去,问她,"啥事?料单上我不是签名了吗?"

"不!我倒要问问你,"她板着脸说,"我什么时候有你这个哥哥还是弟弟的?"

她这一问,问得顾大椿倒傻眼了。心想,难道她是顾总的女儿,世上哪有这么巧的事?他搓搓手,显得很尴尬地说:"我,我不知道。"

"我倒弄不懂,"她说,"你是我爸爸妈妈公生的呢?还是私生的?"

"不不不,"顾大椿红着脸不好意思地说,"我是我爸爸和我妈妈公生的。同你的爸爸妈妈没关系。"

"诈骗犯!"她伸出食指在他胸前一点说。

"你是他女儿?"他问。

"不,同你一样。"她微笑一下说。

"什么?"

"诈——骗——犯。"说完,她一仰脖子,咯咯咯地大笑起来。笑完后,她擦着眼泪说,"你可没有唬住我,我可把你唬住了。脓包!"

顾大椿这才明白过来,也笑着说:"你可真行,把我真的吓了一跳。其实上午我倒不是有意想唬你,眼下,就是那块当官的牌子吃香。"

"可我偏偏不吃那一套!"

"你行!"

"什么?"

"我说你行!"

"谢谢夸奖。"

顾大椿觉得她是个活泼有趣爽朗的姑娘。后来顾大椿才知道,她是刚从建筑学校毕业出来的中专生。由于那几天领料的人特多,队长就让她到库房帮了两天忙。不久,她就分到他们作业班来当施工员了。大家都挺欢迎她。

手扶拖拉机突突突地哼哼着。天气真够热的,天空上飘着的一丝云彩也是干巴巴的,汗水一股一股地往外冒。顾大椿抽上两口烟,嘴巴也热热地发烫。他想,到工区库房还有一段路,趁现在他得试探试探她对班头的态度。

于是他把屁股挪到拖斗前面的横档上,紧挨着姚琳。

"姚琳,你觉得咱们班头怎么样?"

"像一头熊!"

"他笨?"

"对。"

"扯淡吧!"顾大椿叫起来,"班头学啥像啥,哪点笨?"

"干啥事都不打弯。"

"得了,你不了解他,其实他挺有心计。要不,他咋能把全班五十几个糊弄住?你一天要同班头叮当上几次,可调你到别的班,你硬是不肯去,说:'我死也要死在这个班里',这为啥?我觉得啊,你挺喜欢班头。"

"你说什么?"她放慢车速,回过头来说。

"你喜欢他!"他加重语气说。

"扯淡吧!我干吗要喜欢他?"她脸一红说,"要说喜欢,我只喜欢他一点。"

"什么?"

"同他吵架!"

"同他吵架?"

"对,同他吵架挺有味。你没瞧他同我吵架时的那样子,认真得像一头在觅食的熊!"

顾大椿想,她到底喜欢不喜欢他呢?

拐进一座黄色的小土丘,前面就是一条沥青铺的公路,沥青被太阳晒得软乎乎的在冒油,路的两旁种的是稀稀落落无精打采的林带。

"喂,一家子!"林带里走出一个瘦长个儿的年轻人,戴着一副把半个脸都遮住的太阳镜,他朝顾大椿挥着手,"上哪儿去?"

"上库房领点料。"顾大椿回答他说。

"今天库房不发料。这么热的天,你们也不歇歇?"

"赶进度呢!"

"你们太财迷了!"他喊。

他们相互喊了一阵后,拖拉机驶远了。

"你知道他是谁?"他问姚琳说。

"不知道。"

"你不知道吧? 他才是正儿八经的顾总工程师的儿子。叫顾晓泉。咱俩都是冒牌货。"

"听说他是个社会油子。"

"吃喝玩乐都行,就是干活不行。"顾大椿摇摇头说,"安到哪儿都没人要,材料股的任股长就把他弄他那儿去了。听说他在材料股也是整天不干活,东游西逛,不过他同任股长的关系倒挺不错。任股长靠的是他爸爸。不过那小子跟我还不错,有一次在咖啡馆,有两个小子要揍他,是我帮他解了围。他一拍我的肩膀说:'哥们,将来有什么难处,只管开口。'唉——"顾大椿长叹了口气,"有些人喜欢同那些公子哥儿交朋友。我就不愿意,咱同他们不是能在一个锅里吃饭的人。所以我从来就没有求过他,叫他帮什么忙。"

"我同你一样。"姚琳说。

工区办公室在一片土丘的后面。姚琳把手扶拖拉机开到土丘的阴影处,对顾大椿说:"小公鸡,你去找任股长,我不去了。他一见我就有气。不过,你一定要设法把红包送上去。"

"放心,我会见机行事的。"顾大椿一个鹞子翻身跳了下来,朝工区办公室走去。

六

工区办公室是一座带拐角的平房,整座房子显得静悄悄的。由于今天气温要高达四十度,大多数人都休息了。

顾大椿想,到底是机关老爷们,而我们为了赶进度,在赤日炎炎的毒太阳下,还得一个劲地干活哩。可他们连坐办公室都不想坐。说来说去,我们干活同经济利益挂了钩,可他们还没挂上呢,旱涝保收嘛。现在他们还偷偷地收红包,刮我们的血汗钱,真他娘的不像话。这叫改革不配套。

顾大椿走进热烘烘静悄悄的走廊,走到材料股办公室的门口,先从窗口往里瞄了一眼,看看谁在里面。里面只有一个人在值班,是个大胖子,穿着短裤、汗背心,那一大摞白嫩嫩肥嘟嘟的肉堆在一把折叠椅上,把折叠椅都盖满了。他叉开四肢,面对着呼呼叫的落地电风扇,正在凉快呢。就这样,他的背部还是淌着汗,丝绸的汗背心上湿了一大片。"比咱们的胖墩还胖的有水平。"顾大椿想,这位就是材料股的任股长,准是几十个作业班送的那些红包把他给催得这么肥。不过,我的红包先不忙送,虽然这是送红包的最好时机。我先跟他说些好话试试,如果行的话,五百元钱就为大家省下了,人有时也爱听好话。

顾大椿先把那包大重九烟掏出来,把压皱的烟盒抚抚平,再看看没有压断了的烟还有几根,进去敬时,千万别把断了的烟拿出来。于是他轻轻地敲了敲门,走了进去,脸上堆满了恭维的笑容,走到任股长跟前,很有礼貌地鞠了一躬,说:"任大叔,您好。请问提料单是不是在这儿开?"说着,便挑了支好烟送了上去。

"我不抽烟。"任股长把烟挡开说,"你提什么料啊?"天气太热,他看上去情绪不太好,显得有些烦躁。

"提点儿水泥,嘿嘿。"为了能办成事,顾大椿满面笑容,说一句话就欠一欠身。

"不是昨天就发通知了吗?今天气温太高,水泥库房不发料。"

"任大叔,"顾大椿又欠欠身,笑容可掬地说,"我们正在干着活呢。"

"这是你们的事。反正幢号承包了,上不上班由你们自由,我管不着,可我们得按上级的通知办,除发点小五金外,其他材料一律不发。"

"任大叔,这道理我懂。"他往他跟前挪了挪,无意中把风扇挡住了,"可眼下我们工程进度紧,工地上一点水泥都没有了,停着工呢,您是不是通融通融,给批点水泥。"

"你让开点,别挡我风。"任股长皱着眉,把他拉到一边说,"唉,这天气,简直叫人没法活。电扇扇出的风都是热的。"他把粘在肉上的湿汗衫往外拉了拉,"我说小青年,你是上过学的人,这道理总该懂吧,这四十度的高温,叫人从库房搬水泥,水泥灰把毛孔堵住了,汗流不出来,体内温度就会升高,那可是要死人的。而且眼下也没人给你们发水泥。"这时顾大椿想,我现在是不是该把红包送上去。可现在他心情不好,万一拒绝怎么办?那事情不是更糟了?顾大椿还从来没给人送过红包,他想起别人说过,红包不是随便什么人都可以送上去的,人家接红包的人也不是随便什么人送的红包他都收的。一般送红包要通过熟人送上去,而且这种事,只能是单线联络,只做到天知、地知、你知、我知。随随便便收红包,一露馅,说不定哪一天吃不了兜着走。顾大椿想,我这么愣不秋秋地把红包送上去,他怎么会收呢?除非他是个"傻帽"。不过这位任股长肯定不是"傻帽",不送红包不知道,一送红包才知道,这里面还有许多麻烦事。这些事他顾大椿事先都没好好考虑。他不是不想考虑,而实在是对这件事有反感。现在这事搁在自己头上,不考虑不行了,但眼下临时抱佛脚却来不及了。怎么办呢?不能就这么打退堂鼓,还得缠一缠。

"任大叔,"顾大椿耐着性子,赔着笑脸说,"求您老帮帮忙,我只领两吨水泥,两吨,行不行?我们先把这两天打发过去。"顾大椿说着说着,又把电风扇挡住了。

"别烦了行不行?不发水泥就是不发水泥!这不是我决定的,是上级决定的,那是为库房工作人员的安全着想,这个决定是英明的,要不,我们还叫什么社会主义企业,啊?"他又把顾大椿往边上拉了拉,"往这边站站,你干吗老挡风。"

顾大椿有些火了。现在不让干活,是社会主义企业,那我们这些还在干活的人,搞的是资本主义企业了?我们拼命干活,是为了多赚几个钱,这不假,可我们赚到的毕竟只是个小头,大头在国家,中头在企业。我们拼死拼活,大部分还是在为国家干,为企业干!

"任大叔,您老的话当然说得不错。可眼下我们干活,也不光是为自己干,公司的利益也在里头呢。我们第一线的人正在干着活,你们搞后勤的也得配合配合嘛。"

"我在按上级的通知办事。"顾大椿的话说得硬了些,任股长也恼了。他觉得这个小青年怎么缠个没完,他感到浑身发热,电风扇也不凉快了,汗从他那叠满沟沟的下巴上滴滴答答往下流。

"通知也有个灵活性嘛。"顾大椿也火了。他想,小红包送不出去(现在送出去反而坏事),好话说了一大箩,笑脸赔上一大串,但一点用也没有。真想破口大骂,一想不能因小失大,便继续点头哈腰地说,"任大叔,求您了,请您老开张料单,其他的事我们想办法,您看行不行?"

"不行!没人发料,我开什么料单!"

"这样我们得停工啊!"顾大椿火了。

"天气这么热,你们也歇一天吧!"

"我们要赶进度呢!耽误工期你得负责!"

"有意见向上级提去!"

"你官不大,僚不小!"顾大椿扯开嗓子喊。

"你小子,说话得掌握点分寸!"

"现在提倡五讲四美,要在以前,老子还要骂你呐!"人一上火,也就忘了瞻前顾后,火气一发泄出来,事情也就僵了!再说好话也没用了,而且人在火头上,什么好话也不想说了。顾大椿只好气呼呼地走出办公室,来到走廊上。这时,心急火燎的他感到一肚子的怨气,眼下这些机关老爷们也太不像话!门难进、脸难看、事难办,说来说去还是改革不配套,只改下面的,不改上面的,下面有了积极性,上面却还是照旧冷冰冰,利益也不挂钩,这不?顾大椿越想越气,掏出一支烟,点燃后猛抽几口。他把身子靠在墙上,抹着脖子上流下来的汗。这当儿,他突然看见走廊的窗户边安着电表,电表旁边是个保险盒。顾大椿脑子一闪,嗖地跳上窗台,踮起脚尖,将保险盒上的保险盖拔了下来,然后往裤兜里一揣,从窗口跃出窗外,心里说:"我叫你扇!你想享清福,没门!"觉得总算出了一口怨气,于是一蹦一跳地朝土丘后面的手扶拖拉机那儿走去。

七

姚琳在那人儿已经等得很焦急了,不时地用手绢揩着额头上的汗。她见顾大椿来了,忙问:"怎么样?料单开出来了?"

"今天人家库房不发料。"他坐到拖斗的横档上说。

"红包呢?红包送上去了?"

"我说姚琳,咱们头脑都太简单。你也不想想,这种事是偷偷摸摸干的事。他又不认识我,我送上去的红包他敢收吗?红包、红包,名字虽好听,可拿不上台面!"

姚琳是个聪明人,听顾大椿这么一说,心里就明白了。任股长收红包的事大家都在传,但谁也没有见过,那些送红包的作业班是怎么送上去的,谁也不肯说。姚琳这时也发起愁来,说:"这怎么办呢?"

顾大椿突然把抽了一半的烟扔在地上,对姚琳说:"姚琳,咱们走,直奔库房。活人还能让尿憋死!"

"料单开不出来,库房里的人不敢发料,违反规章要扣奖金的。"

"范丽丽在那儿呢!她是发料员,咱们找她通融通融看,搞不上两吨水泥,咱们这两天就完蛋。班头又要扯嗓门发火了。"

拖拉机拐过土丘,驶上公路,公路上的沥青被升到快正中的太阳晒化了,黑乎乎的在冒着气泡。车轮滚在上面吱吱啦啦响。顾大椿冷静下来了,想起刚才同任股长争吵这事儿有些糟。不管怎么说,任股长现在还把持着材料股的大权,建筑上最关键的材料像水泥、钢材、木料这些东西,全都捏在他手里。骂两句、吵一架是痛快,但往后的日子怎么过?今年他们作业班有两项大工程,产值两百多万元,他们的工资,他们的奖金,全在这里头了。延误工期就得罚款,合同上订得清清楚楚,公证机关还公证盖了章,到时候人家甲方是按章办事,才不管你材料跟趟不跟趟呢。顾大椿心情有些沉重。但他又一想,管他呢!到时候再说,再难的事也难不倒他顾大椿啊。现在还没办法,说不定到时候灵感一来就有办法了。工区库房盖在几座土丘群中间的一片空地上,显得很隐蔽。土丘投下了大片的阴影,库房就显得稍微凉快些。但有太阳的地方,依然烤晒得让人受不了。

范丽丽是个苗条而秀丽的姑娘,确实称得上是个美人儿:白嫩嫩的鹅蛋脸儿,天真稚气的水汪汪的大眼睛,穿着粉红色的薄纱连衣裙,显得又妩媚又可爱。她听到手扶拖拉机的突突声,就好奇地从值班房里走出来。她一看到顾大椿,高兴地叫起来,挥着小手绢喊:"大椿,你咋到这里来了?"

顾大椿一见到范丽丽,刚才那一肚子怨气顿时烟消云散了。他高兴地跳下车说:"有事儿求你来了。丽丽,今天你们库房好清静啊。"

"今天不发料,大多数人都休息了。"她特别好动,说上一句话,脚尖就要踮一踮,手中的小手绢也是捏过来捏过去,一会儿擦擦嘴,一会儿擦擦鼻尖,动作很优美。

"丽丽,介绍一下,"顾大椿看着跟上来的姚琳对范丽丽说,"姚琳,咱们班的施工员,是个女强人,挺了不起。她爸爸就是咱们公司车队的队长。"

"哦,姚队长,"范丽丽脚尖踮了踮,"我见过,咱们库房经常同车队打交道。快到屋里坐,外面太热了。"

"你把我爸爸扯上干吗?"进屋时姚琳笑着对顾大椿说。

"现在不是兴这个吃这个吗?爹妈当官儿光彩。你爹好赖是个队长。我爹是个工人,连介绍都没法介绍,这位是顾大椿,他爹是建筑工人,顾瓦工的儿子,这多没分量!"

"去你的吧。"

"丽丽,你今天咋不休息?"他们走进值班房,屋顶上的大风扇正在呼呼叫着,顾大椿问。

"看库房呀,库房总要人看呀。"她开了一瓶汽水给姚琳,又开了一瓶递给顾大椿,"你们有啥事求我?"

"丽丽,是这么回事。"顾大椿一面想着一面编着话说,"我们工地上已经没水泥用了,工期又这么紧,停工的损失我们可受不了,这点你也清楚。班头就让我和姚琳一起来领水泥。我拍着胸脯向班头下了保证,我说,我要领不来水泥,就提着脑袋来见你。"

姚琳捂着嘴笑。

"你们没开料单吗?"

"开不来,材料股那胖子,我给他作揖磕头的,他就是不开,我差点没给他下跪了。"

"瞧你说得可怜的。"范丽丽捏着手绢擦了擦嘴角,笑着说,"大椿,我看这样吧,为了保住你的脑袋,因为你这脑袋对我来说很重要,"她妩媚地一笑,脚尖踮一踮说,"你们先在这儿领上两吨水泥,然后我陪你们到材料股去补个手续。这事儿只好悄悄地干,要叫人知道了,我的奖金就给敲了。"

"哦,丽丽,你可真是我们的救命恩人哪!"顾大椿向她作个揖说。

"我看重的是你这颗脑袋,为了两吨水泥,丢个脑袋多可惜!"她笑着说,"不过,库房没人发料怎么办?"

"我们自己搬。"

"两吨水泥四十袋呢。"

"姚琳怎么样?咱们一人扛二十袋。"他朝姚琳笑笑说。

"怎么,小看人?"姚琳不服地说,"不就二十袋水泥吗?"

"行!那咱们走。"

"跟我来吧。"范丽丽从抽屉里拎出一串钥匙说,"把拖拉机开上。"范丽丽扭着那苗条的身材,先朝水泥库房走去。姚琳和顾大椿回到拖拉机上。姚琳说:"长得真漂亮,而且又挺温顺善良,将来准是个贤妻良母。小公鸡,你有眼力。"

"那还用说!"顾大椿感到很得意。他觉得范丽丽主动地帮了他的忙,给他脸上增了光。回去姚琳再一宣传,你瞧那些哥儿们的眼神吧!

中篇小说

  他们把拖拉机开到水泥库房门口。太阳烤烧着大地,气温在不断地上升,四下一丝风也没有,戈壁滩像一块烧红的铁板,在喷发出灼人的热浪。从库房里把水泥扛到车上,距离很短,几步路就扛到了。可库房里却飘浮着呛人的水泥尘埃,很快都粘到汗淋淋的皮肤上。扛水泥时,顾大椿脱掉工作服,只穿件大红的汗背心。不一会儿工夫,他就觉得汗毛孔叫水泥灰给堵住了。只觉得体内的温度在不断升高。姚琳比他强,水泥只粘在她的脸上和工作服上,身上的汗水还可以一股股地往外冒,可以降些体温,工作服被汗水浸得水淋淋的。顾大椿为了图凉快,那件工作服可是脱坏事了。他只觉得两腿发软,重心不稳,水泥压在肩上,走路直摇晃,速度反而比姚琳慢了。工作服正在往外滴水的姚琳的情绪却越来越高涨,她带着胜利的笑容鼓励着越来越不支的他说:"加油啊,小公鸡,一人还有三袋了!"

  真丢人!顾大椿想,现在让一个姑娘看笑话了,刚才还小看她呢。我不该脱那件工作服,再看看自己身上,全身都让水泥灰给糊成泥人了。

  "小公鸡,还有两袋!"她往回跑着说。

  他觉得自己简直支持不住了。但不管怎么样,就是死,也得把那两袋水泥扛出去!他像喝醉酒一样,跟跟跄跄地朝前跑着。

  姚琳扛出最后一袋水泥时,笑着对他说:"小公鸡,黑暗即将过去,黎明就在前头啊!"顾大椿咬紧牙关,跟在姚琳后面,把最后一袋水泥甩到车上后,他感到体内发热,七窍生烟,五脏六腑在翻滚,嘴里吐白沫,心跳加剧了。

  "快!"范丽丽看到他那苍白的脸着急地喊,"库房后面有自来水龙头,这是胶皮管,快去冲一下。"

  姚琳接过胶皮管就拉着他往库房后面跑。她把胶皮管插到水龙头上,对着犹豫不决的他说:"别封建了!快脱,穿个裤头,性命要紧,怕什么,游泳池里男男女女不都是那个样!"

  顾大椿顾不得那么多了,掀掉那件被水泥染成灰色的红汗背心,脱掉长裤。姚琳捏着胶皮管,水吱吱啦啦往他身上冲。好凉快啊!身上黏着的水泥被冲了下来,地上淌着一股股青灰色的污泥水,体内的热量很快散发了出来,他顿时感到全身轻松得多了。

从头顶一直舒服到脚尖！他摸摸心脏,行了,慢慢地开始跳得正常了。

"小公鸡,怎么样?"

"行!"

"来,转过身,给背也降降温。"姚琳笑着说,她觉得挺有趣。

洒开的水在他背上冲成了一个个小肉窝。他痛痛快快地洗好后,姚琳也脱掉工作服,洗了洗手臂,洗了洗头发和脸,说:"咱们快去办手续吧,工地上正等着我们的水泥呢! 那头熊又要发急了。"

顾大椿穿长裤的时候,发现裤袋里有一个硬硬的东西,一摸,哈,原来是那个保险盖。得赶快去给人家安上,这种鬼天气,没有电风扇扇着,任股长这胖子够受的。由于领到了一些水泥,又美美地让凉水冲洗了一阵,他这会儿的心情特别好。想到自己在气头上把人家的保险盖拔了,这事做的也真有些缺德。

"大椿,快跟我一起去补办手续吧。"范丽丽在那儿叫,"我马上就该换班了。"

"来啦。"他把那件汗背心搓了搓,拧了拧,湿湿地穿到了身上。这么燥热的天气,不到十分钟汗背心就干了。

"你先走一步。"姚琳说,"我还得洗洗腿。"

八

手扶拖拉机满载着两吨水泥,得意扬扬地开到工区办公室山墙边的阴影处停了下来。顾大椿和范丽丽拐出山墙,走进静悄悄的走廊。顾大椿见任股长正可怜巴巴汗水淋淋地站在走廊的窗口前,使劲用报纸扇着风。他那件丝绸汗背心已经让汗水浸透了,身上那白嫩嫩的肥皮上布满了一层闪闪发亮的汗珠。脖子上的汗水一串串地往下流,他张大着嘴在一个劲地喘气。范丽丽问:"舅舅,你怎么啦?"

"不知哪个缺德鬼,把保险盒上的盖儿拔掉,电风扇都停了。"任股长气得脸都发白。他看到顾大椿,眼睛便警觉地一亮,说:"我说小子,保险盖是

中篇小说

不是你拔的?"

顾大椿听到范丽丽叫任股长舅舅,心头便一沉,知道事情坏了。但他马上镇定下来,笑着说:"任大叔,哪能呢。我领水泥都来不及,还拔哪门子保险盖呀!"

"舅舅,"范丽丽羞赧地一笑说,"他就是顾大椿。我给他们发了两吨水泥,你快补个料单吧。"

"你小子!"任股长伸直食指点点他的鼻子说,"嘴巴上塞了个漏斗,啥话都往外漏。要不是看在你开始时一句一个大叔上,看在我丽丽的份上,我就给你一顿棍子,还补什么料单!"

"任大叔,您多包涵,我们这些年轻人就是有些不懂事。"任股长用报纸哗啦哗啦地扇着风,走进办公室。顾大椿一把拉住范丽丽,轻声地在她耳边问:"他怎么是你舅舅?"

"从我生出来那天起,他就是我舅舅。"范丽丽笑着说,"你这话问的真好笑。"

范丽丽也跟着走了进去。顾大椿趁这机会,飞快地跳上窗台,掏出保险盖往那保险盒上插。不知是由于心慌呢还是由于紧张,他插几次都没插上。真没出息,有啥好慌的呢。他刚把保险盖插上,可已经晚了,他慌慌张张地跳下窗台时,范丽丽已经走出来看到了,办公室里的电风扇也突然转起来。范丽丽手里拿着料单,先是愣了一会,当明白过来是怎么回事时,气坏了,说:"大椿,你怎么干这种缺德事!"这时,任股长也气咻咻地走到了门口,喊:"丽丽,你怎么找这样的人?简直是个小流氓!"他用手指点着顾大椿说,"丽丽,快去把水泥给我扣下!"他那挂满汗珠的手臂上的肥肉在一抖一抖的。顾大椿开始感到很尴尬,他一听任股长这么一说,知道事情不妙。现在水泥就是命,以后的事可以慢慢想办法。他一面想一面便一个跃身跳出窗外,这时他想到的只是水泥!水泥!水泥!他奔到山墙那边,对着姚琳喊:"快!快开!任股长要扣水泥了。"拖拉机一直没有熄火,在轻轻地哼哼着。姚琳看到顾大椿那急急的样子,知道事情不妙,立即挂上挡,加大油门,顾大椿迅速地跳上车,拖拉机朝公路上直冲出去。范丽丽气得含着泪,脸色灰白,对着开跑的拖拉机扯着嗓子大喊了几声。

"她叫什么?"车子开到公路上后,顾大椿问姚琳。因为他跳车的时候奔得急,没听清。

"事情不妙。"她说。

"她叫什么嘛!"顾大椿急了。

"她喊:同你吹,同你吹,同你吹……"姚琳存心急他。

顾大椿耷拉下脑袋,水泥救出来了,可范丽丽却要同他吹了,他为了追求范丽丽费了多少心机,花了多少血本啊!现在呢?就这么一锤子,吹了!拖拉机又驶上了黄土公路,车后又扬起了一团团干透的黄褐色的尘埃。顾大椿想,我这人真是聪明一世,糊涂一时,我把保险盖就在那个时候安上,事情不全暴露了吗?我主要是看他热得也真可怜。看来好人不能做,做坏事就得做到底。可我顾大椿是那种人吗?他掏出那包压得皱巴巴的大重九香烟,抠出一支时,那烟已断成两截了。他只好又在烟盒上撕条纸,用口水把烟粘好,闷闷地抽着。

"犯愁啦?"姚琳侧过脸来笑着问他。

"你要知道!失恋是痛苦的。"他皱着眉,一本正经地说。

"这事儿我可没有体验。"她说,又存心逗他,"不知道那是啥味道。"道路高低不平,上面的尘土太厚,车子颠得很厉害,姚琳把油门拧小了,速度慢了下来。顾大椿想,他让哥儿们羡慕得要死的资本没有了,自己确确实实那么深深地爱着的人现在不要他了,无论从真挚的爱情上讲,或者从满足虚荣心上讲,都让他感到难受透了。

这味儿她姚琳当然体会不到,可如果她处在他的地位,她说不定还不如他呢,准哭,他把手放到她跟前说:"你摸摸我的体温,看有多少度?"

"正常,三十七度。"她摸一下他的手说。

"得了吧,零度,心都冻冰了!"

"行了!别那么没出息,还是个男子汉呢,她同你吹,你再找一个。"

"就那么好找?"

"我怎么样?"她笑着问。

"别逗了,姚女士,我心都烦死了。你吗?可是班头的……"

"你说什么?"她睁大眼睛问。

顾大椿知道自己说漏了嘴,马上改口说:"除了范丽丽,我谁也不爱。"

"你倒挺忠诚。"她又在他胸部点了一下。

手扶拖拉机开进了工地,四处脚手架林立,一幢幢正在兴建的楼房耸立在戈壁滩上。四处是一片看不到边的油井。脚手架上像蚂蚁一样地爬满了人。他们把拖拉机停在他们的土棚前。楼上正在施工的哥儿们、姐儿们都看到了,大家都兴奋地吼了起来,这两天不愁停工了。班头高兴地咧着大嘴走了下来,一拍顾大椿的肩膀说:"小公鸡,真有你的!给你们俩记功!"顾大椿想,别高兴得太早,后面的麻烦还多着呢!不过看到大家兴高采烈的样子,他也感到了喜悦。反正这两天灰浆桶不会张着那黑乎乎的大口等着要吃的了。

由于有了一些"粮食"储备,搅拌机也情绪高涨地咯噔咯噔地响得更来劲了。顾大椿拿上瓦刀,戴上安全帽,踩着吱吱响的竹架板,往上走的时候,姚琳微笑着走到他身边,咬着他的耳朵体贴地说:"小公鸡,别发愁,爱情这玩意儿,折腾几次才有味呢。丽丽不会同你真吹的。"

"你怎么知道?"

"看她的眼睛,我给你打包票了。"她一笑说,"好好干你的活吧!拿出真正的男子汉样子来,姑娘才会更爱你呢。"

九

"把标杆竖直!这儿再拉上一条线,行了,好!"只要一拿上瓦刀,一干起活,一切烦恼都置之度外了。干瓦工活,思想可不能抛锚,只要出一点小差错,哪怕是放歪一块砖,垂直线就不直了,水平线就不平了,班头一见到就要发火了:"怎么干成这样!给我返!"刚放上去的砖返起来还算容易,如果上面的砖已经砌了好几层了,那你返吧,砖一块一块往下扒,已经干的灰浆又要刮掉,扒砖比砌砖还要慢!今天你就别想再完成定额了,返工时那心烦的味儿就不用说了！顾大椿甩着灰浆，搁着红砖，一切又变得紧张而热烈起来。砖正在一层层地往上砌，他挂在架杆上的温度表上的水银柱也在一格一格地往上爬。

"四十七度啦，老天！"全身汗津津的胖墩李中明猫着腰看看温度表叫起来。他干活虽然不快，但干得很认真，质量却是一等的。

"叫什么叫，"顾大椿说，"这是阳光下的空气温度，实际温度大概只有三十九度，离最高气温还差一度呢，快干你的活吧！"

难忍的热浪一阵阵扑来，整个克拉玛依仿佛被熊熊的大火烧烤着。据那天的气象资料记载，阳光直射下的空气温度高达四十八度，沙地的温度达到八十九度。而那天吐鲁番的温度比克拉玛依还要高一至二度，那真是成了火焰山哪！

"休息！"当水银柱升到四十七度时，刘一腾当机立断地下命令说，"吃了中午饭，大家好好睡个午觉，等天气凉快点再干。"这些天，哪有凉快的时候啊！不过气温太高了，在毒辣辣的阳光下干活，人也实在受不了，班头说的对，咱们既要钱也要命！没命了，钱也就没了。歇着吧，来日方长，世上的泥瓦活儿，可是永远干不完的！

班头一声令下后，搅拌机停了，升降机不响了，小推车不叫了，工地上顿时变得静悄悄的。只有那火烧般的太阳把大地照得通亮通亮，戈壁也仿佛变得透明了，似乎炽热的火焰在燃烧。可是在这寂静中，还可以听到三楼的脚手架上，还有人在砌砖摔灰浆。

班头抬头一看，是顾大椿。

"小公鸡，别干了，休息！"班头朝他喊。

"还有半桶灰浆用完它，要不太阳一晒，就没法用了。"顾大椿探出脑袋说，"节约材料也有奖啊！"

"财迷！"班头笑笑说，"这两瓶冰冻汽水是你的，趁凉喝了吧。"

"行！马上就完。"

顾大椿把灰浆桶里的灰浆用完，还用瓦刀把灰浆桶四壁上黏着的灰浆刮干净，这才走下脚手架，他摘下温度计看看，水银柱已升到四十八度的刻度上了。

"班头，"他往下走着说，"今天咱们中午饭就上戈壁滩上去烧吧，煮鸡蛋，烙大饼，烤羊肉串，用不着架火，往地上一放，准熟！"

"那也行。等你把这些东西烤熟，你也成了烤仔鸡了。大家又多了一样菜！"

"我可不吃。"姚琳笑着说，"你没看见他扛水泥那样子，像一只瘟鸡，烤熟了也是一股子水泥味！"

大家哄地笑了。

这时，太阳正悬在正中，四周那茫茫的戈壁滩正在冒烟。一不干活，大家反而觉得浑身燥热得不行，只好纷纷钻进工地上的凉棚里，等着开午饭。

一过五月一日，克拉玛依的白天就越来越长，因此每天都有两个小时的午睡时间，这一直要维持到十月一日。

以前公司也实行这制度，但这几年幢号包干后，制度虽说没取消，但很少有人实行，因为大家都想多争取点时间，手上多出点活儿，当然，也想多拿几个钱。但这几天天气太热，刘一腾强迫全班的人都要睡两个小时的午觉，可大多数人都睡不着，一方面是因为天气太热，另一方面眼下这幢楼房工期太紧，大家的心都火急火燎的。顾大椿可不一样，只要能睡他照睡不误，鼾照打不误，有时那尖尖的呼噜声也像小公鸡在打鸣。在他看来心急有啥用？砖不会因为你心急而自己往上砌，天气不会因为你心急而把温度降下来，还不如好好睡个透觉，储足劲再甩出力气干。但今天他却睡不着，范丽丽的事，水泥的事撩得他心烦。范丽丽的事还可以缓一缓，水泥的事可缓不得，这两吨水泥只够两天用的，第三天怎么办？他和任股长的关系闹僵了，任股长不会把气只出在他一个人身上，而是会出到全班身上。他可以找出种种借口不给你发料。到时候，全班又面临着停工的威胁！不能因为他一个人做错了事，让全班的人一起跟着他倒霉！他顾大椿活了这二十几年，还没有干过这种对不起哥儿们的事！他又掏出一支压得皱巴巴的烟抽起来，身上的汗珠一串串往下流。他觉得现在只有一个办法，就是设法把小红包送上去，再写一份道歉的信，为了大伙儿，就只好委屈自己了。可红包怎么才能送到任股长的手里呢？他思前想后，觉得只有一个人合适，就是顾总的儿子顾晓泉。第一，他是顾总的儿子，你顾大椿不买这个账，可别人却很看重。第二，他同任股长的关系密切，任胖子当上工区材料股股长，是顾总出的力。第三，顾晓泉又是精于搞这种歪门邪道的人。第四，顾晓泉给他留过话，有什么事可以去找他……顾大椿叹了口气，为了大家，又只好委屈自己了，去巴结一个他不想去巴结的人。他这么想着，就走到刘一腾跟前说："班头，我有一件事同你说。咱们上那边去吧。"

工地后面是一片土丘群，他们坐到一座土丘的背影处。顾大椿把领水泥的前前后后情况以及自己的想法都说了一遍，当然，关于范丽丽要同他吹的事他没说，犯不着班头来为他操心。

班头想了一下说："那好吧，咱们也只有送红包这条路了。"他忧伤地用手托着他那个结实的方下巴，"咱们不能因小失大。"

"班头，你也觉悟了？"

"觉悟个屁！也跟着你们一起堕落了。"班头咬牙切齿地说，"眼下这风气，就是逼着每个人都去堕落。红包的钱是谁的？"

"可能是姚琳自己先掏出来的。"

"你先送去，晚上你再从我这儿拿去还她。月底从咱们班的机动费里扣除。我的那信你给她了？"

"还没呢。班头，这事儿不能急，等找到适当的时机再轰出去，要么不轰，要轰第一炮就得轰准。第一炮打不中，后面的事就不好办。我已侦察了一下。"

"怎么样？"

"她说你像头熊。"

"扯淡！这么说她看不中我。"

"班头，别急，有些女人，偏偏就爱像你这样的熊！"顾大椿这时又想起了范丽丽，不知范丽丽还爱不爱他这只"小公鸡"？

中篇小说

十

　　到哪儿去找顾晓泉这小子呢？工区的四周都是戈壁滩,今天气温太高,他肯定也休息了。但他不会到市里去,从这儿到市区有几十公里路呢,这么热的天,谁愿意坐在闷罐似的车里这么来回折腾呢？工区边上有个小咖啡馆,说不定那小子就在咖啡馆里喝冰冻啤酒呢。今年开春,他同范丽丽一起去喝咖啡时,他就是在那儿帮他解的围。咖啡馆里有两个妞儿长得挺漂亮,听说他就爱往那儿泡。

　　咖啡馆虽不大,但装饰得挺雅静,里面干干净净的,天花板上两个绿色的大吊扇在呼呼啦啦地旋转着,扇出的风虽是热的,但毕竟流通了空气。顾晓泉面前的桌上放了几碟凉菜,脸喝得红红的。冰冷的啤酒瓶上沾着一层白色的凉凉的水汽,让人看了感到舒服。顾大椿撩开里屋门上那花花绿绿的玻璃珠帘子,顾晓泉就看到他了。他带着一丝醉意,打着饱嗝说:"一家子,你怎么也来了？"

　　"我正想找你呢。"

　　"那好,快坐。蓓佳,"顾晓泉对那个个儿不高,脸盘圆圆的姑娘说,"再来一瓶,冰冻得狠一点的。他是我的哥们。"

　　"我知道他,范丽丽的朋友。"叫蓓佳的女服务员说。顾大椿很有礼貌地朝她点点头。心想,范丽丽由于漂亮,在工区出了名,他也跟着出了名。

　　"什么事？"顾晓泉为他倒上杯啤酒说。啤酒瓶的瓶口像子弹出膛后的枪口,冒着白白的烟气。杯子里的白色泡沫一下子堆了起来。顾大椿赶忙端起杯子喝了一口,苦涩的啤酒带着那凉凉的水汽从热得冒烟的嗓子里穿过,真让人感到舒服啊！如果能不干活,在这儿扇着电扇,喝着冰冻啤酒,就这么泡上一天,那该有多美啊。

　　"是这么回事。"顾大椿把同任股长怎么把事情搞僵的情况又说了一遍。

　　"这事儿你早该来找我。要批点水泥还不容易？喝！别客气。上次你帮了我的忙,我还没有谢你呢。不过……"顾晓泉眼睛一眯说,"我这儿好说,可任胖子那儿……你不知道他,这家伙鬼得很。"

"我就是来求你这件事。"顾大椿掏出红包,再把塞在衬衣口袋里的一份道歉信一起递了上去,"现在就托你上他那儿通融通融了。"

"这事你放心,有些作业班的这玩意儿,"他指指小红包,"也是通过我送上去的。任胖子这老鬼从来不收陌生人的红包。但通过我手送上去的红包他收。他知道我不坏他的事儿。我这个人干活不咋着,但讲义气,我可是信得过的!"

"那全拜托你了。"

"包在我身上了!"顾晓泉竖起大拇指,戳戳自己的鼻子,"今天不行了,后天吧,后天给你们发上两车水泥来。怎么样?不过……"他盯着顾大椿的眼睛看。顾大椿马上明白了他的意思。

"老弟,这事儿你也放心。"顾大椿拍拍他的肩膀说,"只要你保证我们水泥、钢材的供应,少不了你的。"反正事情已经办成这样了,不管怎么也得这么硬着头皮办下去,因为不办下去不行! 逼着你办。

"给多少?"他咬着他的耳朵。

"一张份子怎么样?"

"一张老人像?"

"对!"顾大椿说。但他心想,一百元钱,他们拼死拼活得干上好几天呢。

"行! 咱们是哥们,不计较这些。下午你就听回音吧。"

十一

现在他开始为范丽丽的事发愁了。范丽丽是个天真、活泼、单纯、稚气的姑娘,同她接触的这些日子里,他越来越爱她了。当然,她也爱他,她觉得他聪明、机灵、勤快、能干,为人也正派,每月挣的钱也不少,将来准是个会过日子的人。姚琳说得对,她不会轻易就同他吹,找个称心的人相爱,可不是件容易的事。顾大椿想,刚才他托顾晓泉办的事如果办成了,也为他和她的和解打下了基础。他主动向任股长道了歉,只要任股长原谅了他,他也可以

中篇小说

争取她的原谅。"你舅舅都原谅我了,你还生我哪门子气呢?小的这厢有礼了。"朝她鞠个躬,敬个礼,逗她笑一笑,事情就了了。范丽丽不是个爱记仇的人。想虽然这么想,但事情还没看到结果,总是让人悬着心。

顾大椿回到工地,午饭已经开过了,班头让人给他留了饭,但人不知道到哪儿去了。姚琳呢?也不在。难道他的情书没有送上去,他俩就秘密约会了?不会,班头虽是个急性子,但办事却挺稳重,他不会这么冒冒失失。可他俩到哪儿去了呢?吃罢午饭,抽一支烟,打一个盹,到下午五点钟气温才微微有些下降。这时,班头骑着自行车满头大汗地回来了,那张大方脸被太阳晒得红里发黑。也不等他下命令,大家都呼呼啦啦戴上安全帽,谁都等不及了,现在一分一秒流走的不是时间而是金钱。

"效益就是生命,时间就是金钱",自幢号承包的这几年里,他们的体会比谁都深!班头额头上的汗没有来得及擦一擦,也匆匆地戴上安全帽爬上脚手架。原来,在大家午休的时候,他到几公里外的镇上食品厂去预订冷饮去了。天气这么热,不吃点冷饮真让人受不了。作业班虽然只有五十来个人,但"麻雀虽小,五脏俱全",当班头的,什么样的事儿都得想到,包括这些吃喝拉杂碎的事。灰浆搅拌机已经呼啦呼啦地转开了,升降机也开始一上一下地咣当咣当地响起来,小推车也吱吱扭扭地叫起来,整个工地顿时又变得这样热火,人们的心也跟着紧张起来。

班头拿起瓦刀,跟着大伙儿一起干起来。班头操心的事虽然多,但完成的砌墙定额也总是全班的前几名。他也是按定额拿钱,到年终拿的奖金比大家多一点,所以大家心里都服:他同大家一样,拿的是血汗钱。一车车灰浆运到了楼上,姑娘们把一桶桶灰浆提到你身边,于是甩灰浆,搁红砖,手不停,眼不停,红砖一块块地往上砌,墙一层高似一层,大家干起活来那劲头,比太阳晒出的温度还要高!姚琳也急急地奔回来,那黑里俏的脸蛋儿也被太阳晒得红红的。她也匆匆戴上安全帽,爬上脚手架。她要干的事也不少:看图纸,施工上的技术处理,检查质量;稍有一些空,她也跟着一起提灰浆。她走到顾大椿跟前,亲热而意味深长地拍拍他的肩膀笑了笑,似乎她干了一件与他顾大椿有关的好事,当然,工作时间,工作以外的事不能谈,这是班头订的规矩,大伙儿也一致举手同意的,谁都不能违背。其实也没法谈,你看看,整个作业流水线流得这么紧张和热烈,哪有去聊天的份儿。

"瞄准线哪!"顾大椿喊,"墙可别砌歪了,百年大计,质量第一!"这时,他已经暂时忘了范丽丽的事。其实不喊大家也知道,砌歪了墙,班头会拧下你的脑袋。不过顾大椿这么喊喊大家也没意见。小心不为错!

到一定的时候,班头就要四处巡视一遍,检查一下质量。本来这事是姚琳管的,但班头要自己再看上一遍。姚琳是个聪明能干的姑娘,但办事有时也有些马虎。所以班头总有些不放心,反正自己看上一遍,心里就踏实了。

胖墩正在顾大椿的边上砌着楼房中间的隔墙,隔墙的质量要求不是很高,但班头从来也不放过。

"老虎荏上怎么不加钢筋!"班头用瓦刀敲着墙说。得,有事了。

"姚琳说的,不用放了。"胖墩怯怯地看着班头。胖墩太老实,一见班头发火就慌。

"为什么?"班头瞪大眼睛问。

"你问姚琳好了,她是施工员。"胖墩自己也说不清。

"姚琳!给我上来——"班头探出脑袋朝下吼。

满头大汗的姚琳踩着竹夹板,从下面跑上来。她正在搅拌机旁检查水泥灰浆的配合比。

"怎么回事?老虎荏干吗不加钢筋?"班头瞪着眼睛,对跑得气喘吁吁的姚琳说。姚琳从来不怕班头吼,她看惯了,也知道班头已经养成了爱吼的习惯,工地上各种各样的嘈杂声太大,不吼着讲话,对方听不清。

"对,这是我的主意。眼下钢筋太紧张,钢材价钱又涨得那么高。现在,好多作业班砌隔墙时,老虎荏上都不放钢筋了。补老虎荏时,灰浆标号加高点就行了。"

"人家这么干,我们不能这么干!"班头火了。

"我计算过,问题不大。"

"问题不大,也是问题。"

"你也太死板了。"

"质量上的事,我死板定了!"班头吼着说,"这么大的事儿,你干吗不同我商量?"

"我是施工员,出了事我负责!"姚琳也冲动了。

"你负责顶屁用,我是法人代表!"

"那你兼施工员算了,还要我干吗?"

"让你当施工员,没有叫你胡来!"

"谁胡来了?扯淡!"姚琳也叫起来。

"返工!"班头紫涨着脸,对着胖墩喊,"把钢筋加上!"

"那返工损失算谁的?"胖墩哭丧着脸说。

"算施工员的!"班头又用瓦刀在墙体上一敲说。意思是他这话算是敲定了。

"算我的就算我的!"姚琳气咻咻地说,"你也太专制了,你这头脑袋不会打弯的熊!"说完,她便顺着甬道冲下楼去。顾大椿想:完了,完了,送情书的任务他可完不成了。当然,班头话是说得有理,但火气不要那么大嘛。可他就是这么个人,火气大,心眼好,性子急,干事稳,在爱情问题却挺胆怯,真说不清。不过大家都蛮敬服他。眼下,全班五十几个人,还找不出像他这么个理想的班头呢。得,干活吧。

十二

"嗞——"当人们干活忘了一切的时候,只听见一阵刺耳的响声,升降机突然停住了。升降板吱呀一声响便悬在了空中,上面还搁着满满的一推车灰浆。

"下面的人闪开!"顾大椿大叫一声,这种时候,就显出他的机敏和灵活了。他一个翻身,像猴儿一样利索地从架杆的钢管上滑下来,往工地边上的工棚里跑。这时,悬在半中腰的升降板随时都有砸下来的危险,上面还搁着一车沉重的灰浆呢。升降板只要一砸下来就会被砸得粉碎,那今天一下午和明天一上午就别想好好干活了。大家正这么想的时候,顾大椿已经背出一圈粗铁丝,两把手钳,他扔一把给刘一腾。他俩都飞快地爬上脚手架,探出身子用粗铁丝把升降板固定住。顾大椿把粗铁丝用力拧紧,由于太使劲,手上压出了两个紫血泡。"小公鸡,你行!"下面操作搅拌机的赵正涛竖起大拇指说。大伙儿也都用赞许的目光看着他。他心里很得意,人就应该干点儿好事。

"怎么回事?"班头拧好铁丝问。

"马达出故障了。"开升降机的小郑说。他长得又矮又结实,一副娃娃脸,是个干活很细致的人。现在由于心急,额头上的汗珠正在一串串地往下流。

"能修吗?"班头问。在这种事上他不发火。因为这不是主观上的事。

"能。"小郑答。

"得多长时间?"

"要两个小时吧。"

天呐!得两个小时!今天可真有些不顺,干着干着干得来劲了,就要出上点麻达。大家顿时觉得四周的温度又猛然升高了。顾大椿看看温度计,不但没有升,还降了一格,可大家还是觉得比刚才热!我们不能眼看着停工啊!

中午休息了几个小时,现在又要停两个小时,今天可就干不出多少活了。大家都看着班头,班头两条粗胳膊交叉在胸前,右手托着下巴,沉思了一会,一挥手说:"用抬箱往上抬灰浆!不怕慢,只怕站,干着总比停着好。"

"行!"大家都赞成。

"好吧。小公鸡,胖墩,小李子,刁猴,你们四个到工棚里去拿两根扛棒,往上抬灰浆,其他的人各就各位。"

"赵正涛!"顾大椿对着操作搅拌机的小赵喊,"别愣着,快拌你的灰浆!"

铲上砂子,倒上水泥,灌上水,搅拌机又咯噔咯噔地响起来。顾大椿干什么事都爱干脆,说干就干。他和胖墩一对,小李子和刁猴一对,收罗了十几只铁皮盆,挂上粗麻绳,用扛棒往上抬灰浆。他们把铁皮盆一摞几个,里面灰浆装得满满的。嗨佐嗨佐地跑上跑下,把竹夹板踩得吱吱扭扭发出一

中篇小说

阵阵尖叫。胖墩怕跟不上顾大椿,脸上的表情显得特别紧张,跑起来身上的肥肉一抖一抖的。由于太阳的暴晒,一到下午,空气中已经没有一点湿度,干燥得几乎要爆炸。人们身上的汗水一渗出毛孔,就被干燥的空气吸收了,所有人的身上已看不到汗,只有衣服上画出了一块块像地图一样白花花的汗渍斑。顾大椿发觉,胖墩衣服上的汗渍斑最大最明显。瓦工们的灰浆桶装满了,胖墩累得两腿软软的,站都快站不住了。他悄悄地同顾大椿说:"我不行了,咱们歇会儿吧。"

顾大椿也已经累得够呛,两腿酸痛酸痛的,肩膀也被扛棒压得火烧火燎的痛。抬上几百斤重的灰浆,踩着软吱吱的架板,再往三层楼上扛,那可是真正的力气活!

"刘一腾!"下面有人喊,"你预订的冷饮送来了。"离工棚二十米的地方停着一辆"130"汽车,里面装着十几箱冷饮。送冷饮的抬下两箱喊:"这是你们的!"说着,又开着车到别的工地去了。天气一热,卖冷饮的人都发财了。

"小公鸡,胖墩!"班头喊,"去把冷饮抬来,放到楼下的房间里。把这点活干完,咱们吃冷饮。"

顾大椿和胖墩兴冲冲地把两箱冷饮背到楼下的房间里。他俩把箱子打开,一箱装着冰棍,一箱装着雪糕,冷飕飕的冰气从箱子里喷出,空气顿觉清凉了许多。他俩又累又渴,嗓子眼在冒烟,刚才就想歇一会儿,现在先吃上两根冰棍歇一歇,反正这里面也有他俩的一份。他们每人拿了两根冰棍,咬上一口,含在嘴里,冰凉凉甜滋滋的冰块在慢慢地融化着,流过那干渴的嗓子,渗下去,渗下去,那凉气仿佛融遍了全身,真醉人啊!顾大椿平时总爱说胖墩脑子里少根弦,可今天,因为领来了水泥,刚才又固定住了升降板,得到了大家的赞扬,有些得意扬扬,脑子里也少了根弦。他忘了大工们劈劈啪啪往上砌砖,灰浆用的很快。

"怎么搞的!灰浆跟不上趟了?"班头喊。干活干得顺手时,就怕中间出麻达。这时候,只有小李子和刁猴喘着粗气,拼着吃奶的劲儿往上抬灰浆。

"小公鸡和胖墩呢?"班头瞪着眼睛问。

"他们把冷饮抬进去就没有出来。"刁猴气喘吁吁地不满地说。

"扯淡!"顾大椿是他信得过的人,想不到现在也会干出这种溜号的事,耽误了大家的活。班头气呼呼地走下来,到底楼房间一看,他俩正闭着眼睛,咬着冰棍,从酷暑天走向那冰凉的世界。

"好啊!"班头吼着说,"你们也给我丢脸啊!灰浆跟不上趟了!"

他俩猛地睁开眼,知道事情坏了,赶忙跳起来,拔腿就往外跑。别人都正拼着劲干活呢,自己却先去吃冰棍享受上了。有难同当,有福同享,自己这算什么?还耽误了大家手上的活儿,他顾大椿从来没干过这种丢份子的事。现在唯一的办法就是拼命地干活来弥补。胖墩这时的心情大概也是这样。他俩一上一下地抬着灰浆盆,干得也特别欢,人也有劲了,腿也不那么酸痛了。

一阵吱溜溜的响声,卷扬机修好了。他们松掉升降板上的粗铁丝,升降机又可以上下吭当了。顾大椿顿时感到松了口气。"先歇会儿!"班头喊,"吃点冷饮咱们再好好干!"

十三

"姚琳呢?"班头给大家分着冷饮问,"咋没看见她?"

每人两根冰棍、两块雪糕。顾大椿知道,刚才吵了一架,班头的心一直牵挂着她呢。

"给我吧,"顾大椿说,"我知道她在哪儿。"

班头拿了两块雪糕,想了想,又拿了两块雪糕说:"把我的这份也给她吧。我吃冰棍就行了。"顾大椿捏着那四块冻手的雪糕,穿过楼房中间那条暗暗的走廊,姚琳正坐在走廊的尽头,背靠在墙上,扇着手绢。

"姚琳,"顾大椿说,"你还在生气啊。班头就是那么个人。快吃雪糕吧。"

"我不想吃。"

"吃吧,解解暑。"顾大椿把雪糕塞到她手上,"这鬼天气,太热了。行了,别生气了,其实我心里清楚,你也是出于好心,想节约点材料,眼下钢材又那么紧张。"

"别说了,我正在生我自己的气呢!我哪能吃得了这么多,小公鸡,来,你帮我解决两块。"她把两块雪糕塞回顾大椿手里说,"我这个人怎么老是头脑这么简单,只想到这一面,就没想到那一面。班头说得对,不管怎么说,信誉第一,咱们不能捡了芝麻丢了西瓜。别看他像头熊,可还是他做得对。"

"我说过嘛,熊也挺可爱的。"

"可爱个屁!"姚琳一撇嘴说,"专制暴君,老看着我不顺眼!想起他那副瞪着眼睛要吃人的样子,真让人伤心!"

"姚琳,"顾大椿咬着雪糕说,"这话你可说差了。他怎么会看你不顺眼?他爱你还爱不过来呢。"

"扯淡吧,小公鸡。"她也咬着雪糕说,"这可能吗?有一次他同我争吵后,恨不得把我从脚手架上踹下去。他怎么会爱我?"

"那是他说的气话。我说他爱你,我是有证据的。"顾大椿心想,现在正是时候,该把情书送上去了。

"证据,你有什么证据?他亲口同你说了?"她睁大着眼睛问,"我就没看出他有什么爱我的表示。"她好像挺委屈,他发现她那双活泼爽朗的眼睛里喷出了一团火花。

"我不但有证据,而且还很充分。"

"什么证据吗?"

"给你的情书。"

"在哪?"

"就在我口袋里。"

"拿出来看看。"

"不,现在不是时候。"

"快拿出来,死鬼!"

"你急什么。等我把雪糕吃完。"

"去你的吧!"她从他手里抢过吃剩的雪糕一下扔到墙角里说,"快拿!我都急死了,要不,你又在骗我!小公鸡,你要在这件事上诈骗我,我可跟你没完!"

"我哪敢啊!让我擦擦手,别把咱们班头的情书给弄脏了。"

"给你!"她把扇着的手绢扔给他。他擦擦手,才从口袋里把已经压皱了的带着浓重的汗酸味的信给她。她显得很激动,手都在发颤。她急急地看完信,一下捂到脸上,激动而幸福地说:"老天,他真的爱我!"

"你也爱他?"

"爱得发疯!"

"那你干吗不表示?"

"你没瞧见他那一本正经的熊样子!谁想到他也会有爱情。"

顾大椿高兴坏了,他举起双手,真想喊几声"万岁"。他觉得,这是他今天做得最满意的一件事。这时走廊上又响起了脚步声,刘一腾朝他们走来。他不放心,刚才太给她下不了台了,他得向她表示点歉意。他朝她笑笑,对顾大椿说:"小公鸡,顾晓泉找你,你什么时候跟这种人混在一起的?"

"班头,没办法,我是不想同他混,可眼下,有些事还只能求他给办,找别人还不行呢!"顾大椿笑着说,朝刘一腾使了个眼色。

"姚琳……"刘一腾说,有些腼腆,他想向她道个歉。

"别说了!"她说。

"怎么?"他说。

她把那封情书拍到他手上说:"还你,我同意了!"

十四

美好的生活中有忧愁,痛苦的现实中也有欢乐。顾大椿请顾晓泉吃了两块雪糕。顾晓泉咬着雪糕,推了推遮住大半个脸的太阳镜,抖着右腿说:"一家子,事情我给你办成了。后天一早就放两车水泥给你们。"

"谢谢你,还让你亲自跑一趟。"

"这还用谢?我这人办事就爱有始有终,实实在在。我想你也是。"

他这话一说,顾大椿就品出味儿来了,于是笑着说:"你那份我明天给你送来。"

"这倒不急,你那点儿东西对我来说——毛毛雨!我帮你这忙,全是看在咱们哥儿们的份上。"

"这我知道。"顾大椿说,可心里却在骂:"他娘的社会蛀虫!"

事情就是这样,水泥落实了,让人感到高兴,但弄来水泥的方法,却让人感到伤心!

干活吧!干活的人可不能走这种歪门邪道,大家都那么干,全中国的人都得喝西北风!升降机又开始咣当咣当地响开了,整个作业流水线又开始热烈而紧张地流动了。过去的已经过去,今天发生了些什么,大伙儿暂时都把它忘记了,现在是一门心思干活的时候:一是为了国家,二是为了集体,三是为了个人。话不管怎么说,反正事情就是这个样。天气还很炎热,但谁也不再去看那只挂在架杆上的温度计了。太阳渐渐地开始偏西了,温度计也只好孤零零冷清清地待在那儿,那水银柱呢?像斗败了的公鸡,正在泄气地一格一格地往下降。不久,晚霞染红了天际,山谷那边也微微地吹来一阵风。大家感到,活儿还没有干过瘾,下班的时间已经过了。顾大椿把温度计从架杆上摘下来,挂在腰带上,看到水银柱正好停在三十七度的刻度上。三十七比三十七,同人体的温度刚好打成平局。顾大椿想,可我们战胜了它,实实在在地战胜了它!因为在赤日炎炎的太阳底下,他们硬是顶住了克拉玛依十几年来最炎热的一天!

下班后,刘一腾总要用五分钟的时间把当天干活的情况讲评一下。姚琳亲热地趴在班头那肌肉隆起的肩头上,贴着他的耳朵说了两句话,班头点点头。她朝顾大椿眯了一下眼睛,神秘地一笑,便匆匆走了。又不知在搞什么鬼!顾大椿想,这位姚琳小姐也挺滑头。他俩是相好上了,可自己同范丽丽的事,还没着落呢!不过任股长那头通了,她那儿也就好办些了。班头这时提到他了。

"小公鸡,不,顾大椿,今天立了两个功。"班头说,"第一,把水泥领来了,第二,固定了升降板,预防了可能发生的事故,所以给他加四个工分。大家有没有意见?"

"没有!"大伙儿喊。

"好,这就定了。但在抬灰浆时,溜了号,耽误了大家好几分钟的活,这事儿要扣他两分。加归加,扣归扣,不作抵消。顾大椿,你有没有意见?"

"哪能有意见呢?该扣!"

讲评会一完,顾大椿就咋呼开:"走啊,哥儿们!上渠道洗个澡去,一身的汗酸臭!姐儿们,你们还是上浴室吧!"

沿着一座黄色的小土丘,走上半里地,就有一条水渠,渠前有个小土包。他们躲到土包后面,一个个脱光了衣服,跳进了温温的水里。哦,水虽然是温的,但毕竟凉快多了,水流轻轻地从身上滑过,冲去了炎热,冲去了疲劳,冲去了毛孔里的泥灰和砖粉,冲去了凝结在皮肤上的汗渍。大家都闭上眼睛,享受着这令人销魂的舒畅。今天一天过得怎么样呢?顾大椿闭着眼睛想,昨天想好要干的三件事,有两件事办成了,红包送出去了,水泥有把握了,情书打出去了,两颗相爱的心粘在一起了。可他自己的事呢?虽然加了四个工分,又扣了两分,但同完成定额的一倍半相比,却还差一点儿。世界上的事情大概就是这样,有得也有失,别人的得了点,自己的说不定就要失一点;他个人得了点,说不定别人就要失一点。当然,大家一起都得的事也有。不过,今天他顾大椿为了大家可确实失了那么一点,不过这没事,明天设法再挣回来吧。反正金戒指一定得去买,他还一定要设法戴到范丽丽的手上。在这方面,他相信自己比刘一腾要强。因为他有一股"妹妹你大胆地往前走"的劲!

"不好!"胖墩突然叫起来,"来了两个人,都是女的!"

"红灯!红灯!快亮红灯!"顾大椿睁开眼喊。

"这儿哪有红灯呀?"

"拿我的红汗背心。"

胖墩捞起根树枝,顶起顾大椿那件红汗背心,又是喊又是摇。大家惊慌地穿上裤头,有的连裤头都穿错了。

"别紧张,"胖墩细细地看着说:"好像是姚琳……还有范丽丽!小公鸡,是来找你的!"

顾大椿细细一看，真是她们。哈，姚琳中午没有休息，原来是干了这么件秘密的事。怪不得她要神秘地朝他笑笑。她把范丽丽给请来了。不错！姚琳这妞儿不错。班头算是爱对了！

"小公鸡，快去吧！"大家喊。

顾大椿一个翻身，跃上渠堤。

"红灯！红灯！不，小公鸡，你的汗背心！"胖墩把红汗背心递给顾大椿。

"胖墩，我现在的体温是多少？"

"三十七度呗。"

"不！一百度。"

"那还能活啊？"

"是爱情的火焰烧的，死不了！"

傍晚的凉风，鲜红的晚霞。顾大椿朝姚琳和范丽丽跑去，心中充满了喜悦，今天的种种烦恼全过去了。人生就是这样，在愉快和不愉快中度过自己的一生。几朵晚霞在天空中轻盈盈地飘着，像一团团燃烧的火焰。但据说，明天虽然仍是个大热天，但气温却要开始下降了……

背叛

一

　　要想辞职下海也不是件容易的事，为此我苦恼好几个月。其实这辞去公职下海办实业的建议先是由妻子亚翎给我提出来的。她是大学新闻系的毕业生，在一家侧重于经济效益发行量比较大的综合性杂志当记者，她长得不算漂亮，但很有气质，加上她那一米六七的个儿和匀称的身材，还有那双妩媚的眼睛，是个颇具魅力的女人，她拎着只米色的真皮拎包经常穿梭在上海郊区或江浙沿海一带的乡镇企业和民营企业间，为那些老板们写一些人物专访之类的所谓报告文学，同时顺便为杂志拉上一些广告。那些越来越懂得怎样推销自己的民营企业家们对这些胜似广告的所谓报告文学的重要作用有了越来越清醒的认识。而亚翎的那些文章也

原载《中篇小说选刊》2000年第1期

总能让他们满意。文章登出来后,企业家们会给她一笔数目不小的辛苦费,再加上为杂志拉广告后百分之二十的回扣,她的额外收入大大地超过了她的工资。在上海,有此等经济基础的感觉就是好。它使亚翎精神饱满地要在我们家营造出一种高质量的生活。她首先身体力行。所以她在那摆满中外名著的书房里安装了一套高级音响。每天晚饭后,她就要眯着眼睛埋在沙发里如醉如痴地听上个把小时的莫扎特们,睡前呢,还要在床上看一会博尔赫斯们。然后要求我:喂,永晖,你能不能把自己的文化档次提高一点?她穿名牌服装,也硬要我也穿名牌服装,她认为名牌就是身份,我穿得寒酸就是丢她的人。在性生活上她也同样要求高质量,她反对那种潦草的临时性操作,准备工作和情绪酝酿都要从早上就开始,上班离别要如胶似漆地温存一番,使你在整个白天洋溢着一种情欲的冲动。到晚上净身、上床,那时那种渴望那种炽热那种甜蜜,使两个人从肉体到心灵都融在一起,然后是风、是雨、是云、是花,接着是海浪,激情也随着猛然冲向浪尖……事后,她浑身舒展地、满足地仰望着天花板,抽上支烟,吐着烟圈,品味着那愉悦的余韵。这时她往往会聊一些采写报告文学中得知的趣闻给我听。

　　她似乎从那些民营企业家的发迹史中受到了很大的启发,一年前她就怂恿我辞去公职下海办实业。她认为我下海办实业有三大有利条件。第一,我是"文革"后恢复高考的首批进入上海财经学院经济系的高才生。现在毕竟进入九十年代。在商海中仅仅靠冒险已经不行了,八十年代兴起的一些民营企业家如今纷纷落马就是强有力的证明。现在需要高智商且有经济学问的人进入商海了。她说,永晖,你就具备这样的条件。第二,她认为经商办企业的本领也带有一定的遗传性,犹太人世世代代都能在商海中取得成功,不能不说有遗传的因素。而我的父亲十六岁那年,夹着把油纸雨伞和一个小布包,走进了当时上海宁波同乡会的会馆,从当学徒开始,不到几年就发迹了,现在我们住的这幢花园小洋楼,就是他发迹后盖的。第三,就是对生活的选择,在她看来,一个不愿拼搏去争取过好生活的人就是一个地道的庸人!人人在竞争中优胜劣汰,社会才能进步和发展。她说,你杨永晖也应该到商海中去证明自己的价值。在那破衙门里的每月几百元钱的工资,有什么好留恋的！你应该同我一起去争取一种让人眼红的生活。

我的心被她激活了。

我打算再找朋友们聊一聊,让他们出出主意。毕竟辞职下海是人生的一种重大选择。我首先想到了程铮。他是我大学里的同班同学,也算得上是好朋友了。他一米八三的个儿,宽肩膀,方脸,两条浓浓的蚕眉横卧在那双富有表情的眼睛上,说话声音洪亮,底气很足。他爱穿黑西装,戴红领带。在大学时他是我们系的篮球队队长,投篮时又狠又准,举球,跳起,屏气在空中停留一刹那,姿势优美得让人倾倒。他是女生们追逐的对象。虽说我俩的智商不相上下,但他的学习成绩却低我一个档次,原因是我学习用功认真,他却爱搞点投机,所以他的成绩在班里总是处于中游水平,而我基本上是年年名列前茅。他学习成绩上不去还可能是由于他总是不停地谈恋爱。追他的女生多,他也一个又一个地换。当时学院里正盛行萨特的哲学,在恋爱上他也奉行行动就是一切,在选择中寻找完美。然而到大学毕业,他也没有敲定一个。毕业后我俩虽都分在上海工作,但随着时间的推移,往来就越来越少了,他比我有魄力,在单位没干两年就辞职下海了,租柜台,办工厂,成立公司,很是兴旺了一阵,据说资产已达到八位数。有奔驰、蓝鸟、奥迪好几辆小车。但好景不长,连续两次受骗,损失上千万,他到处去追行骗者,甚至追到了日本,但一无所获。我说像你这样精明透顶的人也会被人骗得这么惨？他说,那家伙是在中央部里工作的,打的又是国家级贸易公司的旗号。不过这种事总是吃一堑长一智,没什么了不起,我会东山再起的。好在我现在还没有倾家荡产,我还有辆奥迪,一幢别墅,我的厂房机器都还在,我那公司的牌子也还挂着,这些都是我东山再起的基础。我说那你现在为什么不动呢？他大拇指和食指啪地打了一下说,到赌场上去赌是要靠时运的。眼前我正是背时的时候,让时间冲冲我身上的晦气,等时运来了我再干也不迟。我说,你怎么知道你什么时候时运会来了呢？他神秘地一眨眼说,老同学,天机不可泄,到时你会看得到的。

我有了辞职下海的想法后,主动约他到一家咖啡馆谈了一次。当我说完我的想法,他的眼睛像闪电般一亮,然后笑着伸出食指在我胸前戳了一下说,像你这样的高才生早该觉悟了,不过现在觉悟还不迟,目前这形势,邓小平在南边发了话,新的一轮商潮又会开始,你要真想干,如果你不嫌弃的话,我可以做你的合伙人。我建议你在市内租赁一家服装厂,只要有人类存在,服装业也会永远存在并发展下去。这事我可以为你牵线搭桥,服装业圈子里的情况这些年来我已经摸得很热了,你只要下决心干,这第一步的路我来给你开。我半开玩笑说,程铮,我实话实说,你的为人我不大放心,我同你合伙,你要把我卖了我都不知道。他说,阿晖,别人我不说,在大学里那些年,我什么时候玩过你?哪怕是他妈的一次?你要办厂子,搞实业,光你一个人干能行?你总得用人,你能保证他们就不会玩你?你回去好好地想一想,想明白了再来找我,我留给你一句话,你一下海就能遇见我这样的合伙人算你有福,懂哦!他表情严肃庄重地又伸出食指在我胸前戳了一下。

晚上,我把这事告诉亚翎,亚翎睁大眼睛说,喂,永晖,你怎么这么不懂经啦,刚下海就是要人领领路呀,像他在生意场上摸爬滚打了这么些年,经验教训都有,况且他又是你的同班好友,这样机会哪能好错过的啦!这样吧,过几天请他到家里来吃顿饭,我下厨!为了营造高质量的生活,亚翎还学做了一手好菜。她说热爱烹调就是热爱生活热爱生命。

那天,阳光明媚,长出嫩绿叶芽的柳条在春风中摇曳。亚翎只让为照顾瘫在床上的母亲而雇的小保姆阿英做做下手,一切都由她煮、蒸、煎、炒。程铮看了那桌色香味俱全的菜肴后大加称赞。在饭桌上,亚翎和程铮谈得不要说有多投机了。亚翎把从乡镇和民营企业家那儿批发来的生意经同程铮探讨得津津有味,好像马上要下海的不是我而是她。两人都给对方以很高的评价。亚翎说,永晖,像程铮这样的合伙人还有啥好说的?程铮说,阿晖,亚翎是女人中的"精品",你可真有福啊!

几天后,程铮在一家高档次的饭店回请我和亚翎,酒已灌过量的程铮用发抖的手举着酒杯喊,杨永晖,让我们共同携手干出一番事业来吧!

一个星期前,程铮打电话给我,说他已看好了一家服装厂,建议我把它租赁下来,他说,他已去看过两次了,这家厂由于设备老化,制作的产品陈旧,因此在目前市场经济的竞争中很难再生存下去。但这个厂有一大批年龄在35岁左右、工龄一般都在十年以上的熟练工人,这是一笔很大的潜在财富。而这笔财富在租赁核算资产时不但不会算在里面,而且会把他们看成是厂里的一个大包袱。在市场经济的初级阶段人们只把眼睛盯在那有形的资产上,而不去注意那些无形的资产。在厂子准备租赁出去时,主管部门最头痛的就是工人怎么处理。他们要我们包下来,我们就可以同他们讨价还价,把值钱的当成赔钱的来同他们谈,你看怎么样?其实培养一大批熟练工人是需要很大一笔资金的。这样吧。我们约定个时间,一起到那家厂里去看看,好哦?

红卫服装厂是个街道办的弄堂小厂,由于经济效益越来越差,主管单位早就想把它租赁出去了。去该厂考察的同时,我上交了辞职报告。办公室的同事都吃了一惊,说小杨我们没得罪你吧,这种事非同儿戏,千万别拿自己的前途开玩笑,你再想进我们这样的政府机关可就难了。我感谢了大家的好意。他们都用一种类似壮士一去不复返的目光目送我,弄得我心潮很是一番起伏。我就是带着这样的心情,在那个雨天下午的五点多钟,赶去红卫服装厂的。

果然,程铮同一个女人已站在弄堂口等我了。

雨在夜色中下得更密了。站在程铮边上的那个女人有三十好几了,长得甜美,瓜子脸,高鼻梁,右嘴角上有颗米粒似的小酒窝。给人印象最深的是她那双明亮而蕴含着毅力智慧的眼睛却流淌着一种深深的忧郁。眼角上也已拢着密密细细的皱纹。程铮介绍她叫区晓妮,曾在他的服装厂当厂长,把车间管理得相当出色,可以算得上一个女强人了,说着在她的肩膀上亲昵地抚摸了一下。通过这个动作,我就感到他俩的关系非同一般。

弄堂很窄小,路灯投下暗淡的黄幽幽的光亮,密密的雨点拍在水泥地上溅起一朵朵黄色的水花,水流从我脚边汇集哗哗地朝阴沟里流去。走到弄堂底再拐进一条小道,眼前出现一块还不算小的场地,耸立着一栋陈旧的厂房,门口挂着白底黑字的牌子:红卫服装厂。正在值班门房等着我们的赵金富厂长笑容可掬地迎了上来,热情地同我们握了握手。赵厂长五十出头了,头发花白,眼睛很小,双眉倒挂,背有些微驼,说起话来细声细气的,是个老实而苦相的人。程铮给我们介绍后,他说,程总,你看哪能安排好?程铮说,今天我只是陪杨老板来看看厂子,其他的事以后再讲。赵厂长忙点着头说,好的,好的,杨老板,请你跟我们走,他非常恭敬地朝我笑笑。

我一下子被人称为老板有些不习惯,人的身份是随时都可以变的,我不知道是该得意还是该悲哀。

厂房的主体是一间有几百平方米的大车间,百十来个女工正埋着头在挂得很低的日光灯下踩着旧式的缝纫机。这个厂的设备实在是太落后了,还是一些四五十年代的东西。赵厂长非常不好意思地介绍,好像这全是他的罪过。他说,我们厂没有自己的产品,做的全是来料加工,活儿倒是从来没有断过,但经济效益越来越差。从前年开始就一直亏损,奖金发勿出勿讲,工人们加几个小时的夜班,加班费也只有二元五角,勿够买一块大冰砖的……区里有关部门的同志来过几次,但改进设备,开发新产品,要资金,要技术,目前靠我们厂自己的力量,实在是办勿到。他又不好意思地笑笑说,所以上面讲,把这片厂租赁出去算了,条件可以放优惠点。赵厂长不满地叹口气,无可奈何地摇摇头说,上面实际上是卸包袱,我们快要成为没娘的孩子了。程总,杨老板,不瞒你们讲,搞市场经济是好是坏,我是弄勿懂,像以前,勿管哪样讲,工资奖金总是发得出的,改革改革,改来改去,反正是在我们老百姓身上刮油水。他又不满地摇摇头。

我和程铮只听他讲,也不表态,人们往往是从自身利益的得失来评价时下的政策的。区晓妮一直尾随在我们后面,很仔细很在行地观看工人们做的每一道工序。从成衣车间出来后,赵厂长请我们去他办公室坐坐。程铮说,今天我只是陪杨老板抽空来厂里看一看,这样吧,等我们商量后,我们可能还会来,到时我们再详细谈,赵厂长,你看哪能?赵厂长点着头说,好的,好的。他的眼神显得很迷惘,就像一个马上要找不到娘的孩子。那眼神给我留下了很深的印象。让人感到有些心酸。

二

　　我的外祖父是宁波乡下的一个带有书香气的地主,由于羡慕上海的城市生活,卖掉了一部分田产,在上海置了房子,就带着太太、姨太太以及子女搬到了上海居住,乡下的事都撂给了管家。我母亲年轻时天生丽质,同时她还是个性格内向又很明事理的人,她喜欢待在小楼里看书,而讨厌同我父亲一起去参加那些喧闹的社交活动。她一共为我父亲怀过五次孕,基本上是怀一个流一个,请医吃药都无用,弄得父亲绝望得想要娶姨太太。

　　但父亲要娶姨太太的决心却下得太晚了,解放大军已经进了大上海。1952年母亲怀上我,那时轰轰烈烈的"三反""五反"运动已经掀到浪尖上,父亲被揭发为大奸商。父亲不服,想用自杀来表明自己的清白。当他真的一命呜呼后,有人来告诉我母亲,告我父亲的大多数材料都是张冠李戴。虽是冤枉,但最后的结论仍是"畏罪自杀"。奇特的是,父亲死后五个月,历经折磨的母亲竟很顺利地生下我。母亲认为,这是老天对善良的人的一种宽慰。

　　母亲熬过十年"文革"的冲击和苦难,但却没有顶得住高血压带给她的灾难,几年前她中风后下身就瘫痪了。只好在床上和轮椅上度日子。我很敬重也很爱我的母亲。"文革"时我已13岁了,我们被赶到楼下的一间以前的储藏室里住,他们强迫母亲到街道工厂去劳动,每月发28元的生活费,母亲自己省吃俭用,尽量让我吃得好一点。学校停课,母亲每天下班后,虽然已筋疲力尽,但晚饭后仍要教我功课。母亲说,人要不学知识就白活在这世上了。正是那时打下的这份基础,使我在"文革"后的第一次高考中就以优异的成绩考上了大学。我要辞职去办实业的事一直迟迟不敢告诉母亲,怕她会因此受到刺激,但事情已进展到这一步,再瞒着她似乎也太不近情理了。

　　我们家所在的那条马路本来就清静,在雨夜之中就更不大看得到行人。小楼里,只有母亲的卧室和厨房间亮着灯光,我这才想起今天上午亚翎给我打电话说,她要出差去宁波。那几年,记者们用他们的文字换红包的积极性也是空前高涨的,经济杠杆已显得越来越有分量。我进屋后,阿英已在餐桌上摆好饭菜说,姆妈和我都吃过了,你快吃吧。

雨声衬托出夜的宁静。晚饭后我先回到书房,把我的一些想法写在了日记本上:一、好马不吃回头草,辞职报告是决不再收回了,每一个人对事业的看法不尽相同,应当尽力试试自己。二、对红卫服装厂,程铮分析得有道理,更新设备不难,只要有资金就行,但要培养一批熟练工人不但需要资金而且还需要时间。衣食住行衣为首,改革开放后最明显的一个变化就是人们的服饰已变得五彩缤纷了。在这个市场上,竞争很激烈,但也正是显示自己能力的机会。三、程铮主动要做我的合伙人,肯定有他自身的目的。在合作中,就要更加注意按照合作的原则办事。四、既然要搞实业,那就得讲究个实字,实实在在地办企业,我想先给自己的经营思想定定位也是必要的,在当前诈骗成风、假冒成灾的现实中,仍坚信搞市场经济需要的是实打实的东西,虚的玩意儿最后肯定会经不起时间的考验而成为一堆泡沫。因为真正的市场经济需要在实实在在中求得完善和发展。五、还有那个叫区晓妮的女人,程铮把她带来的目的大概是要让她也进入我们的企业,至于程铮还有没有其他企图我搞不清楚,但对她我应一视同仁,不抱偏见。

理清了思路后我就上楼去看母亲。母亲正躺在床上看电视。母亲十四岁就离开宁波到上海,但还是一口宁波话。她见我走进她的卧室就说,阿晖,你最近这些日子在忙些啥啦?于是我就把准备辞职下海办实业的事详详细细地告诉了她。她把电视关掉了,想了想说,可以的呀,阿晖,子承父业,以前中国多少年来都是这样的呀。顿一顿,母亲突然提起了我父亲的往事,他是顶着"奸商"的罪名亡故的,但他一辈子最痛恨的恰恰就是生意场上的奸商。我能明白母亲的意思,我说,阿姆,你放心,我给自己定下了两条:老老实实做人,踏踏实实干事。母亲没有说更多的话,她眼中似乎流出了一种迷惘与沉重,不过我还是很感谢母亲能这样理解和支持自己的儿子。

下了几天雨后天空突然放晴了,朵朵白云在鳞次栉比的楼房顶上飘悠。街上行人的各式新奇的服装也展现出一片亮色。让人体味到了时世变化后的灿烂。我又单独去了一趟红卫服装厂。我感到这个厂依然散发着六十年代那种压抑与僵化的气息。

重返石库门——韩天航中短篇小说选集（四）

当我突然出现在赵厂长那间简陋的办公室门口时，赵厂长先是吃了一惊，然后笑容可掬地迎上来给我打招呼，脸上还显出一份尴尬，因为这时有个女工正在向他哭诉着什么。那女工三十刚出点头，秀气的脸上显得有些憔悴，挂满了疲惫与忧伤。她抹着泪说，我十六岁就进厂了呀，噢，你现在就这么一脚把我踢出去勿管啦？赵厂长一面招呼我坐一面对她说，阿珍，你也讲点道理好哦，哪能是我一脚把你踢出去的呢？去年厂里要裁减工人，是你主动提出要求请长假的呀。阿珍说，那时我男人生毛病了呀，得了尿毒症呀，我需要照顾他呀。现在男人死了，我还有一个三岁的女儿要抚养，我勿回来做生活去喝西北风啊！你总勿能逼我去做那种生意吧？赵厂长气恼地摆着手说，阿珍，你这话说到哪里去了，勿是我勿肯让你回来，现在厂里效益这么糟糕，劳动力过剩，还想再裁点人呢，我又哪能安排得了你。况且你又办了请长假的手续，厂子又勿是旅馆，想来就来，想走就走。阿珍拍着大腿说，我请的是长假呀，又勿是辞职，我现在想回厂做生活了，你要勿安排我，我就勿走，死也死在你办公室里！说着放声号哭起来，哭得很绝望。

赵厂长无奈而为难地看看我。我现在自然不好说什么。赵厂长想了想说，阿珍，这样吧，现在上面要把我们这片厂租赁出去，我连自己这只饭碗都端勿牢了，你的事我也真出勿上力，你看这样好哦，等厂子租赁出去后，我一定把你的情况同新来的老板讲一讲，我相信新来的老板会有同情心的。他看看我，但我脸上毫无表情。我想，赵厂长虽看上去厚道老实，其实心里也会做点功夫。

阿珍也看看我，眼神里充满了一种对生活的渴望。她没有像她说的那样只要赵厂长不答应她就死皮赖脸地死也要死在这儿，而是很识相地站起来抹了抹眼泪出去了。不知为什么，这时我倒越发的同情她，怜悯她。我在想，任何社会的变革，其实最容易受到伤害的就是那些普普通通的老百姓。

赵厂长问我来意，我说你再陪我到厂里的所有角角落落都看一看。这次我看得很仔细，我最感兴趣的是厂房后面有一片堆放着杂物与垃圾的空地，另外还有一间很大的仓库，而这些将来正是可以改造发展完善的基础。赵厂长又把这个厂的历史讲了一遍。这片厂是六十年代为了解决太多的待业青年的就业问题建起来的。那时,赵厂长在市里一家较大的国营服装厂当师傅,组织上让他来这个街道办的大集体服装厂当厂长,他二话没说就来了。一待就是二十几年。可现在……他说,杨老板,你们把这厂租赁下来后,我们这些人的饭碗会敲掉哦?我一笑说,你说呢?他说,我想勿会,要是你们这样做,上面也勿会答应。我们这个国家走的还是社会主义道路嘛,你讲对哦?我不答,只是一笑,这时我脑海里突然闪出的是阿珍的那双眼睛,我说,赵厂长,刚才那个叫阿珍的女工,生活做得怎么样?他马上回答说,喔哟,她做出来的生活是没有毛病好挑剔的,原先她还是车间里作业组的组长,可惜去年为了照顾得了尿毒症的男人,才请的长假,钞票花掉不少,也没有救活男人的命,还背了一身的债,作孽啊!

三

为租赁红卫服装厂,我和程铮同区里有关部门的一位姓林的主任谈判了几次,他说,厂里的人员你们要全部吃进,这是先决条件。程铮说,这恐怕不可能,按目前厂子的状况,要维持这么多人的生计,我们就是有三头六臂也办不到,在我们看来,厂里人员起码要减一半。林主任说,这绝对不行,你们要把人员弄出厂,他们就会来找我们闹,要是闹出静坐示威的事,不但影响社会稳定,我们也招架不住。所以这一点没有讨价还价的余地。程铮说,要是我们也不让步呢?我知道,程铮这样说是一种策略,就是要林主任他们在其他方面给予优惠。谈了几次,林主任终于在抵押金上作出让步,但他说要到资产评估的审计报告出来后再同我们协商解决。

这一等就等了好几个月,已是秋老虎咬得人汗流浃背的时节。我的辞职报告也批了下来。

谈判的最后结果是,抵押金由一百万元降到七十万元,厂里所有的人我们全得留下,然后就是商谈租赁协议书的具体条款,再请公证处的人来公证。为了表示合伙的诚意,程铮表示七十万元抵押金他出二十万元。他说自己被骗后,他公司账上的周转金只有几万元,目前只是靠收取那些零零星星的小账维持生计。原先我计划中的筹款要比现在的数目大,因为抵押款我以为起码在一百万元以上,更没有想到程铮会主动出二十万元,这一点着实打动了我的心,所以当程铮关切地问我,你筹措这笔款子不会有大困难吧?我知道你们家有钱。当时我就很爽快地告诉他,三天后我们就去交抵押金,同林主任正式签租赁协议书。父亲自杀后,他的一片厂子和一家商店就归我母亲所有。一九五六年公私合营后,政府就以付定息的方式把厂子和商店算是赎买了。"文革"前,母亲把每年得到的定息储存起来,"文革"中被抄走,到"文革"结束后又归还给了我们,母亲把其中的一大半划归了我。当时正在同我谈恋爱的亚翎知道这一情况后说,杨永晖,我可不是因为你们家的钞票才看上你的噢。但她却加快了我们的结婚步骤。我想,我们每一个人都是很难逃脱世俗的影响的。如果我没有家里的这些条件,她也许不会这么爽快地投进我的怀里。然而男人有时是需要用自身以外的条件去获取女人的芳心的,自己都摆脱不了何必又要去苛求别人呢?

  星期六的夜晚,从幼儿园回来的儿子恬恬正在同他祖母下跳棋,恬恬伸着胖嘟嘟的小手用很庄重的口气说,阿奶,你这步棋走错了呀,喏,要这样走,不然你就吃亏啦。我母亲说,喔哟,阿奶老了,脑子不管用了,还是恬恬聪明,做事做人都诚实,是个好小人。母亲看我走进来,就从我脸上读出了什么,忙说,恬恬你下去玩,你爸爸同阿奶有事体要商量。恬恬出去后,母亲问我,事情办得哪能了?我说,过几天就要交抵押金,然后签租赁协议书,还要到公证处去公证。我把抵押金的数字告诉母亲,母亲就明白了,她指指床边梳妆台上的一只小抽屉说,里面有一张存折,你也拿去吧,这钱我用不上。我拧亮台灯,灯光照在母亲那苍白的脸上,我突然感到母亲消瘦了许多,原先那双漂亮而明亮的眼睛也失去了往日的神韵,我说,阿姆,你是不是身体又不舒服了?母亲说,今天上午王医生来过了,阿姆只感到身体有些虚,别的没有什么。阿晖,你不用操心我,有阿英照顾着我呢,你就一心一意去办你的企业吧。你能把事业办兴旺了,你阿爸在九泉之下也会高兴的。母亲从小首饰盒里拿出存折递给我,我去接时手突然颤抖起来,心也变得很沉。母亲仍想拼着她生命的最后的力量用这双干枯瘦弱的手推我一把。世上真正无私的爱就是母爱了。我又该对别人给予怎样真诚的爱呢?

亚翎是在我上床后才回来的,市场经济搅得记者们有两多,出差多,社交活动多,尤其在各类经济活动多如牛毛的上海。亚翎那张被酒醺红的脸充满了自信得意和满足,她把一本杂志搭到床上说,你看看我的这篇文章写得怎么样,我先得去看看恬恬。我翻了翻她那篇吹捧一位民营企业家的文章,心里感到一阵涌动,我马上也要成为一个民营企业家了,但我讨厌这样的瞎吹一气。

亚翎在儿子那发泄了一通母爱后,便兴致勃勃地转了回来。她到浴室冲了个澡,用毛巾拢起头发,套上挂着两条背带裸露着上半身的丝质睡衣,鼓着两只富有诱惑力的匀称的乳房,坐在梳妆台前开始保养她那张白嫩的脸。

"你的事进展得怎么样了?"亚翎一面往脸上抹着护肤霜一面说,我把大致的情况讲了一下,她说,钱凑够了?我说交抵押金和短时周转足够了,但能宽裕点更好,新产品的开发和更换部分新设备还需一些钱,我想到银行去贷一点款。她说,现在银行贷款的利息太高,能少贷就尽量少贷。我这里有一笔钱,算我投资。她也拿出一个存折说,这可是我的私房钱噢。我接过存折一看,竟也是个六位数。那些民营企业家们塞给她的红包的总数还真不少呢!这里是不是也有她那漂亮女性的因素在里面?

亚翎躺下后就沉沉地睡着了。为了谋生,为了赚钱,为了保持和开拓她那高质量的生存环境,她不得不去对付各种应酬,她也活得很累。我轻轻地抚摸了一下她的脸,又看看放在床头柜上的她的那张存折。这时,我对钱又有了一种新的感觉。几十万元,看上去是一笔很庞大的数字,但在商海的吞吐中它却又是那样的微不足道,投进去水花都不现,毫无分量,那么,我下海是要追求这些分量变轻了的钱还是别的什么呢……当然,这些钱还有可能会给你带来失败后的那种恐惧。我感到了钱所能产生的价值的另一面。而亚翎在追求着一种什么样的价值呢?闷热使她那细嫩的脖颈和手臂上绽出一粒粒细细的汗珠,我用毛巾轻轻地为她揩去。我既感到激动也感到惶恐,既感到充实又感到迷惘。我想,任何追求,一开始大概都会伴随着这样一种苦涩吧？

四

  沉重的响雷从我们的头顶上滚了过去，厚厚的云层压满了天空。但天气仍是酷热。我和赵厂长坐在那间窄小的办公室里，那架老式电风扇嘎嘎地抖着脑袋非常忠于职守地左右旋转着，扇出来的依然是热风。我正同赵厂长商量着让工人入股的事。阿珍推门进来了，她闷声不响地坐在一条长凳上，直盯盯地看着我和赵厂长，那双秀丽而忧伤的眼睛让人不由自主地从心中渗出一种怜悯。自从我们把厂子正式接收下来后，我和程铮分了工。我担任厂长和法定代表人，厂子里的事全由我来管，他只是适当地协助一下，将来的产品由他负责销售。他办了这么些年的公司，这方面的路子熟。他说，销售上的一切财务活动都从厂里的财务上过，反正是全在你的眼皮底下。但放在我从商场租的那些柜台上的服装出售后，利润得归我的公司，我那边公司的几个工作人员和柜台上小姐们的工资需要开销，你看怎么样？他的另一个要求是，让区晓妮到厂里来负责生产上的事。他说她在这方面确实很强。我说，当副厂长？他说，挂个车间主任的名吧，她会是你的一个好帮手，以后你会体会得到的。我说，那赵厂长呢？他说，这你安排，我不发表意见，你是厂长你当家嘛。

  我让赵厂长留下来当副厂长，管管技术上的事，他毕竟在这儿当了那么些年的厂长，人看上去也算忠厚。我们把红卫服装厂改名为申江服装厂，程铮的公司就叫申江服装有限责任公司，程铮说，这样便于厂里服装的销售。

  又有一阵闷雷从我们头顶上滚过去，雨点开始叮叮当当地在窗玻璃上敲响。阿珍那双祈求的眼睛一直盯着我，赵厂长在一旁说情，杨厂长，阿珍在做生活上是一把好手啊，过去厂里最细巧的生活都是让她做的。我无法拒绝她的眼神，我想了想说，阿珍，这样好吧，我现在刚接过这爿厂，有许多重要的事急着要处理，等我把厂里的事安排个差不多，我再来安排你的工作，你把你家里的地址留给我，好哦？

中篇小说

　　阿珍信任地朝我点点头,在一张纸条上留下地址后就要走,我不由自主地站起来把她送到门口,她这才说,杨厂长,求你拉我一把,不要让生活逼得我去做那种生意。说着鼻梁上便淌下两行泪。我朝她点点头,告诉她我会尽力的。我感到她是个懂事理的女人,不是因为生活所逼,她不会这么一次次地来求我们。

　　下午,赵厂长把工人们都集中到大车间里。我做了一番颇具诱惑力的讲话。我说,虽然我们租赁了这爿厂子,但我想厂子应该还是大家的,只有大家齐心协力才能办好这个厂子,我这个厂长也只有依靠大家,所以大家不要把我当外人,我们上海人爱讲的一句话就是阿拉都是自家人。那么自家人就不要拆自家人的台脚,厂子的利益是同我们每个人的利益紧紧地咬在一起的,今后,我们一定争取把工厂搞得比过去好,大家的收益要争取比过去高。要是我们租赁后还像过去一样,那么我们租赁它作啥,大家讲是哦?这时下面有个工人喊,你讲话算不算数?又有一个接着喊,对,算数哦!领导讲话像放屁的事我们见得多了!我就说,我讲的话是不是放屁,我只同你们讲一件事就行了,我们租赁这爿厂交了七十万元的抵押金,这七十万元是可以随随便便去放屁的吗?下面轰地笑了起来,有的还鼓了掌。接着我又讲了实行股份合作制的好处。我说,厂子的发展还要靠大家,厂里的设备要更新,新的产品要开发,我们要打出自己的名牌,光做来料加工,钞票都叫别人赚了,厂子是肯定兴旺不起来的,但这些都需要投入更多的资金。我们除了可以去集资,可以向银行申请贷款,还有一部分资金可以通过大家入股来解决。你入股后你不但是厂里的工人,你还是这个厂的股东。过去我们说工人是工厂的主人,但这主人体现在什么地方?你要仔细想想其实是一点也勿搭界的。下面又有人喊,要是不入股是不是还可以在这个厂当工人?我马上说,入不入股,入多少股,全都自愿,决不强迫,不入股也依然是这个工厂的工人,你们的工龄,技术水平,熟练程度,我们在发放劳动报酬时都会考虑进去的,当然,最主要的还是你做生活的质量和数量。工人入股后,还要选出代表参加我们的董事会,参与工厂的重大决策,真正行使主人的权利。有人喊,我们是要慢慢来看一看再说,我们被人骗怕了!我说,正因为我不想当骗子,所以我才敢说你们就是不入股也不要紧!大家又轰地笑了,很热烈地鼓了一阵掌。会开完后,程铮拍拍我的肩膀说,阿晖,你还真行。

接下来的日子我们这些人全身心地投入到振兴这爿服装厂的事业上了。程铮也是格外地主动和忙碌,他与国家轻工部所属的上海服装公司的林总经理谈了又谈,请林总经理到厂里来看了一次,让他出主意,看目前进什么样的设备最适合我们厂的情况。他还摆了几次饭局,请林总经理和他们公司几个部门的负责人吃饱喝足后还唱卡拉OK,人已中年但身材依然匀称的林总经理唱那些时下流行歌曲非常潇洒,能一首接一首地往下溜,博得女士们一声声地喝彩。程铮用他那特有的男中音吼了两首,也是充满激情。区晓妮在听程铮唱歌时眼神是那样的含情脉脉。程铮很慷慨地说,摆饭局唱OK的费用都由他本人掏。他说厂子目前经济紧张,不要再增加厂子的负担了,况且由厂子掏这种吃喝款,工人们心里会有想法。

经过几次协商后,最后我们根据资金状况决定厂里的设备先更换一半,进这些新设备是为开发新产品做准备的。在安装新设备前,我们把主体车间全部粉刷装修一番,又改进了通风和照明设备,程铮穿着件被汗水浸湿的背心,亲自安装零件,拧螺丝,他在这方面显得很内行,我觉得作为合伙人来说他做事很上路。他说,这是在为自己干活。

那一个多月,亚翎也不再出差去挖那些乡镇或民营企业家们的腰包了,有电报电话请她去,她都一一回绝了。她忙着为我寻找服装设计师,要他们设计出款式新颖大方高雅的服装。她说,她就是一个相当不错的衣架子,模特儿。在热辣辣的事业心的驱使下,她似乎忘了秋老虎的厉害。但工人们入股的劲头却不足,两个星期里,入股金还不到两万元。而等到新设备购置回来安装就绪,粉刷装修后的大车间焕然一新,连旧机器也更新了工作台时,工人们的脸上也焕发出了充满信心的笑容。很快,入股金就达到十五万元。

我一直没忘阿珍的那双眼睛。不知为什么那双眼睛会一直重重地压在我的心头。现在我可以去找她了。

那天傍晚,在昏黄的暮色中,吹来了习习凉风,接着下起了点点小雨,真正的秋天已悄悄地来临。

出租车在一条泥泞的小路路口停住了,我走了进去。那是一片杂乱的棚户区,我敲开阿珍家的门,阿珍那惊讶的神情在脸上足足停留了几分钟。她住的地方就像一只用木板钉起来的鸽笼,那几件家具也都是六十年代的东西。一个三岁多的小女孩正坐在一张小竹椅上,她瞪着一双营养不良的眼睛好奇地盯着我。八仙桌上放着一大碗菜泡饭和一小碟咸菜。虽然外面已凉快下来,但"鸽笼"里仍闷热得就像一口蒸锅,我进去没站上一会儿,汗水就像滴泉似的渗了出来。现在从报纸和电视上看到的是一片歌舞升平,灯红酒绿,高楼林立的繁荣景象,很少能见到有关穷困老百姓的生活场景,他们是一些在经济发展中被遗漏却根本不该遗漏的人。我说,阿珍,明天就去厂里上班吧。我又掏出二百元钱搁在桌子上。阿珍一把拉住我说,杨厂长,这钱我不能要!我说,这钱算厂方预支的工钱。下个月从你工资里扣回来,好哦?阿珍点点头,激动得只是抖动着嘴唇说不出话来,眼中顿时涌出两泡泪。

走出那小屋,在雨中我又感到那一丝秋的凉意。我的心也突然感到轻松了不少。

五

我把阿珍领进车间时,四下里发出一阵惊喜的窃窃私语声。区晓妮用惊奇和不解的眼光看着我。我说,区主任,你把阿珍安排一下,好哦?她摊摊手说,杨厂长,位置都挤满了呀,哪能安排啦?阿珍眼睛尖,马上指着右前角的一台空机器说,那不是空着的吗?区晓妮说,这台机器坏了呀。阿珍说,我来修。区晓妮看了我一眼,这才说,好哦,你要能修好你就做,你要修不好,我就没办法了。我说,阿珍,那你就自己先修修看,修不好,找赵厂长,赵厂长再修不好,我就再去进一台新的!区晓妮继续用那不解和惊奇的眼神看着我。

第二天,程铮特地为此到厂里来,他走进我的办公室第一句话就是,阿晖,我们是在办工厂办企业,不是在办慈善机构。我说,我进的是一个熟练工人。程铮说,目前厂里又不是缺劳力,而是缺活儿,活儿多了做不过来再进人也不迟呀,你这样又多白养了一个人。我说,我们租赁这爿厂当然是为了想干一番事业,但另一方面,也就是要养活厂里这一批人,为他们解决就业机会,从这个意义讲,慈善一下本来就属于这厂的目前已很难生存下去的一个女工又有什么不可以的呢?程铮讪笑着摇摇头说,好了,阿晖,我不同你争,但以后进人最好能同我招呼一声,不要忘记,我们是合伙人!

我去车间,阿珍自己已经把机器修好,在埋头做生活了。区晓妮朝我走来搭讪着说,她生活倒真是做得相当不错。我没理她,我不喜欢这样的长舌妇。以前她给我留下的那点好印象全没了。我收留阿珍后的第三天,程铮也带来了一个人。他说,阿晖,你知道,我那公司的牌子虽然还挂着,但人现在只剩下我和一个女秘书了,只能应付应付场面,推销产品光靠我一个人不行。你要晓得,产品推销不出去,工厂生产的产品再多也是白搭,所以我也招募了一个人叫区晓华,是区晓妮的弟弟,他以前在厂里跑过供销,现在他厂里生产不景气,连工资也发不出,只好出来另谋生路。我想让他当我的帮手。

区晓华站在程铮身后,但却与区晓妮长得很不相像,满脸的青春痘,一副粗俗相。程铮每说一句话,他就在他身后媚笑着点一下头。我又感到了区晓妮在这中间所起的作用。

天气微凉下来后,也是女人们最适宜打扮自己的时候。亚翎带着王先生和郝女士两位服装设计师来到厂里的会客室,这间会客室以前是厂里的破旧的小会议室,我把它彻底装修了一番,四周围上沙发茶几,中间拥簇着十几只花盆,天花板上挂上了两盏亮闪闪的挂灯,成了一间蛮像样的会客室。计划经济时代是会议压倒一切,而市场经济却需要树立良好的企业形象。王先生和郝女士带来了他们设计的上百种服装样式。我,程铮,亚翎,区晓妮,赵厂长坐在沙发上翻看那些图样,把自己看上的挑出来。亚翎和程铮紧挨着坐在一起,一面挑一面议论,两个人谈得很投机,亚翎不时地亮出一串很悦耳的笑声。亚翎做什么事都显出她的精干和利索。她很快地选出几样,同程铮交换了一下眼色后,就拿给我看。我看后对王先生和郝女士说,能不能在这几个样式的基础上再做一些修改?我说,服装除美观大方外,还要讲究一定的文化内涵,只有蕴含较深厚的文化内涵的设计才能显出一种典雅的韵味来。王先生表现得很谦虚,说,杨厂长说得有道理,很有启发,很有启发。王先生和郝女士走后,亚翎说,永晖,我们采用他们的服装样式当然要付报酬,但我同他们说了,我争取在杂志上为他们的服装设计做宣传,提高他们的知名度,不过设计费要尽量少收我们的。王先生表态,只要他们的设计能上杂志,这一次的设计费就不要了。亚翎说这些话时显得很得意,那两条修饰过的往上弯曲的黑黑的眼睫毛不时地翕动。她以为我会很赞赏她的这种精明。但我却认为,设计报酬还应该按目前市面上的常规数给人家,合作应该是长期的,又不是一朝一夕的事。现在市场上的短期行为也太多了。程铮在一旁说,阿晖,你看你,你要不是亚翎的丈夫,亚翎会主动让他们这样水平的设计上杂志?他们就是掏再多的钱也不见得办得到,那点设计费能有几个钱?占便宜的是他们,他们可以说沾了你杨永晖的光,你啊!亚翎噘着嘴说,就是嘛!

抢占市场的动作一定要快,尤其是服装市场,这一点我很清醒。所以那几种服装设计我基本满意后,立即开始了小批量的生产。推销产品是程铮的事,他把亚翎也拉上了。第一批新式样的服装生产出来后,程铮马上拿几件让他柜台的小姐们穿上,进行试销。试销情况相当好,程铮就立即请来几位模特和一位有中国摄影家协会会员牌子的摄影师,把他们拉到桂林公园,在一片秋景下穿着那些服装照了许多相。照片冲洗出来后,模特和服装都显得特别的鲜亮。他挑了几张最好的,放大成24英寸的大片,挂在那些商场的柜台上。那些照片吸引了不少小姐少妇,她们认为自己穿上那些服装也会同照片上的人一样美,于是购买者蜂拥而上。亚翎还把其中的两张作为艺术作品登在杂志的封面和封底上。这样我们不用掏广告费,摄影师还可以拿到一笔稿费。

一场细雨过后,天气又凉爽了许多。程铮陪我一起去看他的柜台。我们去了上海的东西南北好几家商场,凡是程铮租的柜台后面都挂着那些彩色大照片。柜台前都挤满了人,在穿衣镜前试穿衣服的人你推我搡的。而那些外地来的个体户都在大包小包地往外扛衣服。这情景确实令人欢欣鼓舞。程铮一脸得意,那意思似乎在说,你瞧,你有一个像我这样的合伙人有多幸运!

亚翎还特地把那些还带着油墨香气的杂志放到商场门口的书摊上代售,而杂志上的封面照刚好与柜台上挂着的照片合辙,于是购买者更是趋之若鹜。程铮拍着我的肩膀说:"阿晖,做生意就得这样,每一个环节都要牢牢抓住,从设计,到宣传、销售。"好像这一切都是他做的,我没吭声。

对区晓妮这个人我还不甚了解,可她在管理和技术上倒真是很在行,袖笼怎么上,什么部位的针脚密度该是多少,什么地方露明线,什么地方需要暗线,她把握得十分准确,质量上任何一点点纰漏都很难逃过她的眼睛。

当服装进入大批量生产时,我在全厂大会上宣布,凡是出现了疵品或者不太合格的产品,全部销毁,一件不留,决不作疵品处理!现在有些服装厂的习惯做法是,把疵品用较低的价格处理出去,看上去是收回了一些成本,其实是在砸厂里的牌子。因为有些个体户甚至包括部分国营商场,仍然把疵品当作正品卖,结果是他们赚了大钱,而厂子的信誉都完了。我规定,残疵品出现在谁手里就由谁负责赔偿!程铮插话说,我同意杨厂长立的这条规矩!我们销售渠道也决不让一件疵品流出去,信誉第一,尤其是在我们创牌子的时候。下面有些工人在伸舌头,赵厂长便在一边说,严把质量关相当重要,相当重要!以前我们这方面就做得勿够。

上海秋天的到来总给人一种磨磨蹭蹭的感觉。下一场雨,天气就凉下来。可几天后,天气又回暖了,连衣裙、T恤衫又在街面上闪现了,好像夏天还没有走似的。这么冷热交错了一些日子后,天气终于彻底地凉下来了。我们的那批秋装虽然在加班加点地赶制,但仍供不应求。资金的周转率越来越高,财务科的闵科长喜形于色地告诉我,利润已超过百万元了。

在我的坚持下,我给了王先生和郝女士较高的服装设计费。程铮认为我大可不必这样做,最后勉强认可了。但亚翎对我的不满却表现得很强烈。那天亚翎拎着她那只真皮拎包气咻咻地走进我办公室,把拎包往我办公桌上一拍,说,永晖!你是存心要跟我作对是不是?他们设计的服装样式和吹捧他们的文章已经上了我们的杂志了,你还要给他们那么多的钱,你的神经阿是搭错啦!我点了支烟说,亚翎,你不要生气,你听我说,我觉得王先生和郝女士设计服装很有些才华,是我们可以长期合作的伙伴。在商场上我相信一个原则,就是同合作者要做到利益均分,损害合作者的利益,或者想方设法地去占合作者的便宜,最后坑害的还是自己。亚翎也从包里抽出一支摩尔烟点上,说,永晖,我觉得你是凭着自己的理想而不是面对现实在做生意,我警告你,你要再这样做,我就要抽回我的投资了。我说你现在就可以抽回。她猛抽几口把还剩下的大半截香烟往烟灰缸里一搋说,回去我再同你算账!

　　我很晚才回家,我已经做好她同我大吵大闹的准备。但她只躺在床上看书,见我进来时只瞪了我一眼,没再说什么。我想她毕竟是个知识女性。睡觉时她冷冷地把背对着我,噘起嘴嘟囔了一句,你同程铮比,差远了!

　　自办实业后,我就觉得自己身不由己地受到商海里不断掀起的波涛的折腾。不过这种折腾倒也很能锻炼和考验人,有时还会从这种折腾的烦恼和劳累中体味到一种乐趣。有一天清早我同赵厂长一起去看那间空荡荡的大仓库,那时为什么要建这么大的库房?赵厂长说连他都不明白,如果把产品堆满这个仓库,那得积压多少资金?所以在计划经济的年代里,到底有多少合情合理的计划是很难说清楚的。我对赵厂长说,我要把仓库隔出一大半来,搞成一个服装精品室,四周的墙上要画上春夏秋冬的大幅壁画,中间弄上个小喷泉,喷泉周围修建模特走步的长台。另外就在厂里找上几个身材模样俱佳的女工去模特培训班培训上几个月,以后客户来厂里订货,就把他们请到精品室观看模特表演。用这种方法介绍和推销厂里的产品,效果肯定好。赵厂长慨叹地摇着头说,想勿到你们做生意的花头经会这么多,过去我只晓得向上级要任务,生活按期做出来交上去就可以了。看来我啊,太落伍了,现在只配搞点技术管理上的事,再让我经营这爿厂,大家都只能跟着我喝西北风了。我就说,这就是市场经济与计划经济不同的地方,市场经济能刺激多方面的积极性。我正说着阿珍突然气喘吁吁地闯进来喊,杨厂长赵、厂长,区主任和阿芳在车间里打起来了。我问怎么回事。阿珍说,阿芳做生活不合格,区主任叫她返工,阿芳不肯返,还骂区主任,区主任就给了阿芳一记耳光,把鼻血也打出来了,两个人就你扯我拽地打了起来。

我们匆匆赶到车间,两人已被大家拉开了,两人都披头散发的,阿芳的鼻孔塞着两团带血的碎布,左脸还有点红肿。区晓妮那白嫩的脸上也有两道被手指拉开的血印。区晓妮看到我时眼睛亮了一下,接着用强硬的口气说,杨厂长,你要不炒李兰芳的鱿鱼,那我这个车间主任就不干了!这时车间里所有人的眼睛都射向了我,都在等着看我这个老板怎样来处理这件事。这件事可以现场解决,也可以回办公室谈过话后再解决。但直觉告诉我,应该当场解决给大家看。我问明了事情发生的缘由后说,阿芳,你生活做得不合格,还骂人,现在向区主任道歉认错,不然,明天你就不用来上班了,道理很简单!我放大声音说,我要放任你这样做,不炒你鱿鱼,那等于你炒了我们大家的鱿鱼,产品不合格,就要垮厂子,那大家就只好都去喝西北风!你要认错肯改错,就继续做你的生活,要么你现在就给我走人!阿芳坐下来,哭了,用很低的声音说,好,我认错。以后我保证质量上勿再出问题。我又很严肃地转向区晓妮,大概因为我支持了她,她脸上透出一丝得意。我严厉地说,区晓妮,你怎么能随便打人家耳光呢?阿芳是人呀,全厂的工人不管做啥生活也都是人呀!你严格管理当然是对的,但打人和严格管理是两码事!在打人这一点上,你得向阿芳道歉!区晓妮没想到我会这样处理,她惊讶地瞪大眼睛看着我,恼羞地撇着嘴不说话。我说,你要不道歉,你这个车间主任也不要干了。我又放大声音说,在我这个厂,决不允许有损他人人格的事!车间里鸦雀无声,甚至可以听到日光灯灯管发出的嗞嗞声。后来阿珍告诉我,我的那句话把在场所有人的心都震了。区晓妮紫涨着脸,憋了很大的劲说,好吧,我辞职!

六

咖啡馆门前的那些霓虹灯总是闪着那样的殷勤与虚伪。程铮松开在杯中搅动着的匙子,颇具绅士风度地整了整那鲜红的领带抱怨说,阿晖,你到底会不会管理工厂?像区晓妮这样既懂技术又懂管理的车间主任你到哪儿去找?再说你要辞掉她,也得先同我打声招呼呀。我继续用匙子在咖啡杯里搅着。灯光幽暗的咖啡厅里飘悠着悦耳的轻音乐。我呷了口咖啡说,辞职是她自己提出来的,我只要求她向阿芳道歉。程铮说,你当着车间所有人的面这么要求她,让她怎么下台?我说,她是当着车间所有人的面扇阿芳耳光的,你要处在阿芳的地位会怎么想?程铮说,可她是车间主任!我说,在我看来她俩都是平等的人。程铮不满地摇摇头说,好了好了,我不同你再作这种无谓的争论。现在我想让区晓妮再回去,你看怎么样?我说,可以,但必须首先向阿芳道歉。程铮无奈地叹口气说,好吧,我做做她的工作。说着他突然恼火地把匙子往杯里一摔,指着我的鼻尖说,阿晖,你他妈真是个倔头!我只是一笑。如果在以前,他会无休止地同我争锋头,但现在他却肯退让了,也许这些年来他在商海的跌打滚爬中变得圆滑了,也许是因为在资金的投入上我占有的位置比他重得多。

区晓妮不在的那几天,我让阿珍代理车间主任。她干得很尽心,也管理得相当出色。她说,杨厂长,自从你处理了区主任和阿芳的事后,大家在质量上再也不敢马虎了。程铮在咖啡馆同我谈过话后的第二天清早,区晓妮就来到我办公室里,她那双秀丽的有点阴郁的眼睛已没有了以往的那种自信,而是含着深深的沮丧与委屈。这时我倒有点同情她,我想我对她的要求是不是有些过分?她在程铮那儿一定是很受宠的。可我有我的原则。我说,想通了?她点点头。我不再说什么,陪她去车间。一进车间她就径直走到阿芳跟前拉着阿芳的手说,阿芳,对勿起。阿芳反倒不好意思了,红着脸说,这事其实都怪我,那天早上我同老公吵架,心情勿好,结果把气出在你身上。区晓妮抖着嘴唇摇头说,我真不该动手打人……说着背过脸,捂着眼哭了。阿芳一把抱住她说:"晓妮姐,你勿要哭呀,你这样一哭,我心里老难过的!"我朝走到我身边的阿珍使了个眼色,阿珍立即明白了我的意思,回到她的工作台上做生活了。我没想到会有这样的结果,我想,双方都同对方说句软话,恐怕人心之间就会有更多的沟通。

我回到办公室,但不知为什么,心情倒反而有些沉重。我对赵厂长说,老赵,下班后让区晓妮到我这里来一下。晚上下班时,区晓妮来了,我说,你先去换衣服,我想请你吃个饭,行吗?区晓妮疑惑地望着我,点了点头。

深秋的夜晚竟仍弥漫着温暖,灯光闪烁的夜上海展现开大都市的繁华,而一家家挤满了顾客的嘈杂的饭店又显示出市场经济所带来的浮躁与忙乱。我们找了一方像车厢那样用高背椅隔开的小雅座。区晓妮说,杨厂长,你今晚请我吃饭,不是在表示对我的歉意吧?如果这样的话,这饭我就有点吃不下去了。我说不完全是,我觉得我俩需要更好地沟通一下,从一开始起,我们就缺少沟通,我忙厂里的事,你忙车间里的事,我对你了解得太少了,你对我也是这样,是吧?今晚,我既想同你沟通一下思想,也想沟通一下感情,你说好吗?区晓妮点点头,眼圈又红了。在那晚的交谈中,我发觉她为人还是很坦荡爽直的。她说,她在1971年到安徽去插过队,1986年回上海时,父母已经病故,兄嫂虽然很勉强地暂时接纳了她,但住房的拥挤和经济的拮据都使她感到日子过得如履薄冰,熬了将近一年多,嫂子终于下了逐客令,阿哥无奈地悄悄对她说,尽量想办法去别处找个地方住吧。阿哥说,租房的租金阿哥暗地里可以给你补贴点。正在她走投无路时遇到了程铮。他那时正在为他的厂子招女工,大概也是一种缘分,他收下她后就很器重她,她很快当了工长,后来又当车间主任。程铮还在厂里腾了个小房间让她住。这时她抬起眼来看看我,脸倏地变得通红。她说,杨厂长,我也不瞒你,我和程铮的关系你大概也看出来了。他是个很有魅力的男人,我没法抗拒他,况且他又在我陷入绝境时拉了我一把。程铮对我说,他有过一次婚姻,但没有维持两年就散伙了,他说他从此再也不愿结婚。他希望我不要同他提出结婚的要求。她说到这里看看我,我没有吭声。程铮在这方面的行为我是很清楚的。我为她点了红葡萄酒。在柔和的灯光下,她显得蛮漂亮,加上酒的滋润,她那双有些忧郁的眼睛透出一种特别迷人的韵味。她端酒杯时,我发现她的手指关节很粗,大约那是在插队时干重体力活落下的。她说,程铮的那爿服装厂建在郊区,招收的女工过去大多数是务农的,没有什么文化,干活虽很卖力,但却不仔细,凑合着把生活做出来就算完。程铮就关照我,对

中篇小说

她们一定要严,该骂就骂,该打就打,她要再不服,就炒她的鱿鱼。他说,你要不对她们厉害,她们就会上头,这爿厂就办不下去!他说我去过广东、福建,那儿的私人老板对工人要比我们上海厉害得多,厂子就办得很兴旺。区晓妮说,我这个人做事向来认真,所以我恨那些做活马虎的人,尤其是那些生活做坏了还要嘴硬的人。我说,所以你就动手打她们?她点点头说,要是事情闹大了,程铮就出面为我撑腰,把闹事的女工开出厂了事。所以那里的女工都很怕我。想不到在你这里……

服务员把菜上齐后,我往她的小碟子里夹了几样菜。我说,我不赞成程铮的这种做法。我在报上看到有些私人企业主,包括那些港台的企业主,他们利用我们大陆的廉价劳动力,已经占了很大便宜,更可恨的是他们认为我们大陆人的人格也是廉价的,一天干十几个小时的活不说,把厂房的窗户钉上木板,甚至上下班还要搜身,还逼工人给老板下跪,这种中世纪的野蛮行为却发生在现在,是不是太可悲了?老板是人,工人也是人,把工人不当人的老板就不是好老板!他的基业也绝对长久不了!

饭厅的另一头像是个卡拉OK厅,里面不时地传出那些五音不全但以为自己也具有歌星水平的人的尖叫声。我说,区晓妮,我想同你说句实话,信不信由你,我从政府机关辞职出来办企业,不仅仅只是想当个百万千万富翁,我更多地想露露自己的才能和价值。我想,人的价值不全是体现在钞票上,有时也要体现在为别人做点什么上。我这话是真诚的。

区晓妮点点头说,我相信,要不,你不会……她没说下去,眼圈有些湿润。我猛地喝干酒,有些激动地说,我总觉得,一个不把人当人的社会是野蛮的社会,一个把人不当人的企业也是野蛮的企业,在二十世纪九十年代的今天办企业,首先就要把企业里所有的人都当人看。你明白我的意思了吗?那边卡拉OK厅正在吼着:"通天的大路九千九百九哇……"但我想,通天的路是没有的,有的只是实实在在人走的路。

区晓妮说,杨厂长,我敬你一杯!

七

　　王先生和郝女士设计的几款冬装要比那几套秋装更具特色,文化含量也高,就是穿在塑料模特上也会让人的眼睛一亮。我能想象到他俩在这上面所花费的心血。马路两边被秋风染得金黄的树叶,在凉凉的晨风中像大蝴蝶似的一片片地朝地上飞落。再过几天,冬装就可以上市了。而我安排让人设计的那间精品服装厅也已装修完毕。

　　程铮,区晓华,和程铮又雇用来的几个人奔忙在全国各大城市之间,有的甚至去了新疆的喀什、阿图什,他调动了他以前所有的关系网。办工厂就是这样,只要销售渠道一畅通工厂就有了活力。有一天,程铮风尘仆仆地从广州回来,我陪他去参观了那间精品室,当他看到灯光幽雅的展厅,可以不时变幻的大幅的四季风景画,那五彩缤纷灯光闪烁的喷泉,铺着绿地毯的让模特儿走步的长台,还有从四角飘悠出来的立体声音响,我问他,我们在这里开上一次小型服装展销会怎么样?他狠狠地拍了一下我肩膀说,阿晖,你这点子不错,你学得真快呀。他的意思是我这一套是从他那儿学来的。

　　厂里盈利后,我们把原先留下的旧机器全都换成了新的,又招收了一批新工人,对新工人的技术培训我让阿珍负责。我对阿珍说,技术上过关一个就上岗一个,半年还过不了关的就辞退。紧接着我们又在厂里进行第一次分红,那些没入股的人看到有这么丰厚的红利,羡慕得眼睛发红懊恼得鼻子发酸。

　　我又一次号召入股,几乎全厂人人都入了股。

　　那些年,服装业确实火爆,在上海,街面上增加的基本上都是服装店。我们厂工人两班倒,产品还是供不应求。在市场上我们厂的牌子开始响了,我们在精品室开的一次小型服装展销会也非常成功。亚翎还把电视台的人请了来。亚翎与我的那次不愉快好像暂时过去了,尤其是厂里分红后,她分到了那么多的红利使她兴奋不已。她说,我相信我老公在经营方面的才能是不会差的。那个星期,我与亚翎有过两次高质量的亲热,她把对我的不愉快早就甩在了脑后。那天她把电视台的经济专栏节目主持人周明与记者潘瑜请来时,更是兴致勃勃,谈笑风生,得意非凡。程铮同周明、潘瑜交往得也很得体,谈得也相当投机。

灯光、音乐、喷泉、冬景,特地用高价请来的几位模特展示得十分卖力,从外地来的十几位客商有的甚至还没见过这样的场面。其中有两位张大着嘴,盯着那活生生的模特时,口水都不由自主地淌了下来。然后我们到预订好的饭店去碰杯,说恭维话,讨价还价,有模特小姐陪着从中搭桥,客商们订下的购货合同也同样地给他们自己长了面子赚了派头。亚翎对我说,其中有两种大衣的式样,面料还可以再高档一些,最好进口日本或韩国的,只要面料一高档,价格就可以开到让那些大款的太太或情人穿在身上能美美地虚荣上一番的那种档次。我接受了她的建议。她又郑重其事地说,货出来后,送给潘瑜和周明各一件,我已经答应他们了。我说,周明是男同志怎么穿?她说,他太太不会穿?我说,好吧,但红包里的数不要少。她说,这我比你懂。她那满意而传情的眼神使我想到晚上可能在床上又会有一番激战。

一场阴雨后,梧桐树上的那已很稀疏的枯叶时不时地飘落到我脚下。冬装已经开始上市了,由于我们厂出的冬装款式、做工、面料上都很考究,所以产品一上市就火了起来,装箱的成品还没进库就叫人提走了。有几家客商先把钱打进我们账里,然后住到厂子附近旅馆里等着提货。在这种时候我的头脑是冷静的,我把赵厂长、区晓妮、阿珍和几个工长叫到我办公室里,很严肃很郑重地对他们说,在厂子兴旺的阶段也是最容易砸牌子的时候,你们一定要严把质量关,不许任何一件次品出厂。阿珍说,现在有不少新手上了岗,质量上多少都还要出点问题,在检查成品时,晓妮姐关把得很严,哪怕针脚上稍稍有点毛病的,我们都把它们另外放开了。我问,这些服装现在放在哪儿?赵厂长说,暂时放进库房里了,区晓妮补充说,不过那些都是好面料的精品服装,其实这些服装也都可以属于正品,因为只是在针脚上稍稍有一点小毛病。我马上说,先在库房里搁着,成本再高也不能出厂,以后再说,在生意场上最愚蠢的做法就是贪小失大!你们看怎么样?阿珍和几个工长说,晓得了,我们就按杨厂长的意思办。区晓妮没说话,赵厂长深表惋惜地叹了口气。看来赵厂长和区晓妮都不大理解和赞同我的经营思想,而阿珍的服从更多的是出于对我的感恩。

昏黄的阳光爬到窗台上,西北风终于把瑟瑟的寒气扫进了上海。亚翎作为投资者不断地干预厂里的事,她也利用她的各种关系为产品在不断地扩大销路,每销出一批产品,她的脸上便四射出光彩和得意。当亚翎推销出第一批服装时,程铮就主动来对我说,阿晖,不管亚翎是不是你的妻子,只要她为厂子推销出产品,就该给她提成,提成费可以以我公司的名义发给她,因为推销产品是由公司负责的。我说,别人帮着推销产品可以提成,但亚翎是不是算了?程铮说,这不行,经济运作过程就得按经济法则办,这与亲情、友情、爱情无关,一视同仁,举贤不避亲嘛!我想想同意了。仅从秋装的推销上,亚翎就从程铮那儿拿到一笔数目可观的提成,亚翎推销产品的热情就更高了。程铮还把自己谈成的客户偷偷地转让给亚翎,因为他作为销售上的负责人,推销出产品是不拿提成的,而他这么一转让,亚翎就可以名正言顺地拿到更多的钱,这使我很反感,可我又不好说什么。而亚翎对程铮则越来越有好感。她一提到程铮,那双湿润的眼睛就会闪闪发亮。她说,我看程铮才像个真正的企业家,有头脑,有魄力,关系多,路子广,又有一副潇洒的绅士派头。她在我跟前喋喋不休地夸程铮时,我保持沉默,因为我知道,亚翎不是个轻浮的女人,那种传统道德在她身上仍有着很重的分量。她对程铮有好感,但有好感并不一定就要上床。

天一冷,冬装的需求量就猛增。西伯利亚寒流给上海带来一场纷纷扬扬的雨雪,雨点夹着雪粒拍在伞上叮叮咚咚乱响。那天一清早我赶到工厂,阿珍已在办公室门口等我了,那眼神好像自己做错了什么事似的,她跟着我走进办公室说,杨厂长,这事本来我昨晚就想到你家或打电话告诉你的,但这事同你的太太有关,所以我就没这样做。我问什么事,她说,你昨天同赵厂长一起去工商局开了一天会,结果程总和你太太把你不让出厂的那十几箱大衣全拿走了。我说杨厂长关照过的,这些大衣现在不让出厂。程总说,这事我负责。你太太也说,晚上我会同永晖说的,不会让你们担肩胛的。程总还写了一张条子交给我,我不敢拿,我说我拿了就等于我也同意了。他就交给了晓妮姐。你看这件事怎么办？我说,昨天晚上亚翎回家没有同我提起这件事呀。

阿珍就眼泪汪汪地看着我。

我说,阿珍,这事你尽职了。我去找程铮和亚翎去。这时区晓妮走了进来,她从口袋里掏出张纸条交给我,脸上毫无表情。条子上写着,阿晖,为了遵守信誉,我今天只能把这批货提走。此事不要怪晓妮和阿珍。程铮。

我把条子塞进口袋里不满地扫了区晓妮一眼,就直奔程铮的公司。爱讲排场的程铮仍在以前那座写字楼里保留着他那套宽敞的办公室,楼道上钉着那块申江服装有限责任公司锃亮的铜牌,虽然他的公司只有他一个总经理,一个女秘书,一个会计,还有现在正为他跑腿的区晓华。坐在外间电脑前的女秘书阿倩小姐见我进来,马上微笑地站起来说,杨老板来啦,程总在里面正在同几个客户谈话,我去给你通报一下好哦？我说,不用了！

我推开用真皮包钉的门走到里间,程铮见我脸色不好,就站起来对三位客户说,今天我们就谈到这里,晚上杏花楼的饭局请你们一定光临。送走客户后程铮进来用手指点着我说,阿晖,你不要这么对着我虎着脸好不好？在生意场上,你这副包公面孔是吃勿开的！你不要忘了,我俩是合伙人,又是好朋友,我又不是你手下的马仔！我说,程铮,正因为我们是合伙人,我才要对你这么虎着脸,你是不是想要把我们这爿厂弄垮？程铮说,阿晖,你这话是不是说重了？我坦率地告诉你,我这是在帮亚翎的忙,在维护亚翎的面子。我说,亚翎的面子重要还是厂子的信誉重要？程铮,我觉得你们这样做有三点不当：一是凡是厂里的产品没有我签字是不许出厂的,你们破坏了厂里的规矩；二是把不太合格的产品当作正品出售,这是在欺瞒客户；三是你们只顾眼前的利益而损害了厂子的长远利益！程铮不耐烦地挥挥手说,好了好了,阿晖,这种大道理谁都会说,但我们必须面对现实！我说,我这就是在面对现实！我下海办厂是为了赚钱,而且想赚大钱,但在赚钱的时候也不能忘记社会责任,把企业办得兴旺发达,给社会提供更多的就业机会,向市场供应合格的产品,只有通过这种合法途径赚钱,而且赚更多的钱,才能体现出一种自身的社会价值来。我不相信一个忘了社会责任的企业家是个好企业家，我也不相信他能把企业长久地办得兴旺发达！程铮说，好了，我就这一次，下不为例了，这总可以了吧？我说，那批大衣销给谁了？把发票给我。程铮说做啥？我说，我要把那批大衣换回来！程铮倏地恼怒地涨红着脸说，这批货是你老婆联系的，你问你的老婆去！嗨，碰到鬼了！

天气阴冷阴冷的，空气中裹满了寒寒的潮气。我回到厂里，对阿珍说，立即把那种精品大衣装上十五箱，一定要挑最好的。阿珍立马就明白了我的意思。她说，杨厂长，你放心，我一定把这件事办好。

我很晚才回到家里，肚子一饿，人就冷得瑟瑟发抖。亚翎又赴饭局去了，还没回来。母亲和阿英已吃过了。我只好单独吃饭，喝了一杯葡萄酒，身子才暖和过来。回到卧室后我打开空调，但空调的嗡嗡声搅得人心烦。这时我听到亚翎进屋后急匆匆的脚步声，接着她猛地推开卧室的门，把那真皮拎包狠狠地往床上一摔，说，杨永晖，你也太不给我面子了，我是你老婆呀！你作啥要同我过不去啦！我知道程铮已与她通过气了。我说亚翎，是我同你过不去还是你跟我过不去？你和程铮自作主张地把那十五箱我不让出厂的大衣弄了出去，你们眼里还有没有我这个厂长？我倒要问问你们，是我在办厂还是你们在办厂？亚翎说，这厂我也投了资。我说，但厂长是我，法定代表人是我！你要是看不惯我的办厂方式，你可以抽资！亚翎尖叫起来，杨永晖，你这是在过河拆桥！我说，我这是在维护全厂也包括你的利益！亚翎，我可以告诉你，办厂我有我的原则和规矩！现在有些人认为，市场经济就是大家在里面浑水摸鱼，啥人摸到就是啥人的，就是你骗我我骗你的生意经。我不知道你和程铮是不是这样想的，但你们这种做法却证明了这一点，可我不愿意这样做！亚翎气恼地埋进沙发里，点燃一支烟嘲讽地说，杨永晖，你这只嘴巴啥时候变得这么会讲啦？在当今这个世界，你这套理论绝对行不通！我说，不！要是行不通，工厂就不会像现在这么兴旺，工人也不会像现在这么齐心，亚翎，这些年来，你写了那么多的企业家，甚至有几个被你吹上了天，但有几个能继续兴旺到现在的？那个被你赞誉为民间羊毛衫大王的刘老板，有钞票时不可一世，得意得不知道自己姓什么，可现在呢？背了一身的债，连自己的独生女儿都养不活了。你吹嘘的那些企业家，有不少就是靠着时运在浑水里捞了一把的人,他们算什么企业家?狗屁企业家!真正的企业家,就应该像我这样的人!你不是说我下海有三大优势吗?我今天要′向你表现的就是这种优势!

亚翎紫涨着脸,一个劲地抽烟,她用陌生的眼光看着我,好像不认识我了。我说,请你把那批货客户的地址告诉我。她说,做啥?我说我要把那十五箱货换回来。她说,永晖,你这样做还让我做不做人了?我说,亚翎,我会妥善处理的,保证你的面子一丝一毫都不受损失,你毕竟是我老婆嘛!她想了想后把地址写在一张纸条上扔给我说,杨永晖啊杨永晖,我是越来越读勿懂你了。我说,那你就慢慢读,终会读懂的,我是你老公呀。这时阿英下来说,阿哥,姆妈叫你。

母亲躺在床上,脸色更苍白了。母亲是听到我和亚翎的争吵才把我叫上来的。在我和亚翎产生矛盾时,母亲总是让我退让一下,说退一步海阔天空,夫妻间的关系也是这样。母亲听完我讲的情况后说,对咯对咯,有信誉就有生意做,没有信誉生意也就做勿成。但亚翎也是为你好,为我们家好,是哦?勿要难为她,事情弄清爽就算了,好哦?我说,阿姆,这点你放心,我同亚翎的感情还是很深的,我们之间不会有啥事的,就是你的身体千万要保重。母亲慈爱地说,阿晖,阿姆自己晓得,活在这世上的日子不多了,阿姆只希望还活着的时候能看到你的事业兴旺发达……母亲这话说得我鼻子发酸。母亲摸着我的手说,阿晖,好好走自己的路哦,啊?

晚上睡觉时,亚翎板着脸不同我说话。但到半夜时,她悄悄地把脚伸进我的被窝,在我小腿上磨蹭了几下,我用小腿夹住她的脚,她就钻进我的被窝,搂住了我的腰。我感到她的那份温柔与爱。我就紧紧地捏住了她的手。我想,夫妻间的心大概还是容易沟通的。

八

但以后的事实证明我的感觉错了,人的情感、欲望和想法是很复杂的。那次冲突,使我和亚翎之间产生了比较深的隔阂。以后有什么事,她就不太愿意同我直接说。

绵绵的阴雨中还时不时地夹着雪粒,打在地上像米粒似的乱蹦乱跳。天蒙蒙亮我就赶到厂里,想不到阿珍已经在值班室里等我了。那十五箱大衣已经装好了,而且挑的是质量最好的。我说,阿珍,你很会办事,辛苦了。不过你还要再辛苦一下,跟我一起到无锡跑一趟好哦?阿珍说,杨厂长,我知道你要把那批大衣换回来,但你在厂里每天要处理那么多的事情,我一个人去就行了。我想了想说,那也好,你就同开130的赵师傅带着货去。你晓得哪能向他们解释哦?阿珍说晓得,我就讲是我发货时发错了,老板批评我了,让我立即把货换回来。看样子她早就细心地想好了这种托词。我叹了口气说,那就这样说吧,只好让你阿珍背一下黑锅了。

雨雪还在下。阿珍把十五箱服装搬上车,用帆布盖好,然后跳进驾驶室。我说,下雨雪,路滑,千万当心。阿珍朝我挥挥手说,杨厂长,你放心,我一定会把事情办好的。车徐徐开出厂子,我松了口气。阿珍是个靠得住、能帮我担担子的人。当初我坚持让她回厂是做对了。这是否也是人世间的一种缘分呢?

门外雨雪纷纷,区晓妮不知在什么时候站在了我的身后。我转回身看到她,她说,杨厂长,我想请几天假。我有些不快地说,现在厂里生活这么紧,你请假有什么急事?她说,是家里的私事,但是真的很要紧,说着她眼中便涌出两行泪。我说,今天再坚持一天行不行,等阿珍回来?她犹豫了一会,便点了点头。对她的敬业精神和管理水平我还是很满意的,自那耳光事件后,她在管理上虽仍很严,但对工人们的态度却要好多了。可我感到,她在平时总是一副心事重重的样子,眼神也变得越来越忧郁。我想,是不是她与程铮的那种不明不白的关系使她这么忧心忡忡呢?但时下男女间保持这种情人式关系的大有人在,人们也早已见怪不怪了,她在心理上也不该有这么大的压力。但每个人都有自己难言的隐私,我也不便去问,只要她把工作干好就行。

这一阶段我跑商场,了解服装在市面上的行情;我翻阅服装杂志,对各种服式的审美情趣和文化含量进行研究;我去看各种面料,了解它们的质地性能以及它们的使用方向。我觉得自己在这方面渐渐地变得内行起来。其实世上许多事情你只要真正认真地进入到里面,也就并不神秘了。我还加强了财务室的核算工作,让他们及时准确地报出各类服装的实际成本,进行全面的财务分析,尽量堵住可能出现的浪费和漏洞。由于厂子的初步兴旺,各种应酬也就变得越来越多,除客户外,工商、税务、环保,甚至街道办方面的都要接洽应酬,忙得我连放屁的时间都没有。我让阿珍去无锡换服装的那天下午,区里林主任就带了两个人来视察我们厂。天很冷,晚上我请他们去吃火锅,赵厂长作陪。饭桌上林主任慨叹地说,想不到半年多时间,你就把厂办得这么出色。赵厂长马上带着恭维的口气接上话茬说,杨厂长到底是在大学里学过经济的人。经营管理上真的相当有一套。

　　林主任说,我们区里租赁出去的小厂有十几爿,其中也有两家街道服装厂,但是大多数厂的经营状况还是很不理想,那两家服装厂也眼看要混不下去了。热腾腾的火锅与温温的黄酒燎得每个人的额上都冒出了汗。林主任非要我讲讲我的经营之道。我就阐述了一通开拓市场、开发产品以及让工厂里每一分子都成为主人翁的宏论。林主任颔首说,有道理,有道理。杨厂长,我看你把那两爿服装厂也弄过来算了。我笑着说,林主任,谢谢你这么看得起我,但现在我还没有能力去吃那两爿厂,等到时机成熟你不找我我也要找你了。满额油汗的林主任哈哈笑说,也可以吧。

　　阿珍在第二天一清早就赶回来了。由于雨雪路滑,车子还是出了点小事故,要不是赵师傅刹车刹得快,路边又有两棵树稍稍挡了一下,车子说不定就会翻到路下面去。但在急刹车时,阿珍的膝盖受了点伤,走起路来一瘸一瘸的。她见到我就满足地笑着告诉我说,杨厂长,我们这样做,对方老感动,他们讲,以后要长期订我们的货。我让她去医院检查一下膝盖,她一摇头说,伤了点皮,没啥,过两天就会好的。区晓妮请假了,我让她代理车间主任,她一瘸一瘸地在工作台间奔忙着。第二天我去车间看到她的脸上布满了倦色,要她回家休息。她认真地说,杨厂长勿要紧咯,我可没那么娇气。现在厂里生活忙,但大家都忙得开心。她的精神是舒畅的,她的眼睛里已没有了我刚见她时的那种让人怜悯的忧伤与凄凉。

区晓妮请假后的第三天清早,程铮就急匆匆地来找我,他脸色很阴沉,一进办公室就把门关紧。说阿晖,有件事我再不告诉你就太讲不过去了。你晓得哦,区晓妮的弟弟区晓华大概出事体了。他说,一个多月前我让区晓华去南方收货款,不少账款已从银行汇了过来,这你是知道的。但有三四万元的零星货款收的是现金,他在电话里对我说,钱由他直接带回来,两三天就可以回上海,可现在时间过去半个月了,却不见他的影子。我把这事告诉了区晓妮,晓妮到晓华家去问,晓华的老婆说她也没见到他,但他绝对偷偷地回过一次家,因为放在衣橱里的他的一些替换衣服没有了。程铮说,阿晖,你不要急,这三四万元的货款我来赔,因为他是我收下的人。区晓妮这几天到处在寻找他,又气又急人都快要疯了。程铮摇着头说,这世上到处都是骗子,连晓妮的弟弟都在诈骗我,这世上还有谁可相信!我听后感到不快,冷静了一下说,程铮,这事你不用把责任全揽到自己身上,等找到区晓华再说吧。程铮临走时拍着我的肩膀说,阿晖,区晓华骗走的这笔款子我一定赔上,决不能让工厂吃亏!

程铮走后我去财务室核对一下账,发现区晓华催汇来的账款有九十多万,零星款就是全收齐也只有三万六千多元。我又算了算他推销产品后能拿到的提成已达到两万多元。为多拿那一万多元钱就携款逃跑划得来吗?他会那么傻?

雨雪过后的那几天,气温骤然下降,水沟积水的地方结了一层亮晶晶的薄冰。有一天区晓妮回到厂里,一副疲惫不堪的样子,很憔悴,那双本来就有些忧郁的眼睛显得更忧伤了。我问她,区晓华找到没有?她点点头说,杨厂长,今晚我想请你吃个饭,到时我再详细告诉你,不知你肯不肯……说着,她哭了。我劝她不要哭,只要人活着,世上就没有顶不住的事。

她请我到上次我俩去的那个饭店。我们对面坐下后,晓妮让我点菜,我随便点了几样后说,有什么事你说吧。她说,杨厂长,我觉得你做人很严肃也很坦荡,你是好人,我不是要你帮忙,我只是心里憋得慌,想找个人说一说。说着她眼圈一红又流泪了。她说,区晓华到南方一个城里去收款,现在服装市场旺,款也收得蛮顺利。他收完那些零星款后,准备回上海的那个晚上,在酒店里潇洒了一下,还得意忘形地要了一个漂亮的三陪小姐过夜。他喝多了酒又白相女人,一睡就睡死过去了。他一觉醒来,发现装钱的密码箱不见了,急得他在市里到处转着找那女人,又不敢到公安局去报案,几天后,装在口袋里的几百元钱也快用完了,而且还发现自己染上了性病,吓得他头皮都发麻,只好把剩下的一点钱买了张车票偷偷地回到了上海,不敢回公司也不敢回家。这些天我找他都找疯了,最后是通过他的朋友才找到他的。他现在郊区的一个建筑工地上打小工,我见到他时,他面黄肌瘦,头发乱蓬蓬的。我猛一见他都认不出来了。我只好给了他一点钱,也不知道怎么办才好。我回来把这事告诉程铮,可他一听就上火,说你再也不要在我跟前提你弟弟的事,他差点又要把我的事业给毁了,出了这种事,我就会在杨永晖跟前低一个头!他还说,晓妮,你也不要再管你弟弟的事。我说,总不能眼睁睁地看着他去死吧。他就吼着说,这种社会垃圾多死几个倒能让社会干净点!他这么一吼我也就不想再跟他说什么了,只感到心里憋得都想去死。杨厂长,你说我该怎么办?她恳切地看着我,那眼神就像以前的阿珍。我想了想说,晓妮,这样吧,现在我们赶紧把肚子塞饱就上路。她说,去哪儿?我说,去你弟弟那儿,我倒想拉他一把,我们去试试吧。

  出租车向郊区驰去。记得小时候车一开出内环线的区域,四下里透出的是一种乡村的宁静,但现在车出了外环线,四处闪烁着的霓虹灯连成一片,使人感到整个大上海那汹涌的商潮已迅速地扩展到了郊外。出租车拐进了一条小路,路边堆放着杂七杂八的建筑材料,还有几栋正在建设的脚手架上挂满灯泡的大工房,工人们仍在灯光下干活。区晓妮指引着出租车在一个工棚前停住,工棚中央挂着盏被潮湿的寒风吹得摇曳着的灯泡。我看到一个蓬头垢面胡子拉碴的人,垂着脑袋,神色惘然地坐在竹榻上一口一口地机械地抽着烟。区晓妮领着我走进去时他抬头看到了我,先是一愣,然后又猛地一惊,迅速地朝区晓妮投去怨恨的一瞥,突然又全身筛糠似的跪了下来,抖着双手对我说,杨老板,杨老板,请你放我一马,不要把我送进局子去,一进局子我什么都完了,厂子里的钱我一定想办法还上,真的,我一定会还上的!他哀求地哭丧着脸。我说,你站起来,你姐姐不是领我来要抓你去进局子的。我坐在竹榻上,扔给他一支烟,他疑惑地接过烟站起来看着我。我点燃烟后说,我要把你送进局子里,你损失的钱款还能收得回来吗?区晓华,我告诉你,我算过一笔账,这一次你销掉的产品有九十多万元,按比例你可以提成两万多元。我想你不会为那一万多元把自己今后的生活全葬送掉吧?今天你姐姐陪我来,就是想来拉你一把。我觉得你在推销产品上还是有门路有本事的。你搞了十几年的推销,这经验这关系网浪费了有多可惜。我可以同程铮去商量,让你继续去他的公司工作。他要硬不收你,那你就算是我厂里的推销员。但你要记住,一是你先进医院把你这脏病治好,医药费厂里先给你填上;二是不许再犯,再犯你就老老实实给我进局子;三是该还厂里的钱一分也不能少!拿你以后工资的收益还,你看怎么样?区晓华惊愕地瞪着眼睛说,杨老板,你说的这些话算数啦?我说,我说话算不算数,你姐姐很清楚。区晓妮点着头说,晓华,杨厂长说话,就像铁板上钉钉子,个个算数的!

九

春节前夕,王先生和郝女士又把他们设计的春装图样拿来了。王先生说,杨厂长,你办事相当上路,我们为你做事体也就要尽心尽力,不然对不起自己的良心,所以我们自己看不上的决不拿出来敷衍你。看了他们设计的图样,其中有三种套装式样的春装我特别满意。春节过后,只要广告宣传跟上,相信这几样春装肯定会相当好销。定方案的那天,程铮和亚翎也兴致勃勃地来了。亚翎与我之间的隔阂还在逐渐地加深。她认为我的经营思想与眼前纷乱而无序的市场现实有些格格不入。她怀疑我这样经营下去是否行之有效。但她不愿同我争论,而把她的想法去同程铮说。程铮呢,总是称赞说,亚翎,你这想法很有新意。我很怀疑程铮对她赞扬的真诚程度。自我办工厂后,亚翎虽仍在写着那些企业家们的专访,但兴致大减,那点红包对她来讲只能算是"毛毛雨"了,所以她更热衷的是拉各种关系来推销产品。我感到商海的波涛同样在冲击着夫妻间的关系,所以每当我与亚翎在这方面发生冲突时,我就觉得夫妻两人同时进入商海是一件非常愚蠢的事,因为夫妻间的个人利益也可能不完全是一致的。

亚翎拍着身上的雪花走进来,依然气质非凡,娇柔可爱。她黑亮的卷发上那星星点点的雪花很快融成水滴,白嫩的脸红扑扑的。这时我更觉得她不该随着我也进入到商海里来,她应该一门心思地去写她的企业家们的专访,晚上回来我们共同寻觅那甜蜜的情爱,那她会是个多么令人舒心的妻子啊。我真不该收下她那十几万的投资。

衣冠楚楚的程铮比亚翎要来得早。他一走进小会客室,脱下那黑色的细呢大衣,就笑着嘲讽我说,阿晖,你可真会收买人心啊!现在区晓华对你佩服感激得真是五体投地。按照他的逻辑,我帮助别人肯定就是别有用心。我说,我这不是在收买人心,我只想真诚地对待一个与企业有关的人。一个企业要办得好,要有凝聚力,就要真诚地对待企业中每一个人。能拉一把的人就应该去拉他一把。你要说这是收买人心也行。我这样做大概收买的不只是一个人的心,而是收买了更多的人心。程铮不满地摇摇头说,可你想过没有?你把我这个合伙人推在了一个什么位置上?你是让我吃足了尴尬!况且你也知道我和晓妮的关系。我说,程铮,你想到哪儿去啦?正因为我们是合伙人,我们又是好朋友,我才这样做的。程铮有点气恼地点上烟说,阿晖,你也真够乖巧的,好了好了,我不同你争,从大局出发这口气我咽了。不过阿晖,以后你办事也多少给我留点面子行不行?你老这样下去不但我俩的关系紧张,你同亚翎的关系也弄得很紧张,她老是到我这里来诉苦,你这又是何苦咪!

这时赵厂长,区晓妮,阿珍他们来了,他才把话打住。当然,大家对能推销出更多的产品,赚回更多的钱,分到更多的红利这一点上永远会一致的。大家各自用审视的眼光对我选中的几种春装表示赞同。把春装的方案定下来后,赵厂长,区晓妮,阿珍他们拿去先做一些样装出来。他们走后,程铮说亚翎还有事要同我商量,他们看我时的眼光有点异样,那气氛就像敌对国要坐下谈判似的。先是一阵沉默,大家都点上烟抽了几口。我打破僵局说,程铮,亚翎,你们是不是准备要抽资散伙啊?神情都这么紧张干什么?程铮笑一笑说,天哪阿晖你想到哪里去啦?亚翎前几天来同我商量一件应该说是有利于我们事业发展的好事。亚翎说,她现在是越来越摸不透你了,怕同你一讲又会引起一场争吵。所以亚翎就先来同我商量,如果我认为可以的话,我们再来同你商量。亚翎是哦?亚翎看我一眼说,是的!他们用这样的方式来向我施压使我感到有些不舒服!我说,程铮,亚翎,从事业上说,你们是我的合伙人,从私人关系来讲,一个是同学加朋友,一个是相濡以沫的妻子,这点我是很拎得清的。现在我们一起合伙办工厂了,出现点不同想法也是正常的事,大家都是为工厂好,是哦?程铮喷了一口烟说,好,阿晖,有你这话就行了。现在我就来谈谈亚翎的想法。原来他们见目前厂里生产的冬装上市生意火爆,货供不应求。就打算找几家乡企服装厂来加工我们的服装,这样就可以大大增加我们的产量,质量上我们可以派人去监督。程铮的话音刚落,亚翎往烟灰缸里摁灭烟头接上说,怎么样?永晖,我可以告诉你,这次我出差,已经同松江和湖州两家比较像样的服装厂打了招呼,他们也很乐意合作。像这样互利互惠的好事你不会不同意吧?

一开始他们就把铁箍朝我头上扣过来,我沉思了良久才说,程铮,亚翎,你们是在把我往墙角上逼啊!我可以告诉你们,这件事我不是没有考虑过,赚大钱谁不愿意,但我首先必须把我们赚钱的基础打得更结实。前些日子,区里的林主任带着两位同志到厂里来了解情况,我们一起吃饭时他提出,区里还有两爿里弄服装厂也租赁出去了,眼下很不景气,建议我把那两爿厂也吃下来。我对他们说,吃我是想吃的,但现在时机不成熟。如果真要扩大生产,我何必舍近求远把服装弄到松江湖州去做呢?我把那两爿厂吃下来或者拿到他们那儿去加工不就得了?程铮说,阿晖,你的这些道理我也会讲,但你要晓得商场如战场,一天一个样,有时迟上一分钟,一笔到手的生意就会泡汤。所以我们要抓到一把是一把。我说,只要产品过硬,受市场欢迎,生意就泡不了汤,可能生意还会找上门来,目前厂里的冬装畅销不就是这样吗?你们不就是看到这点才提出现在这个建议的吗?当前令人眼花缭乱的商潮弄得许多人很浮躁,恨不得一夜之间就变成百万富翁,有些企业家,搞活了一个企业后,以为自己什么都行了,于是不管条件成熟不成熟,就去合并或者去兼管别的企业,摊子越铺越大,但后来怎么样呢?大多数都是别的企业没管好,自己原先的企业也跟着垮了。我决不会盲目地也去这么做。程铮,你刚才说,产品由人家加工,我们派人去监督,在别人的厂里你真能百分之百地监督住?万一他们要偷偷地把不合格的产品销出去,我们厂的牌子不就全砸了?亚翎恼怒地嘟着嘴说,你就这么不信任别人?我斩钉截铁地说,在金钱和自身利益的驱动下,连自己人也很难完全可以信任,这难道不是事实?亚翎认为这是在说她,气得脸都变了形,她抖着手指着我的鼻尖说,杨永晖,你简直不可理喻!说着把拎包往后背一甩,扭身就走了。程铮也气冲冲地站起来说,阿晖,你这是在干什么!

小会客室突然变得异样的寂静,我孤单地坐在沙发上,而窗外,那纷纷扬扬的雪花这时正下得十分起劲……

十

亚翎在床头柜上留了一张条,写道:我要出差两个月,请你把恬恬招呼好。后面连个名都没有留。我感到很寒心。也许我真不该下海来办什么工厂,招来那么多烦心的事,原先很融洽的夫妻间也出现了那么多的裂痕。我把纸条揉成一团扔进纸篓里,上楼去看母亲。母亲的身体越来越差了,我捏了捏母亲那干枯的手说,阿姆,你看我现在是越来越忙,以前下班还可以陪你讲讲话,现在连这点都做勿到了。母亲摆摆手说,阿晖,我今天去医院检查过了,医生讲我没什么大病,就是年纪大了,器官功能有些勿灵光了。阿晖,阿姆这一辈子是孤独惯了,你阿爸跑生意时也是三天两头不着家,有时回家半夜三更,往被子里一钻,第二天一早天勿亮就又出门了,还有时我几个月都看勿到他的那张脸。母亲说到这里无奈地一笑,又说,男人是要搞点事业,不搞事业的男人算啥男人呢?阿晖,你勿要操心我,只要你把事业办红火了,就是对阿姆最大的孝顺。母亲的话说得我的鼻子发酸。

我回到卧室,阿英神情紧张地悄悄跟了进来说,阿哥,姆妈的病老重的,医生讲治勿好了。我全身的汗毛一下子紧缩了起来,头皮都有些发麻,说,阿英,怎么回事?阿英说,我今天陪姆妈去医院,医生就同姆妈讲,你儿子怎么没有来?上次不是讲好让他来一下吗?姆妈就指指我说,这是我女儿,你同我女儿讲是一样的。我儿子太忙,实在来不了。医生就把我单独叫进医生值班室,告诉我,姆妈得的是肝癌,无法治了,姆妈这种身体状况动手术也动不成,老人想吃点什么就给她做点什么吃。我想怪不得母亲消瘦得这么厉害。我说,阿姆自己晓得哦?阿英说,姆妈好像自己已经感觉到了。我含着泪说,阿英,这事你多操点心,我每月再给你加一百元工资,你明白我的意思了哦?阿英点点头。我说,明天下午你去把恬恬接回来,让他陪阿奶说说话。阿英又点点头,哭了。

  我一夜未睡,感到一种从未体验过的沉重。我知道我就是碰得粉身碎骨也不会让步和退缩。我还会按自己的意志干下去,创造出一番辉煌,这正是母爱所给我的力量,但我也可能不得不去承受人间最锥心的苦痛。

  一清早我就去了幼儿园,我蹲下身子抱着恬恬亲他的脸,姆妈出差去了,下午阿英阿姨来接你,回去好好陪陪阿奶好哦?恬恬点头说,阿爸,我晓得了,回去我给阿奶唱歌,跟阿奶下跳棋,下棋的辰光我只让阿奶赢,叫阿奶高兴……天空放晴了,雪在融化,路面上闪烁着一片水光。空气清新而寒冷,我松开儿子,用手指蘸去眼角上的泪,就又急匆匆地去了工厂。

  时光的流逝在消磨着人们心中的怒气与不满。江面上的风又变得温暖而湿润了。出乎我的意料,还不到一个月,亚翎就给我打来了电话,而且口气相当的和缓。她说过两天她就回来,有些事回来再说。从她的语气中我感到她的心情不错。应该承认,亚翎在外期间,有时当我半夜里醒来,那种浓重的孤独感和繁重的生存压力使我极想获取一种慰藉,一种温柔而甜美的慰藉,于是我想到了亚翎躺在我身边时的那份温柔,想到了她那娇美的身姿以及在同她亲热时的那份陶醉。我不知道究竟是什么在销蚀我们夫妻间过去的那种温馨亲密的生活?不错,我们都想赚钱,可为什么就恰恰在要赚大钱的问题上居然导致我们的生活出现了裂痕?当前使我感到宽慰的是,春装已大批量地投入了生产,宣传广告渠道已经畅通,基本客户网也已建立,订货单纷纷向我们飘来。工厂的经营已经进入了一种比较顺畅的轨道。

中篇小说

梧桐树又被春风染成了一片嫩绿,空气中储满了湿润的水汽。亚翎回家了。亚翎毕竟是个有涵养的人,她首先带着给母亲买的礼物上楼同母亲说了好一阵话,临睡前到恬恬的小房间里哄他睡着,上床后她又主动同我一起过了夫妻生活。不知是由于缺乏以往的那种情感的酝酿和准备,还是上次争吵的隔阂还没有在内心释解,我们似乎仅仅只是完成了夫妻间所应做的一种程序。事完后,她问了一句,厂子里哪能?我回答说,一切正常。她不再说什么,翻过身把背对着我了。本来我想把母亲的病情告诉她,但话到嘴边又咽了回去。我感到了双方的陌生。

第二天一早,她打扮修饰好自己,显得妩媚而光彩,她用挑衅的口气对我说,永晖,这一个多月我跑了五家企业,写了三篇有分量的文章。我还同程铮一起合伙做了好几笔生意。我感觉程铮在生意场上确实比你强多了,可是你老争着想要高他一等,人家是为了顾全大局,不同你计较,其实呢?你比他差远了!你用不着拿这样的眼光看着我,我只是把他当作合伙人相处的,不过我同他合作要比同你合作愉快顺心!我给你讲,做生意不为赚钞票那是在作死!

我默然无语,我不愿讨论这个话题。

那年上海的春天来得迅猛。春节后阳光明媚,温和的微风拂来,林木很快就变得一片翠绿。应该坦率地承认,我与程铮之间虽有过几次不愉快,但他仍可以说是一个尽职敬业的合伙人。在他的努力下,春装销售势头一开始就显得那样的旺盛。整个厂子的生产也是热气腾腾的。用一句新闻语言就是,充满了勃勃生机。

一天中午,程铮急匆匆地走进我的办公室,他神色疲惫,眼圈微红,给人一种辛辛苦苦地办完了一件大事的感觉。他坐在我办公桌对面的沙发上,点燃一支烟后,深深地舒了一口气说,阿晖,我想同你商量件事,这事我已反复想了好久了,请你不要责怪我。我的心紧缩了一下,是不是亚翎同他已有了什么事?但这种念头仅仅在我的脑子里一闪而过。我宁愿相信亚翎还不是这样的人。程铮猛吸了两口烟后说,阿晖你知道,现在工厂的生产是走上了正轨,但销售上的担子却越来越重了。区晓华还住在医院里,就是出院了我也不想再用他,至于你想怎么用他,我不管。你老婆在销售上虽然也能帮帮忙,但她也只是敲敲边鼓,起不了大作用,况且她还有自己的本职工作。因此我现在急需一个得力的帮手。我今天想来同你商量,把区晓妮抽出来,还给我。我瞧他一眼,慢慢地说,区晓妮现在是个相当称职的车间主任。程铮说,她本来就很称职,不然我不会推荐给你。我不答。他说,怎么,你不想放?我说,既然销售上吃紧我敢不放吗?他说,阿晖,你也别卖乖,你这个人是表面上老实心里却鬼得很,你早就把顶替晓妮的人物色好了,什么时候顶只是个时间问题。我知道你在重点培养阿珍的同时,又从高中生和中专生中物色了几个培养对象,你在为将来扩大工厂规模打基础。你阿晖办事喜欢一步一个脚印地走,这点我也赞成,所以那天你不同意亚翎的建议,我也就没有再坚持。不过不管你今后怎么打算,晓妮你得抽出来还我!他说最后那句话时不但语气斩钉截铁,眼中甚至还透出一股凶光,如同一个手持利器的索债人。

昏黄的晚霞透着柔柔的滋润和温暖。下班时,区晓妮将工作同阿珍交接后,来到我的办公室,神色显得格外的忧郁。我说,你怎么啦?她苦笑着摇摇头说,没什么,就是从明朝起我不能来这里上班了,实在有点舍不得。我说,其实你到程铮那儿帮他搞推销,也一样在为厂里出力,以后程铮找到好帮手,你想回厂还可以回来嘛。今年下半年,我就有扩厂的计划,或者再租赁上一爿厂子,我就想让你去当厂长。她更忧伤地站在那儿,咬着嘴唇,突然转过脸,抹去倏然涌出的眼泪,接着朝我鞠了一躬,用发抖的声音说,杨厂长,我在这儿时你那么关照我,还救助了我的弟弟,谢谢你!她似乎是带着那种无限的心事与内疚走出了我的办公室。我知道,程铮这人看上去潇洒、爽快、热情,但他又是个苛刻蛮横专制的人,同他在一起生活其实并不轻松。所以我第一次见到她时,她那双忧郁的眼睛就让我感到了这一点。我也突然感到了一种失落。天色正渐渐地暗了下来……

中篇小说

十一

　　上海的春天让人捉摸不透,阳光灿烂之后,又来了连续半个月的阴雨天气,马路湿漉漉黏糊糊的,然而在雨伞下,川流不息的人们依然穿起了五颜六色的春装。由于春装的销售势头强劲,全厂的人在紧张而热烈的气氛中充满了喜悦与更多的期望。阿珍说,现在大家做生活卖力得用不着再要你去督促去鼓动了。为了今后扩大生产规模做准备,我把阿珍提起来当厂长助理,又提拔了一些车间主任和副主任。面对当前工厂的兴旺和有序,我心中又有了许多雄心勃勃的计划。

　　可是这绵绵的阴雨天气却犹如是不祥的征兆。那天清早我刚走进厂里,就听到我办公室里的电话像催命一样一阵急似一阵地响着。阿英在电话里告诉我说,姆妈刚从床上移到轮椅上就晕倒了。现在正在医院里抢救。我慌忙把手头的事情同赵厂长和阿珍交代一下就赶到医院里,正在打点滴的母亲已经醒了,她看到我后虚弱地说,阿姆勿要紧的,你去忙你的,我知道你现在厂里的事情特别多,我这里有阿英呢,有啥事情我再叫阿英打电话给你。我去找医生,医生说,再做一次全面检查,现在谁也不敢打包票。这句话像石头一样在我心中压了下去。

　　这时我突然对亚翎产生了一种强烈的不满,前天她又出差去了,这次是去广东和福建,时间大约要两三个月。我猜测她说不定又是带着程铮的什么使命走的。人世间有许多事想起来实在是很荒谬的,赚钱的目的是在为我,但为了赚钱又得忘我。

　　赶回工厂已到中午时分了,想不到程铮神情沮丧地在小会客室里等着我。长茶几上放着一堆衣服,就是我们厂生产的那几样春装。程铮情绪激动地说,阿晖,你看看这些服装。我一惊,说怎么啦,质量出问题啦?程铮冷笑一声说,质量出问题倒好办了。这些服装是别的服装厂生产的,但样式、质量、商标都同我们生产的一模一样,并且价格也要比我们厂便宜百分之十到百分之十五。现在上海的市面上,从福州路、南京路到四川北路,开价都比我们厂的便宜。大量的客户已经转向他们那儿去批货了。我们的货已开始销不动了。

这像一颗炸弹突然从我头上炸了下来。我的心好像被一样东西狠狠地锯了几下。我翻看那些服装,样式、商标、厂名、地址、做工同我们厂生产的一样。我喝了口水,想使自己平静下来。程铮愤怒地拍着茶几说,这帮瘪三太不像话了,道德良心都让狗吃了。程铮痛苦地摇头说,现在他那柜台上的货已经销不动了,销售上的压力对他来说已变得这么沉重。我望着窗外那阴沉沉的飘着水幕的天空,明白商海中常出现的那种可怕的旋涡已经朝我逼来。

程铮走后,我就把赵厂长和阿珍叫来商量对策,他俩也气得一个劲地骂娘。赵厂长说,下作!这帮人真太下作了,阿珍说,我要查到他们,就扑上去咬他们!但赵厂长又说,杨厂长,这件事是不是暂时不要让厂里其他人知道。我说,为什么?他说,这会影响大家的情绪,你要晓得现在大家做生活的热情有多么高涨!我摇摇头说,不,纸是包不住火的。再说,我们的工人大多数已是厂子的股东了,他们就应该有知情权。让他们知道,一是尊重他们;二是也可通过他们来了解一下这方面的线索。另外阿珍,你从厂里抽上六个头脑活络嘴巴灵光点的人,组成三个组,通过这些服装的销售点来摸出他们的厂家,你看好哦?阿珍点点头说,杨厂长你放心,在厂里那么困难的时候你收留了我,到厂里后你又这么重用我,我要不把这件事办好,我阿珍还算是人吗?我说,阿珍,这件事不仅仅是关系到我,也关系到全厂还有你自己,你讲是哦?阿珍说,我晓得了。

天终于放晴了。白云朵朵,阳光灿烂。到处已是叶绿花红,一派明媚的春色。程铮大概为销售上的事倾注着全部的心血,那一直昂扬着旺盛的生命力的脸上也笼罩了浓浓的倦意,眼圈熬得红红的。他走进我办公室,悲观地摇着头说,阿晖,这一次我们要吃败仗了,所有的销售渠道几乎全堵住了,我可是费了九牛二虎之力,才推销出去那么一点点,有些客商仅仅只是为了给我点老面子,可这些还不够嵌牙缝的!我说,是不是我们也把价格压下来。他立即摇头说,这不是办法,我们压他们也会压,我们整体成本要比他们高,在压价竞争上我们是处于劣势。我们实在不行就另寻出路吧,阿晖,不然我们的损失会越来越大,甚至还会面临破产的危险。

程铮没有危言耸听,产品滞销后的凄凉景象很快就显露了出来。产品大量地积压在仓库里,工人们做生活的速度也在不知不觉中放慢了,他们的眼中流出了许多忧愁,工厂开始弥漫出一种焦躁不安的沉闷。

母亲越来越瘦,已咽不下任何一口东西,在病床上开始施鼻饲了,我从未感到生存的压力会一下子变得这么沉重,在这世上,竟会有那么多互不相关的事会一股脑儿地朝你压过来,弄得你心衰力竭,难以招架。那天,在被雨水浸泡的黏湿的空气中,我匆匆从医院出来,暂时离开已奄奄一息的母亲,在电话亭给亚翎的那家杂志社的主编打电话,希望他们尽快同亚翎联系上,告诉她婆婆病危,让她速回上海。主编在答应的同时又抱怨说,亚翎也该经常同家里通通电话呀,以前她不是蛮顾家的吗?

雨丝像梳理整齐的女人长发那样从容地从阴沉沉的空中垂落下来。我拦了辆出租又匆匆往厂里赶,已危机四伏的工厂情况更加恶化了,产品堆满了仓库,流动资金也已告罄,原材料进不来,工人们将面临停工。而昨天赵厂长告诉我,女工阿菊串联了几个工人提出了退股的要求。听到这个消息我没感到意外,这两天我已经不得不考虑厂里可能出现的更加困难的局面了。

我跳下出租车,就看到站在厂门口的赵厂长,透过风中飘曳的雨丝,他的脸色也是灰灰的。我们走进办公室,他就急忙把门关上说,现在厂里人心惶惶,你是不是给大家开个会,先安定安定大家的心?我默然无语地坐到办公桌前,按往常这时业务往来的各种电话已经不断了,但这几天电话也哑了。赵厂长忧心如焚地看着我,我点燃支烟闷闷地吸着。不一会儿,阿珍顶开门,收起伞,她刚从外面回来,裤腿卷到膝盖上。我用询问的眼光看看她,她痛苦地摇摇头。我失望而惆怅地长叹了口气。据阿珍讲,她带的那几个人分成三个组,跑遍了整个上海滩。凡是看到销售我们这种春装的柜台和摊位,就向他们打听生产这些服装的厂家。可售货员要么说,阿拉哪能晓得啦,老板进的货呀,你要问问老板去。但一问老板却都说不在。要么就说,商标上勿是印着厂家的地址吗,你们按这个地址去找好了呀!阿珍又内疚又沮丧,眼泪扑簌簌地滚了下来,好像这件事全是她的责任似的。我心里也感到很不是滋味,倒了杯茶递给她说,阿珍,不要急,再慢慢找,只要那些服装不是从天上掉下来的,就一定能找到生产它们的厂家。倒是你们一天十几个小时地东奔西跑,也太辛苦了。阿珍抹把泪喝了口水说,只要能找到那个杀千刀的厂家,我就是去死也愿意!阿珍刚说完,又有人推开门,探进脑袋朝我看看,是区晓华。我说,区晓华进来吧。他又看着赵厂长和阿珍,脸突然一红,很不好意思地走进来,犹犹豫豫地在我对面的沙发上坐了下来。我问,区晓华,你的病治得怎么样了?他低声地说,医生说已经彻底治好了,可以出院了。他接着垂下脑袋很为难地搓着手。我说有什么你就说。他仍垂着脑袋说,杨老板,现在厂子里的情况我已经知道了,这事我本不该再来打扰你,可我想来想去又不知能再找谁去?他抽了抽鼻子,又抹了一下眼睛,把脑袋夹进了裤裆里。只是吸着鼻子不说话。我说,是不是关于医药费的事?他点点头。我说,区晓华,你放心,我说过的话是算数的,在你住院时,我们已给医院付过了一笔押金,现在这样吧,阿珍,等一歇你去财务上领一张支票,同区晓华一起去办出院手续。好哦?阿珍说,好咯。区晓华激动得猛地站起来说,杨老板,让我给你跪下来磕个头好哦?我忙阻止他说,用不着,用不着。区晓华说,那你让我怎么报答你啦?我说,谈不上报答,这样吧,你出院后,帮阿珍一起去查那件事。我相信你的社会关系要比阿珍他们广。他双手贴紧裤腿,毕恭毕敬地朝我鞠了一躬说,杨老板,你放心,我一定会把这件事查个水落石出的。

　　他们走后,赵厂长很动感情地说,杨厂长,在你手下做,就是将来你去跳黄浦江,我也会跟着你一起去跳。我说,我不会让你去跳黄浦江的,我们这个社会终究会保护遵守商业道德、遵纪守法的企业的。我相信天无绝人之路!窗外那蒙蒙的雨丝仍在悠悠地飘洒着。我真切地体会到这种时候我所承诺的责任,人活在世上就要有责任感,为他人和为自己负责,为自己活在这世上的价值负责。我说,赵厂长,这样吧,让我先做一些准备,过几天我们先开个工长以上的干部会,以后再开职工大会,你看好哦?他说,好的,好的。为宽慰我还努力地笑了笑。

十二

　　雨后的太阳已变得有些灼人,潮湿的路面被阳光晒出一绺绺乳白色的水汽。母亲在临死前的那两天,神志很清醒,身体也突然像有了好转。我怀疑那是生命对她最后告别的关照。我想多陪陪她,她却微笑着说,阿晖,你每天都能来看我,我已经很满足了,你是个孝顺儿子。不过你最好还是忙你的事情去,这样阿姆才会更安心。我的遗嘱都已写好了,房子、首饰,还有点存款,全留给你。阿姆只有一个要求,阿姆从小就信佛,我走后,你到玉佛寺去为阿姆烧几炷香,捐点钱,让那里的高僧为阿姆超度超度。母亲眼里储满了泪,她歇了口气又说,阿姆最苦的是孤单了一辈子,但最享福的是清静了一辈子,阿姆想有个更好的来生……母亲流泪了。我紧握着母亲那枯瘦的手点头说,阿姆,我一定会按你的意思去办的。母亲又说,阿晖,阿姆死活要支持你去办实业,是因为我们家曾经辉煌过,后来却被踩在了脚下,几十年都没有抬起过头。现在既然有了这么好的政策,那你就得让我们家再光彩上一次。这时我不知该说什么好,只感到鼻子酸酸的。有时人的一个很简单的理念也会产生出一种强大的精神力量。母亲又说,亚翎怎么还没回来?我说,她今明两天就会赶回来的。母亲说,阿晖,事业和婚姻是两样事情,你阿爸在世的时候,阿姆从来不过问他事业上的事。我说,阿姆,我懂得你的意思了。但我想,亚翎与你阿姆是一样的人吗?

　　那两天,我确实有一种心力交瘁的感觉。母亲濒临死亡,工厂又要面临停工。面对堆积如山的服装,我把赵厂长和阿珍叫来商量对策。区晓华出院后的第二天晚上,阿珍就跑到我家里对我说,区晓华跟着她们跑了一天后,认为我们这样查是查不出名堂来的。他们做贼心虚,肯定会有所提防的,我们这样查太露了,明眼人一看就知道我们想干什么。他说,我们得找一个外邦人,冒充一家大商场的采购员,先找一家大点的柜台去批上一些,说是试销一下,然后过上几天再去,说试销得相当好,想再进一批货,这批货量一定要大,时间也要得急,提出最好直接到厂里去提货。做生意的人都是这样,见有这么大的利,没有见钱不眼开的。这样,说不定他们就会露馅。我说行,区晓华这点子不错。阿珍,这件事你就交给他去办,这几天你回厂里来,厂里人心开始有些乱了,你得帮我在他们中间去做做工作。阿珍说,好,我现在就去区晓华那儿,明天一早就赶回厂里,这时我发现她眼圈发青,也是一脸的倦色。

赵厂长和阿珍来到我办公室后,就商量怎么处理那些积压的服装。赵厂长说,先停产,让工人们都出去推销产品。阿珍说,我看也只能这样了,以前厂里服装积压后,都分到工人身上去推销的。我想了想摇摇头说,我们不能这样做,工人们的职责就是生产质量合格的产品,而不是推销产品。有些工厂产品积压,就把产品当工资和奖金发给大家,工人去推销产品不是他们的专长,所以大部分工人把产品拿回去后,不是送人就是去压箱底,会有一肚子的怨气。我们要是也这样做,一是对不起工人;二是会让工人们感到我们厂也快不行了。赵厂长说,可程铮和区晓妮跑到外地去推销产品,这么长时间了却连一个音讯都没有。我没说什么,我有一种不祥的预感,我沉思了一会说,看来我们不能全靠在他们身上了,我们得马上去找一些临时的推销员。赵厂长说,以前厂里也有两三个推销员,由于厂里效益一直不好,他们就都跳槽了,我可以去找找他们,他们路子广,客户多,行情也熟。但杨厂长你晓得,现在起作用的还是钞票。我说,我明白你的意思,可以提高他们产品销出后的提成。只要保住我们的成本价就行,盈利都可以给他们。当然,能给我们留下点利,我就要感谢你了! 赵厂长用劲地点点头说,重赏之下,必有勇夫,我心中有数了。

当天下午,我把家里的小楼作抵押,上银行去申请了一笔贷款。接着我又去了程铮的公司。那几天,我天天打电话到他公司问阿倩秘书,程铮回来没有? 阿倩说,没有呀,现在他在什么地方我都勿晓得。我上电梯到了九层,径直走进程铮那间摆设阔气的大办公室,仍是阿倩一个人在。我说,程铮和区晓妮到底到什么地方去了? 阿倩也有点恼火,说程总这个人怎么搞的啦! 以前可从来不是这样的,我再找不到他我也要辞职不干了,说着还用那细嫩的拳头在桌面上狠敲了几下。我不知道她是在演戏还是真的在表示她的恼怒。我咬着牙,真想狠狠地骂他程铮几声娘。按理讲,不管目前推销产品上有多少艰难,你程铮也总该同我联络一下呀！这些天了,他和区晓妮突然失踪得毫无音息。我感到了一种空前的孤独,似乎有一种被人愚弄被人出卖的感觉。人生道路的选择往往带有很大的盲目性,有时在对合伙人的选择上也是这样,你根本摸不清他同你合伙的意思到底是什么,包括像程铮这样的老同学、老朋友。这是混浊的世界,一切都仿佛笼罩在一团迷雾之中,甚至还包括自己的妻子……

把银行贷款批到手后,我就决定先开了工长以上的干部会。但那天阿菊带着几个工人找了赵厂长后又来找我,坚决要求退股。我回答他们说,你们先回去工作,退股的事我一定会办得让你们满意的。赵厂长是个厚道人,阿菊他们走后,他抱怨说,杨厂长,你怎么这样好说话。入股前,我们是把话讲清楚的,入股后要退股得有以下三种情况之一的才允许,一是调离,二是退休,三是死亡,他们真要退,那就请他们离开这个厂。我摇摇头说,赵厂长,我们不能这么简单地来处理这件事。我们实行股份合作制还刚开始,大家对这方面的意识还不很强,对股份制也还不了解。我觉得这事除了我们给大家做工作外,还要让让步。不能使工人们误解股份制将企业的风险转嫁给了他们。赵厂长叹口气说,杨厂长,你的心也太软了。我说,不是我心软,而是办事情眼睛不能只盯着自己的利益,只有等到全体职工真正明白工厂的利益与每一个人都息息相关,并不只是属于一两个老板的,到那时他们才能甘愿同企业共渡难关。赵厂长说,那你准备怎么办？我说,我查过了,全厂员工入股的股资其实只有三十二万元,这次我从银行贷了八十万元。三十二万元不动,余下的暂时作流动资金。生产不能停,员工的股金要保留。工人现在最怕的是,厂方会侵吞或出卖他们的利益,一个不把工人利益放在心上的企业家就不是一个真正的企业家,所以为了保证工人的利益,我情愿自己倾家荡产！明天就开全厂大会吧,现在安定好员工的心是最要紧的。赵厂长愣愣地看了我好半天,说杨厂长,像你这样办厂我还没遇到过,说着,竟哭了。

早晨,几缕黄澄澄的阳光从云块的缝隙中射下来,在潮湿的路面上倒也反射出一片灿烂。全厂三百来个员工都挤坐在大车间里,神情郑重,安静得出奇,只有挂在墙上的那只大钟在嘀嘀嗒嗒地响着。这些天,赵厂长和阿珍在工人中做了不少工作,赵厂长昨日对我说,今天大会先由他来讲,因为有许多话他在肚子内憋了好几天了,再不说出来他憋得难受。阿珍也说,对,先让赵厂长讲。他俩的口气格外诚恳动情。我感到他俩的心是同我紧贴在一起的,我得到一种莫大的宽慰。

大家屏息静气地挤在一起,我感到空气有些紧张。赵厂长清清嗓子站在了大家的前面,微驼的背挺直了些。他扫了大家一眼说,大家全晓得,目前厂里出现了一些困难,但这些困难并不是由于杨厂长经营不善造成的,而是受到一些外界的影响。现在杨厂长正在进一步组织人力抓紧时间来解决这个问题。我们临时聘请几位销售员也在努力推销我们的产品,我可以告诉大家,明后两天就有一大批货出手,不但可以保本,而且还有微利。情况并不像大家想得那么糟糕。可是前些天有人提出要退股。有些话杨厂长不好讲,但这话我要讲。我们厂实行的是股份合作制,大家入股前我们是讲清爽的,利益分享,风险同担,前些日子分红时,大家一个个手伸得老长,有风险出现了,就有人闹着要退股,这不是从锅灶下抽火吗?股份合作制是有规定的,你入股后只能内部转让,不能随便抽走的。除非你调离、退休或死亡。你要转给外单位的人,还需要开董事会通过。但杨厂长很理解大家的心情,怕厂一旦倒闭,你们什么也拿不上,所以杨厂长用自家的洋楼作抵押,贷了一笔款,一部分作厂里的流动资产,另一部分作你们的股金存在银行里,厂里一旦不行,你们的股金就会一分不少地还给你们!杨厂长说,情愿他自己倾家荡产,也要保住你们的利益。他说到这里,竟动情地抹了一把泪,说,我赵金富在这里表个态,就是两肋插刀,也要同杨厂长一起共渡难关,像杨厂长这样有能力、有水平、有头脑、有气度、有良心的企业家,你们上哪儿去找啊!

赵厂长真是动了感情,捂着眼抽泣起来了。接着是一片异样的寂静,嘀嘀嗒嗒的钟声敲击着每个人的胸口,片刻厂房里猛地震响开了一片狂涛扑岸似的掌声。

阿珍也激动地站起来说,杨厂长是怎么待我阿珍的,我不说了。我只想告诉大家,杨厂长这样做当然很大度,但这等于我们入股后,只享受利益却不承担风险,世上哪有这样一边倒的理？做人还讲不讲良心！不承担风险就等于不承担责任,那实行股份合作制还有什么意义？我建议,想退股的让他们退,但以后再也不允许他们入股,这是最后一次,要想离开厂的,请便！目前,我们厂出现的困难肯定只是暂时的。刚才赵厂长讲了,要找像杨厂长这样的企业家,难！我是决不退股,我阿珍不能做只想捞便宜不想担风险的人！

我们也不退！大家又是鼓掌又是喊。本来我还想说上几句话,但这时我什么也说不出来了。我站起来含着泪朝大家鞠了一躬说,谢谢大家！谢谢大家！

我相信了,在这世上人心是可以换来人心的,关键是你有无真诚。

十三

办完母亲的丧事后,我同亚翎回到家里。我们的心和房子一样空荡。人有时在一种强烈欲望的驱使下,是会丧失理智的。用亚翎的话来说,简直弄昏了头,她说,那几个月她怎么成这样子呢？在为母亲办丧事的那几天,她大概冷静下来后反省了自己,她的脸上堆满了愧色。在婆婆死前竟没能及时赶来见上最后一面,她觉得这是她的责任,我们回到家里,她就上楼去了母亲的卧室,面对那张大床和那把轮椅,她又垂下了泪。我想让阿英继续留在我们家,一直到她找到合适的对象出嫁为止。亚翎点头说:"我们都这么忙,总得有人收拾收拾房子,整整一栋楼呢。"那天,我们没有把恬恬接回来,奶奶的逝世使恬恬很伤心,还是让他在幼儿园吧,有小朋友同他玩,可以分散他的注意力。

阿英把晚饭做好了。我这才把厂里这两个月发生的事告诉亚翎。她放下筷子睁大眼吃惊地张大嘴说,不可能呀,光我在南方就帮程铮推销掉了上百万元的业务,那全是我们厂里生产的服装呀!

　　这时我俩都恍然明白了什么。其实我到程铮公司去了几次后,就开始怀疑他了。但我直到今天之前还总是尽量不愿将他想象成那种唯利是图不讲道德信义的人。亚翎也醒悟过来自己被戏弄和欺骗了,她恼怒和气愤地说,程铮这个人哪能可以这个样子的啦!

　　外面呼啸过一阵风声后,天空噼噼啪啪地撂下雨来,又划出几道闪电,滚过了一阵闷雷,雨大了,我们听到一阵紧促的敲门声。阿英去开门,领着阿珍和区晓华走了进来。阿珍脸上透着激动和愤怒,区晓华的脸上却流着沮丧和愧疚。亚翎为他们每人冲了杯咖啡。阿珍说,杨厂长,你晓得假冒我们厂服装的人是谁?就是程铮和区晓妮。亚翎又惊讶地睁大眼睛张大了嘴,说他不至于做到这一步吧?区晓华说,就是的,程铮开的那爿服装厂就在郊区。这时我想起程铮在郊区那家保存完好的随时都可以开工的服装厂,我也完全明白了程铮这么主动地要同我合伙的目的了,他要先借用我的资金和力量打开市场后,再使他的工厂和公司重新东山再起,我浑身的血液都要愤怒地从皮肤里往外溢出来,我颤抖着捏紧茶杯举起来狠狠地砸在了地上,碎玻璃散了一地,在灯光下闪烁着晶亮亮的刺眼的光。

　　亚翎默然无语,她的眼神中流露出被一个她很佩服甚至还产生过某种情感的人所利用欺骗后的惨痛。不知此刻她都想起了什么?

　　我说,明天去他们厂,他虽是我们的合伙人,但这场官司我要打到底!阿珍说,对的!不然我们的损失也太大了。亚翎这时才缓过神来,异样地惨笑,嗫嚅着,合伙人,合伙人!把烟头往烟灰缸里一摁说,请律师的事,我去办!

　　出租车驰向郊区,区晓华坐在前面指路。我和阿珍坐在后面。这时我的心是冷静的,我感到我在事业的艰难之中收获着我对人生的认识,虽很苦涩但也很丰富。公路两边已是碧绿的农田了,车又开了将近半个小时,前面是一簇黑瓦白墙的房屋群,那是一个村落。区晓华说,拐进村后面,就是程铮的那片服装厂了。他转过身来有些为难地对我说,杨老板,我不进去行不行?我不想同我姐姐在里面见面。我说,可以,你不用进去了。晓华,你能为我做到这样,我已很感激你了。他说,杨老板,我晓得我的良心该端到哪一边。

车子穿过林边的一条小路。厂房的大门口也挂着申江服装厂的牌子。在厂门口,值班人拦住我们说,你们做啥?阿珍说,是程总请我们老板来谈生意的。看门人客气地放我们进去了。主厂房盖得很有些气派,厂里也显得井然有序。阿珍领我走进大车间,我就看到一个熟悉的身影穿梭在工作台之间。那是区晓妮,当她回过头来看到我们时,一惊一愣,迎了上来,脸上渗出负疚的愧色。我说,程铮呢?她说,正在办公室同客商谈生意,我带你们去。

区晓妮推开了办公室的门。程铮见到我时也是一惊一愣的,但马上换上笑脸,非常热情地站起来张开手臂说,啊呀,阿晖,你真是稀客呀,大驾光临!好像他和我之间什么事也没有发生,只是一位老朋友突然出现使他又惊又喜似的。看他那笔挺的黑西装,鲜红的领带,一副倜傥风流的绅士派头,而我眼前闪过的却是这两个月来的艰难,他差点弄得我倾家荡产,家破人亡,我的胸口好像被一团东西猛地堵了一下,眼前一黑,便什么也不知道了。

我醒来后,首先看到的是挂在头上的盐水瓶,那雪白的墙和明亮的窗户。我已躺在了医院里,床边坐着亚翎、阿珍和区晓华。亚翎看到我醒来后,轻轻地捏住我的手说,阿晖,刚才医生讲,你没什么大病,主要是你这些日子太操心太劳累神经太紧张了,休息上几天就会好的。她的话语中含着很深的情意与内疚。我感到我可爱的妻子又全部回归到我这儿来了,我的眼睛湿润了。妻子,妻子是什么呢?妻子有时会最伤你的心,那是因为你还在爱她。阿珍说,杨厂长真是太坚强了,厂里家里这么多的大事压在他一个人身上,要换成别人,怎么也顶不住的。我有一种风雨过后的虚脱,点滴在十分有耐心地一滴一滴地往下滴着,我闭眼静养了十几分钟,感到精神和体力都已恢复不少了。我说,亚翎,我想回去。亚翎说,等点滴打完后再讲好哦?她朝门外看看,永晖,区晓妮在外面等着你,你见不见她,你要不想见她我就去给她回话好哦?我说,程铮呢?

亚翎说，程铮他说他现在不便见你，怕对你的刺激太大，有些话他想让区晓妮先同你说。我说，好吧，让区晓妮进来。

区晓妮进来时显得心情沉重，可能刚哭过，眼圈红红的，眼泡有些肿，这时我想起了她临离开厂时为什么要那么深深地对我鞠了一躬，因为她心中有着那份浓重的负罪感。

阿珍把方凳让给她坐。她说，杨厂长，程铮让我转告你，他希望和你谈谈，赔偿你个人一些钱，说你们还是朋友，希望你不要告到法庭上去。因为你告到法庭上去最后也是要让法院判给你赔偿，打官司是很费事很费神要花不少钱的。我说，他程铮的意思是最好私了？区晓妮点点头。阿珍在边上忍不住插嘴说，这哪能可以啦！以前我们看程总时是仰着头看，觉得他老了不起的，现在我们看他，得低着头往下看，太卑鄙了！我说，阿珍讲得对，你告诉程铮，我决不会同他私了的。他积极主动地同我合伙时，就设计好了这么个圈套让我钻。然而圈套这种把戏只能得逞于一时一事，终不长久。我杨永晖在严肃的事业上不会同他一起耍着把戏玩。亚翎已经为我请好了律师，他需要赔偿的，不仅是我个人的损失，还有全厂工人的损失。钱对我们是重要的，但更重要的是他的这种卑劣行为必须受到国家法律和社会道德方面的审判！他这种人不缺钱，缺的就是审判！区晓妮，你一定要这么告诉他！区晓妮咬着嘴唇说，好的，我会把你的这些原话全转告他的。她停顿一会，又鼓起勇气说，杨厂长，我自己有件事想求你，可能这个要求太过分太没眼色了，我只是想表达我的心情。我不知这时她会提什么要求。她说，我不想再跟着程铮干了，我想回到你的厂里去，哪怕只当个普通女工也行。这是我的真心话。我跟着程铮，活得太虚伪太压抑了，每当他欺骗别人的时候，我的良心总在忍受折磨，我渴望回到你们中间来。她带着乞求看着我。她这话使我突然感到了一种人心向背的力量。我说，这有什么不可以的，你要愿意，我会安排你合适的工作的。我说，亚翎，这样吧，等打完点滴后，我们一起回厂去，晓妮，你要愿意的话，同我们一起去，好哦？区晓妮点点头，两行泪从她那双美丽而忧郁的眼睛里滚落了下来。

天又在下雨。

亚翎叫了两辆出租在医院门口等我们,虽然我尚未虚弱到那种程度,但阿珍和区晓妮还要一边一个地扶着我,表达着她们的关爱与信任。区晓华在前面不住地说,杨老板,你当心点,当心点。他也在表达着他真诚的情意。医院门口,站在出租车边上的亚翎是那样妩媚飘逸而富有气质,她看我时的眼神更有一番胜似以前的深情……出租车行驶在一片雨幕中,车轮飞转,雨刷不时地扫开车窗上那灰蒙蒙的雨水,透出了一片晶莹而迷人的还带着些神秘莫测的光亮。

重返石库门——韩天航中短篇小说选集(四)
CHONGFAN SHIKUMEN

重返石库门

　　出租车只好停在后门,因为前门不开。前门是属于余家外婆的,不让人随便进出的。我至今仍不明白为什么大家都叫她余家外婆,其实她还没有做外婆。她丈夫早死了,只留下个三十好几还没出嫁平时又很少回家的女儿。但大家还是叫她余家外婆,似乎是只要有女儿就不怕做不成外婆似的。余家外婆深居简出,不许任何人进她的房间,也很少同别人搭讪,再说前门是她家的正房,也不便让人当过道。只有后门是属于大家的,从后门进去是灶片间,一幢楼六家人家全挤在里面做饭。所有的人要进自家的房间都得从后门进,其中包括余家外婆,这样前门就失去了门的功能。余家外婆索性在门前堵上了一个装饰玻璃柜,房间也就多出了好些使用面积。

　　我把行李从出租车的后箱搬出来,大大小小地堆了一堆。此时大家正在做晚饭,鸡鸭鱼肉同各种蔬菜的气味揉在一起从后门喷出来,很是诱人。我一下车就有人喊:"小擂姆妈,小擂爷叔回来了!"但阿嫂对我的到来并没有表现出多大热情。等我把行李搬下车后,她才围着花围兜握着锅铲出来,出租车已喷着烟开走了。化了淡妆戴着金项链、金耳环、金戒指的嫂子还是这么年轻漂亮,而且显得越发洋气。她看着出租车消失在弄堂口后,很不满地说:"怎么?你坐出租啊?"好像我不配坐出租似的。我只好解释说:"行李太多,又没人接。"她又愤愤地说:"不是叫你阿哥去接你吗?"我又为阿哥辩解说:"大概厂里太忙,脱不开身。"她又找碴儿说:"出租敲你榔头了哦?收你几钱?"我说十七元。她就把锅铲往下一甩斩钉截铁地说:"敲了!"

二楼是我们家的,有三间房,一大一中一小,一中一小的面积加起来也没有那间大的大。母亲在世时,一中一小已经给了阿哥。阿哥夫妻俩住中的,小间小撂住着。在上海有这样的住房条件已相当不错了。当年漂亮但家境不好的阿嫂主要是奔着这住房才同阿哥结婚的。母亲说:"等我死后,这大间就留给阿堃。"阿哥只比我大一岁,我们同时上的学,初中毕业就面临着上山下乡。根据那时的政策,反正我们兄弟俩中得有一个下。母亲说:"阿堃去吧。你阿哥是长子。"我不得不背着行李去了江西,从此没有回过一次家。我恨母亲,为什么偏偏让我忍受下乡之苦。那时,一想起母亲在做这一决定时的冷静与坚定,我就无法原谅她。我有几个同学支边去了新疆,几年后我也去了,因为那儿的农场能吃饱肚子,每月还有三十几元的工钱。在江西插队时,累死累活一个工分才挣七分钱。去新疆后我很快当上了小学教员。一晃就是二十年,但我却从没给家里去过一封信。还是我的一个同学回沪探亲时,把我的情况和地址告诉了我母亲。我那历来十分坚强的母亲哭了,说:"阿堃勿认我这个姆妈了。"

母亲是富户人家的小姐,却偏偏看上了我那个当工人的父亲。从过去留存的几张旧照片中可以看出,父亲长得很英俊,但却是一副老实巴交的憨相。开着几片厂子的外祖父自然是这场婚姻的坚决反对者,自己的女儿要与他厂里的一个小工人结婚,这太丢他的脸面了。但是铁了心的母亲硬是同父亲结了婚,也没有想到,这却给母亲带来了一生的平安。父亲在我两岁那年,在一次护厂斗争中牺牲了,他那"烈士"的称号庇护着我们,使母亲在历次运动中都免受了冲击。唯一的遗憾是父亲的"烈士"牌位没有保护我躲过上山下乡这一关,反而成了居委会动员我下去的一条非常具有说服力的理由。母亲也痛快地表示,烈士子女应该带头。那时并不知道抱着韬晦之计的母亲对我下去一直是深感内疚的,并且这内疚变得越来越沉重。后来当年插队去江西的人基本上都返城后,母亲那颗十分坚强的心再也承担不住她那沉重的内疚了。她给我的信中说,堃儿,你再不来看我,我就去看你。如果你能理智地考虑一下,你的苦难不该全由你母亲来承担。接到那信我哭了一夜,觉得自己把一切仇恨都集中在母亲身上是太不公允了。火车到上海时已是午夜,就在月台上,我那白发苍苍的母亲抱着我这个也有了不少白发的儿子在众目睽睽之下,竟毫无顾忌地号啕大哭起来,我也用一串串滚落的泪化解了我对母亲那种不该有的恨。

我一直以为我们家很穷,母亲没有工作,是靠父亲单位给的那点儿抚恤金把我们带大的。我们总是穿着打补丁的衣服,唯一感到富有的是我们那几间房子。那是外祖母花了几根条子买下来偷偷给我母亲的,烈士父亲也同样保护着这几间房子。在我第一次回来的那个晚上,母亲悄悄地同我聊到天明。那时我才知道母亲竟是这么富有!母亲在她的一只镶着金边的小铁盒里藏着一笔很大的财产,她让我看了那么多耀眼的东西,还告诉我,她在国外还有一笔财产。但她又很严肃地警告我说,这事绝对不能告诉你阿哥阿嫂,一向冷静的母亲这时毫不掩饰她的愤怒说,他们两个都不是东西,我要把你从新疆弄回来,我要把这一切都给你。

可是在饭桌上,阿嫂却极力反对我回上海,说上海又勿是天堂,新疆也勿是地狱喽,人走啊走了,再回来轧啥闹猛。母亲说,我就要叫阿堃回来轧闹猛,因为现在我太孤单。阿嫂不愿意了,把筷子往桌子上一拍,气咻咻地回到自己房里。阿哥为难地一摊手说:"作啥?作啥?你们咯是作啥?"我也把筷子往桌上一拍说:"姆妈,我一定回来!"

我把行李一件件搬进已属于我的那间大房子里,对着母亲的遗像鞠了三个躬,鼻子一酸,竟哭了,觉得自己很对不起母亲。母亲用她那二十几年积累起来的内疚补偿了我那些年所遭受的苦难。她又把那一大笔财产和这间几十平方米的房子留给我。那笔财产就深藏在一个角落的隔墙里,母亲没有讲过这笔财产的来历。我想,也许是母亲当富家小姐时的积蓄,也许是外祖母偷偷给她的,但也不能排除外祖父原谅她后的馈赠。我还记得"文革"刚开始时的一个深夜,外祖父曾偷偷地来找过母亲,但以后不久他就死在"牛棚"里,那些东西会不会是那晚送来的?这一切都随着母亲的去世而成了个谜。

据阿哥讲,母亲感到自己快不行时,就催逼他尽快办我调回来的手续,但由于阿嫂的从中作梗,这事一直没有大进展。有一天晚上,母亲拿出两根金灿灿的条子放在桌上,说:"这是你外祖母在我同你们阿爸结婚时塞给我的,我一直保存到现在。阿堃调回来的事你们办成了,有你们一份,要是办不成,我统统给阿堃。这三间房子的产权也给阿堃,你们每月就给阿堃付房租!明天我就去找律师来写遗嘱。"母亲这话说得很坚决,阿嫂的脸吓黄了,说:"都是阿森呀!我催他赶快把阿弟的事办好,他就是拖!"当我调回的手续都办好后,母亲没有食言,把一根条子给了他们,那一中一小的房产权也给了他们。在请公证所的人来办转划手续时,阿嫂说:"姆妈,是勿是把那间中的留给阿堃,他只有一个人,一间中的就足够了。"母亲说:"他就不再结婚了?他就不把孩子领回来了?你要叫他做一辈子的鳏夫?你的心也太狠了。"她对两个公证员说,"现在勿办了!要办,我就统统办给阿堃。"又一次吓黄脸的阿嫂说:"姆妈,你看你,我只是同你商量商量呀,不肯就算了,值得生那么大的气吗?"

母亲临终前我及时地赶回来了,她握着我的手宽慰地一笑说:"阿堃,好了,都好了……"她感到作为一个母亲,已经尽到了应尽的责任,对我们兄弟两个她也摆平了,于是她安心地去了。那时我才感到要当好一个母亲是多么的难啊。

我再次朝母亲的遗像鞠躬,又泪流满面了。其实母亲并没有欠我什么,而是我欠母亲的太多太多……

我们这幢三层楼的房子住着六户人家。一楼是余家外婆的,二楼是我们家,以前三楼也住一户人家,但那家人搬走后,竟住进了四户人家。三楼也是三间房,大间住着刘老师一家五口。刘老师以前当过小学教员,"文革"时因一点历史问题把他弄到居委会去当杂务工,但对他的问题并没作结论。"文革"后,他到处找着要求落实政策,可人家说并没有对你的问题做过什么结论呀,落实什么政策?你的工作调动纯属正常的工作调动。弄得他哭笑不得,只好继续当他的杂务工。在居委会别人都叫他刘师傅,但在这幢楼里大家还是叫他刘老师,他感到很满意。中间住着林家姆妈一家三口,男人在厂里跑供销,一年里在家住不上几天。林家姆妈是个纺织女工,十几岁进厂跑了几十年的车,两条静脉曲张的小腿里仿佛弓着一堆又粗又青的蚯蚓。夏天她穿着短裤,我都不敢朝她的腿肚子看。她心直口快,没有什么文化,头脑又有些简单,喜欢凑热闹。小间住着一对小夫妻,女的生孩子后,把孩子留在婆家。他俩好像很忙,也勿同别人搭讪,又很少在家做饭吃,有时晚上做顿饭也是女的匆匆做好,端上去后就再也不下来了。大家至今不知这对男女姓啥叫啥,背后说到他们时就叫"咯个男的""咯个女的"。而连生家则住在阳台边上架起来的一个小阁楼里,一张铺挤在叠压着的家具里面。天热时,弄出一张折叠式小桌在弄堂里吃饭,天冷时就把折叠桌搁在床上吃。那张铺就是他们一家三口吃饭、睡觉、活动的场所,但他们一家却活得挺滋润。我那天坐在门口帮阿嫂剥毛豆,连生也在门口收拾几条手指头长的小鲫鱼。他问我,小堃爷叔,你在江西插了几年队啊?我说三年。他一摇头说,喔哟作孽。在新疆呢?我说有十几年。他又一晃脑袋说喔哟作孽,结婚了哦?我说结过婚但离了。他瞪大眼睛说离婚?哪能会离婚咯?我说女人有了另外相好。他连摇两下脑袋说喔哟作孽作孽,有小人哦?我说有个女儿判给女方了。这次他没有说作孽。把鱼弄好后,放在一个碟子里,撒上作料准备清蒸,然后回过头来说:"阿堃哥,你的命真苦。"我不知道他是在同情我还是要以我的命苦来衬托他的滋润和满足。

刚回来的第一顿饭是和阿哥阿嫂一起吃的。其实我很想在外面吃一点,但双方都要顾及面子,可饭桌上勉强拼凑出来的热情却使人感到难堪和不快。阿嫂总想弄出点因由来挖苦我,甚至连我那岁月艰难而铸成的老相也成了她刺我的话题。她剥开一只黄很多的梭子蟹放在我跟前说:"阿堃吃呀,这梭子蟹是我特地为你买的,快吃呀。"在买小菜上,阿嫂的精明是没说的,总是又便宜又好。但她又说:"阿堃,你看看你,比你阿哥看上去起码要老十岁。"那蔑视的口气就像竹针在刺人的心。我忍不住反唇相讥说:"有啥稀奇的,当初要是阿哥下乡,他现在起码要比我老二十岁!"阿哥就喊了:"作啥?作啥?你们这是作啥!"

那顿饭吃得全然没味。以后在阿哥家搭饭吃已成为不可能,可外面的饭菜既没味道又贵,于是花了些钱,打通了该打通的关节,在阿哥与余家外婆的灶位中间也挤进了我的煤气灶。大家都很不高兴,因为拥挤的灶片间显得更拥挤了,他们的利益受到我的侵占,那抱怨的眼光都仿佛在说:"你轧回来作啥?出呐!"我感到在上海同样生存得很艰难。当初母亲要我回来时我曾犹豫过,因为对在哪儿生活我已有些麻木了,可是为了补偿母亲那颗被沉重的内疚快压碎了的心,我才决心回来的。现在他们的这种眼光使我感到恼火,正像阿嫂毫不讳言地反对我回来使我感到恼火一样。可我偏要同你们挤在一起活着,我也要维护我在这儿的生存权。

但一切都是陌生的和敌视的,包括自己的阿哥和阿嫂。开始几天阿哥还略微关照我一点。来后的第二天他对我说:"阿堃,上楼时把我们家的过道灯拉一下,上来再关掉。"我这才发觉,楼梯的过道上吊着六只灯泡,像拥在一起的一嘟噜玻璃葫芦。那天傍晚天色阴沉,大家又挤在灶片间做饭,六只过道灯都齐刷刷地亮着。我感到不可思议,一只灯就可以了,干吗要这么浪费呢?我下楼时自以为理由充足地关掉了其他所有的灯,只留下我们家的那盏。我想就是阿嫂责怪起来,这电费由我来掏好了。一个月就那么几元钱的事,大家住在一起,何必要这么斤斤计较呢?我正准备洗菜,连生第一个叫起来:"出呐!啥人拿我的灯关掉啦?"接着林家姆妈、刘老师、余家外婆,还有"咯个女人"也掺和进来一起喊:"啥人啊,关阿拉灯作啥?神经出毛病啦!"

我告诉他们是我关的,并解释说开这么多灯实在太浪费,用一盏灯就行了,这盏灯的电费由我来掏。这一说不打紧,他们反而闹得更凶。连生冷笑着说:"喔哟!你倒大方咯呀,是欺阿拉没有钞票咋的?是想在阿拉面前摆阔咋的?"林家姆妈也凑上来说:"一个新疆户头呀,又勿是从美国香港回来咯啰,有啥阔好摆咯啦!"刘老师也在边上慢条斯理地说:"阿堃,我晓得你这是好心,但你这种做法勿对,你这样做是看勿起阿拉,以为阿拉穷。这点电费阿拉还付勿起?"连生又接上说:"阿堃哥,我勿是看勿起你,你要真想摆阔可以呀,上国际饭店或者南海渔港去摆两桌,甩上两千三千请请大家。一只电灯几度电咯情,阿拉勿领!"余家外婆也损上一句说:"一个新疆户头竟要拿这点钞票来压阿拉上海人,真有点拎勿清!"

连生喊:"开灯!"

一瞬间所有的灯又明晃晃地耀起来,把楼道照得通明,它们就像六只恶狠狠的眼睛盯着我这个新疆户头。这时我听到阿嫂也冷冰冰地甩出三个字:"阿木铃!"

第二天我打电话请供电公司的人到我房里安了一只小电表,同时在楼道上也加了一盏灯。本来六盏灯是六六大顺,现在七盏灯成了七巧七巧(蹊跷蹊跷)了。后来我上楼下楼,也都习惯地拉亮自己的那盏灯,对别人的灯是否亮着竟也感觉不到了。

余家外婆的女儿叫余婕,在市郊一家工厂做工。他们厂礼拜是星期四,所以每个星期三的傍晚就回家,住上一夜,第二天吃罢中午饭回厂。她每次回来都要从乡下带点菜来,说是乡下的菜新鲜。有时还有活鸡活鱼或活虾,倒在盆里噼噼啪啪乱蹦乱跳,然后做上一桌丰盛的菜肴来孝敬她母亲。她小巧、漂亮、机敏,虽已三十好几了,但看上去最多只有二十来岁。她至今还没有结婚,甚至连对象也没找,活得自然也很寂寞。她挨在我边上做饭却从来不同我说一句话,也不同周围的人搭腔,性格似乎也很怪僻。连生说她是假清高,我想老姑娘大都性格有些变异,她恐怕也是。

那几天阴雨连绵,整个空气湿漉漉的像能挤出水来。那天她回来面盆里又蹦跳着鱼和虾。我在炉子上炖着一只鸡,当鸡快要熟了才发现瓶里的酱油没了。白斩鸡不蘸酱油怎么吃?于是我撑着伞提着瓶子去打酱油。想不到阴绵绵的雨天,杂货店里买酱油醋和啤酒的人竟还会那么多,而营业员十分漫不经心,有人催一句他就说:"慌啥,慌啥,钞票点错啥人赔啊?"等了半个多小时我才把酱油打上,心想说不定炖在炉子上的鸡汤都熬干了。我匆匆赶回家去,发现锅里的鸡不翼而飞了,挤在灶片间的人都闷声不响地绷着脸。我只好问阿嫂:"我的鸡呢?"正在煎鱼的阿嫂板着脸说:"你的鸡没了,我哪能晓得?"

我走到门口,发现门口倒垃圾的桶里散落着一小堆鸡骨头,还在冒着热气。我愣了半天,这时余婕做完饭菜往屋里端时,嘴缝里挤出一句:"欺侮弱者算啥本事,真倒胃口!"而连生在灶前低着头轻声地还了她一句:"关你鸟事!"

我感到一股热辣辣的火气直冲脑门,我端起油汪汪的鸡汤泼向门口。然后撑着伞来到马路上,感到一种抑制不住的愤懑,站在路边的一棵梧桐树下连抽了几支烟。我承受不住别人对我的这种戏弄。我在街头上转到夜深才回家,既不想吃,也不想睡,只是一个劲地抽烟,没有想到的是深更半夜竟会有人来敲我的门,更使我吃惊的是敲门的竟是余婕。她很有礼貌地问我:"能进来吗?"我请她进来后,她愤愤地对我说:"我实在憋不住了,我一定要同你讲。"她告诉我,我出去打酱油后,阿嫂就用筷子捣了捣我炖的鸡,她撕下一块尝了一下说鸡倒蛮嫩咯。说着就把鸡撩出来对大家喊,来!我请客,大家吃。连生也跟着喊,小擂娘请客,勿吃白勿吃!他们几个上去三下五除二,就把鸡瓜分了。连刘老师都吃了。这是种虐弱心态,欺侮弱者,欺侮外来户。

她走时我很感激地向她道了谢。

又一个星期三的傍晚,我特地又去买了只鸡炖在锅里,余婕又在我边上做饭。我假装出去买东西,用一根铁链条把锅盖锁起来。余婕好像明白了我的意思,有意问:"阿堃哥,你这是作啥?"我咬牙切齿地说:"防贼骨头!"

后来我同余婕就有了更多的交谈,有时还谈得很投机。连生阿嫂他们就窃窃私语起来。

我感到自己虽处在人海中,却如同处在沙海中一样孤单,渐渐地我就盼着星期三的到来,只有余婕回来能同她说上几句话。这里的人都说她清高、怪僻,但我却觉得她挺可亲。对她的身世我不太了解,虽然余家外婆同我们家一样,早就住在这儿了,但我们没有任何往来。我上山下乡时,她已有十二三岁了,是个很漂亮的小姑娘。后来听说她也插过队,不过调上来早,那时调上来也只能调到郊区。她好像感到很满足,一直在郊区那家工厂做生活,没有再往市里调。又是一个星期三,天气已变得很炎热,我渴望能见到她。但奇怪的是那天她竟没有回来。下一个星期三我以为她一定会回来,但还是没有回,余家外婆也没什么反应。我好生奇怪,可又不便打听。像我这样一个离了婚的男人去打听一个老姑娘干啥?况且我与她又没有任何关系。

第三个星期三她倒是回来了,是到我们吃好饭才回来的。我听到她往盆里倒鱼虾的声音,就下来看她,但她根本不看我,继续低头洗她的鱼,于是我便讪讪地出门,装出我下楼不是为了看她而是为了出门似的。后来她才告诉我,我们之间在灶前交谈了几次,别人就捅到余家外婆那儿。余家外婆就对她说:"勿要同阿堃搭讪,当心人家说闲话。"所以她是有意两个星期不回来。她说:"闲话传起来太伤人,尤其像我俩现在这种状况。我倒不是怕,而是根本没有的事让人指指点点说三道四,成为他们寻开心的由头,我感到恶心!"

母亲是个含而不露的人,其实她受过良好的教育。也许是她过于浪漫,或者具有一种叛逆精神才找我父亲的。母亲看似在婚姻上做了一次错误的选择,要外公不会那么极力地反对。但从后来的三十多年的情况看,母亲的选择是正确的。因为她背叛了资产阶级家庭与工人阶级结合,使她获得了三十多年的平安,并像一个工人的家庭妇女一样笨笨拙拙地生活了几十年,她终于等到了黎明的那点儿曙光。在我守在她病榻旁的那些日子里,她同我讲了许多,我才感到母亲的谙于世事与惊人的忍耐力。母亲说到阿森的俗气与毫无出息,说到阿嫂那浅薄的精明和露骨的自私。母亲惋惜地叹说,现在是可以干一番大事业了,但他们不是能干大事的人。母亲临死前的那个晚上显得特别清醒,她又告诉我,外公在上海快要解放时让我四舅带着一部分资产转到香港,后来又转到美国。这件事是外公在自杀前告诉母亲的,说那份产业中也有我母亲的一份,而外公的那一份也转给了我母亲,算是与我母亲和解的一种表示。他把这份遗嘱交给我母亲后就自杀了。母亲捏着我的手带着无限的希望说:"我已写信给你四舅了,以后他会同你联系的,但这事千万别同阿森他们讲,他们会坏你事情的。阿堃,姆妈希望你能成为像你外公一样的人。"对外公我已没有什么印象了,只知道他以前是个很有钱的资本家。母亲也想让我当资本家吗?不过那年月资本家是个十分可怕的称谓,而现在却是个让人敬慕的名称了,只不过叫法改了一下,叫企业家。

母亲对我的亲近引起了阿哥和阿嫂的猜忌与不满。当母亲拿出两根条子时,他们才恍然想到母亲曾是富家小姐,可能藏有私房钱。他们想重新讨好母亲,显然为时已晚。母亲去世后,阿嫂拿出母亲给他们的那根条子,打成戒指、项链、耳环来装饰自己。但阿哥阿嫂都认为,母亲留给我的除那间大房子和那根条子外,肯定还有其他东西。可又没有什么证据,况且母亲的遗嘱也写得明白,除给他们的房子条子外,其余的东西都归我所有。阿哥很不满地刺我一句:"姆妈还是喜欢你。"我也回了他一句:"姆妈要是喜欢我,就不会把我赶到乡下去!"

母亲死后的那些日子我一直盼着四舅的回信,但四舅那边却久久没有音讯,日子一长,我甚至怀疑有没有四舅这个人?是不是母亲在病重期间的一种幻觉?

孤单是一种痛苦,但让别人冷嘲热讽更是一种痛苦。他们看不起我仅仅因为我是个新疆户头,我从来认为在去新疆这件事上我自身并没有错,但他们却认为在那儿充军二十年本身就是错。正像林家姆妈讲的那样"又勿是从香港美国回来咯啰",好像只要从香港或美国回来的就一定光彩一样。他们更看不起我的是我的工作——码头上的勤杂工,"工钿只有一眼眼"。经济基础低,社会地位自然低。能有资格看不起别人本身就能让自己感到一种满足。余家外婆不许余婕同我接触,一家挤在只有几平方米的阁楼里的连生对我说什么都嗤之以鼻。那次中国足球队输给卡塔尔队,我说:"中国队的后卫线漏洞太多。""阿堃哥,"他倒是每次都这样称呼我,"啥叫后卫线你懂哦?你看过几场足球赛呀?告诉你听,勿是中国队的后卫线有啥漏洞,是中国队的脚头不行,踢勿进人家的球门,只好被别人家踢进去。"后来又轻声地咕噜一句,"新疆户头懂个啥!"

我恨不得把烧热的油朝他头上泼过去。

我觉得我活得不是很累而是很压抑,硬要在这样的环境下挤着生存,非得有坚强的意志不可。而恰在我感到这种孤单、寂寞与压抑的时候,我的前妻却来了信。信很简单,说都是因为燕燕弄得他们夫妻不和。"你把燕燕接走吧,你要不来接,发生什么意外我不管!"在她同现在这个丈夫准备结婚时我就向她提出把燕燕还给我,可她说:"你想得倒美,不行!"而现在她拖着燕燕感到累赘了,又急于想摆脱她。当初我们还没有离婚时她就同现在这个男人私通。无法理解,那个男人在各方面都不如我,她同他私通到底图个啥? 这事被我发觉后我就提出了离婚。她说:"离婚可以,但女儿得归我,我活着不能没有燕燕!"好像她虽然对丈夫不忠,但对女儿却忠贞不渝。我说:"好吧,就这样。什么时候你觉得女儿是你的累赘时,你就把女儿还给我。"她就歇斯底里地喊:"屁话! 不可能有这种时候!"现在她却要把女儿扔给我了,甚至还带着威胁。但我觉得这是个好消息,女儿要回到我的身边来了!其实我时时刻刻都在想念着我的女儿。我接到信后就立即发出一份电报,表示马上去接。第二天我正准备写报告向单位请假,却有一份电报飞到我手里,说是燕燕已托一个出差来沪的同事带来了,×日54次,五号车厢。如此迫不及待,但我却激动得要哭了。大后天就到!

那是个多雨的季节,出租车的车轮溅起路面上黑乎乎的泥浆,雨刷将细密的雨丝拨向两边。小擂听说阿妹要来,偷偷地跟我一起去车站。已是高中生的小擂倒对我很好,也同情我过去的遭遇。小擂学习很用功,有时晚上做完作业就到我房里来同我聊天。我同他讲"文革"中的遭遇,他很困惑,不相信人世间会有这种事。他对这幢楼的人歧视排挤我也表示不满,他说你本来就是上海人,为啥勿能回上海来! 在车上他对我说:"爷叔,姆妈跟阿爸讲,阿婆留给你好多钱,阿婆家过去是大资本家,肯定有好多私房钱。"我说:"小擂,你信吗?"小擂说:"我不信阿婆有钞票。阿婆一直过得很苦,舍不得吃用,早上吃咸菜泡饭,连根油条也不肯买。要是有钞票,何必苦成这样呢?"我感到很心酸,自阿哥结婚后母亲就同他们分开过了。小撮说:"阿爸姆妈从来不给阿婆一分钱,姆妈讲,阿婆的抚恤金够她花了。现在啥都涨价,阿婆那一点抚恤金真勿够用,所以阿婆总是吃得很省。"

54次车误点了。这趟车老是误点。就是这趟车,几十年来牵动着上海和新疆两头多少人的心!真不知要牵挂到哪年哪月啊!

误点的火车终于进站了,我的心狂跳起来,那沾满尘土的绿色列车像一条疲惫不堪的铁龙卧在了月台上。我朝五号车厢奔去。小撮也紧紧地跟着我。那是节硬卧车厢,我朝每一个窗口跳着喊:"燕燕!燕燕!"从头到尾整节车厢都没有看到燕燕的影子。怎么?她没来?我的心紧缩了。我眼光朝四下扫射着,人陆陆续续地快走完了。

"燕燕!"我大声地喊。

这时我看到有一个中年人同一个十五六岁的姑娘朝我走来。那姑娘问我:"叔叔,你是燕燕的爸爸吗?"我说:"是呀,燕燕呢?"那姑娘看看中年人,中年人的脸沮丧得变了形。我的心顿时往下一沉,抓住他说:"我的燕燕呢?"

"在路上丢了……"中年人说,"过了西安,燕燕就不见了。"

"那你为什么不去找?"

"我赶的是紧急会议,不能耽搁。况且……"

我当即变傻了。不知道自己是怎么回的家,仿佛在一瞬间做了个噩梦,等噩梦过后,一切都会好的,燕燕就会出现在我眼前的。但事实上是燕燕真的丢了。等我清醒过来并且能干哭上几声后,大概整幢房子的人都已经知道燕燕丢掉的消息了。阿哥阿嫂来劝我,让我请上几天假去找一找。刘老师对我说:"阿坚,不幸,真是不幸啊。"而连生在灶片间正喊着喔哟作孽。他在同情我的同时却在庆幸自己的幸运,因为他儿子正好好地背着书包去上学。

我捂着脸号啕大哭起来,那长期积压着的愤懑这时也像决堤的江水一样宣泄了出来。

暴风雨过后是一种沉甸甸的平静。

那个中年人再也没有来同我见面,他可能害怕见到我,他在逃避责任。把我女儿弄丢了,竟连个面都不照!人们正在丧失着自己的责任心!我十分痛恨我的前妻,都是这个臭女人,竟随随便便地把女儿托付给这么个人!我恨不得飞回新疆去拧掉她的脑袋。但这一切都无济于事,我不知道该怎么办。人有时就会处在这样一种束手无策走投无路的境地。

第二天的早上有一个姑娘出现在我眼前,我觉得似乎在哪儿见过,但一时又想不起来。她说:"叔叔,我陪你去找燕燕吧。"我这才想起昨天在车站上见过这姑娘。我晕过去后,她一直陪我到家里。她告诉我说,燕燕是从西安到徐州的那段路上丢的。车从西安开出后,燕燕去上厕所,结果就没再见她回来。她说,开始我们还以为她解好手后,在车厢里同别的小朋友玩呢。可时间一长我们就急了,到处找,都没找到。后来乘警也帮着找,一节节车厢找,也没找到,才知道肯定叫人拐跑了。我要是一直陪着她,就不会出事了。那姑娘说着就哭了。

我们决定到从西安至徐州的那段路上去找。54次车从西安到徐州一共停几个站,姑娘都记下来。每到一个站我们都下去,上车站、上公安局去打听。我还印了许多张燕燕的照片,打听完后就把照片和地址留下,希望当地公安机关帮着继续打听消息。我知道这样找是大海捞针,但总可以抱一丝希望。

女儿的失踪使我每时每刻都感到自己那苦难的人生,脑子里时常闪现的都是一件件不幸的往事。妻子与我结婚后感情就不好,那时唯一同我贴心的是我的女儿,虽然她还只有三四岁。同妻子的感情破裂后,我不太愿意走进那个家,每天在办公室批改作业到深夜,晚饭也在学校吃,虽然家离学校只有几步路。有时吃完晚饭后有一个小脑袋就从办公室的门口探进来,喊一声爸爸。我批改作业她就陪着我,坐在我边上拿支铅笔在一张纸上画来画去,从不打扰我。等我批改完作业,然后我们一起回家。有一次她把一只白白嫩嫩的东西塞到我嘴里说:"爸,你吃。鸡蛋,妈妈给我煮的,我留给爸爸吃。"我搂着她哭起来,生活太不公平,干吗要让孩子生活在两个已经没有感情的夫妻中间呢?那时我就企盼着,总有一天我要好好来补偿女儿。

可是当我迎来了补偿的机会时,女儿却失踪了。

我们从徐州一站一站地下车找到西安,又从西安一站一站地下车找回徐州,但丝毫没有结果。人们的态度十分冷漠,有的竟恶劣得让人心寒。令我感动的倒是那姑娘,陪着我辛苦劳累了一路。她叫沈雪莲,是新疆"上海支青"的女儿,去年根据政策在上海落了户。据她说,在落户时她舅舅极力反对,是她外婆出面坚持才把户口落上。家里只有一间房,搭了个小阁楼,她和外婆挤在阁楼里住。但不幸的是她外婆不久就去世了,她舅舅和舅妈就天天给她脸色看,甚至扬言要把她赶出门。她在新疆的母亲为了让女儿少受气,只好多寄钱回来。由于有利可图,她舅舅舅妈没再说赶她走的话,但对她一直都冷冰冰的,而且把大多数家务都压在她身上。可没想到一个月前她母亲得了重病,她赶回新疆时母亲只剩下一口气了。母亲捏着她的手说:"二十几年前,妈妈远离父母支边来了新疆,历尽了苦难,现在你又是远离父母,只身在上海落了户,妈妈这颗心怎么放得下呢?……"虽说心放不下,但人却还是去了,埋在四周都是荒凉的戈壁中的一块坟地里。说到这里,雪莲捂着脸泣不成声了。

外婆死了,母亲也走了,她说她回上海后,那间小阁楼不知道还能让她住多久。

"在新疆还有谁?"

"……爸爸……但他不是我的亲爸爸……"

她不肯再说什么,我也不便再问。这是个讨人喜欢的姑娘,瓜子脸,大眼睛,既漂亮又懂事,而且很能吃苦。我们再度失望地爬上火车时,我说:"雪莲,苦了你了。我们不可能这样永远找下去。我要工作,你要上学,暑假眼看也要过去了。"她哭了。我说:"别哭,你能这样帮我,我已经很感激了,你是个好孩子。回上海后,你有什么困难,就来找我。"

溽暑难忍,厚厚的云层压得天空看不到一颗星星。厨房里照样热闹,我又听到盆里蹦跳着的活鱼声,才知道今天又是星期三了,余婕回来了。我很想下去见见她,但躺在床上没动。我回来已有好几天了,别人对我的同情和惋惜瞬间就过去了,阿哥和阿嫂在同情中竟还透出某种轻松。溽热与心烦使我辗转无眠。半夜里有人敲门,那谨慎的敲门声轻得几乎听不见。我犹豫了一会儿后,还是去开了门,竟是余婕!她一闪身就进来了。

"很不幸,是吗?"她坐下来问。我无言以对。她说:"你瘦多了,脸色也很难看。"我告诉她,我现在有一种活不下去的感觉。她说,难道你女儿再次出现的希望一点都没有了?我说当然有希望。她说人有时候就为着一点希望才活着的,而且活着才有希望!她的眼睛湿润着,仿佛沉浸在自己的往事中。我沉默着。

那晚,她显得忧伤而美丽。她坦诚地告诉了我自己的不幸。插队时,她被几个农民在一个瓢泼的大雨天里轮奸了。她沾着一身泥浆,下身淌着血,跑到大队部向大队支书报告,大队支书又趁机奸污了她。"这对许多姑娘来说,就是可以去死的理由,但我没有去死。为什么我要为别人的罪恶来惩罚自己?我倒赞成这样一种宗教观点:生命是上帝给的,只有上帝才有权把它取走,别人弄死我有罪,自己弄死自己也有罪。我虽然落了一身的病,但我还在希望中活着。"她站起来说,"我们活着,就说明这世界还需要我们。况且你女儿只是失踪,还有找回来的希望。你总觉得自己命苦,可还有多少不如你的人,不要自怨自艾。"说完,她捏了捏我的手,走了。那手凉凉的却很柔软,这种感觉一直伴我到天明。

痛苦正随着时间淡化,生活依然还是老样子。我想余婕说得对,我得好好活下去。一个星期天的早上,天不亮我就去菜场买菜,在上海要想买上点好小菜那就得起早。想不到菜场已经那么拥挤,前胸后背都贴着别人的肉,那么多人都在为能买到点好吃的东西而赶早受罪,人们好像只是为吃而活着。这时有人拉了我一把,我回头一看竟是雪莲。我问她怎么这么早出来买菜?她说她天天都是这时候出来买菜的。她问我燕燕有消息吗?我摇摇头说没有。我问她最近怎么样?她眼里便涌出了泪。她两腮下陷,眼圈发青,一副疲惫不堪的样子。她抹着眼泪说,叔叔,我可能上不成学了。我问怎么啦?她说那边的爸爸不是亲爸爸,他不再给我寄生活费了。舅舅让我辍学去打工,说养不起我。我知道她已上高二,辍学太可惜了。我思索了一会儿,拉着她的手很认真地对她说:"雪莲,要是你舅舅真不让你上学了,你就来找我。"她迟疑地看着我,我马上又说:"别忘了,咱俩都是新疆户头啊。"她咬着嘴唇朝我点点头,哭了。我也感到鼻子发酸。

母亲把那盒财宝交给我时,一再关照我不到万不得已时千万不要动用它。母亲自己就是这样做的。遵照她的嘱咐,我也只用我自己的那点儿工资和积蓄。可有这么一笔财产垫底,让人心里踏实。那根金条倒是可以用的,阿嫂已经用那条子装饰了自己。她也怂恿我去打几样首饰戴戴,说男人戴首饰也蛮有风度。我说我一个码头杂务工要这种风度作啥?阿嫂撇嘴说:"洋盘!"

有时我想把那根条子换钱去做点小生意,可白道(官道)黑道都与我无缘,我恐怕不是做生意的材料。有一天阿哥来找我了,脸上挂着极少对我显示过的笑容。他说,阿堃,你阿嫂今晚想请你吃顿饭,给你消消愁闷,她说这些天你看上去都快要垮掉了。我说我不会垮,蛮好。燕燕我会寻回来的。他就说,好了,好了。我晓得你还为那只鸡的事生你阿嫂的气。其实她也是一时糊涂,我已讲过她了,她也很懊悔。今朝她特地花了几十元钱买了一斤多大闸蟹,让你尝尝鲜,也算是给你赔罪。我说这顿饭不会白吃吧。他说是有事想叫你帮忙,但赔罪是赔罪,帮忙是帮忙,两不靠的事。我就说有啥事你就说,饭我勿去吃。这时小擂也来叫我,阿嫂大概怕阿哥搬不动我,就叫小擂来助阵。小擂倒乖巧,把我拉到一边咬着我的耳朵说:"爷叔,大闸蟹平时啥人舍得吃?现在姆妈孝敬你,不吃白不吃,有吃勿吃猪头三。"他这么一说我倒笑了。

大闸蟹只只都是团脐,里面挤满了结结实实的卵黄,壳里的肉也很丰满,一问价钱并不很贵。阿嫂也是出奇的热情,说吃呀,吃呀,勿要客气,这两只是你的,阿拉一人一只。还说勿管怎么说总是一家人,胳膊肘总弯不到外面去。阿哥也在边上一个劲点头,是呀,是呀。小擂也说,就是,就是。凡是新疆回来的人都爱说"就是就是",他不知怎么学来了。这种亲切的气氛也感染了我,过去对阿嫂的那份恨也消了许多。心想,阿嫂这话也对,不管怎么说总是自己人,况且又住在同一层楼上,抬头不见低头见的,实在用不着弄得那样别别扭扭的。我觉得自己也该主动做出点和解的姿态来。当我吮完一只大闸蟹,喝下两杯啤酒后,就主动地说,阿嫂,你找我到底有啥事体?阿嫂就假装问阿哥,怎么?这桩事体你同阿堃讲了?阿哥说,没有讲,我只是说有事想叫他帮忙。阿嫂抱怨说,这话也不该说,今天只是请阿堃吃饭,别的事等以后再说。我知道这是阿嫂在故作姿态,于是说,阿嫂有啥事体你就说。

"吃饭,吃饭!吃了饭再说。"阿嫂用指关节敲着饭桌说,"阿堃吃呀,这只蟹你也吃掉。"

"好吧。"我说,"这只蟹我吃,有啥事你也说。"这时阿嫂脸上释放出灿烂的笑容,说其实也不是什么大事。最近阿拉阿弟在做黄货生意,赚头相当好。前两天有人问阿弟要货,每克这个数。阿嫂伸了伸指头。但阿弟一下凑不足人家要的那个数,就来找我。我想起你这儿还有一根条子,可以凑个差不多。阿弟讲,你想出手也可以,每克也是这个数。阿弟只收一点点辛苦费。以后要还条子也可以,目前他只是想应应急,你看哪能?我说私下做黄货生意是犯法的呀。阿嫂说,喔哟,现在是啥年月啦?又不是"文革"做啥都犯法,现在做啥全可以,就看你敢不敢去做!这时小撺吮着一只蟹脚说,现在是撑死胆大的,饿死胆小的!阿哥自然是随声附和。阿嫂又甜蜜蜜地说,阿堃,帮阿嫂这次忙,到时我一定如数奉还。要钱要条子都可以。我迟疑了一会儿说,好吧。阿嫂高兴了,说,我早说过阿堃这个忙是肯帮咯,阿堃是个通情达理的人嘛。来,这半只蟹你也吃掉。她把自己吃剩的半只蟹也推到我跟前。我又把蟹推回去说,你的两只大闸蟹,已经把我打倒了。

当雪莲再次出现在我眼前时,我竟一下子没有认出她来。她神色恍惚,一副憔悴病态的样子。她看了我半天,喊了声叔叔后,便晕倒在我怀里,我顿时感到她那滚烫的身子。我把她送进医院,打了退烧针,她才缓缓醒来。她说,叔叔你帮我到学校请个假吧,老师见不到我会着急的。

戴副金丝边眼镜的蒋老师是位有学者风度的慈祥的中年妇女,她心情沉重地对我说,十几天前,雪莲就被她舅舅赶出家门了。她晚上只好睡在教室里,连个盖的东西都没有。我到她舅舅家去,她舅舅气势汹汹地说,她家里也不寄生活费来,我们自己经济也很紧张,想养也养不起。我说让她住住总可以吧？他说不行,我们住房也很紧张,儿子大了得让他分开住,不然有损儿子的身心健康,他要看到我们夫妻之间的事学坏了谁负责？我说你是她舅舅,她的监护人,总不能把她赶出去不管呀。他说我不是她的监护人,监护人是我那死去的老娘。再说她来落户时我就反对,你们要找就找我老娘去。看他那蛮横的样子是下决心赶走雪莲了。我只好从我家里拿了条毛巾毯给她,吃饭是同学们捐助的钱,但这总不是长久之计。我问她还有没有其他亲人,她摇摇头说没有了,只是有个刚认识不久的也是从新疆回来的叔叔,他待我很好,可我不想麻烦他。我想,就是你了。我说,蒋老师,谢谢你这么关照她。以后的事你们不用管了。现在她病了,得请上几天假。蒋老师松了口气说,缺下的课我们会给她补的,她的学习成绩还是不错的。蒋老师叹着气无限慨叹。

医生告诉我雪莲没什么大病,饮食不周,又得了感冒,养几天就会好的。果然她的精神很快就好些了。我告诉她,我准备为她用家具隔出个小房间来给她住。我说燕燕丢了,我一个人过得很孤单,一想到女儿就很伤心,你若来同我一起住我会很高兴,算是来陪陪我。她说我就怕麻烦你,才没来找你。我说你不来找我是个错误,说明你还不信任我,没把我看成自己人。一起找燕燕的时候,我们已经是自己人了。不要忘了,我们两个都是新疆户头,一个老户头,一个小户头。

她笑了,却又流下了一串串的泪。

那时我心中涌满了一种情感,就是对雪莲的怜悯与疼爱。这不仅因为这孩子本身就让人喜欢,还因为她是一个新疆"上海支青"的子女,对我来说这里有着一份更深的情结在里面。我为雪莲布置了小窝,但没想到迎来的又是件倒霉事。那天阿嫂哭哭啼啼地进来了,后面跟着个夹着公文包的民警。一见这情景我就知道事情有些不妙,心就轰地往下一沉。阿嫂说:"阿垫,出事体了……"她话没说完那民警就捏着腔一本正经地说:"你就是赵景垫吗？"我说是,他说你知道你做了犯法的事了吗？我说犯啥法？他伸出食指点着我的鼻子说:"倒卖黄金！"我发现那家伙长着狮子鼻,鼻梁上还有一粒黑痣。我说我没有倒卖,我只是借给阿嫂的。他一撇嘴说:"性质是一样咯!"我说阿嫂,这怎么说?阿嫂又哭了,擤了把鼻涕说你问我,我问啥人去?那民警说:"赵景堃我现在告诉你,你那条子充公了!"我不服地说:"你们凭什么!"他说就凭你参加了倒卖黄金的违法活动!我只觉得这时我额上渗出了一片冷汗。民警又拿腔捏调地说:"谅你是初犯,没有前科,不追究你的刑事责任了。江菊英,"他喊阿嫂,"你还得跟我们走一趟。"阿嫂说去哪里?民警说:"派出所!"

他们走后我就瘫倒在沙发上。唉,一根金条只换了两只大闸蟹?

晚上,阿哥阿嫂都来了。阿哥深表同情地说,阿堃,你看这桩事情哪能办?我不吭声,阿嫂就走上来很诚恳地说,阿堃,要不我把这金项链、金戒指、金耳环赔给你,算我白摸掉那笔加工费。说着阿嫂就要卸她的首饰。我知道这些首饰也只用去她半根条子,我要它作啥?我一挥手恶声恶气地说,算了!算了!算我倒霉!我是前世作孽,什么晦气的事都摊到我身上,我活到世上就是来倒霉的!

秋风已有些凉意,尤其是一阵绵绵的秋雨后。债多人不愁,倒霉的事碰到的太多,心倒在麻木中显得泰然了。我不再去想已经过去了的那些晦气的事,只想把眼前的事做好。那天我下班后就匆匆赶往医院,给雪莲办出院手续。天色近黄昏,回去做饭太麻烦,我决定带雪莲在外面吃。

我把她领进四川北路的一家餐馆。服务员拿来了菜单,我让雪莲点菜,说想吃什么就点什么。她就点了几个中档菜,既不显得自己太作假,又不让我太破费。我对她说,雪莲,我俩都是从新疆回来的,我会像待自己女儿一样地待你,你千万不要把我当外人,我和你妈妈都是那个时代的牺牲品,但我比你妈幸运,她埋在那片土地上了,而我却回来了。你呢?也比你妈强,因为你也回来了,回到了自己的故乡。虽然这故乡并不令人满意,但既然已回来了,我们就得好好地顽强地活下来。这时我想起余婕同我说的那些话。

雪莲含着泪点了点头。

我说我们都会好起来的,你那间小屋我已经为你收拾好了,还有你的户口,蒋老师也会帮你转到我这儿来的。安心地上你的学吧。她抹去泪说,叔叔,我要感谢老天爷,因为老天爷让我遇到了你这么个好人。说得我鼻子一阵阵发酸。

　　离我们餐桌十几步远的地方是一排雅座，都是两个人或四个人面对面地坐着吃饭交谈。我同雪莲说着话，可是在无意中眼睛瞟到雅座那儿有一个很熟悉的身影。仔细一看，竟是阿嫂！她同对面坐着的一个男人在嘻嘻哈哈地说着什么，情绪都是异样的兴高采烈。我感到很奇怪，那事发生才几天她的情绪就会这么好？难道她有外遇？于是我盯着那男人，刚好他侧过脸朝四下看了一眼，我看到了他那鼻梁上的黑痣。这不是上我家来的那个民警吗？他俩怎么会在一起吃饭？我意识到了什么，心猛地在往下沉。我感到自己可能被阿嫂诈骗了。天呐！这可能吗？但我看到阿嫂把一个信封塞给那男人，然后推开酒杯站起来飞也似的闪出了餐馆。那男人还坐着喝酒吃菜，一副优哉游哉的样子。我对雪莲说，你先吃，我去去就来。我正朝那男人走去时，他把信封插进西装口袋里也匆匆出了门。我追出去，他已消失在人流中。我站着不动，心中涌动着什么，脑袋里竟是一片空白。

　　我在一阵愤怒后很快冷静了下来。第二天我去派出所，打听有没有一个鼻梁上有一颗黑痣的民警，以及办理过一个倒卖黄金的案件。所里的人说既没有这个人也没有这件事，还用异样的眼光看我。我转身出去时听到有人说："现在神经不正常的人也太多了点。"

　　晚上雪莲睡觉时不住地咳嗽，身体仍很虚弱，这是长期劳累过度营养不良的结果。她告诉我，在舅舅家，她每天买菜、做饭、洗衣服、拖地板。但饭做好后，她只能盛上一碗饭，捡上一小筷蔬菜，坐到一边去吃，不让上桌的。有时偶然挑一筷荤菜，舅妈的眼睛就瞪得像灯笼一样大。她说："我很自觉，尽量多做少吃，可他们还是不高兴。"有关她亲爸爸的事她也告诉了我。据她妈妈讲她的亲爸爸也是个"上海支青"，但是个孤儿，在她生下来的第二年，就在一次修水库时被炸下来的石头砸死了。现在的继父是个复员军人，没有文化，脾气又暴，经常打她。母亲只好把泪往肚里咽。后来上海有了能让一个子女在上海落户的政策，母亲就赶紧把她送来了。为了能让她落户，母亲都给外婆下了跪，讲了继父对她的虐待，外婆才点了头。她还告诉我，她去新疆给母亲送葬后的第三天，她的继父就想强奸她。她又喊又叫逃了出来,说要上公安局去告他,他这才把她又打发回来。她说她已经没有亲人没有家了,那份凄然令人心碎。我说,这就是你的家,我就是你的亲人。她说,我叫你爸爸,行吗?我鼻子一酸说,行!

湿漉漉的地面上闪着路灯那黄幽幽的光,我踩着污浊的泥浆买了菜回来。雪莲已放学回家,把米饭也焖上了。她接过我买来的菜,厨房的水龙头旁挤着三个人,她就打着伞到外面的水龙头去洗菜。连生就走到我身边问,阿堃哥,咯小姑娘是啥人?长得蛮漂亮的。我说是我养女。他说没听说过你有养女呀?我说从前我在新疆的生活你知道多少?她是我在新疆的一对好朋友的女儿,父亲在修水库时被炸死了,我就认她做了干女儿。最近她妈妈也死了,上海的舅舅又不肯再抚养她,把她赶了出来,我不把她接过来,难道让她住在马路上?

连生又是摇头又是喊作孽。我又说,我起码要对得起她那死去的爸妈。连生一竖大拇指说,阿堃哥,够朋友咯。那口气不知是赞扬还是挖苦。这位隔上几天就吃一次清蒸小鲫鱼的人,从别人的不幸中感到了自己生活的美满。他当然不认为自己的生活好得无可挑剔,每当他讲到那些大款们一掷千金的派头时,又是羡慕又是妒忌又是向往。但他看不起我,他看我就像富翁看乞丐,聪明人看傻瓜,时髦人看落伍人一样。也许他认为我收养雪莲又是一个"洋盘"做的事,但我说的那些话在外面洗菜的雪莲都听到了,雨水混着泪水从她的脸腮上滚下来。吃饭时她对我说,爸爸,你真会编故事。我说就得这么说,要不会有说不完的闲话。她说,我懂!

在我做饭时,阿哥阿嫂和小搖从外面吃了饭回来,酒把三张脸都冲得红喷喷的,他们兴致好极了。阿嫂进来看到正在炒菜的雪莲说:"阿堃,这是你请来的小保姆啊?"连生说:"勿是,是阿堃哥的养女。"阿哥阿嫂这时都像吃了一粒苦花生仁似的张大了嘴说:"养女?啥地方来的养女?"我板下脸说:"阿嫂,我有事要同你讲!"阿嫂瞪大眼睛说:"啥事体?"我恶狠狠地吼了一声:"你自己知道!"阿嫂的脸色顿时变得很难看,她拉着阿哥上楼时说:"今朝阿堃哪能啦?吃生米饭啦?"

吃完晚饭我到阿哥屋里,他俩正咬着耳朵在紧张地商量着什么,见我铁我知道,雪莲正在悄悄地用自己的行动来改善她与周围人的关系。周围的人对雪莲似乎也都有了好感,甚至与任何人不搭讪的"咯个女人"也同雪莲说话。只有阿哥阿嫂对她充满着越来越深的仇恨。小搰与雪莲同龄,他有好几次想同雪莲接近,但都被阿嫂那愤怒的眼光挡了回去。余婕那天大大方方地上来了,她是带着余家外婆的嘱托来感谢雪莲做的那盘醋熘鱼片的,说是鱼片吃起来又嫩又清口。雪莲不好意思地躲进她那间小房子里做功课去了。我和余婕在房间的另一个角落里聊天,聊得也很投机。我甚至把阿嫂诈骗我金条的事也告诉了她。余婕慨叹道,穷疯了的人同饿疯了的人一样。饿疯了的人会不顾一切地扑向食物,而穷疯了的人也会不顾一切地扑向金钱。眼下,人们对金钱这种病态的追逐正是过去穷疯了的结果。我不太同意她的看法,我说我们都是从贫困中过来的,起码你我并不太看重金钱。余婕说,当然不是人人如此,正像"文革"中也不是人人都去搞打、砸、抢一样,但从某种角度说是一种大气候产生的。眼下的商潮是否与支青潮有相似之处?也许它们都是从一个根里开出来的花……余家外婆在下面喊了,阿婕好困觉来,明朝还要去轧车子。余婕不满地往下走着说,你不是让我去谢谢人家的吗?余家外婆说,我是叫你去谢雪莲,又没有叫你去谢阿堃。

楼道里安静下来。我点燃一支烟,慢悠悠地抽着,感到余婕是个很有个性又很有见地的女人。那个星期三她没有回来,而星期六竟回来了。她说她是存心这样安排的。余婕说,礼拜天要带雪莲出去玩。

第二天一早又下起雨来,斜飘的雨丝又细又密。余婕和雪莲打着伞出去。她们一直逛到下午才回来,两腿被雨淋得透湿,但两人情绪很好,拎着大包小包的东西。我说你们在外面吃的饭?余婕说雪莲爱吃面食,还非要到清真馆吃羊肉饺子,说闻到羊肉味道就好像回到了新疆。不过上海的羊肉怎么也比不上新疆的羊肉好吃。童年的回忆,再苦也是甜的。

在我们说话的时候,雪莲拎着个暖瓶到下面烧开水去了。

"我喜欢这孩子。"余婕说。她今天的情绪显得特别好,本来有些阴郁的眼睛也变得明朗起来。她同我聊起她插队的事,我也同她聊新疆的事。在我们正聊得开心的时候,灶片间突然传来了雪莲一声惨痛的尖叫。我们急急地跑下去,厨房弥漫着一股热腾腾的水汽。雪莲弯着身子咬着牙,额头上渗满了冷汗,腮帮上滚着泪珠。原来她在冲开水时,水壶把掉了,开水就烫在了她腿上。而这时余家外婆、林家的姆妈、连生听到叫声也都到厨房来看。连生看到那情景一面摇头喊作孽一面拎起那掉把的水壶来看。余婕把雪莲扶上楼。连生拍拍我肩膀,让我看水壶掉把的地方,发现那上面有人用锉刀锉过了的痕迹。我拿着水壶上了楼。余婕说烫得不轻,得叫医生去。后来医生说,没有啥危险,但要注意换药,不要感染了,这种烫伤最怕感染。雪莲的两条腿上布满了水泡,我心里非常难过。她斜靠在枕头上,反而很泰然地安慰我说,爸爸,没啥,都怪我太不小心了,才弄成这样。我把余婕叫出来,让她看水壶掉把的地方。余婕咬牙说了一句粗话!

夜色涂抹了整个天空。我没心思做饭,就撑着伞出去买点心。等我回来,余婕仍陪着雪莲在说话,说这样可以分散她的注意力,减轻她的痛苦。我们一起吃完点心,天也黑透了。余家外婆又在下面不满地喊起来,说你一蹲就一天,也不回来吃晚饭。余婕说吃过了,在陪雪莲说话。余家外婆说有阿堃要你陪啥。余婕说姑娘大了,烫的又在大腿上,阿堃是男人不方便。余家外婆冷笑一声说:"我看你的心思勿在雪莲身上,是在阿堃身上。"余婕说:"姆妈你越说越不像话了!"我说:"余婕你下去吧,你姆妈再说下去怕是更难听了。"余婕说怕啥,就是在你身上又怕啥!而这时余家外婆在下面骂开了,而且越骂越难听。楼梯间又挤满了大大小小的脑袋。这又是大家感兴趣的话题——这幢房子里竟也出现了男女间的私情!余家外婆喊:"阿婕你要不下来,我就撞死给你看。"余婕说:"你撞呀撞呀,吓唬谁呢。"楼下真的传来嗵的一声响,余家外婆撞头了,那身体沉重地倒在地上。余婕只好下去。后来才知道,余家外婆耍了个滑头。她是用脚在楼梯边上用力一踢,身子也就顺势倒在地上,所有的人都以为她撞头了。连生拍拍手说:"喔哟,真作孽!"

阴沉沉的雨幕笼罩着上海的上空。四舅又打来了电报:已派人来,详情面谈。那天大家正拥挤在弥漫着热气的厨房里做饭。连生正津津有味地讲着他们单位有个人在有奖储蓄中得了一套三居室的住房,接着又在买彩票时中了一台双门电冰箱,说是运道好得冲到南天门了。阿嫂妒忌得心里发痛地抱怨说:"阿拉哪能没有这样的运道,买了几次彩票弄了几次有奖储蓄,一个奖也得勿到!"刘老师说:"有福之人不用忙。但天下事是福兮祸所伏,祸兮福所倚,好坏说不准的。"连生说这倒是,中奖以后他们的独养儿子被一辆自行车撞断了腿。于是大家又在妒忌的痛苦中感到一丝快意。这时一辆出租车停在门口,他们也停止了胡侃,目光一齐射向那挂着水帘的红色的桑塔纳轿车。汽车里钻出一个气度极好的西装革履的人,那人进来后非常谦恭地朝大家点头,说:"请问哪位是赵景堃先生?"我说我就是。那人越发恭敬地说:"赵先生,我们老板请你去一趟。"所有人的眼光变得异样的惊奇,只有我知道是怎么回事。我嘱咐雪莲自己弄饭吃,不要等我。我上楼换了一套崭新的西装,在大家惊异的眼光下闪进轿车。车在大雨中缓缓地驰出弄堂,留下的是一片惊疑中的寂静。

　　四舅带信来说,本来他应该亲自来的,但一是年迈,体力不支了;二是他那边事务缠身,一时也离不开;三是其他一些原因,包括来后怕心境上承受不住,所以就不来了,请我原谅。他还说,本来根据我母亲的意愿,应该把她的投资实施以后,再让我来经营这份产业。但四舅说,考虑到这样做并不利于将来作为这一产业的经营者的我,因此让我一开始就参与企业组建的全部过程。需要跑腿的你该去跑,需要打通关节的你该去打通,需要洽谈的你就去洽谈。我派两个人来协助你,其中一个岳先生很有经营头脑,他一直是我的左右手。他说,我希望你母亲对你的看法不会有错。

　　其实这些年来母亲已与四舅通过好几年信了。母亲写给四舅的信每次都很长。她讲了她这些年来的遭遇,讲了"文革"中外公的死,讲了她所忍受的心灵上的痛苦,也讲了她与大儿子和儿媳妇之间越来越恶化并使她彻底绝望的关系。她也讲到了我的不幸与对她的仇恨以及她的内疚等等。四舅说,通过这些信,他知道了我们家这些年所发生的事,但他无法理解这些事,怎么会这样?人类的同情心怎么会淡漠到这种地步?他百思不得其解。但他相信我们家确实发生了这些事,因为他绝对相信他的那个可怜的在年轻时充满浪漫色彩的姐姐。解放前夕,外公让他出走的时候,带走了属于我母亲的那份财产,而那份财产在他的经营下也在不断地增值。这份不断增值的财产他依然认定是属于我母亲的,现在又有了我外公的那一份。这两份财产他要按我母亲的意愿来处理,并且还要尽他这个弟弟所应尽的责任与义务。母亲在信中对他说,把这些钱弄回国来投资搞企业吧。过去这里走了一条走不通的路,现在总算回头了,但我不久于人世了,好在阿堃他们可以拐弯了,我的儿孙们可能不会再吃老一辈人所吃的那份苦了。现在,上面鼓励华侨回国投资,我希望用我的钱也来表示一下,因为我也爱国。我对过去没有仇恨,但希望后人不再有那个过去。企业办好后,让阿堃去管,他诚实厚道,也吃过苦,这是一个人应具有的最基本的素质。在九泉之下我希望阿堃能像他外公那样能干,有头脑,讲信誉,并且善于经营。在刚开始时,我希望你能派人帮他,但我相信阿堃会把企业办好的。可这事千万不要让阿森和那女人沾边!我让阿堃继承的不是一份财产,而是一份事业,而阿森和那女人同这事业无缘,他们没有资格继承这份事业。财产与事业不同,财产人人都可以继承,但事业不是人人都可以继承的,阿森和那女人不够格!望吾弟切记!切记!……看了那些信后,我心酸地流了泪,因为我觉得以前我对不住母亲!母亲的感情其实是无私的。

从高层饭店的窗口眺望,在迷蒙蒙的雨帘与水雾中,我看到黄浦江上一艘巨轮正鸣着长笛,徐徐地朝大海驶去……

我辞去码头工作的事没有告诉余婕,当她打电话去码头找我时,才知道我已经辞职了。那几天我一直同岳先生一起跑建公司的事。虽说那是外来投资,大多数办事人员的态度也是热情而真诚的,但烦琐的手续依然多如牛毛,办得很慢也很累人。岳先生说,你们这儿的一切都在倒着走路,怪不得几十年的发展竟是这么个速度。在我们那儿,各地政府求着企业家到他们那儿办企业,而在这儿企业家倒求着政府……我当然也很累,但心里却很充实。

星期三我约余婕晚上一起到外面吃饭,让雪莲自己弄饭吃。那天黄昏,霞光如血,轻轻地抹在上海那陈旧而狭窄的街道上。我在弄堂口等到余婕后,同她一起到饭店吃了饭,并把四舅与办公司的事全告诉了她。她很高兴,捏住我的手说,祝你成功,但这事你应该早告诉我。那天晚上,她向余家外婆摊了牌,说她决定同我好,说阿堃这人值得我爱。当然她没有同余家外婆谈我四舅与办公司的事。余家外婆同她吵了个天翻地覆。余家外婆说阿堃有啥好,一个码头工人,又是个新疆户头,长得又老相,你啥人不好寻,偏偏要寻他。余婕说,我就喜欢他是个码头工人,是个新疆户头。我也喜欢他这种老气相!余家外婆说,你疯了。余婕说,我没疯,我现在比什么时候都理智。

她们家紧闭的门前又簇上了几个脑袋,耳朵都挤贴在门上。连生啧啧叹道:"喔哟,阿婕姐这么漂亮的女人,怎么会相中阿堃这样的人,唉,真作孽!"

那天刮着冷风,明显地感到了冬天的来临。干卷在树枝上的枯叶也全被吹落了,只剩下光秃秃的枝条了。我回来时余家外婆已在门口等着我了。她伸直食指戳着我的鼻尖说:"阿堃,你太勿要面孔了,勾引我女儿!从今朝起,不许你再靠近阿婕!我要再看见你同阿婕在一起,我就敲掉你的煤气灶!勿要面孔的东西!"而这时刘老师一副正气凛然的样子走到我跟前说:"阿堃,你们俩有没有那个意思我不知道,若是有,我要劝你一句,你同余婕不合适,这你自己应该拎得清。"连生也围上来了,晃着他手中的锅铲说:"刘老师这话讲得对,勿要讲余婕以前哪能?就是现在这张面孔也照样值钞票。我听讲有一个有几十万财产的大款要讨她做老婆,她都没答应。你算啥?新疆户头,码头工人,头发都白了这么多,哪能配得上她?勿要讲余家外婆勿答应,就是我们看着也不合适。趁早收场,勿要再闹得整幢房子都勿太平!"林家姆妈这时也拉开大嗓门讲:"是呀是呀!看看你这相貌都可以当她爷了,这怎么配?"而为那金条的事再也没有同我说过一句话的阿嫂也在一边炒着菜叽咕着:"出呐,也不撒泡尿照照自己,去动余婕的脑筋。"我真想夺过她手中的锅铲摔到她脸上。

世上无论什么事你只要一步一个脚印去跋涉,总是会有所收获的。我的企业已初具规模了。那些天,余婕也经常跟我通电话。我把昨天被围攻的事告诉了她,她说绕开他们,我们偏要相会!这个星期三我准时回,但不回家,五点半我们在四川北路桥相见,我们浪他一晚上!

我不知道余婕的什么吸引我,美貌?性格?思想?意志?不,好像她的一切都在吸引我。也许这是秋末的最后一场雨了,很寒。我对雪莲说,我有个约会,你自己做饭吃吧。雪莲好像知道了什么似的朝我一笑说,爸爸,你去吧,你不用再为我操心了。

我和余婕在一家饭店的一个不起眼的地方坐了下来。我要了好些菜,她说,吃不完。我说吃不完你就看完它。她说什么意思?我说这是我一种情感的表达。她一笑说今晚我不回去睡,我已包了房间。我问为什么?她说,姆妈讲,她要看到我和你在一起,她就去自杀。她不会真的去死,我是怕她一闹,别人就会看西洋景了,这样的便宜不能让他们占!我捏着她的手。她说你要有勇气,今晚就到我的包房里去睡。

寒冷的雨丝挂在门前,我打着伞,搂着她的肩膀朝她住的那家旅馆走去……

每个星期三我们都这样相会。一到星期三下午放学,雪莲就买两包方便面回来。我问她这是干吗?她说这样既省事又省钱,我笑着说那能省几个钱?她说积少成多呀,我知道爸爸现在开销大。她伸出两个指头。这孩子也挺鬼。

余婕的不回家使余家外婆急了,就托人带信去。那天傍晚传呼电话上的阿姨来喊:"15号余家外婆电话,是阿婕打来的!"余家外婆就去接电话。后来余婕告诉我,她对她母亲说,你不是不让我同阿堃在一起吗?我一回来做饭就要同阿堃轧在一起,你看到就要自杀,我吃勿消,不如不回来,你也用不着自杀。弄得余家外婆说不出话来,她那边已把电话挂了。

余家外婆疑疑惑惑地回来了。那些天雪莲要期末考试,晚饭都由我做,好让她集中精力复习功课。余家外婆怔怔地看我半天,想从我脸上读出些什么。她说:"阿堃,你给我讲实话,最近你见过阿婕哦?"我说她都不回来,我怎么能见到她。余家外婆一拍大腿哭起来了,说阿婕这小娘鬼勿要我这个老娘了,我的命好苦啊!连生摇摇头说:"喔哟,作孽啊。"

我从来没见过自己在电视里的形象是个什么样子,但那天我们公司开

中篇小说

业,邀请了市里两个头面人物来剪彩,市台竟作为新闻也播了一下。我刚好站在市里头面人物边上,镜头自然也很大,头面人物还亲切地同我交谈着。我那时是个什么样子呢?可惜自己没看见。那天我回家已快深夜了,雪莲竟没有睡,说是在等我,要把我上镜头的消息告诉我。她说整幢楼的人都看到了,连生爷叔来敲我们家的门,说你爸爸到底在什么地方工作?我说在码头上做生活呀。他一摆手说,你不要骗我了,在码头上做生活能站在市领导边上?上次出租车把你爸爸接走,我就觉得你爸爸有点来头了,现在肯定勿在码头上了。我这才告诉他,我爸爸是那家企业的董事长。他就一拍自己的脑门说,喔哟,我这个人真作孽!刘老师、林家姆妈也来问我,我也告诉了他们。林家姆妈问这是啥辰光的事体?我说都半年多了。刘老师问我是独资企业还是合资企业,我说是独资企业。他就问是啥人投资咯?我讲我勿晓得。他又问哪能会叫你阿爸当董事长咯?我讲我更勿晓得了。这时我听到大妈在她房里喊,出呐!这是哪能椿事体?哪能椿事体啊!后来我就听到她哭起来了。听到这些,我感到一种从未有过的痛快与惬意。世界是以什么在界定人的呢?

我们的企业在报纸上整整地登了一版的广告,上面有我和总经理的照片。看着报上自己的照片,我想我的气质和风度真有这么鲜亮吗?我都不相信这是我了,这同我刚从新疆回来时那副萎靡不振的样子简直判若两人。人在不同的环境下塑造着不同的自己。

报上的广告再次在整幢楼引起轰动。阿嫂就问阿哥,阿堃到底有啥路数能当这么大的独资企业的董事长?阿哥讲我哪能晓得!小擂在一边说我看爷叔就是个了不起的人,比你们强。阿嫂说:"小赤佬!你懂啥?"

从那以后我一般都住在公司,有时回来带雪莲出去吃顿饭。转眼她快要上高三了,功课很紧。我给她一些钱让她在外包饭,要她吃好一点,可她还是买方便面吃,于是我只好定期给她改善伙食。每个星期三晚上我仍然同余婕相会。余婕不提结婚的事。我说这样下去总不是办法。她胸有成竹地说,有水到渠成的时候,那时我们要看他们的西洋景了。

整幢房子的人都在打听我是怎么当上这独资企业的董事长的。打听得最狂热最迫不及待的是我阿哥和阿嫂,甚至卑鄙到私拆我信件的地步。但遗憾的是业务上的信函全寄到了公司里,我同四舅的联系是通过国际长途。而寄到家里的信都是过去新疆的一些朋友。但他们有时骚扰得影响雪莲的学习,我就让雪莲告诉他们,爸爸在新疆时有一个生死之交的朋友,他去了美国,听说他父亲是个亿万富翁。我只晓得这些,别的爸爸没有跟我讲。连生一拍腿说:"对,肯定是咯样一桩事体。"雪莲还告诉他们,爸爸让我好好读书,考个名牌大学,将来有机会也让我出国深造。连生说:"喔哟,雪莲你真有福气。"

　　我感到很累,我同岳先生说下星期天我想在家休息一天。雪莲知道了,星期天天不亮就去买小菜了。奇怪的是,那天全幢房子的人都在那个时候出去买小菜了。雪莲买好菜回来,就躲进小房间里做功课,想等我起来后一起做饭。我睡了个透觉,起来时就听到下面厨房里很热闹,大家都忙着做每礼拜一次的丰盛的午饭。我下来后发觉我的煤气灶上已经在炖着一只鸡,而我的洗菜盆里还放了四只鸡。我感到很奇怪,对楼上喊:"雪莲,你买这么多鸡作啥,想做百鸡宴啊?"雪莲走下来说:"我今朝没有买鸡呀!"这时连生凑上来了,说:"阿堃哥,是这样一桩事体。上趟呢,阿拉大家把你一只鸡分吃了,心里实在过意不去,就买只鸡赔你。呶,"他拎起一只肥鸡说,"这只鸡是我赔你的。"阿嫂也跟着讪讪地走上来说:"阿堃,炖在炉子上的那只鸡,是我买来赔你的。"其他人也用眼光盯着他们那只鸡。我哭笑不得地叹了口气说:"事情都过去了,你们把鸡都拿回去吧!"连生说:"这哪能可以,你不肯收下就说明你不肯原谅我们。我晓得你阿堃哥是宰相肚里好撑船。现在搞改革开放,允许大家犯错误,也允许大家改正错误嘛。是哦?"他看看大家。大家都很诚恳地点着头说:"是呀是呀!"

　　连生又拉住我说:"阿堃哥,还有一桩事体要同你商量。"他把我拉到楼道口,拉亮楼道灯说,"你看。"我看到原来葫芦一样拢在一起的七只灯泡只剩下一只了。连生说:"阿堃哥,你不是说过吗?这只灯的电费由你付,我们大家商量了一下,这份情我们领了。你发财了,就是请大家上国际饭店、南海渔港也请得起,对哦?"我苦笑着说:"我没有发财,我当这个董事长靠的是朋友。做人不要太私利了,私利的结果是丢了朋友也丢了自己可能有的前程。"他们也都说:"是咯是咯。"我无奈地接受了他们强加给我的现实,心想,难道余婕说的看他们的西洋景就是这样的西洋景吗？真让人感到不舒服。

吃过中饭,阿嫂拉着阿哥来了。阿嫂一进来就哭,一副无限悔恨的样子。她说:"阿堃,阿嫂过去确实做了一些对不住你的事。但那条子实在是借给我阿弟的,后来他没有脱手。叫人装警察来诈你的事,也是阿弟出的点子,我是勿想这样做的,我晓得做黄牛贩子的人,没有一个是好东西。为这桩事体我已经把阿弟痛骂了一顿!"我厌烦地挥挥手说:"过去的事情不要再提了。"阿嫂说:"是呀是呀,我晓得你是个通情达理的人,刚才大家都是这么说的。阿堃,我想问你桩事体,听说你打算让雪莲出国？"我说那是以后的事。阿哥马上堆出笑容说:"小撂也想出国。"我说出国的事又不是想出就出的,以后再说吧。阿嫂说:"阿堃,小撂不管怎么说也是你的亲侄子,那个,"她压低声音指指雪莲的房间说,"毕竟不是亲的,不是我们赵家的人。"阿哥说:"对咯,这你一定要拎清爽。"我说这只是你们的看法。你们在诈我金条时想到过我是你们的亲弟弟了吗？想到赵家这两个字了吗？阿嫂说:"这桩事体我是做得勿妥当。要不我把小撂过继给你做儿子,这总可以吧？"我说把你们的独养儿子过继给我,你们也真伟大,但我没这个福。再说他过不过继给我,都是赵家的后代,这又有多大意思？阿嫂说儿子侄子毕竟不一样。我说我看没什么两样。阿嫂说喔哟,你怎么这样拎不清啦,这哪能会一样呢？阿哥把嗓音压低了说:"阿堃,我把话给你挑明了吧,将来你的财产不能留给外人。"我火了,冷笑一声说:"怎么？你们就看死我不能把燕燕找回来了？你们就看死我今后不会有儿女了？告诉你们,雪莲已经是我正式的女儿了,我们已经在有关部门办了法律公证手续,我没有财产便罢,有财产也不会留给你们。雪莲!"我喊,"陪爸爸出去一趟!"雪莲捏着钢笔探出头来说:"爸爸,我还有一道题。"我说:"回来再做!"

我和雪莲叫了辆出租去了鲁迅公园。鲜花,绿树,还有那小桥流水,我和雪莲都感到我们离开这清静的世界似乎很久了。我们坐在一个偏僻地方的一条长凳上,默默品味着这个静谧的世界。坐了一会儿,雪莲从口袋里掏出一张纸条给我说,爸爸,这是三楼咯女人今天让我交给你的。纸条上写着:赵景堃先生,我叫梁文艳,丈夫叫陆忠东,都是本科毕业生,现都在一家机床厂当工程师,我们都很想到你办的公司来工作,如果可以的话,我们想同你谈一次,时间地点都由你定。我想,是什么样的诱惑使这对一直孤寂、清高的夫妇也想改变目前的生活呢?我在纸条上写上:请你们带上自身的有关资料,到我公司人事处去接洽,如果他们认为合适,我会关照的。我签上名后又交给雪莲说,交给她吧,她叫梁文艳。

余婕说我们这一代人很可怜,不光是肉体的痛苦还有心灵上的。我们一直单纯得失去了自我,做着听凭别人摆布的驯服工具。没有了自己也就等于没有了对人的认识。现在我们才懂得要找回自己,认识自己了。就在那个细雨霏霏的晚上,我同余婕进了她租的包房,在幽幽的灯光下她吻了我。当我们上床时我想帮她脱衣服,但她挡住我说你脱你的,我脱我的。我一时没弄懂她的意思,她一笑说别把自己的意志加给别人,哪怕去解他的一个纽扣。我明白了。她脱光自己,露出那丰满而白嫩的身子。她扑向我哭了,说:"阿堃,我总算找到属于自己的爱了……"

公司办公楼的后面是一片葱郁的小树林,林边四周的花坛里开满了鲜花,溢出浓浓的香气。但那天我感到情绪很不安宁,总感到有什么事要发生似的。果然,快下班时连生从电话亭打来了电话说,阿堃哥,你快回来,你们家出事了。我坐公司的小汽车赶回家,门口和厨房里挤满了看热闹的人。我从车里钻出来,连生就讨好地迎上来挡住我说:"阿堃哥,一个胖男人和一个瘦女人死拽硬拉要把雪莲拖走。这男人野蛮得很,你当心点。"这时那胖男人和瘦女人从人群中挤了出来,我一看是雪莲的舅舅舅妈。她舅舅气势汹汹地指着我说:"好啊!我到处寻阿拉外甥囡寻勿到,原来是你把她骗来当你的小保姆了,走!"他一把揪住我的衣襟说,"到公安局去讲讲清爽。"这时雪莲也挤出人群,满面泪痕地喊了声爸爸扑向我,她紧箍着我的腰怕我会突然飞走似的。开始我也有些惊慌,但很快就冷静下来了。我甩开她舅舅的手说:"好吧,我和雪莲一起同你们去公安局,但我还得喊几个人。"他说喊啥人?我说:"得把雪莲的班主任蒋老师叫上,还有你们家的邻居,另外我还要去叫我的律师。我是很想同你们打清爽这场官司的。"我对我的司机说："王师傅你辛苦一下,帮我去接几个人。"她舅妈慌了,说："慢慢叫,慢慢叫。"她朝我一笑说,"阿拉勿是想同你打官司,阿拉只是想同你把这桩事体拎拎清爽。这样吧,这儿讲不方便,到你房里去讲好哦?"雪莲舅舅一撇嘴说:"这桩事体勿弄清爽阿拉是勿走咯!"

上了楼后我让雪莲为他们泡了茶,就让雪莲出去等着。我在她耳边说,我不会让你离开我的,她眼圈一红点点头就下了楼。楼下仍拥满了人,似乎我们正在进行与他们的利益相关的活动。我对雪莲的舅舅舅妈说:"有什么事你们说吧。"男的说:"喂,你也太占便宜咯!一分钱不掏就捡了这么大一个女儿,就是人家去领养一个刚出生的小毛头,也得搁个三五千的,你这算啥?吃白食!"我说雪莲是你什么人?他说外甥囡呀,还是嫡嫡亲的外甥囡。我说在她最需要亲人的时候你们却把她赶出家门!男的说:"你瞎说,我们没有把她赶出来,是你把她拐骗来的!"我说:"那好,咱们法庭上见!"女的说:"喔哟,拐骗这一条倒挨不上,但你这样不声不响地把她弄到你家里来总不妥当吧?"我说:"是你们把她弄得无家可归我才收留她的,这有什么不妥当?"女的说:"我勿是这个意思,我是讲我们也抚养她好些年,也花了不少钱,你既要收留她当女儿,我们也没意见。但我们的损失总该还给我们吧,况且你是个大公司的董事长,这点区区小数目总拿得出来的。"

我现在彻底明白了,顿时觉得心里像有许多蛆在蠕动一样地难受。我说你们想要多少?男的跷起指头说三万!还说对你来讲,这可是毛毛雨。我不出声,只感到要呕吐。女的说喔哟两万哪能?一万五也行。男的说一万五太少了,勿够开销咯,起码两万!我说这样吧,我不做贩人口的生意,而且做这生意也犯法。我们还是通过法律渠道来解决。女的说:"喔哟,我听你们这幢楼的人说,雪莲在这里像个小保姆一样地服侍你,你起码也得掏点工钱给我们吧?"我恶心地冷笑一声说:"凭什么要把工钱给你们?是你们在这儿当保姆?"可我心里想,他们会到这里来闹,是这幢房子有人在捣鬼!人心怎么这么邪恶!那男的蛮横地叫起来:"不给钱我们就把雪莲领回去!"我站起来对下面喊:"王师傅,你给我到公安局跑一次,把公安局的同志找来。"

我又对他们说,"你们这样私闯民宅,敲诈勒索,已构成犯罪!"女的这才慌了神,拉着男的下了楼,男的还扭着脑袋喊:"这桩事没有完,你等着看!有你脑袋浆子出水的时候!"

第二天我就叫人安排,尽快在家里装上电话,让雪莲随时能与我联系。我又同余婕通了电话,把这件事告诉了她。她苦笑着说,我们这幢房子的人从来就勿太平。有些人就是这样,你穷他们看不起你,你富他们就忌妒你,要搅得你不得安宁。你不安宁他们就安宁了,你一安宁他们就不安宁。所以你要让他们不舒服,你就要永远显得舒舒服服。她说,雪莲这事你就交给我吧,我来应付。我说,你同我只有暗地里的关系,明里什么关系都没有,你怎么出面?她说,那我们结婚,正式办结婚手续怎么样?我说,你母亲那一头怎么办?她说,你个傻阿堃呀,我母亲现在巴不得让我同你结婚呢。现在是她急我不急,我是存心让她急哩,越急她对这事的反省就会越深刻。你总是缺乏自信,总是看到自己的痛苦和不幸,总是在做别人自信的陪衬。你现在应该自信起来!今晚我要借你的光,创造个奇迹,让我母亲亲自去请你吃饭。我也回家,你也早点回啊!

果然我一回家,余家外婆就磨磨蹭蹭地上来了。她一脸的尴尬,敲开我的门说:"阿堃,你夜里有空哦?"我说啥事体?她强撑出笑容说:"我想请你吃顿饭,勿晓得这点面子你肯不肯给我?"我说:"余家外婆,免了吧。"她哭丧着脸说:"阿堃,我是从小看你长大的。现在你变得这么有出息,我心里也高兴。再说你同阿婕的事……唉,都怪我越老越糊涂了。阿堃,我还要告诉你一桩事体。"她神秘地贴着我的耳朵说,"雪莲的舅舅来这里吵,是你阿嫂同林家姆妈串通着搞的,她俩在商量这事时,被我听到了。"我说我猜到了,想不到林家姆妈也会轧这种闹猛。余家外婆说:"咯么来吃夜饭,把你女儿雪莲也叫上,阿婕也马上要回来了。"

余婕又买了许多菜回来。虽然我们这长时间来同住在一幢楼里,但我还是第一次走进余家外婆那个古色古香的大房子。使我感到惊奇的是,她还有一间布置得整整齐齐的书房,里面摆满了字画和各种古书。她告诉我,这是阿婕爸爸的书房,他也是书香门第出身,可惜死得太早,那时阿婕只

中篇小说

有两岁。书房里挂着他的遗照,穿着笔挺的西装,挺帅。余婕同她爸有些像。余婕告诉我,这书房平时是紧锁的,现在让我参观,就是说她妈已经把我看做自己人了。

有几幅价值连城的名画,我看得爱不释手。余婕对我说,幸亏她老爸死在五十年代初,要是一九五七年以后不仅少不了挨整,字画也保不住了,真是塞翁失马,焉知非福。我又到余婕那间朴素而典雅的闺房里坐了一会儿。她关上门很动感情地对我说,希望你能谅解我母亲,她从我两岁起把我拖大不容易,况且后来我又遭了那么多的罪。她希望我幸福,不再受苦。母亲的这份心是可以理解的。她那时当然不肯把我许配给码头工人。我一笑说,"文革"时都爱找工人阶级,现在都想傍大款。什么时候才懂得注重自身的价值哟。她用食指掘着我的鼻尖说,你别忘了,我心里有你时,你还在码头上苦力地干活哩!

我与余婕的婚礼虽办得很热闹,但却并不安宁,雪莲就在那天失踪了。她给我留下了一张字条,说是有一件非常非常重要的事要办,过几天她一定会回来的,希望我们不要去找她,更不要惊动公安局的人,因为这件事由她办最合适。我和余婕都猜不透她要办的是什么事。

第三天蒋老师打电话来,说雪莲这几天都没来上学,只是带来一张假条,说要办一件非常非常重要的事,特请几天假。我和余婕一起赶到学校,蒋老师让我们看了假条。我说,这孩子很懂事,生活使她超常规地早熟了。她会不会怕妨碍我同余婕的蜜月,暂时出走几天呢?蒋老师说我看不会,因为她非常珍惜她的这种学习机会。她常对我说她一定要考上名牌大学,对得起这位爸爸。前些日子她写过一篇作文,题目是《不幸后的幸福》,讲以前她的种种不幸,讲现在遇到这位爸爸后的幸福。这篇作文在我们老师中间传阅了,都被她的真情打动了,有的还流了泪,说经历过磨难的孩子也许会更有出息。我想,不是特别重要的事,她决不会不来上课。余婕说,我相信,这件事一定值得她去做。

可这是件什么事呢?

我让余婕辞去郊区那边的工作到我们公司来。岳先生对余婕很有好感,说她既能干又有头脑。"赵先生,我看你太太比你强啦。"岳先生说。那几天我和余婕总要留一个在家,等雪莲的消息。我对余婕说,她的出走会不会同她舅舅舅妈有关。余婕说,这不会,她没有必要为这事出走。后来证实了我的种种猜测不对,因为两天后,她那秃头胖舅舅和瘦舅妈又来找我们了,而且还满面堆笑地提了不少礼物来。这次他们好像显得很胸有成竹,大概请别人做了些策划。这次是女的主讲,蛮头头是道的。她说,我们过去对雪莲是有不得体的地方,实在是有些对不住我们那死在新疆的阿姐。雪莲的外婆死后,我们就是雪莲唯一的亲人,哪能好这样子待她呢?现在阿拉感到良心上老过不去的,心里老难过的。女的揉揉鼻子抹抹眼睛,表示自己确实很难过。她又说,但不管怎么说我们是雪莲唯一的亲人。过去她的监护人是她外婆,但她外婆一死,我们自然就成了她的法定监护人,所以现在我们要把她领回去。亲舅舅、舅妈不抚养她,却让一个外人抚养,我们这面子也实在是搁不下。很感谢你们这样收留她、照顾她。你们的行为也深深地感动了我们,使我们的良心受到了谴责。现在请你们给我们一个改正错误的机会,让我们那个死在新疆的阿姐在九泉之下也能安心。这点东西不成敬意,敬请笑纳。她像背台词一样地背完这些话后看看男的,男的说,阿拉啥辰光可以把雪莲领回去?

我正准备说话,余婕拉了拉我,她微笑着接上话说,谢谢你们刚才对我丈夫收留雪莲的赞扬,想不到这会使你们的良心得到发现。听了你们刚才的话我也很受感动,但可惜的是现在情况发生了变化,你们知道吗?

男的瞪大眼睛问,啥情况?余婕说,雪莲的户口转到我们这里是去年的十月十五。就算她外婆死后监护人是你们,但就在转户口的那天开始,你们已经丧失了监护人的资格。你们不要忘记转户口的手续是你们亲自办了交给蒋老师的,还在蒋老师前面说我们是洋盘、阿戆。转户口的理由也写得很清楚:因原监护人死亡,户口转到现监护人赵景堃处,关系是养父养女。这事我们可以一起到派出所去查。

"我是她亲舅舅,你们算什么!"男的叫起来了。余婕一笑说,你们听我把话讲完。我现在明确地告诉你们,这桩事体我们只有通过法律解决,我们

中篇小说

已经请好了律师,而且把所需的各种旁证材料弄齐了,这场官司你们不但打不赢而且还会丢丑,因为你们不占理!雪莲本人也不愿再回到你们那儿去,这点其实你们也清楚。你们把这些礼物拿回去,如果你们真是良心发现了,你们可以经常来看看她,我们也可以让雪莲常去你们那儿串串门。

"可这几年的抚养费,你们总该掏点吧。"男的说,"要不我们太吃亏了!"

"这不难。"余婕说,"但这事你们最好找法院出面。法院说我们该掏多少我们就掏多少,一分钱也不会少。"男的一听倒高兴了,说:"那好那好,这点钞票对你们来说,实在是毛毛雨。"女的却显得一副尴尬相,因为她怀疑通过法院能不能拿到钱。他们呆坐了一会儿,觉得再无话可说了,只好拎着礼物下楼去,女的踢了男的一脚:"你这人怎么这么戆啦?"男的说:"戆啥?朝法院通通路子,钞票捞勿回来才怪呢。"女的说,"人家勿会去通路子啊?"

他们一走我们又想到了雪莲。我忧心忡忡地说,她会到哪儿去呢?余婕也沉重地说,是呀,她会上哪儿了呢?

已是初夏了。星期六晚上又下了一场雨。我回家时,听到家家户户的屋里都传出哗哗啦啦的麻将声。现在有不少人都在用麻将打发着辰光。我算了一下,雪莲出走已快有一个星期了。我和余婕的心都吊着,我对余婕说,还是去找公安局吧,别出什么其他的事,她已发育成一个很漂亮很有气质的姑娘了。可余婕说,再等两天吧,她特地关照我们别惊动公安局,肯定有她的道理。阿堃,我有个预感,她一定在办一件很重要的事,说不定这事同我们有关。

那些天,我们每天都在家过夜。有一天吃了晚饭,阿哥阿嫂有些气势汹汹地来了。现在我见了他们心里就不舒服。余婕倒是出于礼貌很热情地让了座,还泡了茶。阿嫂冷着个脸说:"阿婕,阿拉是楼上楼下相处了那么多年,现在你又成了我的弟媳妇。你倒帮我说句话,我要把小擂过继给阿堃,可是他不要!"余婕很客气地说:"阿哥阿嫂,有这必要吗?"阿嫂说:"为啥没有?我现在看是越来越有必要了。"余婕说:"这为什么?"阿嫂说:"我看这话得问你!"阿嫂猛地站起来,一把拉过小擂说:"小擂,给你爷叔跪下,叫爸爸!"小擂委屈而为难地看看他母亲又看看我,我再也忍不住了。我说:"小擂！你是个高中生了，你应该懂得自尊自爱和自重了。如果你下跪的话，不要说认儿子，我就连你这个侄儿也不认了！"可是阿嫂还是厉声地喊："小擂，跪下去叫爸爸！"阿哥也在一边说："快呀，快跪呀！"余婕说："阿哥阿嫂，你们这是做啥？"阿嫂咬牙切齿地说："我们不能让阿堃的财产将来落到外姓人的手里！"余婕有些恼了，说："阿嫂，你说的外姓人是不是也包括我？"阿嫂神经质地尖叫起来："对咯！阿婕，你可真有本事，看到阿堃当了董事长，马上就嫁给阿堃，太勿要面孔了！"余婕脸气得发白，但还是压着火气说："阿嫂，这话你可说差了，当初我与阿堃好的时候，你不是帮我姆妈骂阿堃吗？还让阿堃撒泡尿照照自己，现在哪能会是我勿要面孔呢？"阿嫂的脸黄了，朝小擂的屁股上踹了一脚："小擂，你要不跪下叫爸爸，我就不认你这个儿子！"小擂为难而伤心地哭了，说："姆妈，你不要逼我，你们以前天天说爷叔的坏话，现在又要逼我认爷叔当爸爸。你们到底为什么！为什么呀！我不！"小擂一跺脚一甩手冲回自己的屋里，砰地关上了门。

　　这时余家外婆也上来了。门口和楼道又拥满了人，不出钞票的戏人人爱看。余家外婆说："小擂娘，你不要再说这种话，当初阿堃同阿婕好的时候，是你叫我劝阿婕勿要同阿堃来往，还讲，阿婕长得这么好看，什么样的男人找不到，偏偏要找阿堃，不是一朵鲜花插在牛粪上啦！现在你倒来讲我女儿勿要面孔，我看顶勿要面孔的就是你！"

　　晚上我们无法入睡，窗口扑进来一股股带着潮气的风。余婕对我说，你觉得插队那阵子人与人之间的关系同现在比起来怎么样？我说，那时很单纯，现在要复杂得多了。她说，那时，还有个"大公无私""先人后己"的框框在限制着大家，有的人心里不那么想，但表面上还得那么做。但现在没有任何约束力了。赤裸裸地在为利益和金钱活着，已经不知道怎么做人了。我俩在名利上都是个落伍者，但奇怪的是"有心栽花花不开，无心插柳柳成荫"，偏偏名利不请自来。有一年，我曾把父亲留下的一幅画拿到荣宝斋请人鉴定，他们一个个瞪大了眼睛，老天！这是石涛的名画，价值连城啊！我把画卷了回来。那时我就知道，我是个富有者。现在，我同你这两个落伍者，都成了别人追逐和妒忌的对象。可这到底是好事还是坏事？也许上帝就是这样安排的……

　　星期天的早晨,我俩都早早地醒了,不约而同地盯着电话,希望从电话里能得到雪莲的消息。外面那阴霾的天空中飘着雨丝。我们肩挨肩坐在床上,又续上了昨晚的话题。谈到深圳的股票热,人们背着整麻袋的钱,揣着身份证,涌到深圳炒股票。中国人做什么事都爱轰轰烈烈,轰轰烈烈的合作化运动、人民公社、上山下乡、"文化大革命"以及打倒"四人帮",如今又轰轰烈烈办公司、炒股票、下海……这种轰轰烈烈的背后到底是什么?我说,恐怕是个过程,社会发展的一个过程。余婕望着窗外飘着的雨丝,沉思了一会儿说,也许还是个不可逾越的过程,但它无疑地带着病态。

　　我们的讨论很快就进行不下去了,因为阿嫂突然尖声尖气地发起疯来。她拍着桌子喊你当初就该插队去!你为啥勿去插队,当初你要去插队,今朝这个董事长就是你的!哪能也轮不到他!现在得意起来,他也不想想,自己的女儿丢掉了,也不去找,也不心痛,还要结婚,还要搂着女人这么困啊困啊,困得勿肯起床。不过这种女人……插队的辰光……哎哟,天晓得……

　　余婕翻身下床,穿着衣服说,阿堃,我要过去同她吵哦?我说,这口气真有些咽不下去。余婕说,那快起来,我们出去吃饭。我说你不去理论了?余婕说,她是个能理论的人吗?她这是在发泄。我同她去接火,她就会把气全泄在我身上。我不那么傻,去做她的泄气筒。让她独个生气去吧!

　　我同余婕在外面吃了中午饭,就赶紧回家。一进门连生就对我喊:"电话!电话!你家的电话已经响了两三个小时了,肯定有急事,快去接!"

　　我和余婕三步并做两步奔进屋里。为了躲开阿嫂那歇斯底里的尖叫,本来我们想在外面逛上一天,顺便再去看看商品房。余婕和我都感到,这里我们无法再住下去了。为我为她也为雪莲,我们得买一套房子搬走。但我们没有去看,因为心里挂着雪莲,总感到她可能有消息。

　　电话铃还在响,我扑向电话。

　　"喂!"

　　"爸爸!"

　　"雪莲——"我要哭了。

"爸爸,你快来,坐出租来。"她声音很轻,"要快,越快越好!"她告诉了我地址,那地方快要到郊区了,我把地址匆匆写在纸上。

"爸爸,你千万快些!"

"你等着,我马上到!"

我拉着余婕出了弄堂口,强行地拦了辆出租,把地址告诉司机说,只要快,钞票你要多少给你多少。那司机拍拍计程器说,快可以,钞票不敢多要,到辰光你一个电话挂到阿拉公司里,阿拉这只饭碗就敲掉了。余婕说,哪里会有这么严重,你只要开快点,我们愿意多付点钱,这是两相情愿的事,哪能会打电话告到你公司去呢?司机一笑说,这位女士懂经咯。

车子倒开得蛮快,就是红灯多,还堵了一段辰光的车。我急得心都卡在嗓子眼里了。车出闹市区,速度便加快了。车子拐进了一条小路,两边都是棚户房。司机说,老实讲,你们是找对人了,这条路我以前来过。要是没来过,寻都寻不到。车子终于在我们要到的路口停住了。我说,师傅,你就在这儿等着我们,千万不要走。司机说,晓得,晓得。

我同余婕下了车,那是一个很小的十字路口,周围都是矮小的棚户房,但也有几个比较像样的店面房子。我们朝东走了十几步,就看到一个姑娘拉着另一个小姑娘从一条小弄堂里冲了出来。

"爸爸——"雪莲叫我。

"爸爸——"那个小点的姑娘也叫我。

"燕燕!"我一把抱住扑上来的女儿。

"爸爸,快走!"雪莲喊,"这里不能久留!"

我抱着燕燕,余婕拉住雪莲冲进出租车。出租车开出一段距离后,雪莲拉了拉我,我回头看到几个五大三粗的人朝我们这边追了一阵,眼看追不上了,他们才停下来。汽车拐了几个弯,我们看到了岗亭,看到路上巡视的武警,这才松了口气。我再细细地看看我搂着的那个小姑娘,确实是我的燕燕,可能人贩子为了卖出个好价钱,倒没怎么虐待她,还是吃得蛮白胖的,但那眼神显得恍惚而惶恐。我紧紧地搂着她情不自禁地哭了,余婕也搂着憔悴而疲惫不堪的雪莲哭起来,我又回过头来拉着雪莲的手哭。司机说,喔

中篇小说

哟,喔哟,我这部车成了哭车了。我抹去眼泪说,请不要见怪。我把大致情况向他讲了一下。司机也很惊喜地说,这倒要祝贺你们!我说你帮了我大忙了。过两天我一定要请你吃饭,南海渔港,把你夫人和孩子也叫上。这是我的名片,我们算交个朋友。他一看我的名片,眼睛就亮了,一个劲地点头说,我们一定来,一定来!有好几次,我送客就送到你公司咯,相当有气派!

燕燕是在旅馆的报纸上看到我的广告照片的。她告诉人贩子,这是我爸爸。人贩子就把她带到上海,要燕燕告诉家里的地址。燕燕从新疆上车时就把上海家里的地址背得很熟,也是为了以防万一,想不到被人贩子用上了。人贩子来要钱赎燕燕的信是雪莲收到的,限我们在十天内交出十五万元来换回女儿,联系的办法是让我们在报纸上登一个寻燕燕的广告,然后他们再告诉我们交钱领回燕燕的方法和地方。雪莲说,她从一些报刊上看到,人贩子精得很也毒得很,只要有点不对头,要么带着人溜掉,要么就对孩子下手。她看到那信后就思前想后,觉得燕燕一定被带到上海了,只有她去悄悄地寻访,才不会引起任何人注意,况且有十天期限。她说,如果她在一个星期内找不到,再把这事告诉我们。她说她是怎么一家一家地去旅馆寻访,连角角落落的小旅馆都不放过,后来怎么又在一家小旅馆里偷偷见到了燕燕。她说,人贩子一天换一家旅馆,她神不觉鬼不知地跟踪他们。最后跟到了那个偏僻的棚户区后,人贩子好像有些放松了对燕燕的看管。那天早上人贩子自己去吃早点,她终于把燕燕弄了出来,让她藏在小弄堂一个垃圾桶边上很隐蔽的小木棚里,让她千万别出来,她这才给我们打电话。

"打打打不通,打打打不通,"她说,"真急死我了。后来我又发现人贩子叫了几个人在到处找,我又怕燕燕在那里待得时间长,自己跑出来。打到后来我都要哭了……"她说到这里真哭起来,"可是我怕别人疑心,就不敢哭,只是急得头上冒冷汗。电话亭里的阿婆问我,姑娘,出啥事体啦?我讲,姆妈生病了,我通知阿拉爸爸,爸爸单位里的电话老是没有人接。阿婆就讲,咯么再打打,勿要急。她又说,喔哟,你爸爸也真是,这么晚了都没有上班,被领导晓得,奖金都要敲光了。我讲阿拉爸爸就是当领导咯。阿婆讲,弄勿好在开会,你再打。她刚讲完,就打通了。我就对老婆婆讲,我已叫爸爸喊部出租来接了。阿婆讲,咯好,咯好,现在当领导的就是忙,连家里的事都顾不上。"说得我们又都笑了。

找回燕燕,使我们全家欢天喜地。出于人道,我给前妻拍了份电报,并告知她我已结婚。后来在新疆的朋友告诉我,前妻同她的第二个丈夫也离了婚,据说她也看到了报纸上我那广告的照片,想来上海找我,当她接到那份电报后,才打消了来找我的念头。

燕燕的回来竟使阿哥阿嫂感到失望,因为把小摇过继给我已成为不可能。他们跑来看了看燕燕就回去了。但亲兄弟之间出现的这种巨大落差使他们怎么也不甘心,妒忌之火烧得他们坐立不安,痛苦难忍。有一天半夜三更他们又来敲我们的门。阿哥讲,阿堃,阿拉打听清爽了,这个公司是国外的四舅帮你办的。我想了想,觉得这事用不着再瞒他们。我说对,不错,是四舅帮我办的。阿嫂讲,那也应该有我们一份! 我说这你们去问四舅,我做不了主。阿哥讲,那你把四舅的地址给我们。我说我不能给,姆妈临死前告诉过我,不能把四舅的地址给你们。你们要他的地址,自己去想办法。阿嫂又叫起来,阿堃,你不要把事情做得太绝了! 我说,不是我把事情做绝了,是你们把事情做绝了。姆妈生前你们是怎样待她的? 我守在姆妈病床前时,她提起你们对她做的那些事,眼里流的不是泪而是血! 我现在真正知道了姆妈是个多么有涵养的人,你们不把事情做绝了,她也不会这样! 还有,你们对我做的事还不绝吗? 我不想再讲了,现在我这个董事长是四舅让我当的,也是姆妈的意思。你们要想当董事长就找四舅去! 我不想再理你们! 阿哥说,好你个阿堃! 等着瞧! 四舅的地址阿拉弄得到,我就勿相信四舅会勿管阿拉,阿拉也是他的亲外甥!

他们后来同四舅联系上没有我不知道,要是联系上了,四舅对他们是什么态度我也不知道,而我们决定要离开母亲留给我的那间房子了。母亲绝没有想到她为我做的一切会引出这许多故事,也没想到我与阿哥阿嫂的关系会决裂得如此彻底。母亲临死前以为摆平了我与阿哥,但她摆平的只是她的那颗心,却摆平不了这个社会。阿嫂最后竟做了一桩非常愚蠢而荒唐的事,她从他们房间挖了个洞,不知从哪里弄来一只小炸药包塞进了我们房子,恰恰塞到了雪莲的床底下。她做的这事被小擂发现了,小擂冲进来朝我们喊,快叫雪莲出来。他冲进雪莲的房间,炸药包就炸了。其实雪莲并不在屋里,这些天她和燕燕住在楼下余婕的那间小屋里。小擂被炸伤了一只眼睛一只手。虽然后来治好了,但留下了明显的疤痕。阿嫂也被弄进了局子里。阿哥怪我,说都是我回来了,才把他这个家弄成这个样子。我回答他说,造成这一切,都是你们自己去向老天要来的!当公安局的人把阿嫂带走时,连生正在弄他的清蒸小鲫鱼,他看着阿嫂的背影,摇了摇头说:"喔哟,作孽!"

  我把那间房子留给了小擂,产权归他所有,算是对他最后那些表现的报答。我们很少再回那幢房子去。偶尔,我和余婕去看看她母亲。梁文艳两口子已在我们公司工作,每次都是请她给余家外婆带的信,并且迎送我们。我走过楼道口时,发现楼道上又拥簇着六只像葫芦一样的灯泡,他们又开始六六大顺了。

悠悠棚户情

一

靳平今天晚上就要到上海了。阿林姆妈比我还要高兴和激动,一清早就起来帮我收拾房子。她已当了几十年的"专业"家庭妇女了,收拾房子自然也是专业水平的。她把地板拖得干净得闪出平滑的木头的光泽,而那抹布又不时地探进角角落落容易积灰尘的地方,墙根的四周还喷上"全无敌"杀虫剂,说这样蟑螂、老鼠和鼻涕虫就不敢轻易地爬进屋里来。她那条用来擦汗的搭在肩膀上的毛巾已被泉涌般的汗水浸泡得湿漉漉的。我很过意不去,就是自己的亲生母亲也不见得能做得这么尽心。我几次劝她歇一歇,她都一笑说:"马上就好,马上就好。"却还是一个劲儿地忙碌。她还非要我到四川北路桥附近的花店去买几枝鲜花,说这样房子就显得有生气。而且还关照,千万买上几朵红玫瑰。等我把鲜花买回来,房子已经收拾得干干净净、利

中篇小说

利索索,同时还喷上了空气清新剂,屋里飘悠着一股淡淡的清香。我为阿林妈妈点上一支烟,她坐到沙发上,看着搁在五斗柜上方那紧挨在已插上鲜花的花瓶边上的靳平的照片,那本来含着笑容的脸上蓦地流出一丝伤感。她叹口气说:"阿祥啊,看来你还是比阿林有福气……"说着,眼圈便红红的。

父亲临死前为我做的一件好事就是让我能顶职回到上海。当父亲从医生那里得知自己患了不治之症以后,就萌发出让我顶职回来的念头。他向厂里领导打报告请求了几次,厂里领导出于人道同意让他提前退休,然后我就有了一个顶职回上海的指标。但顶职有一个硬性的条件——必须单身,就是说我得同我的妻子离婚。这真是一种两难的选择,但那个时候,面对回沪的强烈的诱惑,崇高的爱情也会显得黯然失色,但对我们这些"支边青年"来说,这却是一个既荒诞又严酷的事实。

靳平那时是我们生产队上最漂亮的姑娘,虽说是甘肃人,可却长得漂亮得惊人,鹅蛋脸、小鼻子、嘴角上还有两粒小米粒似的小酒窝。她那双诱人的有点发蓝的眼睛不要说是男人,就是女人的魂也能让它勾去,而更吸引人的是她身上透出的那种纯真与爽朗。那时她刚十九岁,我追她追得简直要发疯。我用我的真诚、痴迷和执着终于化开了她的心。她二十一岁那年同我结了婚。去领结婚证那天,我感到我是世界上最幸福的男人。但可惜结婚几年后,她一直没有生育,去医院检查,两人都没病,就是她的子宫后倾得厉害,医生就教了我们可以解决子宫后倾问题的几种姿势,说都可以试试,能怀上的。但各种姿势轮着来了好些日子,还是怀不上,而且有些姿势也真累人,尤其是她,弓背弯腰的。事完后她就喘着气,恼火地说,再也不这么干了,本来是件挺美挺快活的事,结果弄得又费力又痛苦。你嫌我生不出娃,咱们离了,你再去找一个。我说我情愿不要娃也不能没有你!就这样过了十几年,虽说没孩子却也过得融洽而幸福。但没孩子总是一种遗憾。后来有人提议回上海去做人工受精,听说那里有些医院可以做的。于是有一次上床我就向她提起这件事,她又恼了,在我屁股上狠狠地拧了一把说:"我不干,我又不是牲口,搞什么人工受精,有本事你就来种上!"

看来天下十全十美的事真是太少了,再美好的事物也会给你留下一点遗憾,所以人活在世上别太过于追求完美。"知足者常乐"这句话绝对正确!我又想顶职回沪但又舍不得离开她,为此我苦恼得脸瘦了一大圈。可她倒很坚决说,你回吧,我不会给你生孩子,做了十几年的夫妻,那爱的味儿也够了,离吧……

等我办好顶职回沪的手续,父亲便去世了。离妻丧父,这就是我顶职回沪的代价!我又返回新疆农场办新疆这一头的手续。在我最后要离开新疆的那一天,我回到我的那个家去看她,她又留我住了一夜。第二天凌晨我对她说,我走了,你还年轻漂亮,看准了再找一个吧。她一咬牙说:"你咋这样!在你眼里我就是这么个水性杨花的人?!你懂得啥叫爱?你个混蛋!"她在我胸口狠狠地擂了一拳,接着又扑进我怀里,号啕大哭起来。我抚摸着她那细腻光滑的脊梁,心酸地想,我干吗一定非要顶职回上海呢?可这种欲望竟是这么地固执而强烈,这一切连我自己也说不清。

天色变得很阴沉。吃罢晚饭阿林姆妈不时地看着墙上的挂钟。短针指到九点后,阿林姆妈又重新收拾了一下自己,她似乎是以真正的婆婆的身份去接靳平这个儿媳妇的,希望自己能给儿媳妇有一个好印象。接着她就催着我们上路。阿林讲,姆妈,火车十一点才到,还早嘞!阿林姆妈就讲,路上要是堵车了哪难办啦!靳平一到,看到没人接她她要伤心煞的呀!

我们只好要了辆出租上了路。闷热的夜晚飘下了细细的雨丝,倒也给人带来了一丝凉意。靳平的到来使我在感到激动兴奋的同时,也感到不安和内疚。我就想,人在走自己人生的路时,会常常把握不了自己,我们这些凡夫俗子怎么也看不清前面的路上又会出现什么,又能给你一个什么样的机遇。当自己管不住自己的时候,那脚就可能会滑进泥潭与陷阱里去,但现在想到这些已经晚了……

父亲一死,兄弟便也都成了陌路人。在我重新返回新疆办手续同朋友们一一告别的那些日子里,我的两个哥哥和一个弟弟就把家里的房子给私分了。我们家的房子只有两间,一楼一间客堂间有二十几平方米,二楼还有一间十平方米的亭子间。客堂间一隔二,大哥和四弟两家占有,二楼亭子间二哥占有。他们用既成事实向我宣告,安德里18号陆家的房子没有你陆云祥的份。他们的理由是,分房的时候你的户口就不在我们的户口簿上!那天54次列车误点,我回到上海已是深夜了,没有人到车站去接我。回到家我只好把行李放到四弟的房间里,因为四弟的房子隔在外间。他们让我在楼梯口蹲了一夜。兄弟间的这种冷漠与绝情,当时让我感到彻骨的寒心。

  清早,大哥才把我叫进他的房间,接着二哥和四弟也聚到他那里。两鬓已有些斑白的大哥对我说话时却是一脸的冷漠,他说,阿祥,阿爸让你顶职回来当然无可非议,把户口报进来,当然也是应该的,但问题是住的地方哪能办?现在的局面你是看到了,你轧到谁家住都不合适,都有家,都有小孩,都还要过夫妻生活。于是我说是不是可以让我先在灶片间住一住,弄一张折叠床,晚上搭白天拆。四弟立马讲这哪能可以啦!灶片间又勿是阿拉一家的啰,二楼、三楼五家人家的呀,就是阿拉答应,别人家肯答应哦?你勿要想得太好噢!二哥讲,三弟,你要现实点,你想轧进来是绝对勿来事咯。我们兄弟三个已经商量过了,你要想轧进来,户口就勿要想落,要想落户口,人就勿要进来。你自己挑吧。我看看他们那三张毫无商量余地的铁板似的脸,只好无奈地说,那就落户吧。四弟马上讲,那好,三哥,落户的事你就不用操心了,你把手续给我,我去办,派出所里有我两个熟人。但你从此别再踏进这家的门,除非你是来转户口。对他们这种丝毫不讲手足之情的做法,我除了心寒和愤怒外再也说不出什么来。我站起来说,那我现在就去找住的地方。我还没走到门口,四弟就喊起来:"喂!行李拿走呀!放在我屋里算啥!"我生气地说:"我找到住的地方就回来拿!不会赖在你这儿的。"而那时我就想哭,哭出一个天昏地暗!

  阿林叫卓文林,我与他在新疆农场的一个生产队里一起待了十几年。有一年秋天,金黄的秋叶铺满了大路,阿林赶着牛车到戈壁滩去拉柴火,本来当天傍晚就该回来,但一连两天都不见他的人影,肯定不是遇了难就是迷了路。队上就派出一个排的人去找他。但那么大的戈壁滩,一个排的人撒开后就像往大海里撒了把胡椒粉。找了三天没找着,队长就说不用再找了,听天由命吧。三秋大忙季节,这样找下去棉花粮食收不回来怎么办?那全队的人明年都得喝西北风!但我不甘心,我同队长理论抗争了一番,队长就恼怒地说,你要不怕像卓文林那样找不到回家的路想去找死那你就去!夕阳西下时,我带了十几节电池,几个备用小灯泡,拿上一个能装四节电池的大手电筒,骑着马去了戈壁滩。天黑透了,我就摇晃着手电筒射出的光柱在黑沉沉的戈壁上扫描。在黑夜中,一点小小的火光就能让几里远的人看到,何况这么强大的手电光柱呢。找到半夜里我就听到人的喊声,那喊声已经在使用生命的最后的力量了。终于在一棵大梭梭树下我看到了瘫靠在树根下奄奄一息的卓文林,正是他看到了天空中那手电的闪光,他才作出最后的努力的呼喊的。我喂了他几口水后他抱住我哭了,说:"陆云祥,我欠了你一条命的情!"

阿林家住在虹口区与闸北区交界的一大片棚户房区里,他比我提早一年回的沪,前些年我探亲回沪曾去过他们家。阿林姆妈是个典型的东方型的慈母,当她知道我就是救过阿林命的人时,竟激动地拥抱我并痛哭起来,说阿祥,以后你要有啥难处,你要不是第一个就来找我我可要生气的。所以当我从家里出来,我第一个想到的就是到阿林家去找点希望,哪怕暂时在他们家落上几天脚也行。人在走投无路时也只有这么点想头。

一间间很小的紧挨在一起的棚户房连成一大片,一条鸡肠似的弯弯曲曲的潮湿的石头铺成的夹缝中长满青苔的小路从棚户房中穿过。阿林家的房子被包在几间房子的后面,门前倒有一两平方米的空地,窗下搁着几盆花,艳艳地开得很旺。阿林姆妈已年逾花甲了,穿得朴素整洁大方。阿林姆妈有个很雅的名字,叫顾薇臻。阿林跟我讲,姆妈过去是浙江一个乡下的带有点书香气的小地主的独养女儿,招了个穷书生当女婿。后来家道破落,再加上兵荒马乱,才逃难到上海住进这儿的棚户区。所以阿林姆妈在生活上还是挺讲究的,一间不超过十平方米的房子总是收拾得那么干净利索,有条不紊,地板似乎还打了蜡。一方五斗柜,一张八仙桌,四只方凳,两把太师椅都擦得锃亮,能照出人影。一张单人铺上还搭了个一米多宽两米多长的小阁楼,只有三级台阶的楼梯通到阁楼上。从阁楼口望进去可以看到铺着的一张铺和铺边上的几叠书,阿林就睡在阁楼上。房子收拾得再整齐总也显得拥挤。当我走进这个家,我就感到我不该来。但阿林姆妈见到我就像见了亲生儿子一样,又是沏茶,又是拿水果。她听说我已顶职回上海显得很高兴,可看我脸色不大好便关切地问,出了什么事啦?我只好把家里发生的事告诉她。她一笑说,喔哟,我以为出啥大事体了呢,家里兄弟不让你住,你就住到我这里来!我们家虽小,轧个人还是轧得进来的。晚上你就同阿林住在阁楼上,我无非就是多做一口饭!我感动得鼻子发酸,朝阿林姆妈深深地鞠了个躬。阿林姆妈眼圈一红,也流了泪,叹口气说:"现在上海有些人咯心都让狼叼走了,一点人情味都没有了。勿要讲亲兄弟,连亲爹亲娘都敢往外赶,唉!"她抹去泪忿忿然地说,"世道哪能会变成咯个样子了啦!"

　　为了能让我安心地搬过来住,阿林姆妈还拖我去给阿林打电话。阿林在电话里真诚地对我说,阿祥,你就住过来吧。我现在也很孤单,算你来陪陪我好哦?他那份真情又让我感动得心发酸。有人说,兄弟是无法选择的,但朋友却可以选择,所以有时可以选择的朋友要比无法选择的兄弟还要亲!

　　阿林姆妈留我吃饭,不住地安慰我,到傍晚我才雇了辆黄鱼车去拉行李。暮色已降临上海那繁华而拥挤的街道,人流像湍急的河水似的在左右两条人行道上朝相反的方向奔流着,四下里闪烁着五颜六色的霓虹灯的光亮。而这时,我突然觉得自己又像一只小船被抛进了大海里,在随波逐流,随风飘摇。记得我刚支边去新疆时也有过这种感觉,在很长一段时间里找不到自己在生活中的位置。而现在我被亲人抛弃,要去过一段寄人篱下的生活,我感到孤单和凄凉,心中还萌出了一种厌世的感觉。而当我走到家门口,看到我的那一堆行李已经被撂在门外了,三楼的牛家阿婆讲,早上就扔在这儿了,还是我帮你守在这儿看着的。他们为了保护住自身的利益,竟做得这样地潇洒自如而且理所当然!那时我仰望着已闪出繁星的天空,并祈求老天,什么时候才能给我一个报复这种绝情人的机会呢?

　　出租车开着空调,车窗外飘着细细的密密的雨丝,霓虹灯在朦朦胧胧的水汽中闪亮。那是一个夜的灿烂的诗与梦,使人感到大上海正在诗与梦中变得越来越美好,但也变得越来越光怪陆离,包括我们每个人的人生。阿林姆妈坐在驾驶员的旁边,凝视着前方,对靳平的到来她在想些什么呢?

　　阿林姆妈虽说是个家庭妇女,但却有很好的文化修养,闲下来时爱看一些古诗词和一些古代小说,说起话来也文绉绉的,有时还很有些幽默感。自从我在她家住下后,她待我就像待亲生儿子一样,甚至比对亲生儿子还要注入更多的怜悯和关怀。每天晚上的饭食都是四菜一汤,两荤两素,我觉得她烧的最好吃的是两样菜——红烧肉和霉干菜焖肉,红烧肉里有时还配上些竹笋和鸡蛋。这两样菜我虽爱吃但我不敢多吃,毕竟是在人家家里,因此我自觉地多吃素而少动荤。阿林姆妈看出来了,但她不点穿,只把红烧肉往我碗里夹,还笑着说:"阿祥你晓得哦？现在上海人是穷吃肉,富吃素。阿林现在富,你穷,所以你应该多吃肉!"阿林在银行里工作,每月工资上千元,自然要比我富得多。阿林姆妈这么说着而我碗里的红烧肉已经叠起了一小堆。我吃着红烧肉,咽进肚里的则是她的善良与温暖。可尽管如此,我依然有着一种寄人篱下的孤寂感。阿林姆妈也看出来了,因此她给了我更多的关切和爱,我感到她身上的母爱是那样的纯真与无私。

有一天街道上有人来推销认购券,说是一张三十元,一百张三千元。认购券将来只要对上号就可以买到原始股,等股票一涨就有可能发点小财。那时的人们对股票上的事还不大懂,我只觉得这似乎像有些摸彩票搞赌博的味道。我突然心血来潮,心想管他呢,不就是赌一赌运气吗？于是我就买了一百张认购券。但买好后,心里却有了种不踏实的懊悔感。我返沪时,靳平把家里全部的存款和她当月的工资一共不到六千元钱全给了我,我一时的冲动竟一下子摔出去了三千元,自己是不是有点昏头了？而晚上阿林回来知道我买了一百张认购券也直摇头,说你真要买也打个电话问问我,我毕竟是在金融界混的人,总比你懂行。好了,他说,如果你对上几个号还好说,要是连一个号都对不上,那你这一百张东西就是废纸一堆,三千元钱就像吹了个肥皂泡。他这么一说,弄得我心灰得全身似乎跌进了冰窖里。那时阿林姆妈正往桌上摆菜,她看到我一脸的阴灰和懊丧,便宽慰我说:"阿祥,吃饭,勿要听阿林瞎讲,他懂啥？赌场上的事情啥人讲得清爽？古人讲,人若穷,掘出黄金化作铜,人若富,拾的白纸变成布！我看阿祥马上要苦尽甜来了,说勿定今朝买的这一百张认购券就要发大财了。阿祥,你把认购券交给我,我给你好好保存!"

中篇小说

　　落脚在阿林家后,我就在建筑工地上给人做小工。好在在新疆农场劳动锻炼了那么些年,干点重体力活还能顶得住,每天也能挣二十来元钱。第一个月发工资后,我拿三百元给阿林姆妈,作为我的生活费。现在物价飞涨,加上水电费,这点钱恐怕还不够,可是我也拿不出更多的。我感到很不好意思,心想以后如有机会我一定要好好报答她。但阿林姆妈只收下我二百元钱,把另一百元钱硬塞还给我,说:"阿祥,你是个快四十岁的男人了,身上总也得带上点钱,抽包烟呀,喝杯酒呀,要勿哪像个男人呢?"她那熨帖人心的话又使我热泪盈眶了。我说阿林姆妈,我就认你当干妈吧!阿林姆妈笑得很甜地说:"咯好呀,多个儿子多份依靠,也多份福,你同阿林本来就像亲兄弟一样。"

　　在新疆,哪怕再炎热的天气一到夜晚也总会凉爽起来,可上海的夏天却把夜晚焐得那么闷热。有一天我下班回家,阿林姆妈高兴地对我说:"阿祥,我们俩先吃饭,阿林要晚点回来,他说他有好消息要告诉你。阿祥,你说不定真的要发财了!"

　　吃过晚饭,我已熬不住屋里的闷热,就端把竹椅坐在门前那一小方空地上。我扇着蒲扇看着窗下阿林姆妈种的那几盆花,在一片黑灰色的棚户房中间,那些肥嫩的绿叶和鲜亮的花朵看了让人心醉。天黑透了,阿林才回来。阿林是个稳重而内向的人,很少激动,而那天回来时他却激动得不得了。他拍着我的肩膀说,阿祥,姆妈讲对了,你真是苦尽甜来,要发大财了。他说我买的那一百张认购券中已有好几张对上了号,可以购买到一万五千股的原始股,而认购券的行情也正涨得让人咋舌。认购券可能还要涨,但现在抛出去也可以了。我问现在抛出去能拿回来多少?阿林讲,起码十二三万!我听了头都有些晕,不敢相信这是真的。阿林讲,还是姆妈有远见。阿林姆妈装出得意的样子指指阿林亲昵地嘲笑着说,你还夸自己是在金融界混的人呢,还勿及我咯个老太婆!后来又一笑说,我有啥远见,只不过是当时看着阿祥懊丧得可怜,说了几句宽慰话罢了,现在倒真叫是瞎猫碰到了死老鼠!说完便咯咯地很甜蜜地笑起来。

　　我一直不大相信这会是真的,而当第二天傍晚,阿林拎回来一兜钞票,整整有十二万七千元,再加上一元一股的一万五千股的股票,我才相信那是真的。而那时我觉得我全身的血都好像涌进脑袋里,晕晕乎乎的仿佛在梦中,眼睛也变直了,那钱那股票摸上去光溜溜硬啪啪的。我激动得要哭,老天爷,你总算可怜起我这个受苦受难的人了!

我要给阿林六千股,阿林坚决不肯要!我说你不肯要那我就从你家搬走!阿林这才妥协,但也非常强硬地说,我只要三千股,但三千股的股金我要给你,要不你想走你就走。我知道阿林的脾气,也就不再坚持。我又拿出二万元给了阿林姆妈,阿林姆妈一笑就收下了。阿林不愿意了,用严厉的口气喊:"姆妈!姆妈哎!"可阿林姆妈却很安详地说:"阿祥现在也是我儿子,儿子孝敬姆妈的钞票姆妈有啥勿可以收的?"我说就是哟!气得阿林噘着嘴坐在一边不说话。

阿林姆妈摆上晚饭,阿林赌气只吃白饭不吃菜。阿林姆妈就笑眯眯地把霉干菜里的五花肉一块一块地往阿林碗里夹,说富吃素,穷吃肉,现在是阿祥富阿林穷,所以阿林你就只配多吃肉。阿林姆妈的话让我忍俊不禁,而阿林也只好低下头把肉一块一块地吃进去,他没法拒绝母亲的这份眷眷的爱子之心……

有一天阵雨过后,屋檐下还在淅淅沥沥地滴着水滴,傍晚那昏黄的阳光抹在屋顶上。那晚我和阿林都按时下班回到家里,看到桌上已摆了一桌子的菜,甚至还有几只蒸得鲜红的大闸蟹。我说,姆妈,今朝是你生日啊?阿林姆妈慈祥而谲秘地一笑说,勿是,等一歇我再同你讲,阿林看着那桌菜也是一脸的疑惑。吃饭时,阿林姆妈为我们每人倒了一杯冰镇啤酒,坐下后笑容满面地说:"阿祥,姆妈今朝要把你赶出家门了。"阿林惊得瞪大了眼睛,我的心也沉沉地咯噔了一下。但阿林姆妈却从容而慈祥地拍拍我的手背说:"阿祥,你晓得姆妈为啥要收下你两万元钱?你以为姆妈真会收你这么多钱啊?勿是咯,姆妈拿了这钞票是为了给你买房子。"阿林姆妈讲,我们家隔壁的隔壁,是218号,也就是赵师傅家,他们单位给他分了房,他就想把他们那间棚户房卖掉或者租出去。我就同他们商量了几天,大家都是熟人,他只要了我一万六千元钱,就把房子卖给我们了,虽说也是棚户房,但却是楼上楼下,地板也是好好的,房子也比我们家宽敞。上星期赵师傅一家搬走了,我就叫来几个工匠又收拾了一下,又花了三千多元买了一套家具,今朝一切都收拾好了,姆妈咯顿饭是祝你乔迁之喜,吃了饭你就去看看。阿林姆妈笑着说,你总算也有了自己的家了,你和阿林总不能老打光棍呀,你讲是哦?在你没有找到女人前,饭每天还到姆妈这里来吃。

我和阿林马上放下正在吸吮着的大闸蟹,说先去看房子,回来再吃饭。一切都收拾得那么整洁漂亮,楼上有八九平方米,放了一张双人床和一个床头柜一张写字台。楼下有十平方米,五斗柜、八仙桌、几杷椅子,还有一对沙发和茶几,茶几上还插着一束水灵灵的鲜花,墙上贴上了崭新的墙纸。阿林姆妈看看我说,阿祥,还满意哦?我紧紧地捏着阿林姆妈的双手喊:"姆妈,你是天底下最好最好的姆妈咃。"

二

火车站前的广场上拥满了汽车与人流,四周建筑物上那明亮的灯光使密密麻麻的雨珠也在闪烁着黄灿灿的光亮。由于没有堵车,所以我们来到车站时离54次列车到站还有将近两个小时。我们只好走进车站边上的咖啡馆去喝杯咖啡,而这时靳平的身影却时时在我眼前闪现,再过两个小时我就又能见到她了。

记得那是五月,积雪融化后的冬麦已是一片碧绿,暖洋洋的春风把林带也揉得绿茸茸的令人愉悦。那天我同靳平领了结婚证回来,两人的心中也沐浴着和煦的阳光和温柔的春风。在我同她谈恋爱的那段时间里,她只许我拉她的手,不许我拥抱她吻她,更不要说碰她的身子了。

她很传统,她说结婚前她一定要保持住女人的纯洁,那么结婚后她也就会成为一个纯洁的妻子。我们手拉手走在一条崎岖的小路上。路边的田野里蓝莹莹的苜蓿花开得正艳,那浓郁的花香熏人的鼻子,一团团的蜜蜂在花丛中嗡嗡地叫着,四下里静悄悄的没有人。她这才转过身来朝我一笑说:"喂,你是不是很想吻我?"我说那还用说,我每时每刻都想吻你。她说现在你可以吻我了,不过这儿不行,咱们再往前走走。我们沿着苜蓿地边的林带往里走,几只黄鹂在树枝上叽叽地叫着。我们走进齐腰深的苜蓿丛中,她才转过身来羞涩而甜甜地一笑说,现在可以了,说着她主动地搂着我的腰,把脸偎在我的胸前……那是一阵温柔的春风,那是一股甜蜜的清泉,那是一大团深情的云,那是一杯清醇的酒。当我搂紧她吻到她那香甜而湿润的嘴唇时,我知道这位美丽而纯真的姑娘是我的妻子了,她会永远地属于我并留在我身边。我终于追求到了我的爱,我拥有了爱情的幸福与甜蜜。我兴奋激动得涌出了泪。我吻着她并且咬牙切齿地发誓说:靳平,我这辈子只爱你一个!

男人的誓言是靠不住的,但男人第一次从纯真的情爱中获得的幸福却是永世难忘的。

我们喝好咖啡,走进灯光灿烂的车站。再过半个多小时,从新疆乌鲁木齐直达上海的54次列车就要进站了,这时我心中涌出了一阵内疚与不安……

就在抛出认购券的第二天,阿林回家时带回来一件黄马夹,他说他已调到证券交易所工作了,他说他现在穿的是黄马夹,但总有一天他会穿上红马夹,他还给我讲了黄马夹与红马夹之间在地位上的差别。阿林虽内向,但在事业上却很有进取心,在新疆农场干活时他也总是闷声不响地时时都要争个先进。他说,阿祥,你也不要去建筑工地了,去炒股吧,有我给你当参谋,你还怕啥?从那以后,我就像所有的股民一样,发烧般地投进了股市里,一年多来真是财源滚滚。那时的股市就像正在加压的血压计,水银柱一个劲儿地像发了疯似的只涨勿落,而我的资产也在由六位数向七位数挺进。由于我在股市上的"出色成就",在股市上也有了点小名气,大家都叫我"股市阿祥"。不少股民都想同我套近乎,无非也想沾我的光发点财。

上海的夏天实在令人难以忍受,而且暴雨不断,那湿漉漉的空气弄得皮肤总是黏黏的。这种闷闷的溽热让人感到压抑得有点透不过气来。而那阵子也正是上海的股市热得发昏的时候。在股市上,你可以真正体味到"鸟为食亡,人为财死"那种炽热而可怕的氛围。当然也是真够刺激的,尤其在你抛与吃的一刹那间,你的钱财又会猛地增加了那么几位数后,那种得意与快感,就像将要渴死在沙漠中的人突然喝到了甘甜的清泉一样,那么过瘾而使人陶醉。人只要投进股市里,就像抽鸦片抽上了瘾一样,很难再从中拔出来。那时,人们开始只有几千元的股资,在一瞬间就会变成几万甚至数十万,弄得不少人妒忌和羡慕得眼睛发红甚至于发绿。当时,无论是发了财的和没发财或仅仅只是旁观者的人们都感到惊奇、惘然与迷惑,都在说:"现在这个世界真是越来越让人读勿懂了!"

但股市上只涨勿落的阶段终于过去了,出现了所谓的"牛市"与"熊市"交替,有不少股民开始被"套牢"而栽了筋斗。上海的秋老虎又是这样的咬人,炒股的风险也变得越来越大。但越有风险也越能刺激人。有的人就像赌红了眼的赌徒一样,痴迷而狂热。股市上也出现了这样的话,十人炒股一人赚,三人闹平六人惨。我由于有阿林的暗中指点,再加上运道好,每次炒股仍还能赚到不少。在一个秋老虎咬得人汗流浃背的日子里,一个三十刚出点头的少妇叫叶慧玲的主动来同我搭上了。她与我不同,我热衷于炒股带着点玩世不恭的味道,更多的不是为那几个钱,而是为了股市上那种令人眩晕的刺激与可以暂时忘记身外其他一切的紧张。而她却像大多数股民那样为了钱而把自己的生命和希望都专注地倾泻在那变幻莫测,其实还处在初级阶段的无序而迷乱的股市上。人只要昏头昏脑地迷上一件事那他就无可救药了。叶慧玲长得小巧,漂亮,圆脸蛋,大眼睛,宇眉间还透着点文静而典雅的韵味,身材不高却婀娜多姿。前期炒股她也盈利过,但后来却连连失手,弄得倾家荡产,可她依然执迷不悟。要么在这棵树上发财,要么在这棵树上吊死,气得她丈夫同她离了婚,但她借了钱还来炒。有几个连连被"套牢"的股民流着乞丐似的眼神想同我这个次次都会盘盈的"股市阿祥"套近乎,想同我搭档,但我遵照阿林的告诫,一个也不许搭,自己炒自己的,因为阿林怕一有搭档就很有可能会暴露他这个内线,那他刚换上的红马夹的地位就会受到威胁,所以那些人就是下跪给我磕头我也不能搭,但我却抵挡不住叶慧玲这位美丽的少妇的诱惑。漂亮女人那双哀伤与乞求的眼神可以酥化那些有着铮铮铁骨的男人,而我这个人既没有铮铮铁骨,又孤寂地独身了一年多的男人,当她向我献媚眼献殷勤,眼泪汪汪地甚至有些死皮赖脸地追跟着我不放的时候,我的心和骨头都被她的媚眼软化了。我同意拉她一把,但我只许她在交易所附近的一个咖啡馆里等我,不许看我怎么炒也不许从我这儿打听各种股票可能出现的行情,更不许向别人传递信息。她像只迷途的羔羊似的温顺地点着头说:"只要能赚钱,我啥都答应你!"股市上的磁场可以把人的灵魂扭成另一个模样。

她同我搭档后,很快就还清了借债,而且开始有了盈余,积聚的数目也变得越来越可观。她高兴她感激她把我看成了她的救命恩人。有一天下午,她非要拉我上她家去,她说去她家喝杯咖啡的面子总该给她吧。她的房子不大,但装饰得却很典雅,书架上摆满了文艺类的书籍,看来还是个有一定文化修养的人,但现在却让股市上的金钱熏成了另一种颜色。人的灵魂有时是在自我的不同选择中变幻着色彩的。

那天她不是请我喝咖啡而是请我吃饭,她在桌上摆上了几盘精致的小菜,又打开一瓶人头马。在柔和的荧光灯下她显得越发的温顺与漂亮。已是深秋了,她穿着紧身的毛衣,胸前鼓着那柔软而优美的诱人的曲线,微笑时显得更迷人。她给我敬酒时感情很冲动,含着泪说:"阿祥,是你让我重新翻了身,为我长了面子,让我腰板又重新挺了起来!我要谢你!我一定要好好谢你!"说着她竟哭了,她把这事看得很认真。

"来!"她举起酒杯说,"请为我对你的真诚的敬意,干杯!"

人与人之间只要感情一沟通,贴心的话就会毫无阻挡地倾泻出来。看来,金钱也是沟通人的情感的最强大的润滑剂之一。她给我讲了她的身世,讲了她的苦恼,她非常坚信不疑、斩钉截铁地说:"在上海,没有钞票你就勿要想抬起头来,人穷,甚至连自己都看勿起自己。所以我只有两种选择,要么多赚上些钞票活得像个人,要么穷得叮当响,索性自己都勿要把自己当人看!"她叼上一支摩尔烟,"阿祥,你相信命运哦?反正我是相信得勿得了。我去算过命,算命先生说,我要落难,但落难后有好人相助,而且会大发。我看到你我就坚信你就是那个好人,所以我才追着你勿肯放。果然,"她一笑说,"算命先生算准了!"

我也向她诉说了我的身世。她在同情的同时又肯定地说:"怪勿得你炒股的运道会这么好!人就是这样,苦尽甜来,大难后必有后福!"我只好笑笑,默认了她的这种说法,其实她哪里知道我现在虽发了,但心里却还苦着呢,虽然我自己还没弄清楚这种苦是什么,但反正还是感到自己人生的苦涩多于甜蜜,所以有钱不一定就有了幸福。

长期没有接触女性,能同这样一个看上去还算文雅漂亮的少妇在一起也使人感到愉悦。酒后,那种生理上的需求与欲望也会变得很强烈。有时性欲也像食欲一样的难以控制。我那带着醉意的眼神撩着她,她也就很温柔地附就了我,温存了一番后我们便上了床。可我在同她做爱时我还是感到一种不安,感到自己还是对不住那个在遥远的新疆农场的虽然已经办了离婚手续的那个女人⋯⋯

而更使我觉得对不住靳平的是与另一个女人的关系。在我与阿林家中间夹的那幢棚户房里住着一位姑娘叫赵姗娥,已经二十六七岁了,但似乎还没有找上对象结婚的迹象。据阿林姆妈讲,姗娥姑娘的命也很苦,在她两岁时,她那还很年轻很漂亮的母亲去香港探亲,结果再也没有回来而且断了讯息,她父亲又在"文化大革命"的清理阶级队伍中,在审查他的历史问题时因心脏病突发而死亡。她是在别人的救济下活下来的。十六岁那年,居委会安排她进了一家街道工厂,总算自己能养活自己了。她长得有点像她母亲,大眼睛,小鼻子,一米六七的个子,身材显得修长而匀称。但阿林姆妈不喜欢她甚至有些厌恶她,说她爱虚荣,"骗起人来一只鼎",十句话里大约只有半句是真的。大约是因为她过早地混迹在那个纷乱的社会里,身上也沾染上了不少的劣迹。阿林好像对她也很反感。虽然房子与房子之间只隔了两层板,而且窗口还对着窗口,但阿林姆妈很少同她搭讪,阿林更是不想理她。她认为这是他们看不起她,于是她也用轻蔑的口气反击说:"一只新疆户头呀,有啥了勿起咯啦!"自我在阿林家住下后,她又挖苦说:"出呐,又扎进一只新疆户头!"

她所在的那个街道厂大约经济效益不太好,因此她手头上也很拮据。我发觉她在吃上很节约,把牙缝里省下的钱投在了穿着上。我感到在她还算时髦的衣装下裹着的却是一副营养不良甚至有些骨瘦如柴的身躯。棚户房是隔影不隔音的,有时我听她在同她的小姐妹"拉三胡"时说,她现在正在设法同香港的母亲接上头。"其实阿拉娘家咯亲戚都老好咯,娘舅、阿姨都在美国、法国、德国、英国,我就是同他们接勿上头,只要一接上头,我肯定马上就好出国,所以我正在争取考托福……"

一年多过去了,她这话还在讲。她还没有同自己的亲娘和那些舅舅、阿姨们接上头。看来这种接头也真够艰难的。

炒股发财后我才感到金钱是无法填补心灵的空虚的。只有在股市上那种紧张的氛围才能刺激得我暂时忘了自我。但从股市上回来后,我又感到生活的空虚与无聊,于是我就用拼命花钱买东西的方式来填补那心灵的空虚。我重新装修了我的房子,墙上抹上水泥,喷上彩塑,地板重新更换,涂上清漆打上蜡,然后又买了双门电冰箱、变速电风扇、激光音响、宽屏幕画王……一走进家门就给人一种富丽堂皇的拥挤,一种暴发户的不协调的俗气,一种胡乱消费后的混杂。晚上近距离看画王,大屏幕的光亮刺得我眼睛都发黄。不合理的消费也是活受罪!

炎炎的夏季使拥挤的棚户区渗出一种折磨人的酷热,所有的房子为了能获得一点清凉,晚上都得开着窗开着门睡觉。各种杂乱的声响,在四下的黑暗中涌动。这让人在透不过气来的闷热中又增加了一份烦躁。

有一夜我闷热得没有睡成觉,第二天人便感到恹恹的。可巧清晨时天上飘下了疏疏的雨丝,天气透出了点儿凉意,于是我也懒得去股市,仍躺在地板的席子上,想再睡个回笼觉。

赵姗娥家的另一个窗口也刚好对着我的窗口。我的屋子突然间富丽堂皇起来后,她在羡慕妒忌的同时也不再蔑视我这个新疆户头了。看来腰缠万贯的新疆户头与没钱的新疆户头是勿一样的。前些天她就主动同我搭讪了几次。我也同她聊了几句解解闷气。那天她上小夜班上午也在家。她打扮好自己后,就倚在窗口上,看着从房子的夹缝间飘来的雨丝。我仰躺在地板上看看她,觉得她长得还是蛮漂亮蛮性感的,可惜就是太瘦了一点。她看到我在看她就一笑说:"阿祥哥,你今朝勿去炒股啦?"我眯着眼懒洋洋地说:

"我这是在雨休。在我们新疆农场,天一下雨就不下地了,就叫雨休。"她说:"上海落雨天多吧,你也天天雨休啊。"我说这要看我高兴勿高兴了。她说那你现在一定老有钞票咯,像阿拉上班一天都勿敢迟到,迟到一天月度奖敲掉勿讲,连季度奖都要敲掉,加起来要上百元了,啥人舍得啦。她又笑着说,阿祥哥你现在存款有六位数了哦?我说六位数有啥稀奇的?现在股市的大户,都上了八位数。她说听你口气你起码在六位数以上了?我只是不置可否地一笑,有钱自然也是件得意而自豪的事。

在这个世界上,崇拜文化名人,崇拜科学权威,那需要有一定的专业知识,所以它的面很窄。而崇拜金钱这是最通俗的,人人都懂。就像通俗歌星,崇拜的人就很多。所以崇拜面最广的东西不见得就是最高档的东西,但拥有金钱或权力,毕竟是让大多数人都羡慕的事。她又说,阿祥哥,你五斗柜上那张女人的照片是啥人呀?让我看看来。我爬起来把照片拿给她看,她说喔哟真漂亮,是你在新疆农场时的?我点点头。她说你可真有艳福哎,她是啥地方人啊?我说她是甘肃人。她说甘肃也有这么漂亮的女人啊?我说她身上有罗马人的血统。她疑惑地瞪大眼睛。我就给她讲,几千年前,罗马人同马其顿人打仗,吃了败仗后就有三千多人逃到甘肃,所以甘肃人里有些人就有了罗马人的血统,白皮肤,蓝眼睛,卷头发。她听得津津有味,并且非常肯定地说,怪勿得她长得这么漂亮,原来有外国人的血统。接着她感慨地说,我要找一个有钱的老外就好了,将来后代咯品种肯定优良。她又说,阿祥哥,你把这么漂亮的女人扔在那儿,你就舍得?我阴沉下脸说:"出呐!还不是为了回这断命的上海!"我快快不乐地躺下。她媚笑着说:"阿祥哥,我看出来了,你在想女人……"

窗外,那细细密密的雨丝在悠悠地飘洒着。

中午,雨稍稍小了点后,她就主动向我出击了。她上街去买了小半纸箱的雪糕和冰棍,跑回来说,阿祥哥,帮帮忙,我这点东西在你冰箱里放一放,好哦?我说可以呀。她一转身就走到冰箱跟前,打开冰箱把那些雪糕和冰棍塞进上层的冰柜里,那动作和神态就像是在往自家的冰箱里放东西。她又甩了一方雪糕给我说,阿祥哥,你吃!她自己也剥开一块咬了一口又补充一句,阿祥哥,要吃你自己拿噢! 接着她在我屋里东瞅瞅西瞧瞧。用赞美与羡慕的口气说,阿祥哥,你买的这些东西都真高档,人还是有钞票好啊! 唉,钞票就是上帝,其实比上帝还要有分量! 她要我放音碟给她听,说她从小就喜欢音乐,尤其是外国音乐,她说美国人施特劳斯的蓝色的河听上去勿要太醉人噢! 接着她仰躺在沙发上,把电扇挪到自己身边,听着音乐一直同我聊到下午她去上小夜班。她给我做了几次媚态,频送了几番秋波,我也同她调笑了几句,觉得这也很有趣很刺激。有了钱就有女人献殷勤,别人就会对你有好感,这就是有钱与没有钱的差别。钱可以给人生增添更多的色彩和更多的享受,怪不得人人都爱钱。但也有人说,男人一有钱就变坏,女人一变坏就有钱,其实这两者是互为需要,相辅相成的。钱在缺乏道德内涵的人手里,就出现了这样一种现象:游戏人生与人生游戏!

我也是在游戏自己的人生吗?

晚上,雨停了,闷热又将人身上的汗水一股一股地往外挤。半夜里她下班回来,直接进到我屋里,说太热了,吃块雪糕降降身温。吃完雪糕她就没有走,悄悄地挨着我睡下,我睡意蒙眬,而她身上散发出来的那股女性的气息撩得我春心难熬。但我不敢贸然行动,怕她在设什么陷阱。于是我试探着问?你也做这种生意啊?她说,勿要瞎讲,我还是个黄花闺女!我说那你不是想同我结婚吧?她说你不要瞎七搭八好哦?我讲过了,我要找个老外!勿找中国人,我说那你现在这样算啥?她说我想帮你解决困难。我说不会白来哦?她说你要觉得过意勿去,喏,来一次咯个数就可以了,她叉开五指在我眼前晃了一下。说着她就把软绵绵的身子压到我身上,弄得我也实在熬不住,我想五百就五百吧,这对我来说也真不算什么。两人办事的时候,我发觉她的动作也十分地熟练而有序,什么黄花闺女!但我们两人还是很满足地把事情做完了,浑身被汗水泡得像刚从游泳池里爬出来一样。

这种事只要一开闸就有点关不住,那半个月里似乎隔一夜就有一次,有时甚至不隔夜。有一天晚上我从阿林家吃完饭回来,她已跷着二郎腿埋在我那沙发里了。她神情泰然地说,阿祥哥,从明朝起我要调上大夜班了,今朝阿拉之间清一次账好哦?我感到有点尴尬,只好点点头。她从口袋里掏出一张纸,说我这里有记录,一共十次。七月六日一次,七月八日九日十日连续三次……我感到脸热辣辣的忙挥挥手说,行了行了,十次就十次。明天我给你带上五千元现金来……

"啥么事啊?"她瞪大眼睛尖叫起来,"五千?五万!我是良家妇女咂,又勿是野鸡唠,你弄弄清爽噢,一次五百,亏你讲得出来的!"

我傻眼了!

"明朝你弄一张五万元的存折给我,喏,咯是我的名字,一定要写清楚,你想要赖,我就上派出所告你强奸我!"

我像一只被人宰了一刀的鸡,垂着脑袋发愣。老半天,我无奈地抹着满额的冷汗说:"好吧,五万……"她得意扬扬地走后,我狠狠地甩了自己两记耳光,又往自己的下身猛捶了一下,疼得我两眼直冒火星。在新疆农场,河南人多,我们也学会了一口的河南话,我用河南话骂了一句粗话。男人要变坏也遭罪,不过她也肯定是只鸡!

三

列车那沉重的车轮沿着铁轨慢慢地滑向月台。我的心激动得要跳到喉咙口了。而当我从车窗口看到靳平那张熟悉亲切而漂亮的脸时,以往的一切都在一瞬间被抛到了脑后,我那颗一直感到苦涩的心突然变得滋润起来,那曾经总是感到的人生的欠缺也似乎变得圆满起来。也许生活中不能缺少的不是女人,而是那情感融溶的贴心的爱!

阿林妈妈被靳平的美丽震惊并激动地说,喔哟,靳平啊,你比照片上还要漂亮。她俩似乎是一见如故。当她俩手臂勾着手臂走出月台时,她俩也像是真正的婆媳了。

坐上出租车,靳平挨在我身边贴着我的耳朵说:"喂,想不到你回上海来,没找其他女人结婚,没忘记我,还把我接到上海来,总算我没看错人,你是有良心的!"这时我又突然想到我的不忠。我没说什么,只是紧紧地捏着她的手,她以为我这是对她强烈的爱的表示,而没有想到这里面更多的则是我那深深的忏悔。

　　夜间雨下得更大更密了,那铺了油毡的屋顶像摇鼓似的发出阵阵叮叮咚咚的声响。靳平静静地躺在我的身边,旅途的疲劳再加上那烈火般的亲热,使她已感觉不到雨的瓢泼和雷声的轰鸣了。俗话说,新婚不如远别,当我紧紧地拥抱着她的时候,她还是问我:"喂,玩过别的女人没有?"我真诚地说:"哪能呢?我是那样的人吗?"她笑了,说我想你也不会。轻信自己所爱的人这也是女人的一大弱点。人隐瞒自己的不是不全是为了自己,有时倒是为了他人心境的平静,求得一种平衡,如世上把所有人的隐私都暴露在光天化日之下的话,那么这个世界一定会乱得不可开交,人人都会显出自己的丑恶与可鄙。但眼下一切都是这样的平稳与安静,只有雨点在叮叮咚咚地敲打着这片棚户房。一想到以前的不是,愧疚还是折腾着我的心。同靳平亲热后我才知道,带着情爱与满足肉欲的交欢,那感觉是很不一样的,一种是心心相印的交融,事后心头还是那么的滋润,而另一种仅仅则是泄欲,事后却使人感到懊丧、痛苦与一种失足后的罪孽感。

　　靳平曾两次同我一起到上海来探过亲,对上海的印象并不好,住不上几天就吵着要回新疆,因此我们的探亲假从来没有用足过。雨声渐渐地小了下来并且停了,雨后那闷人的溽热把她弄醒了。她浑身汗津津地爬起来抱怨着说,云祥,你把电扇打开吧,热得人心口都痛,下半夜了咋还这么热。我是跟着你受罪来了,不是为了你,我才不来呢!我深表歉意地朝她笑笑。她绞了把毛巾擦了擦身子。她大概觉得刚才把话说重了,回到床上时搂着我的脖子吻了吻我,亲热地朝我一笑说,离不开你的人是我,跟着你受苦的人也是我……说得我鼻子竟有些酸溜溜的。

　　阿林姆妈在婚姻上的观念是很传统的,当她知道靳平把复婚的证书也带来了,她就很高兴地说:"那你们赶快去办手续,不然别人会传闲话的!"

　　靳平来后,我们就自己开伙,不再在阿林姆妈那儿搭伙吃,但阿林姆妈还不时地送上一两碗我平时喜欢吃的菜来。她似乎对靳平有一份特殊的好感,在靳平待在家里的那些天里她总是来陪靳平,同她一起去买小菜,到商场去为她添置衣服,让她熟悉上海的环境。而靳平用上海话叫她"姆妈"也

中篇小说

叫得非常亲切,那叫声使阿林姆妈甜到了心里。但看到阿林的孤单,阿林姆妈也很伤感,说阿林当初也找个外地姑娘就好了。"阿拉又勿是养勿起!唉!"

而靳平回上海,最使阿林感到高兴的是,他说,我们又能吃上揪片子和拉条子了,这两样东西我最想吃,而靳平正是做这两种饭的好手。在新疆农场时,他和甘琳领着小江常上我们家吃靳平做的揪片子和拉条子。靳平回来的第二天刚好是星期天,雨虽停了,但天空依然是阴沉沉的,四下里仍冒着雨后的潮气。靳平做拉条子,我在边上为她当下手,这使我感到我仿佛又回到了新疆,回到了农场我们的那间小屋,我似乎又找到了以前那段生活的那种感觉。阿林和阿林姆妈看到我俩那亲密无间的情景,眼中既流出羡慕也流出了伤感。

昨天晚上靳平就问我,甘琳和小江怎么没同阿林住在一起?这正是阿林和阿林姆妈最苦恼最伤心的一件事,阿林姆妈一提起这件事就眼泪汪汪的。由于要回上海,阿林和甘琳在新疆也办了离婚手续,但说好回上海后就复婚的,可甘琳带着孩子回到上海后就变卦了,不肯再同阿林复婚。原因倒不全在甘琳身上,主要是她母亲从中作梗。她母亲说,阿拉屋里住在黄浦区,是上只角,虽说住的是石库门房子,但也是个有身份的中等人家,可阿林家是个啥人家?家住闸北区还是下只角勿说,还住在棚户区里,棚户区过去是哪种人住的啦?同我们家的地位差得远!还好甘琳在新疆就同阿林离了婚,勿然回上海我也要逼他们离的,婚姻总还要讲个门当户对的。现在改革开放了,这点就更要讲究了,没有身份,哪能好在社会上混啦!甘琳母亲不同意他俩复婚,也不许甘琳带儿子小江去阿林家,要断就彻底断,用勿着拖泥带水的!这就苦了阿林和阿林姆妈。阿林讲,我是姆妈的独养儿子,小江就是姆妈的独孙,而且姆妈讲,小江长得又特别像他爷爷,所以姆妈一提起这件事就要哭。

想当年,我们在一个生产队,甘琳长得并不漂亮,阿林倒是一表人才,人也聪明,写得一手好文章,字也写得相当潇洒,垦区的小报上经常登他的文章,散文啦,诗啦,顺口溜啦,还有通讯报道啦。那时甘琳追他可以说是追疯了。甘琳是个很懦弱的姑娘,可是追逐起爱情来却是那样的执着甚至疯狂,写血书,在没人的时候甚至跪在他跟前哭。爱情也可以改变人的性格。阿林同他母亲一样,是个心底非常善良的人,一副文质彬彬的样子,他看到她追得那么实在那么痛苦,于是决定放弃自己对理想爱情的企盼,而接受了她的爱。结婚后的那些年他俩生活得融洽而美满。在返回上海前办离婚手续时,甘琳还发誓一回上海后就马上同他复婚。但愿望是愿望,事实是事实,人生有时就是这样,那些意料不到的事情就像一把剑,会把原先想得好好的事情拦腰斩断。阿林讲,他倒没什么,以后还可以再找一个,可姆妈舍不得小江,有时一想起来就哭。有一段辰光,姆妈打听到小江读书的学校,每天下午快放学时,她就上公共汽车到学校去看小江,给小江买点心买糖果,流着泪搂他亲他。但这事让甘琳的姆妈知道了,在学校门口同阿林姆妈吵了一架。从此甘琳姆妈每天下午就来接小江,无论天晴还是下雨她都带着把伞,接到小江就用伞把小江挡住,连远远地看一眼都不让阿林姆妈看,好像能给别人制造痛苦也是她的一种骄傲。阿林姆妈气恼伤心得三天没有吃饭。阿林伤感地对我说,当初我们十七八岁去新疆,把青春年华释放出来的灿烂抹在了边疆那艰难的岁月中,而人到中年回到了上海,竟又弄得妻离子散。你说这些到底怨谁去?怨天天冤枉,怨地地委屈,怨人,又无一个具体的人可怨,那只好怨我们自己的命了。阿林说到这里愤怒而激动地也用河南话骂了一句粗话。

他是很少骂粗话的。

靳平听了这些后,瞪大着眼睛觉得简直使人无法理解,说:"怎么会这样?人心不都是肉长的吗?"她说这么好的一个姆妈,竟也会有这么不顺心的事!世道也太不公平了!当她做好拉条子,满满地舀了一碗,双手递给阿林姆妈说,姆妈,你吃吃看,这可是地道的新疆饭。我和阿林囔囔地香香地吃了两大碗,但阿林姆妈只吃了半碗就把剩下的半碗倒给阿林吃了。靳平说,姆妈,是不是不好吃?阿林姆妈讲,蛮好吃,蛮好吃咯,就是我今朝胃口勿太好。其实还是吃不惯。我想阿林姆妈毕竟没有到新疆去过。饮食也是一样,只有吃惯了的东西才会觉得香甜。

中篇小说

  以前探亲回来时我们住在石库门房子里,她不习惯,住在这棚户区她更不习惯了。棚户区的房子每户隔着的仅仅只是一层薄薄的木板,因此一到晚上你就会觉得自己不是睡在一个单独的房子里,而是睡在一个大的巢穴中,就像穴居时代的一大群人拥挤地住在一起一样,咳嗽声,叹息声,打鼾声,小孩的哭声,突如其来的吵架声都能清晰地听到,甚至男女做爱时那种抑制不住的激动与兴奋的呻吟声也能听到。靳平说,你怎么住到这么个鬼地方来了?我给她解释说,人换个新环境一开始总是不习惯的。我想不要说她不习惯,就是我和阿林刚回来时也很不习惯。自我被自家的兄弟赶出来后,就和阿林一起挤在他的那个狭小的阁楼里。在新疆我们是生活在辽阔无边的大地之中,可到上海就像生活在夹缝里。虽然阿林姆妈是个极爱干净的人,把屋子收拾得一尘不染,可是那些个蟑螂、鼻涕虫、老鼠会经常来光顾。阿林告诉我说,有一天,他要提早到行里去,姆妈买小菜去了,他想自己泡点饭吃吃算了。那天天阴,外面在下着毛毛雨,他也没开灯,把饭用开水泡了,闷了一会儿他就吃,但吃吃觉得味道不对,有一股奇腥,他打开灯吐出来一看,竟是一条小鼻涕虫,已经咬成三截,他顿时呕吐了一通,结果弄得他三天吃不下饭,看到鼻涕虫头皮就发麻。

  尤其在这酷暑的季节,像鸽子笼似的棚户房里就像蒸笼一样地闷热难忍,就是电扇也扇不出一点凉意。阿林说,有一个到上海来做生意的外地亲戚到他们家住了一夜,就很感叹地说,我们外地人到上海来做生意时,就像条狗,到处献媚,作揖打躬,可回到家里却像个人,房子宽敞舒适,楼上楼下,家具也都是现代化的。可你们上海人,走在外面都像个人,可回到家里,却像条狗。阿林当时就对他说,你别放屁。但细细想想,却也不是没一点道理。那时,我同阿林往那小阁楼爬进去睡觉时,就似乎有了那么一种进狗窝的感觉。那晚,我在里面没睡上半个小时,脖子上背上胳肢窝里便发满了痱子,浑身痒痛得难受。阿林姆妈睡在床上,那蒲扇从天黑扇到天亮。我和阿林只好从阁楼上爬下来,在下面的地板上铺了张席子,赤膊睡在上面。雨后的地板下散发着潮气,那鼻涕虫就从我的手背上一弓一弓地爬了过去,留下一道亮晶晶的黏液。阿林爬起来,把电扇拧到最高速,恼火地抱怨着说:"新疆顶艰苦的时候,我们偏偏要到那儿去寻苦吃,现在新疆的生活正在变得好起来,我们偏偏又要回上海来吃这种苦。人有时连自己也不知道自己在做啥!"

阿林姆妈把蒲扇啪地往床帮上一敲说:"咯你再给我滚回新疆去!你咯只猴子!"

靳平来后,自然比我和阿林挤阁楼时的条件好多了,但她还是不习惯,尤其是坐马桶。解小手还可以,解大手怎么也解不出来,好容易挣出一点来,尿水又溅得满屁股都是,气得她发誓再也不坐马桶了。后来她又给我立了条规矩,马桶里只许解小手,解过大手的马桶一打开盖,那股恶臭弥漫得满屋子都是,而且久久散不掉,有时连饭都吃不下去。从那以后我们解大手只能跑上几百米路走出棚户区,到大马路角角上的公共厕所去。有时早上起来屎太憋,去厕所时就像是在跑百米赛跑。

我家右隔壁是赵姗娥,而左隔壁住着陈家姆妈。自她发现我们这秘密后就笑话我们,尤其是看不起靳平。她对别人说,隔壁外地来咯女人老怪咯,马桶都坐勿惯,解手天天跑公厕,上海人介好当咯啊!

陈家姆妈家的板墙同我们家的墙紧贴在一起,虽不像赵姗娥家那样窗户对着窗户,但两家的门中间只隔着两条门框。陈家姆妈原先是一家五口人,老两口,两个儿子,还有大儿媳妇,全挤在上下两层十几平方米的棚户房里。婆媳不和,而大儿媳同她吵嘴也吵出瘾头来了,没有一天不叮当上两句的。有时早上起来,儿媳妇坐在马桶上,脖子上挂着裤腰带,嘴巴就叽叽喳喳地叫。吵的主要内容还是钞票上的事,她抱怨陈家姆妈偏袒小儿子,说是小儿子每月的饭钱掏得少,而她和老大每个月掏出介多的饭钱,但天天吃的还是咸菜萝卜豆腐干,早上连油条也勿肯买一根。陈家姆妈就敲着八仙桌喊,现在蔬菜比肉还贵,勿当家勿知柴米贵。她儿媳就叫,咯你就买肉给我们吃!陈家姆妈就喊,你勿怕胆固醇高,我怕!我六十几岁的人了,胆固醇一高血压就高,中风瘫在床上你服侍我啊!……吵到后来甚至还会付诸武力,所以陈家姆妈脸上时常会出现指甲抓出的血痕,而她儿媳也总有鼻青眼肿的时候,因为打起架来陈家姆妈总吃亏,大儿子为了表示宁肯得罪媳妇也勿能落个勿孝顺母亲的名声,所以有时要扇老婆两记耳光,弄得那幢房子一直很不太平。

我住进218号时,陈家姆妈的大儿子与已怀孕的儿媳妇已经搬走了,于是再也听不到吵闹声。天天与儿媳妇吵惯了的陈家姆妈由于无架可吵突然感到很失落,感到一种孤单和无聊。几个月后听说儿媳生了个大胖孙子,"好白相来勿得了",她在失落之中又感到很沮丧。有时她拎着礼物去看孙子,但儿媳更多地给她的是白眼,她刚把孙子抱在手上,还没体味到做祖母的甜蜜与幸福,儿媳就把孙子抱了回去,说:"阿苗要吃奶呦!"于是她又感到无法与孙子亲近的痛苦。不久,她小儿子在外面跑生意发了财,买了一套一室一厅的商品房,也搬走了。小儿子早到了轧女朋友的年纪,但他勿敢轧女朋友是因为,一没有钞票二没有房子而家又住在闸北棚户区。现在姑娘们的眼光勿要太高噢!有了钞票有了自己的房子轧女朋友也就有了资本。后来几个月我发现她小儿子很少来看陈家姆妈,大概女朋友已经轧上了。当然,女朋友是不敢往棚户房带的,那太掉价了!所以养儿防老,这时代大概已行不通了。

棚户区本是个嘈杂的是非之地,于是无聊之极晚上又经常失眠的陈家姆妈就开始偷偷地蹲在别家的墙根下窥听别人的隐私,把听来的"墙根秘闻"添油加醋地传得满街都知道。其实我也已"深受其害",但我暂时还蒙在鼓里。大约她觉得这也是她打发闲日子的一种很有趣的方式。

自从靳平来后,她就经常到我们家串门,还热情地对靳平讲有啥要我帮忙的就只管讲。但上海人讲客气话与实际去做是有距离的,比如说有空到阿拉屋里来吃饭噢,那只是说说而已,除非是正儿八经地邀请,否则你真去吃饭会弄得人很尴尬的。有一次靳平跟阿林姆妈学做红烧肉后,自己也想单独做一次试试,但发现瓶里的酱油不够了,但肉已烧在锅里了,她只好到陈家姆妈那儿借了小半碗酱油。陈家姆妈就讲,喔哟,一点酱油呀,要用了就来倒,还讲啥借勿借啦!在我们新疆,不要说向隔壁邻居要半碗酱油,就是要半碗清油你往后要去还也是要叫人笑话的,说这么点东西还要来还也太小看人了!所以靳平在还不还这半碗酱油上犹豫了好几天,这种犹豫让陈家姆妈产生了误解。几天后,陈家姆妈拿了只碗有些生气地板着脸走进我家门对靳平说:"喂,那半碗酱油你勿还啦!"靳平就不好意思地一笑说:"我本来想马上还你,但怕你会笑话我看不起人。"陈家姆妈就冷笑一声说:"喔哟,借了东西哪能好勿还啦!半碗酱油哦,是我掏钞票买来咯呀又勿是偷来咯唠。"说得靳平的脸红一阵白一阵窘迫极了。为了表示赎罪,靳平有意倒了满满一碗酱油还给她。陈家姆妈就讲:"喔哟,啥人要你还介许多啦!借多少还多少。呶,我这里有一条线,上次你就借去这么多。"她把酱油倒回去一半后又说:"这就可以了,阿拉勿吃亏也勿占便宜,搅糊糊的事体阿拉勿做咯!"弄得靳平又好一阵尴尬。陈家姆妈回到屋里又从隔壁撞过来一句话:"这些外地人哪能介喜欢搅糨糊咯啦!"

靳平委屈羞愧得直想往地底下钻。

然而到晚上,陈家姆妈又像什么事也没有发生过那样,到我们家来同靳平"拉三胡",那天靳平就没好好搭理她,但又不好赶她走,只好硬着头皮听她滔滔不绝地讲她儿媳妇怎么坏,而她的孙子又是怎么的"好白相"。

事后的第三天,有人推着小车喊着来卖肉,陈家姆妈就买了几块大排,钱不够就向靳平借了一元。在新疆一元钱人家来还是要推掉的,当然更不会去要。几天后陈家姆妈来还,靳平就推着怎么也不肯收,陈家姆妈就生气地把一元钱揉成一团扔进屋里来说:"喔哟!一元钱咯人情呀,啥人稀罕啦,这种小便宜阿拉从来勿占咯。你们这种外地人的心思阿拉会勿晓得啊,今朝一元钱勿要我还,明朝你借我两元三元也可以勿还了。想吃小亏占大便宜啊,勿要拿阿拉上海人当阿木铃!"气得靳平把一元钱撕碎了扔了出去,跑到楼上闷流泪。晚上我回来她就把这事告诉我。我说算了算了,以后你同她少打交道就行了。但憋了一肚子气的靳平依然想不开,睡到半夜里,她就一脚把我从床上踹下来,哭着大骂了一声:"你们这些上海人都不是东西!我要回新疆去!明天我就回去……"

中篇小说

四

把靳平从新疆接到上海来的想法是我炒股发财后才有的。我把这一想法告诉给阿林和阿林姆妈听,他俩都非常赞成。阿林姆妈讲,你早该把她接来了。过去没有户粮关系活不下去,现在是没有花纸头活不下去。你现在是腰缠万贯了,还养不活一个女人?而且现在上海,没有户口照样可以找到生活做,靳平这么漂亮个女人,还怕找不到工作?阿林也说,还是结发夫妻好,知根知底,再找一个,脾气摸不透心思也摸不透,尤其是在上海。我说我也这么想。阿林问我,现在你存款加股票到没到七位数?我说已经超过了。他就劝我说,阿祥,现在股市上的风险越来越大,有些原因我不便讲,反正大户吃小户的事已经开始了。我现在的信息也不完全准确了,因为我毕竟只在中下层,上层的事我也无法摸清爽。你现在虽有七位数,但也只能算个中小户头。我建议你两条腿走路,抽出一部分资金去搞实业,留下一小部分资金去炒股,就是被"套牢"损失也不会太大。你不要像渔夫和金鱼故事中的老太婆,最后弄得一无所有。况且你又要把靳平接来,那就更得留条后路,不要靳平来了跟着你喝西北风。

过了几天阿林就给我找到一家可以投资的公司,那是新疆一个贸易单位在上海开设的一个分公司,门面弄得不错,货源也蛮充足,就是流动资金上有些短缺。那公司的赵经理也是六十年代的"上海支青",靠得住的。接着阿林就领着我去谈判了几天。赵经理个儿不高,胖墩墩的脸上架着副金属宽边的眼镜,人机敏而厚道,能说会道但不油滑,而他们公司的经营前景也很看好。赵经理为了让我放心,我们不但签了合同,到公证处作了公证,他在上海还为我找了家担保单位,我这才把一大笔资金拨了进去。赵经理还答应,等靳平来后,就到他的公司来工作。"我不会亏待你太太的,更何况我们都是新疆人!"

靳平好像慢慢熟悉和习惯了上海那棚户房的生活,而对上海这些年的鲜亮的变化也很吃惊,说比我们新疆的变化还要大。我说上海是开放型的城市了,将来又会像过去那样,是个国际性的大都市,金融文化的中心。可她说,她还是有些不习惯,尤其是人与人之间的关系,她总感到自己与周围的人都有些格格不入。

自靳平到来后,赵姗娥倒也主动同靳平搭上几句话,有时还问她在新疆的生活和那里的风土人情。但靳平不喜欢她,说她看人时那双眼睛酸溜溜的让人难受,所以很少同她搭讪。靳平在家休息了二十几天,上海那湿润润的空气把她那白皙的脸修饰得更滑润更细腻了,再加上穿上阿林姆妈陪她买的那些时髦衣服,她走在路上的回头率说不上百分之百,起码也有百分之九十以上。

生活又开始变得平淡而有序。按照原先说好的约定,靳平到赵经理的公司去上班了。我天天还是去跑股市。靳平是个办事认真好胜心极强的人,脑袋瓜也挺管用,不少事一学就会,而且还干得很出色。日月如梭,炎炎的夏天很快就过去了。有一天晚上,秋风萧瑟,枯叶飞落,那飘悠着的枯叶擦在屋顶上沙沙响。我们吃过晚饭,她得意扬扬地摔出一张名片给我看。我看后大吃一惊说,怎么,让你当副总经理了?她一笑说,我为赵总做成了几笔大买卖,她用有些生硬的上海话说,赚头赫好!我说,还不是你长得漂亮,赵总把你当公关了。她一咬牙说,你再敢这么说,我就撕烂你的嘴!有一天我在路上碰到赵经理,赵经理用敬服的口气竖起大拇指说:"阿祥,你老婆真行!我发觉我都有些赶不上她了。这几个月你投资的分红,再加上她做成生意的奖励,数目可不小啊。她没告诉你吧?"我说,我已同她说过了,她赚的钱都归她掌管,包括我那笔投资的分红。我回上海时,她把全家的积蓄一分不留地都给了我,我就是靠这笔钱发的财,现在我得报答她。再说,她也是个不会乱花钱的人。我完全信任她,只可惜我没亲眼见她是怎么同人家谈生意的,到底是怎么个"行"法。不过自己的老婆受人这么赞扬,这么能干,我也感到一种很大的满足。

在中国,事情要么不热,一热起来就会形成一窝蜂,热得人人都昏了头。股票市场上就有过这么一段疯狂期。开始认购券得一家家推销,磨破了嘴皮都打动不了几个人。可没过多长时间,认购券就红得发紫,翻着筋斗往上涨。也就在那一瞬间,上海上千万人口中,起码有一半以上的人同股票粘搭上了,单位里,弄堂里,家里,公共汽车里,出租车上,一半以上的话题就是股市行情。那时好像你只要把钞票往股市上一抛,财源就会滚滚而来,就是那些曾在旧社会炒过股票的老头子们也惊得瞠目结舌地说:"读勿懂,实在是读勿懂。"那时确实有一批搭上头班车而发了大财的人,包括我在内。而我的两位隔壁邻居也在紧追着去搭乘二班车或三班车。赵姗娥将从我身上诈去的五万元钱也毫不犹豫地扔到了股市上,居然也赚了不少。靳平不在家时,她就倚着窗口眯着眼对我说,阿祥哥,我已经快到六位数了。炒股票真来劲,过去我在厂里拼死拼活干,加上奖金一个月才只有二三百元,可在股市是一个上午就可以赚上二三千!接着她感叹地说,唉,人哪,得敢于作出牺牲,要想得就得敢先失。当初我要勿是委身给你,哪里会有我的今朝啊!有了钞票我就要好好包装包装自己,到辰光争取找个老外,就是日本人也行。我想还她一句,光先失还不行,还要心黑脸皮厚,为诈人钱财可以把自己全出卖光!但这种话我只好在肚子里对自己说,因为我自身就不光彩,一个抵挡不住女色诱惑的失足者!我也不想太刺激她,她要把我俩的事张扬出去,靳平知道了怎么受得了?说实话,这种事她是做得出来的。

而平时无所事事的陈家姆妈觉得股市上的那份激烈要比听墙根传隐私刺激得多有趣得多也实惠得多。别人炒股可以赚钞票,而听墙根也仅仅只能满足自己和别人的好奇心。但可惜她资本太少,拿出自己全部积蓄也只有三千来元,她全投进了股市。那时股市虽不像前段时间那样发疯似的涨,但每天的小涨涨也使她赚了点钱,由于投入少涨幅又小,她赚的钱也只是老鼠尾巴上的脓血——没多少油水。她看到那些投入多的人赚回来的钱,真可以使人眼睛发花头发晕,那才叫过瘾了呢!

有一天下午我从股市上回来,昏黄的阳光已从狭小的羊肠小道上消失,长满青苔的石子路总是那么湿漉漉的。我刚进屋,陈家姆妈就有点贼头贼脑地从门缝朝我屋里瞄了一眼,她发觉靳平不在,便笑容可掬地推门走了进来。自那次半碗酱油与一元钱事件后,靳平就很少再搭理她,靳平去公司上班后,就更不再同她说什么话。对靳平对她的冷漠陈家姆妈倒一点也不在乎。她用居高临下的口气说，外邦人总归是外邦人，不懂得上海人咯规矩。然而她毕竟很少再上我们家串门了。今天我看她那笑容和神色，心想她说不定有什么事要求我。我想远亲不如亲邻，还是少得罪为好，我于是让座，为她倒茶，抹在玻璃窗上的阳光也正在渐渐消失。我说陈家姆妈，你有啥事体哦？陈家姆妈有些不好意思地一笑说，大事体倒没有，小事体倒是有一椿。阿祥，我知道你炒股大发了，是个大户。"股市阿祥"名气老大的，今天我求你的事体对你来说只是小菜一碟，毛毛雨啦！阿祥，论年纪，陈家姆妈比你大二十几岁，是你上辈。讲到为人，你可以问问周围的邻居，讲信誉，讲义气。哎，别的事体勿讲，哎，就讲你同……她伸直食指点点赵姗娥家，哎，你们俩的事体我是晓得的清清爽爽咯……她眯起眼嘴角狡黠而阴险地朝上一翘，哎，我从来没有同别人讲过。当时我一懵，但马上明白她指的是什么了，顿时脸热辣辣地臊起来，接着又感到极其的窘迫、尴尬和恼火。她又开始"哎"了，我简直想扇她一个耳光！哎，她说，咯种事要是让别的老太婆知道老早就给你传得满草家湾路都晓得，可我一个字都没有给别人透！而这时我的耳朵在嗡嗡作响，头涨得快要炸了。我真怕我会做出过火的行为，因为这时我哆嗦着手捏着只杯子正想往她脸上摔。我知道，她的目的也是要从我身上敲点油水去。我摆摆手，让她闭嘴。"你要多少？"我说，但我感到那声音似乎已不是我的了。

"哎，你给了赵姗娥五万，我勿要这么多。她是同你那个样子……"她做了一个让人恶心的手势，"而我只是听到，要你五万也太勿道德，两万五或者两万，我还只是算向你借，勿算白要。当我到股市上捞上几笔后就还你，哪能？你同赵姗娥的事我绝对勿同任何人讲，当然更勿会同靳平讲。"

我已是只瓮中的混蛋鳖，让人捏牢了还能往哪里逃呢？我说："明朝你到股市上等我，我划两万元钱的股票给你。"

"咯再好也没有了，再好地没有了……"她称心如意地笑眯眯地走了，而这时我又想往我的裤裆里擂上一拳，又想骂一句粗话，但我没有骂出口，因为我已经听到靳平在石子路上的脚步声，而阳光退却后的玻璃窗已是黑漆漆的一片了。

中篇小说

五

最后一场秋雨还带着些微小的雪粒,在空中飘洒。潮湿的寒风侵入肌骨。上海那令人难熬的冬天到了。在新疆,不管屋外再怎么冷屋里总是暖洋洋的。而在上海,屋里有时比屋外还要阴冷。靳平的手和脚都生了冻疮。我赶忙买了只电热器,在那几根红红的电热棒的喷射下,屋里也多少溢出些融融的暖气。每天吃过晚饭,不是我们去阿林家坐坐,就是阿林和阿林姆妈来我们家坐坐,天南海北地闲扯一阵,倒也是乐融融的。阿林在交易所每个月的工资加奖金也不算少,再加上原先我让给他的原始股的升值,他们也已有了一笔不小的财产。阿林姆妈带着幽默也带着伤感说,现在我们家啥也勿缺,就是阿林缺个老婆,我缺个孙子!说着眼圈就红了。阿林嘴上虽说,如果实在与甘琳复不了婚就再找一个,但他一直拖着不行动。我知道他其实是个很传统的人,他希望有一天能与甘琳和小江再团聚在一起。阿林姆妈似乎同阿林也有相同的想法,她倒不是舍不得放弃甘琳,而是舍不得她的亲孙子小江。

有一天,西伯利亚寒流也侵袭到上海,天空上飘悠着几点稀稀落落的雪花。阿林和阿林姆妈聚在我们家看电视,因为今晚有赵志刚的戏,我家的画王电视看起来听起来更过瘾。阿林姆妈是个戏迷,越剧、沪剧、黄梅戏她都爱看,一面看一面还要作评价,说现在的年轻演员一个个倒都长得蛮漂亮,只可惜在唱腔和做功上还是比勿上过去的那些名角。阿林说姆妈你这是怀旧情结,阿林姆妈说,我小时候在浙江乡下时就上过戏台子,你懂啥!

那晚靳平有个饭局,要晚点回来。她现在是正儿八经的生意场上的人了,而且越来越兜得转。我觉得她这个新疆人已开始融化进上海那种生活氛围与文化氛围之中了。阿林姆妈讲,现在她在气质上也变得高雅了。"阿祥,勿是我讲你,你现在更配勿上她了!"

靳平身上粘着几片雪花回来了,脸上弥漫着红喷喷的酒意。她脱下裘皮大衣笑眯眯地对阿林姆妈讲:"姆妈,我今天下午碰到甘琳和小江,小江长得都超过我肩头了,可惜……有点瘦。"

虽说甘琳家住在黄浦区的石库门房里,甘琳姆妈看不起住在闸北棚户区里的阿林家,但她们的家境也并不好。甘琳的老爸十几年前就去世了,甘琳的老娘以前开过一片小杂货店,公私合营后在一家土产商店当营业员,现在也已退休。过去开杂货店时多少也有点积蓄,改革开放后她又想重操旧业,做做杂货生意,但上海滩上的生意也是越来越难做,以前生意场上往来的人还要多少讲点信誉,而现在是连骗带诈只要能把钱捞到自己手上什么缺德的事都敢干。她是做一次赔一次,原先那点积蓄经过这么两三次折腾赔得个精光。生意做不成了,只好靠点退休工资来勉强维持生计。而甘琳回上海后,进的是一家大集体工厂,但这些年市场竞争越来越激烈,她所在的那个厂经营上也不怎么景气,每月工资加奖金也只有三百来元,还要天天加夜班,加到晚上八九点钟才能回家,加班费也少得可怜。厂长对厂里的人讲,现在只要能招来生活做发得出工资还能有点奖金的厂家就算好厂家,有些厂连工资也发勿出,勿要讲奖金了。而物价三天两头在涨,她的那点工资和她母亲的那点儿退休金维持三个人的生计也实在是很紧巴。她母亲就把钱看得更重了,说现在世界上没有一样东西能比钞票更重要,没有钞票你看看我们过的是什么日子!她虽已穷得干瘪瘪的,但对住在棚户区的阿林家依然看不起!经济上的拮据,使小江显得有些营养不良。

靳平说,甘琳同她讲这些情况时眼泪汪汪的。阿林姆妈听后也哭了。靳平就愤愤然地说,到上海后,有多少事让我看不懂也想不通。我就说甘琳,你和你妈做得也太过了!天下哪有不让奶奶去看自己孙子的理?就血缘关系来讲,奶奶与孙子比外婆与外孙的关系更亲近!我把甘琳都说哭了。她说,我不是不想让小江去看他奶奶和爸爸,可我怕我姆妈,她发起火来就像只雌老虎,吃她不消的。况且我回上海后又只能落脚在姆妈家,又没别的去处。在上海有个住的地方比啥都重要。我就说,那你为什么不同阿林复婚住到阿林家去?甘琳摇摇头说,不行,姆妈会大闹天宫的,她要天天跑到阿林家来闹,阿林姆妈哪能吃得消?甘琳说着又哭了。她活得也这么难!各人都有各人活着的难处。我说那你也得为阿林和阿林姆妈想想呀,他们

中篇小说

见不到自己的儿子和孙子心里是个什么滋味?甘琳说,我也一直想找个机会让小江去看看他爸爸和奶奶。可就是……我说你只要有这个想法就好办,这个星期天你就把小江带出来,对你妈说要带小江到公园里玩一天。你要不好意思去见阿林和阿林姆妈,你就把小江交给我,我带他到爸爸奶奶家去玩一天,吃过晚饭我再把小江还给你。阿林姆妈听到这里就急急地问:"甘琳答应了哦?"靳平说她犹豫了好长时间还是答应了。阿林姆妈还不放心地问,甘琳勿会变卦哦?靳平睁个圆眼说,她敢!

生活又像一条平静的河,淡淡的毫无变化地这么枯燥地流着。靳平再次回到我身边的那种新鲜感也早已过去了。她变得也越来越忙。她是个十分敬业的女人,也许她并不喜欢她现在的工作,也许她也极其厌烦生意场上的那种交际与谈判,但她却依然会极尽自己的全力去做而且还要尽量地做得出色,她要让所有的人都会说她"行"!她最害怕失败,只要失败一次哪怕只是一点点她就会伤心好些天。应酬、饭局使她经常地深更半夜才回来,往我身边一躺就呼呼睡去。有时我想同她亲热亲热,她就说你想来你就来,但这种她在睡梦中的亲热变得索然无味。上海的冬天也是变化无常的,天气回暖了几天,北方来的冷空气一入侵,那潮湿的风又冷飕飕地让人发颤。股市也像这鬼天气一样或冷或热。而我炒股也由原先的狂热,新鲜,寻找刺激而变成了平静的日常行为,但却又像上了瘾一样地把自己的身心都黏到了股市上。股市的风险也变得越来越大,阿林提供的信息也往往虚大于实,有点把握不住。也许这正是股市渐渐成熟的一种表现,大户吃小户的事已是司空见惯,但股市上除了老面孔外,总也时时地能见到不少新面孔。由于家庭的重新安定与股市上的心态平静再加上股市上风险的加大,我每次都是小来来,而叶慧玲也很赞成我这样做。自她跟着我一起炒股也发了,银行存款也有了六位数,她说她这一生也够花了。她说每天这样小来来挺过瘾。贪得无厌的结局往往会一无所有。

那一天阿林上班前搋了个领子给我,他说这次信息比较牢靠。于是我和叶慧玲又放开手大搏了一下。那天收盘,我有了五位数她也有了差点上五位数的赚头。然而雪粒夹着雨滴下得正紧,潮潮的寒气渗入肌肤,兴高采

221

烈的叶慧玲死拖硬拽地又把我弄到她家里。自靳平回来后,在炒股上我仍与她搭档,但却再也没有进过她家的门,想不到她的家又重新装潢了一番,显得很辉煌,又增添了不少高档电器,这就是有钱的好处。钱的可爱之处就在于它是人类物质甚至包括大部分精神享受的基础。我们听着音碟,喝着人头马,烫烫地吃着她那精致的小火锅,还谈着她对音乐的感受。她的情趣不要说比赵姗娥甚至比靳平都要高雅,这正是她的可爱而吸引人的地方。我说你该找个男人了。她微笑着摇摇头说我不想再找了,现在可靠的男人太少,眼下的人谁不见钱眼开?她讲了最近那个有名的女歌星被男朋友骗走所有的钱的新闻后说,我才不上这种当呢,骗走了我的钱还骗走了我的心!那我只好去跳黄浦江了!她说我觉得我们这样也蛮好。我说我妻子已经回到我身边了。她一笑说这你已经说过了。但情人是情人,妻子是妻子,味道绝对勿一样,你两头都尝尝有啥勿好?同你在一起我觉得踏实放心,因为你绝对勿会骗我钱。至于骗我心,那也谈勿上。你上我床可以说是不道德,但谈勿上欺骗。而我呢?是心甘情愿地让你睡同时也觉得蛮开心。人要想开了,情人有时比丈夫还要实惠,你说是哦?

雨点和雪粒打在窗玻璃上叮叮咚咚响,酒和火锅把我俩的心都撩得热热的。人头马一开好事自然来,桃花运也跟着来了。她微眯醉眼歪在我身上,我一把把她抱到了床上。难道情人与妻子的味道真的那么不一样吗?野花真的比家花更刺激吗?我明明知道这样做很不道德也很对不起已回到我身边的靳平,但这一切还是发生了。人有时也许就是性的奴隶!

只要男人能瞒得住妻子,竟也能掩饰得住自己的不忠所产生的内疚。当夜深后靳平回来睡到我的身边,推醒我说,喂,明天我不上班要去接小江,你跟我一起去,顺便给小江也买几样礼物。我搂住她在她嘴唇上亲了一下说,你真好。她说哪像你呀,其实小江的事你早该出面这样做了,我看阿林姆妈是白疼你了!我的那句"你真好"她没弄懂,但要弄懂了呢?那将是她的痛苦,我的灾难。所以有位哲人说欺骗是对真情的一种特殊意义的超越……

为了迎接孙子小江的到来,阿林姆妈两天前就忙碌开了,星期天一早我

中篇小说

和靳平就到约定的地点去接小江。甘琳把小江交给我们后一再关照,千万千万不要让我姆妈晓得,不然要闹翻天的。而阿林姆妈一见小江就抱头痛哭起来,一向内向的阿林也拉着小江的手泪流满面。靳平把我拖到街上给小江买礼物,在路上她愤愤然地说,我真弄不明白,因为一家住在黄浦区的石库门房子里,一家住在闸北的棚户区里,两家就不能团聚,这算什么理由?阿林一家就要永远这么四分五裂,这不是太荒唐了吗?我无奈地摊摊手说,虽然荒唐但却是事实。上海人有一句话,叫宁要市中心一张床,勿要市郊一幢房。为啥?你讲得清爽哦?讲勿清爽!靳平紧锁着双眉说,唉,云祥,我感到好压抑,要不是为了你,还有阿林姆妈,我早就逃回新疆去了。我说你也说得太严重了。她严肃地说,我说的可是真心话。这使我感到很不自在,似乎有了某种不祥的预兆似的。

　　我们买了好多礼物,玩具,食品,书籍,但回去的路上我又发愁了。我说买了这么多东西,小江一样也带不回去,只要带回去一件,就会在甘琳姆妈前面穿帮的。靳平说这事我早就想到了,我们买这些东西,一是为了让小江高兴,也是为了让阿林姆妈高兴,世上有些事不一定是为了实用,而是为了表达一种心意。她用上海话补了一句:懂了哦?

　　但世上的事总也有那么多的意外。自从做生意亏光了自己的积蓄后,甘琳姆妈整天在家焙豆芽。那天天气突然晴朗起来,阳光也分外地灿烂,甘琳姆妈竟也出门去逛了逛马路。而在马路上她竟与甘琳不期而遇。甘琳是个老实而懦弱的人,在她姆妈严厉的逼问下,于是一切都穿帮了。那时已近中午。

　　当我们捧着大包小包的东西交到小江手里,阿林姆妈也高兴得不得了,说我总算没白疼你们!

　　我们乐融融地围了一桌,小江也甜甜地坐在了奶奶与爸爸的中间,享受着人间那份亲情的爱,享用着特地为他做的一桌菜肴。小江说,阿婆,你做的菜只只都好吃。阿林姆妈就说,那你就多吃点!阿林姆妈感到幸福极了,含着泪说,靳平,你可为我办了件好事!靳平说,姆妈,这是我做儿媳的一点孝心。说得阿林姆妈眼圈又红了。正在这个时候,我们听到一个中年妇女的喊骂声由远而近地飘到家门口,接着门就被砰的一声踢开了。甘琳姆妈气势汹汹地两手叉腰出现在门口,那神情像当场捉到了贼一样气愤与得意。甘琳姆妈也许很会保养自己,长相要比实际年龄显得年轻。但她鼻子有点鹰钩,眼睛也略显三角形,薄嘴唇,尖下巴,给人一种粗俗而泼辣的感觉。她一步跨进门来,后面跟着一脸苦相耷拉着脑袋的甘琳。甘琳姆妈一路的叫骂声引来了一群看热闹的人。

阿林姆妈是最怕这种场面的,她认为与像泼妇一样的人吵架既伤神又有失风度,最好的办法就是躲得远点,这也是她长期以来情愿承受痛苦也不愿与甘琳姆妈去争吵以争取到去看望孙子的权利。平时内向但也善于言辞的阿林面对这突如其来的场面也变得有些木讷。而我也不知道说什么好。甘琳姆妈尖声地叫骂着:"出呐,是啥人把我小江拐骗到这里来的啊?神经有毛病啊?你们这些勿要面孔的人!"靳平嚯地站起来,离开饭桌朝甘琳姆妈跟前走了一步说:"甘琳姆妈,你说话好听点行不行?什么拐骗!"甘琳姆妈讲:"勿是拐骗,小江哪能会跑到这里来的?"靳平理直气壮地说:"是我领来的!在新疆时,我和甘琳住一个宿舍,铺挨着铺,又在一个班里干活,比亲姐妹还亲。小江出生后,甘琳经常领着小江到我们家来玩,小江有时还要在我们家住几天,我抱小江比甘琳抱得还要多!今天我领小江来我这里玩一天有啥勿可以。"甘琳说:"姆妈,是这样的。"甘琳姆妈说:"可你把小江领到这家人家来就不行!"她指指阿林和阿林姆妈。靳平讲:"这为啥不行?他俩是小江的亲爸爸亲奶奶,哪有不许孩子见爸爸见奶奶的事?"甘琳姆妈讲:"可他和甘琳已经离婚了!"靳平说离婚是两个大人的事,但你能说小江的爸爸和奶奶不是他们?甘琳姆妈被靳平辩得脸白一阵红一阵,她恼怒地指指靳平的鼻尖说:"你这只嘴巴倒会讲咯呀。告诉你听,世界上没有介便当的事体!他们想要看小江也可以,但得掏钱!"她摆出一副生意人的架势说。靳平冷笑一声说:"这是看儿子看孙子呀,又勿是在小菜场卖小菜喽!"甘琳姆妈讲:"这是一样咯!这些年是我掏钞票抚养小江,他们勿掏钞票就来占便宜,天下哪有这么好的事!"靳平说:"好吧,那你说我们留小江住几天怎么算?"甘琳姆妈讲:"一天一百!"甘琳在边上拉了姆妈一把说:"姆妈……"她觉得她母亲这样做太丢人。靳平说,"那好,你等一等。"靳平匆匆奔回我们家,接着又匆匆奔回来,喘着气,把一沓钞票往甘琳姆妈手里一拍说:"三千!我买一个月!"

上海的冬天是短暂的,不像新疆那么漫长。春天还没到,那潮湿的空气中已透出了一丝暖意,让人感到春天很快就要到了。小江终于能在身边住上一个月了,阿林姆妈的心境也像春天快要来临时一样美好。金钱对像甘琳姆妈这样的人的诱惑力是巨大的,她没拒绝这轻易得到的三千元钱,临走时全身每个毛孔都透出一种做成了一笔赚头赫足的生意的轻松与得意。但甘琳却羞愧地哭了。

阿林姆妈要阿林把三千元钱还给靳平。靳平说,姆妈,这是我孝顺你的,你要还,我会难过的。以后我没钱花时,我再向你要。阿林姆妈含着泪点着我说,阿祥啊,你哪来的福气,讨到这么好的一个老婆!

已上六年级的小江也很懂事,他也很愿意同我们在一起。他幼儿时就同我们有着很深的感情,他的性格像阿林,有些内向。而从小江留下的那天起,阿林姆妈就把自己所有的爱都倾注在了小江身上。她每天一早给小江吃好点心后就送他去学校,中午、下午都去接,晚上同他一起睡。小江睡着了她就在一边看呀看,似乎在看一样精美的艺术品,老看不够似的。爱使眼前的一切都变得那么美好。而小江对奶奶也格外的亲,每次回来都要搂着奶奶的脖子亲一下,这一亲总是让阿林姆妈激动得热泪盈眶。而阿林每晚下班回来都要提回一兜水果,脸上也溢满了春意。能宣泄自身的爱也是件幸福的事,而亲情也是什么东西都无法替代的。一个星期后,小江的脸胖了也红润了。看到阿林家乐融融的,靳平和我也感到一种满足。一个小江消除了阿林一家人的孤独,甚至包括我和靳平。有时我想,中国的"小太阳"其实是那些老人为了排泄自身生活的孤寂与为了能有机会倾注自己的爱心而铸造成的。孤寂与无法去爱也是件痛苦的事。

六

春节临近,股市又显得格外的热闹起来,大概春节前大家都想试试自己的运气,为新的一年引出一个好兆头。于是股市上的生面孔竟也多了起来。而我这个有点名气的"股市阿祥"也招得那些来年想交好运的新股民的青睐与追逐。但我还是坚持我的原则,除了暗中同叶慧玲搭档外,不同任何别人交往。但有一天生面孔中突然出现了两张熟面孔——大哥和四弟。混迹上海滩几十年,他们也养成了上海人特有的那种精明。炒股前,他们也已到股市上打听了几天的行情,别人告诉他们,股市上有个叫阿祥的,听说过去是个新疆户头,运道特别好,自股市兴起两年来,他炒股很少被"套牢",估计他现在的财产起码已有八位数。只要同他能挂上套,稳赚!听说这家伙有内线,所以从来不同人搭档。而当我来到股市时,有人为他俩远远地一指,他俩马上高兴地叫起来,大哥说他是我三弟,四弟说他是我三哥。

大哥与四弟来股市时也作意打扮了一番,西装笔挺,领带鲜亮,摆出一副有巨款支撑着腰杆的架势。他们的精明不但表现在老爸刚死我还没有来得及办回沪手续时,他们就把房子分了占了,接着又极其潇洒地将我挤出家门。而现在,他们为了自身能在股市上弄个好兆头,可以装出过去那件事似乎压根儿就没有发生过似的,亲亲热热地从人群中挤过来同我打招呼。四弟说,三哥,想勿到你在股市上这么有名气,听说你已是有了八位数的大户头了。大哥也堆起满脸的笑容说,阿祥,你大发了,连兄弟也勿认了,家门也勿进了。猪八戒倒打一耙。当时我立马想到的是被冷冰冰地扔在后门的那堆行李,我被他们挤出家门时走投无路的那种无奈、狼狈、绝望与痛苦。听了他俩刚才的话后我感到一种又苦又酸的愤懑。我想我眼中对他俩流出的是冷漠与疏远。但他俩只当没感觉到,依然套着兄弟间的亲近对我说,他们今天带着八万元来炒股,想在年前弄上几笔外快,让年也能过得有声有色。四弟说,现在过个年,开销也太结棍。大哥说,是呀,是呀,所以今朝想请你给我们指点指点,吃进哪几种股票好。你是老行家了,别人你勿肯帮,自己兄弟总勿能……是哦？他俩的眼神像乞丐似的看着我。金钱的力量足可以使有些人跪下灵魂。我说，大哥，四弟，现在炒股勿像以前，风险相当大，我劝你们勿要做，我也不会给你们什么指点，炒盈了好说，炒亏了你们就会说我有意要坏你们的事体。说完，我便把他们晾在一边。那时我的心情是，想报复他们一下，出出那口怨气的欲望变得很强烈，同时又觉得现在总算有了报复他们的机会而感到某种轻松与满足。人是会记仇的。

我离开股市走进一家咖啡馆，叶慧玲正在那里等我。我被兄弟扫出家门的事我告诉过她，她为讨好我自然也表现出非常的愤怒。因此当我在她耳边嘀咕一阵后，她也很赞成我的做法，说可以呀，对这种兄弟，勿去报复一家伙，人活在世上还有啥意思！我说，那好，你只要帮我做好这件事，你损失一万我赔你两万！她一挺胸就走了出去。有了可以报答我的机会，她也可以两肋插刀。

我从远处指了指我的大哥和四弟，她一点头说，你回去，咯椿事体交给我。接着便微笑着，笃笃悠悠地朝我大哥和四弟的方向走去，而我溜进大户室去炒我的股。

那天我的情绪就不在炒股上，只想立马听到叶慧玲能来告诉我大哥四弟炒股被"套牢"的消息。快到吃中午饭时，我就赶回咖啡馆，不一会儿叶慧玲就兴高采烈地来了，说我大哥四弟吃进八万元的几种股票全被"套牢"，从目前行情看，损失起码在三万元以上，而她也跟着损失了七千。我说我赔你一万四！可惜我没看到他俩被套后的狼狈相。我感到一种愉悦，人身上的邪恶得到满足竟也会有那么多的快感。下午，大哥与四弟已在股市上消失了，而我却炒得非常的顺手——收盘时我又盈了个五位数。我很大方地给了叶慧玲两万。出钱买了个痛快，值！

回家时我特地到黄浦江边去转了转，江风柔软而含着春意，浩渺的江面上飘着雾状的水汽。叶慧玲陪我散了会儿步，然后各自招了辆出租回家了。晚上我把这一切都告诉靳平听，我以为她一定会说，他们这也是罪有应得。然而她却不，她那双眼睛很严厉地看着我，从头扫到脚，似乎不认识我似的，最后用不解的口气说："喂！你们怎么都这样！"

春节过后的一场绵绵细雨迎来了真正的春色,湿漉漉的石子路的夹缝里已绽出绿绿的青苔。那天傍晚,我和靳平在外面吃了顿饭回家,刚走进家门,就有两个人也跟着走了进来,我不知道大哥四弟怎么找到我这个家的,他俩全身被雨淋得透湿,那脸灰溜溜的像被苦霜打后蔫了的叶子,一副沮丧与可怜兮兮的样子。靳平一见他俩,便热情地让座,拿毛巾给他们擦雨水,还为他俩每人沏了杯热茶。但我对他俩冷冷的,一句腔也不想同他们搭。我这个人"滴水之恩以涌泉相报"的事会做,但要我以德报怨,我绝不干。我做人还没有贱到这种地步!他俩的来意我似乎已经猜到了,我怕靳平心软会做出有违我心愿的事,因为她没有体会过那种被扫出家门的痛苦与绝望。他们冷酷地将我逼上绝境的那一幕对我来说是刻骨铭心的。那种绝情的潇洒谁不会?我对靳平说,这儿没你的事,你到姆妈那儿去!她不解地说,大哥四弟来了你干吗要赶我走?我一瞪眼发火道,让你去你就去!她看到我眼神很不对头,就只好嘟着嘴出去了。

"什么事?"我冷冷地问。生活就是这样,谁都有机会居高临下地当主角。

处在乞求者地位的大哥含着泪说,三弟,要是你不肯救我和你四弟,我们只有去跳楼了。我说炒股被"套牢"的人多了,有的套进去几十万,但真正跳楼的有几人?要跳你们跳去,反正上海滩上高楼多,上海人也喜欢轧闹猛看看西洋景。我救不了你们。有本事像我一样,自己救自己!只要是好人,老天爷就会让他绝境逢生。四弟流着泪说,三哥,你不要说这样的话,这次我和大哥去炒股,把家里所有的积蓄都拿了出来,还向人家借了三万五千元钱,加起来一共八万,想图个吉利,啥人晓得一抛进股市就损失了三万多,两家女人闹翻了天,春节过后人家又上门来逼债,说是还勿出钞票就搬电冰箱电视机。三哥,看在阿拉同胞兄弟的份上,借我们三万元钱,我晓得这个数字对你来说是小意思,过些日子我们一定还,好哦?大哥也一把眼泪一把鼻涕地哭起来。他说:"三弟,我知道你恨我们,但我们也是没办法,房子太小,勿是我占就是你占,你讲对哦?虽然当初你处境是有点艰难,但现在毕竟还活得好好的,又发了财,靳平也接来了。而我们呢?你要勿肯拉我们一把,我们只有死路一条了。"他一抹泪神色严峻地说:"到辰光人家会哪样看你?你就这么眼睁睁地看着我们两家人家破人亡,手足之情也勿要了。你将来哪能做人?"他这些话说得我心里直发毛,像是往我嘴里塞进了一粒羊粪蛋。但我反正横下了一条心,虽然这中间我的心也软过一阵子。我说,大哥,四弟,我问你们,有人昨天把你们踢出家门,而第二天你们却给他送去一只金元宝,这样的事情你们做过哦?要是你们做过这样的事,不要说借三万,就是送你们三万都可以。要是你们没有做过,那么不要说借三万,说是三元我也不借!而这时大哥朝四弟迅速使了个眼色,两人扑地跪了下来,说,阿祥,你要勿肯救我们,我们就勿起来。

我相信他俩是商量一番再到我这里来的。我感到一种说不出来的恶心!我说你们愿意这么跪着那就跪着吧,晚上我还有应酬。我拿上伞就走出家门,想不到靳平没有去阿林姆妈家,而一直站在门外听着。她看看我,脸色很难看。

我拉着她走出棚户区。雨依然在哗哗地下着。她说,云祥,你做得太过了吧?我说你根本不了解他们,他俩是在演戏,想骗我的钱!他们真会跳楼?鬼才信!现在的人,一旦把钱借到手,杨白劳比黄世仁还厉害。我又说,靳平,我们兄弟之间的事你别染。靳平说,要是染了呢?你要对我不客气?我说,对!

细细的春雨挤出了树枝上的绿色。阿林姆妈房子窗下的那几盆花中竟有一盆已绽出几朵红红的花蕾。但湿漉漉的空气依然有些阴冷。在股市上,我第一次倒运了。我吃进不少自以为很有把握要看涨的几种股票却都大幅下跌,我损失了好几万。我感到不痛快的不是那几万元钱,而令我沮丧的是这给了我一种不祥的预兆,我在股市上的好运似乎就要结束了。我一气之下,把那几种被"套牢"的股票全割了出去,股市上称为"割肉"。而叶慧玲咕哝着说这肉不该这么匆匆割出去,我吼了她一声说,你懂啥?我割的不是肉,而是晦气!

股市上也流传开"股市阿祥"炒股被"套牢"损失惨重的消息,许多人看我时的眼光再也不像从前那样既羡慕又敬重了。所以人人都只想当成功的英雄而不愿当失败的狗熊,虽败犹荣的事是没有的,那只不过是人为了摆脱失败的尴尬而想出来的一句宽慰话罢了。不知怎么我老感到给我带来这晦气的人是大哥和四弟,因为自他俩前几天来找过我后,我的心情一直不好,而在股市上的运气也每况愈下,以至到今天出现了惨败!

"常胜将军"在遭到二次惨败后他的失落感是相当沉重的。我走出股市时叶慧玲想送送我,被我推开了。

阴霾的天空中又注下了细雨,我走到棚户区的路口时,阿林姆妈眼泪汪汪地从另一条路上拐了过来。我忙问,姆妈,你怎么啦?阿林姆妈的泪又夺眶而出,说小江被他外婆领走了。小江勿肯走,被他外婆硬拖拖走咯。她说,我没想到今朝一个月已经到了,我以为还有两天呢。要晓得今朝她就要从学校把他领走,我昨天就该多做几只小菜让小江吃。说着她又哭了。这一个月,她把自己的心都黏在了小江身上。我只好扶着她安慰了几句往回走。她又说,小江这小人真乖,介乖咯小人我还很少看到。唉,我怎么这么没有福啊!想想我这一生也没有做过什么坏事呀!她怪老天爷不公平。我想,父母对儿女的爱可以用算术级数来测定,而祖母对孙子的爱就得用几何级数来测定了。我就劝阿林姆妈说,姆妈,你也不要伤心,我们无非再掏三千,让小江再回来住一个月。阿林姆妈一抹泪说,三千不行了,甘琳姆妈咯只黑心婆说,现在要一天一千,没有这个数,你就别再想见到小江!市场经济倒真是把一切都变成了商品,包括这种亲情间的感情也可以卖钞票,不过甘琳姆妈开的价也太高了。我把阿林姆妈送回家又劝了几句,就返回自己家里,情绪变得很坏。阿林姆妈的伤心,甘琳姆妈的可恶,大哥四弟的跪求,炒股失利后叶慧玲的抱怨,等等等等,人人都好像在围着金钱转,追着金钱活,面对着金钱在喜怒哀乐,自觉和不自觉地都成了金钱的奴隶。金钱就真这么伟大?在新疆农场时,我还不太感觉到这一点,自回上海后这种感觉浓烈到像糖放在水中到了超饱和的程度。有人告诉我说,这正是上海的进步,我想也许是也许不是……而这时传呼电话亭的阿姨又传来电话,说靳平晚上有饭局,勿回来吃饭了。也是为了做生意、赚钞票。阿林姆妈正在伤感,我不忍心再去打扰她,心想还是出去吃吧。到了乍浦路,走进一家装潢考究的小饭馆,点了几样菜,要了一瓶半斤装的小瓶五粮液,闷闷地喝一阵,一买单,竟要一千七。我要论理,挂金戴银的老板娘就尖叫起来,点菜咯辰光你作啥勿看上面咯价钿啦?只有一千七呀,又勿是一万七啰!吃勿起就勿要吃,看看你也像大场面上跑跑咯人,哪能介拎勿清爽啦……

挨宰留给人的痛苦是既损失了钱也被人玩弄了自尊。漆黑的天空已是繁星闪烁,红红绿绿的霓虹灯把整条马路照得一片通亮,我走出小饭馆而那霓虹灯闪出的招牌竟是"舒心酒家"。我发狠地用河南话骂了一句粗话,就这么个舒心法?

带着一肚子的不顺心就这么醉醺醺地回到家,靳平也回来了,也是一脸的酒红。我闷闷地埋进沙发里,什么话也不想说。靳平倒是笑眯眯地为我沏了杯茶。她就这样,她的性格也很倔强,但在我不高兴的时候,倒尽量地来体贴我。她说你也有饭局?我还是不说话。她就笑着说,云祥,我要同你讲件事,今天下午我到你大哥四弟家去过了。我猛地瞪大眼睛大吼一声,去做啥?她说,他们两家都闹成一锅粥了,大嫂要跳楼,四弟媳闹着要离婚,两个孩子也没心思去读书了。我说,他们这是自作自受。靳平说,云祥,你怎么能这样?不管怎么说,他俩也是你的亲兄弟。我为他们两家和解了和解,晚上就是请他们两家一起吃的饭,我知道叫你你也不会来。另外,他们实在是可怜,我又借给了他们三万元钱。

"你说什么?"我把嗓音提高到最高音。

"我借给了他们三万!人总不能见死不救吧?况且你们又是兄弟……"

我一个耳光甩了过去!

就这么啪的一声,甩掉了世上最最珍贵的东西,夫妻间心心相印的信任与爱……

有一句谚语,感情冲动中做的事十件有九件要懊悔,但泼出去的水是收不回来了。靳平出走后一夜没有回来。阿林姆妈骂我说,阿祥,你昏头了!打女人,还打女人的耳光,你是读书人哎!文明人哎!哪能可以这样野蛮咯啦。像靳平介好咯女人,动一个指头都是罪过!阿林阿爸在世的时候就没有动过我一指头!阿林在一边也板着脸抱怨说,阿祥,你也太过了,在新疆你都没有动手打过她,好不容易你把她接到上海来你竟会打她!甘琳和甘琳娘这样待我们,但我从来没有想到要对她动手。

"快去寻呀!"阿林姆妈看着窗上已映出了晨曦便喊着说:"要是出啥事体,我都勿想活了!靳平这么个儿媳妇,可以顶你们两个儿子!"

阿林姆妈非要阿林调休一天也去找,而她也丢开了小江被领走的伤感,也要同我们一起去找。

我知道靳平决不会去做什么傻事,回是肯定会回来的,只是个时间问题。我想虽这么想,但心里仍感到一种愧疚与不安。其实茫茫大上海,到哪儿去找她呢?那天我们去她的公司,一问赵经理,赵经理也很焦急地说,她一向是准时来上班的,所以今天我上班没见她人影,也感到很奇怪。他说其他话以后再说,找人要紧。他也跟着我们去找公司里平时同她往来较多关系也比较好的人,但所得的回答都是"没看见"。阿林姆妈咬牙切齿地数落我,阿祥呵,你真是昏头啊,昏头啊!我只好敲敲自己的脑袋!是昏头了。

一直找到晚上两点,我们精疲力竭地回到家里,我们希望开门后,能看到靳平已在家里,但可惜没有。阿林和阿林姆妈也只好失望地回去睡觉。阿林偷偷地又狠狠地踢了我一脚,用河南话说:恁是个龟孙!身在福中不知福!深夜两点后,上海也渐渐地宁静了下来,虽然这种宁静也只是同白天的喧闹而言。像新疆的戈壁滩那种死一样的宁静,上海是不会有的。何况改革开放后,上海的夜生活也迅速地铺展下来。我闷坐在沙发上,抽着烟怎么也不想睡。而我隔壁那位已下岗的赵姗娥小姐,自从从我身上诈去五万元钱后,也到股市上去混得相当的活络,发了些财,从此也潇洒地热衷于过开了夜生活,用她的话说,夜里白相起来味道赫足!怪勿得一些作家要夜里写作。她认为作家夜里写作也是白相。有时夜里没有白相尽兴,半夜里还要带上两三个男女回到家里来潇洒。喝啤酒,唱卡拉OK,阵阵嬉笑声中充满了有资本这么潇洒的自豪与满足。棚户区的夜现在变得越发的嘈杂,尤其这几年,搓麻将成风,哗哗的麻将声,骂娘声,摸到满贯后兴奋得透不过气来的欢叫声,一直要闹到深夜甚至第二天凌晨。这一切你只能无奈地忍受着。谁让你住在棚户区的呢?

中篇小说

　　赵姗娥那晚倒是一个人回来的,唱着小调打开门,看到我屋里的灯还亮着,就打开窗户倚在窗口说,喂,阿祥哥,靳平嫂让你一记耳光打跑啦?介漂亮咯老婆你也落得了手舍得打啊?哪能?守空房了哦?今晚阿要我来陪陪你?哎,只要咯个数的一半,她又开出了五指说。我气得瞪了她一眼说,滚!你是不是每晚都在做野鸡生意。她一撇嘴说,我做勿做野鸡生意你管勿着,不过你陆云祥也不是什么正经东西,你在股市上有个姘头叫叶慧玲,你以为我勿晓得啊,我跟踪你们好几次了,靳平回来后,你还同她勾勾搭搭的。还有,当初那几个晚上,你爬在我身上那副急夯夯的样子,回想起来叫我恶心!说着她砰地把窗关上,放大音响的声音,哆溜溜地唱开了绍兴戏。我恨我手中没有机关枪,要是有的话,我非朝她屋子里扫上一梭子不可!

　　棚户区那种夜的宁静是一种杂乱的宁静。我斜躺在沙发上刚睡着一会儿,天空已透出一丝曙光。阿林姆妈又来敲我门,她也是一夜没睡,眼圈红红的。她说,靳平还没有回来啊?阿祥,听姆妈话,再去找找好哦?她那口气似乎是她丢了女儿而要求我去找,这使我感到心酸。我说,我再上她公司去找找。我知道,靳平是个敬业的人,昨天她一天没去公司上班,今天肯定会去。

　　我洗漱好,吃了早点,穿上靳平前几天为我买的那套花格呢西装,怀着满腹的懊丧与悔恨,到她的公司去找她。一问赵经理,果然今天她已上班来了。赵经理不满地说,陆云祥,在我们新疆农场,好像没有动手打老婆的光荣传统吧?你去看看,她脸上那五个手指印到现在还没消呢!我只好取消了今天同客商的约会。我们公司的副总经理你好随便打啊?我们公司的人恨不得要撕了你。你快趁我们没撕你以前,去她那儿负荆请罪吧!

　　赵经理把我带到一间很幽静的小客厅里,只见靳平坐在墙角边的一圈沙发上。赵经理关门走了出去。一束阳光照在她那张秀丽的脸上,腮帮上还可以隐隐地看到那五个指印。她凄然而伤感地看了我一眼说,还想再给我一巴掌吗?那时我真想扑地跪下,求她的宽恕。我鼻子一酸说,往后我再也不了……她眼圈一红说,云祥,我觉得你变坏了,你已不像在新疆时的那个陆云祥了。我默默无语,我已想到了我在不知不觉中的堕落,我不知道我

233

在什么时候失去了我自己

"陆云祥我告诉你,"她说,"我不想再在上海待了,我想回新疆去。这里不是我待的地方!"

她哭了。

七

大厦可以在一夜间倾覆,人的命运也会在一瞬间发生变化,而家庭呢,也可能在一刹那间出现一条会导致破碎的裂痕。从那时起,我觉得我的生活猛然间就处在你想逃都逃不出来的丧气与绝望的旋涡中。人对生存的困惑有时就在于自己根本无法把握自己的命运上,生活是按照它自身的逻辑在运转着的。

三月一过,上海就显得阳光灿烂,春色分外的明媚,阿林姆妈家窗下的那几盆花也艳艳地竞相斗妍。本来这是个使人愉悦的时节,但我与靳平的关系竟像阴冷的冬天。那几天,她虽每天都回家,也没再提回新疆的事,但对我却总是很冷淡的。有两个晚上我主动想同她亲热,她就用胳膊顶着我说,我没兴趣,少染我!我也只好讪讪地不敢再惹她。她有两点怎么也想不通,一是她认为我这个人身上虽有不少毛病,长得也不是很帅气,但对人真诚为人也算厚道,这正是她也能爱上我的基础,可现在她觉得她这种感觉可能错了;二是她觉得在这世上那种亲情与友情应是十分珍贵的。我大哥和四弟对我回沪时的绝情虽做得不对,可我也不该耿耿于怀非要以怨报怨不可。那次大哥四弟炒股失利来求援,正是我们伸出手来弥合这种隔阂重建手足之情的时机,而我却无情地一刀将她的这种努力变成了泡影。她说,陆云祥,你的那颗心已经不是肉长的了,过去那个曾冒着生命危险夜闯戈壁滩去救朋友的陆云祥到底到哪里去了?

那些天,她只同阿林姆妈好,只要她下班早一点就去阿林家同阿林姆妈聊天,阿林姆妈倒努力想拢合靳平与我在感情上的裂痕,还提出趁春色那么好,我们索性一起到杭州去玩几天。靳平自然也知道阿林姆妈的用意,可她说,姆妈,这几天公司里的事太多,我抽不开身,等以后再说好吗?她不想这么快就同我和好,她是要用这种方式来让我反省,为那记耳光付出点代价。那几天我的心里总是怏怏的,情绪也很低劣。

中国有句老话说风水轮流转,我在股市上的好风水也在前些日子转走了。我有时去股市小炒炒,但炒一次失利一次。上海人现在喜欢讲,咯个社会是越来越让人读勿懂了,而股市上的瞬息万变,疯涨狂落更让人读勿懂了。有一天阿林关照我说,股票这几天可能会大跌,什么原因你也不要问,中国的有些事情是说不清楚的。你把手头上的股票赶快都抛出去,把钱存进银行里。这些日子你也不要去股市了。正处在"外患内忧"中的我也只能听他的话,抛出了大部分的股票,余下一点点算是在交易所里留下个户头。我让叶慧玲也跟着我这样做了。她已与我有了那种关系,这种关照总应该有。果然,没两天,股价一泻千里,跌幅使大大小小的股民都"蒙脱了",有的顿时变得一贫如洗倾家荡产甚至债务累累。叶慧玲感激涕零地对我说,阿祥,你真是我的大恩人,要不,我又要变成一条赤膊鬼了。

那些天,股市上的暴风雪虽然没有使我受到什么损害,但我的心情却怎么也好不起来。看来人倒真不是光为金钱活着的。股市上去不了,逛马路又没劲,我只好百无聊赖地捏着遥控器躺在沙发上看电视。灿烂的阳光斜斜地从窗口射进来,我一会儿调一个频道一会儿调个频道。现在电视频道虽多但可以吸引人的节目并不多,那些越来越多的电视垃圾也真该清扫清扫了。然而这时我突然听到隔壁赵姗娥屋里有哭声,那哭声显得委屈绝望而痛苦,开始还小声地哭,后来索性放声大哭起来。那哭声尖厉而刺耳。我被她哭得心烦得直想骂,但我想还是不惹她的好,这种时候惹她这样的母老虎则是在火上浇油,弄不好反而自己会被烧得狼狈不堪。我想这么烦心地听着她哭,还不如出去逛马路,虽然电视屏幕上出现了广袤的大地,一群狮子正在嬉耍,这是我最爱看的《动物世界》,但我还是穿上衣服出了门。可我刚出门,就被斜刺里蹿出来的陈家姆妈一把拖进了她家里。她神秘兮兮地对我说,阿祥,你晓得哦?赵姗娥咯只鸡出事体嘞!我说出啥事体啦?陈家姆妈说,钞票被人家骗脱了,十几万嘞。她轧了个东洋人做朋友,说轧勿到

| 235 |

黄头发蓝眼睛咯老外做老公,轧个日本老外做老公也可以。那个东洋人说为她办出国护照,还同她办了结婚证书,结果拿她的钞票骗到手,人就没有影了呀。到处去打听,才晓得那人是个假东洋人,勿晓得跑到啥地方去了。我一耸肩说,活该!陈家姆妈这时脸上堆起谄媚般的笑容说,是呀是呀!她又说,阿祥,我特地把这件事告诉你听,是要让你防着她点,咯种女人一没有钞票了啥坏事都做得出来!她又在暗示我那次被诈的事。我心里感到很不快,敷衍着说,陈家姆妈那就谢谢你了。说着我就要走。但她又一把拉住我说,阿祥你慢点走,我还有事体要求你嘞。我说啥事体。她那老脸上堆出了更多的媚笑。咉,她说,是这样一桩事体,上次你借给我两万元的股资我是认账咯,虽然这些股票现在已经勿值这么些钱了,但我将来仍会还你两万的。我陈家姆妈做事体是一向上路咯。咉,前些日子你陈家姆妈在股市上栽了筋斗,连老本都掼了进去。这两天股市又开始牛了,阿祥,你再帮陈家姆妈一次忙,再借我两万,等我赚了,我连本带息还你四万五千?哪能?阿祥,你咯点忙总肯帮咯,是哦?这真是屋漏偏遭连阴雨,我苦笑一下咬着牙说,陈家姆妈,我晓得你的意思。今天靳平回来,你就把我和赵姗娥以前的那件事告诉她听,反正我是豁出来了。就是嫖女人,人家公安局捉住也只罚个三四千,你倒好,诈一次就是两万,你这只无底洞我填不满。对勿起,不要说两万,两百我都不会再借给你,而上次我泼给你的那两万,我就没想再要回来过!

　　棚户房中间的那条羊肠小道变得又湿又滑。我在想,有人说淫为祸之首,现在我可真是体味到了。我拦了辆出租,让出租车沿着外滩慢慢地开。江面上呈现着朦朦胧胧的雾气,正像这个世界一样,让人不可捉摸。一路上,出租司机朝我发牢骚,说我们开出租的现在社会地位是越来越低了。十几年前,别人听说你是开出租车的,看你时眼睛都发亮,社会地位相当高。后来呢,同大家拉平了,坐出租也勿叫坐出租了,而叫"打的"。现在呢?连"打的"也勿叫了,而说"要只差头"。啥意思,就是我们这些开出租的人都是给别人当差的"差头"。一个筋斗,翻到了社会的最底层。"这个世界啊!"他感叹地说,"让人读勿懂啊!"

中篇小说

当计程器上闪出"88"这个数字的时候,我叫他停了车,掏了张老人头给他说,不用找了,都讨个吉利吧。刚才天有点阴,而这时太阳从破裂的云层中露出了黄灿灿的脸。人活在世上有多少想不到的事情啊,兄弟间的绝情我没有想到,而我绝境逢生并且还发了大财,我也没想到,更没想到我还能把靳平接来共同生活,如果这些我都能想到,我还会同那两个女人鬼混吗?人在苦难中会失落自己,而在堕落中却又看清了自己,面对这个纷乱的世界我又不知该怎么办,随心所欲地跟着感觉走,现在就走成了眼下这副模样。

昏黄的阳光在潮湿的空气中变幻着色彩,而当我在小饭馆吃了顿简单的晚餐,走出来时天已黑透了,潮湿的路面上映着的是那些光怪陆离的霓虹灯光,变幻着更加丰富的色彩。外滩虽拥挤但却是人群中的沙漠,除了自己或伴侣外,似乎谁都同谁不搭界。一对情侣坐在石凳上疯狂地亲吻,他俩似乎忘记了周围的人群,而人群也只当没看见他们,我也若无其事地从他们身边走过。我又想起了我同靳平那天去场部领结婚证后回来的情景,青春与纯真的爱已经从我俩的身边消失了,太阳的色彩,霓虹灯的色彩,都无法同人生的色彩相比。人生的色彩是世上最最丰富的,所以人生也是最难让人读懂的一幅画。我从外滩的高台上往下走,走到最后一个台阶,那里的灯光有些暗淡,但我突然看到了赵姗娥,她正在同一个男人说着什么,但那男人讨厌地摆手,匆匆朝灯光亮处走去。赵姗娥看到我后瞬间似乎有点尴尬,但她很快镇静下来,笑眯眯地朝我走来说,阿祥哥,你也在逛马路啊。我不想搭理她,但她却紧挨着我走着对我特别亲热地说,阿祥哥,我晓得这些日子靳平嫂就没有理你,怎么样,孤单了哦?阿要去开只房间,咱俩……啊,钞票好商量,你想给我多少就多少。而且这事我也绝对会保密,哪能?

我匆匆走到马路边,举手招"差头",这时我恶狠狠地还了她一句,让我再往你身上爬,我要比你还感到恶心!出租车在我身边停下时,她喊了句:"陆云祥,总有一天我要叫你吃进去吐勿出来!"

灿烂的阳光在大地上暖烘烘地照耀了一会儿后,天空中又突然阴云密布了,接着凉凉的雨丝便潇潇洒洒地飘落了下来。在不知不觉中,上海的黄梅天到了。有一天晚上我问靳平,你就这样永远要对我这么冷冷的?她说,那你说呢？在我挨了你这么一下后，我就该立马忘掉这一切，再把爱无私地热情地献给你？你就不感到让我勉强做这种事是对爱的戏弄吗？我把这件事看得很重，爱没到火候上，我不做这种事！我只好垂下头，闷在沙发上抽烟。

第二天我去了股市，倒不是又想去炒股，而是以前天天泡在股市里，好些天没去了，心里总感到空落落的。想不到叶慧玲也到股市上来了。她说，这几天股市又有些回升了，她想到这里来看看我在不在，想同我商量商量是勿是可以开始小炒炒了。好些天没炒股，她也感到日子过得没意思。她看到我后说："最近你哪能啦？面色哪能介难看啦？"

她那关切的神情，那温暖而贴心的话说得我心里酸酸的，要是周围没人，我真会扑进她的怀里哭一哭。而这时，我突然感到我来股市似乎不是为了来看看炒股，而其实是奔着她来的，我那孤独苦恼的心希望能得到一些安慰，尤其是得到一个与自己亲近的女人的抚慰。男人离不开女人。

她把我拖到她家里，又去买了些熟小菜。她说，我俩好些天没有这样聚了，来，喝一点，人头马一开，好运自然来。我闷闷地喝了口酒，她问我为什么事这么苦恼？我不说，我想这种事最好不要同她说。她见我不说也不再追问，只是嫣然一笑说，阿祥，你听我一句劝，人勿要活得太认真了，太认真了就会给自己招来太多的痛苦和不满，但也勿能活得太烂污，太烂污了也会让人看勿起，自己的心灵也会落下创伤。中庸之道最好，勿认真也勿烂污，像我这样勿是蛮好吗？活得也挺滋润。所以你也勿要想勿开，心闷了，就到我这里来坐坐，我随时都欢迎你来。你也应该了解我了，我勿是那种无情无义的人，你讲是哦？她这话倒说得我很感动。我感到，现在只有她是我最亲近的人了。我们连碰了几杯。人有时就是这样不能控制自己，尤其是当人处在烦恼、苦闷与孤独的时候。叶慧玲那亲昵与妩媚的眼神，那一句句慰心的话，比那人头马还要醉人。我也不再思前顾后，人微醉后又同她上了床，求得一时的欢乐。"梦里不知身是客。一晌贪欢。"古人都是这样……窗外梅雨绵绵，她这间雅致的小卧室里却充满了温馨。她抚摸着我的脸说，不过做人有时也真没意思，有了爱情没有钞票，爱情就没有了基础，可有了钞票呢？钞票却又买勿到爱情，啥人晓得对方是爱你人还是爱你钞票。所以外国人把男女间有这种关系的叫作性伙伴，太确切了，两人之间除了性关系外，不附带别的什么责任和义务。这最实惠了，你说呢？她认为我俩就是这种关系，我想这倒也是，但我不答。

我们刚欢悦完，就听到急促的敲门声，叶慧玲很惊讶地看看我，因为这两年来，没有人会来这里敲她的门。她穿上睡衣去开门，门口站的竟是靳平，而我看到另一个人的身影一闪便下了楼，那身影确切无疑的是赵姗娥。我身上顿时冒出一身冷汗。靳平脸上毫无表情地看了我一眼，便也下了楼。

狗娘养的赵姗娥，她这一口真是让我吃进去吐勿出来了！

那两天我只好住旅馆，不敢回家。但这总不是长久之计，自己抹下的污秽还得自己去收拾。阿林姆妈信佛，她老讲，人做了好事总会有好报咯，可做了坏事，也会有报应的！看来我是遭报应了。那天下午，大雨如注，我给阿林姆妈打电话，阿林姆妈一听是我，就说，阿祥，你还不快给我死回来！躲得了初一还能躲得了十五？她用谴责的口气说，阿祥啊，你让我说你什么好！看看你也是个像模像样咯人，也会做下这种下作的事情。还有，陈家姆妈把你和赵姗娥的事也传得满街区都晓得了。现在社会上有一句话，叫女人一变坏就有钱，男人一有钱就变坏。我看你是变坏了。靳平讲，她要回新疆去，我和阿林，赵经理都劝她，但没有用。她过两天就要走。你快回来，就是劝不住她，总也得认个罪，送她一送。快回来哦！靳平也在我这儿，我在门口等你！从阿林姆妈口气中我感到她还想拉我一把。

瓢泼大雨在水泥地上溅出了无数朵韭菜花。我坐出租，在棚户房街口下了车，抱着一种听天由命的心态，朝家走去。硕大的雨点在石子上溅出的水花更大，我看到阿林姆妈撑着把伞在门口等我，她仍像关怀着亲儿子一样地关怀着我，这时我的眼睛就有些模糊。我恼恨自己怎么会走到这一步！阿林姆妈朝我做了做手势，意思是让我先回家，然后她再把靳平带过来。我走进家门，突然感到这个曾经是那么温馨的家庭现在却变得那样冰冷，所有的家具与电器都瞪着冷漠的眼睛看着我。阿林姆妈先进来，用异样而难过的眼神看着我，而后面跟着的靳平也慢慢地挪步进来，眼泡有些肿，眼圈也红红的。阿林姆妈板着脸说:"阿祥,你给我跪下!"阿林姆妈的眼神使我明白了她的意思,于是我很听话地扑通跪在了地上。阿林姆妈从墙角拿起竹柄扫把点着我的鼻尖说:"阿祥啊阿祥,好好的一个家,让你弄成这个样子!靳平介漂亮介懂事的一个女人,你还不满足,还要到外面去打野食,连隔壁那种女人你都会去沾!兔子还勿吃窝边草嘞,又被人诈去五万!靳平借给你兄弟三万,你就扇她耳光,这五万你该怎么说啊?阿祥,你还认我这个娘,你就给靳平磕头认罪。靳平,给!"阿林姆妈把扫把伸给靳平说,"你也给我打!"靳平含着泪摇摇头说:"姆妈,他不值得我打。"说着,泪流满面地转身走了出去。大雨在哗哗地拍打着大地,空中还往下滚着响雷。屋里变得死一般的沉寂,阿林姆妈沉默了好一会儿,然后长叹一口气说:"阿祥,这我就没办法了,靳平要肯打你,她还可能原谅你,但现在她不肯。她跟姆妈勿一样,只要你今后不再犯,姆妈还可以原谅你,男人有时就会犯这样的事。可靳平是你妻子,她纯纯地就爱着你一个,她就没法原谅你了,因为她无法接受这样的事实……"阿林姆妈手中的扫把咚地落在地上,惋惜地又长叹一声说,"阿祥,姆妈能为你做的也只能这样了。"

"姆妈!"我跪着扑向阿林姆妈,抱住她的双腿懊丧地大声号哭起来,"是我勿是人啊!"

阿林姆妈摸着我的头说:"阿祥,起来吧,中国有句老话说,一失足成千古恨,这话是勿错的。"

晚上,靳平住在阿林家,阿林过来同我一起睡,一向寡语的阿林给我唠叨了大半夜,他说,我这个家是无法团聚的苦,而你呢?团聚了却又把它拆散。他又用河南话骂了:"你真是臭蛋!咋会去干这种事!"我一支接着一支地抽烟,雨点时密时疏地敲打着屋面。我叹口气说,人生存在这世上真让人困惑啊。阿林说,放屁,你这是人性的堕落!

八

靳平决意要走,谁也劝不住。我自然是无话可说,因为这错全在我。那

中篇小说

几天,赵经理每晚都来劝,说全公司的人都舍不得你走,为了咱们公司,你也该留下。靳平摇摇头说,不,我是奔着陆云祥才到上海来的,现在陆云祥都变成了这样的人,我还有什么必要再留在上海呢?况且上海的生活我实在也过不惯。你们也不用劝了,这两天我就走。明天我就去买火车票。赵经理看看实在劝不住,就说这样吧,你真要回新疆就坐飞机,机票我们公司给你买。靳平说,我又不是什么大人物,坐什么飞机。赵经理说那坐软卧吧。靳平说那也是首长们坐的。赵经理,你要真想表示一下,就帮我买一张硬卧吧。赵经理非常惋惜地搓着手说,那好吧,过两天我给你送票来。赵经理临走时,贴着我的耳朵咬牙切齿地骂了一句:"天下最混蛋的就是你!"

那几天,正是梅雨下得最闹猛的时节,天空几乎没有见晴的辰光,有时还夹着闪电和闷雷。赵经理送来车票后,靳平就开始整理行李。阿林姆妈也来帮忙,她真舍不得靳平走,一想到过两天靳平就要离去,她眼圈就红。阿林姆妈再也没有说我什么,但是见到这情景,我也感到有一种无法诉说的懊恨在煎熬着我。阿林姆妈这几天脸色也不好,而且还有些咳嗽,阿林也闷闷不乐,而赵经理的那句咬牙切齿的骂也已说明他的情绪了。我想,我犯下的错都使那么些人难过,人其实是牵在一起活着的。靳平明天就要上路了,阿林姆妈又拿来几样她年轻时留下的首饰,非要让靳平留下做个念物。她又帮着靳平整理一些路上必用的小东西,而且搂着靳平的脖子哭了。那时我想,我也得去买样东西给她了,无法说得清这一切,为了以往的情谊,为了那心中并没消失的爱……

我撑着伞,在密密的雨幕中走上大街。我记得几年前,那时我们还在新疆农场,有些女人从关内探亲回来,脖子上挂上了明晃晃的金项链,靳平看见自然很羡慕。女人都是爱美的,她就对我说,云祥,到时你也给我买一条。可她到上海后,我又有了那么多钱,却没想到给她买一条金项链,这真是男人的大意,想到这里我心中顿时又涌上了沉重的愧意。我到银行去取了一笔钱,往一家又一家的首饰店跑,心想一定要给她买一条最能让她称心的项链。等我买上一条做工极其精致并且嵌着蓝宝石坠子的项链后,天已黄昏了。靳平最喜欢的颜色就是宝石蓝。我匆匆拦了辆出租赶回家里。但家里空荡荡的,阿林家的门也锁着。陈家姆妈看到我后就慌慌张张地说,阿祥,阿林姆妈同靳平说说话说说话就晕过去了,结果靳平叫了救护车去医院了。我问去哪家医院了,陈家姆妈一摇头说勿晓得。我给阿林打电话,阿林也已不在单位了。我只听陈家姆妈在感慨地说:"钱多也招祸啊!"她这话好像是说给我听的。

我只好坐等,看着窗外的雨幕发呆。大约一个多小时后,靳平回来了,脸色很难看。我朝她投去焦灼的询问的目光,那时她那对我一直很怨恨的眼神也变得缓和了许多。她说,云祥,姆妈病了,而且很重。刚做了B超,怀疑是肺癌,可能是后期了……说着她眼泪便一串串流了下来。

这真是晴天一声霹雳!

"阿林正陪着姆妈,我回来取钱给姆妈办住院手续。"靳平抹去泪正说着,赵经理来了,说靳平你明天要走,我来看看你,还有什么要我办的。靳平说,赵经理,我明天不走了。她从口袋里掏出车票说,麻烦你帮我去退掉吧。她把情况一说明,赵经理说,那快去医院呀!那家医院有我的熟人,我想办法让阿林姆妈住上好病房!

现在真是熟人好办事。赵经理去后,不但很快办好了住院手续,而且还住进了单人病房。阿林姆妈躺在病床上,打一针,吃了点药后,脸色和精神都好了些。天已黑透了,我让阿林同靳平先去吃饭,我陪姆妈一会儿。我拉着阿林姆妈的手淌着泪说,姆妈,这都是我惹的。阿林姆妈摸摸我的头说,瞎讲,姆妈这病根其实早就种下了,怎么会是你惹的呢?她说,阿祥,你也勿要太难过,人活在世上,是有栽筋斗的时候。人有时啊,摔了筋斗才会长见识懂道理,要不哪能讲浪子回头金勿换呢?勿要难过,姆妈现在蛮好的嘛。

几天后确诊下来,肺癌后期。

那天下午我们聚在姆妈病床边,她脸色苍白,但精神却还好。她慈祥地看着我们说,我知道我活勿长了,只是你们和医生都瞒着我。我这一生,别的啥也勿缺,缺就缺全家不能团聚,小江不能同我生活在一起……说着泪珠儿便止不住泉涌般地流出来。我们几个也都眼泪汪汪的。阿林在伤心的同时也感到自己的无能,亏待了这么贤惠慈祥的一个母亲。阿林姆妈又讲,我

中篇小说

现在只想同小江再一起生活上几天,就是闭上眼我也……这时靳平坐到床边上,为阿林姆妈擦去泪说,姆妈,你不要伤心,这桩事体我来为你办!

世上的事就是这样,事件的重点是在不断转移的。在我们生活的这个小圈子里,重点开始是在我身上,而现在转到阿林姆妈身上了。大家都为阿林姆妈而忙碌。其中最忙的当然是靳平,那时她的一颗心全扑在阿林姆妈身上了,同我的紧张关系也有所缓解。她不时地指挥我说,云祥这件事你去办,云祥这东西你去买,云祥姆妈要吃的这两样菜你到饭店去定。而她对阿林从来不这样指挥。我想,我们毕竟还是夫妻,这使我心中也感到一种温存与希望。阿林姆妈是个想得开的人,所以她的精神状态一直很好,胃口也不错,不过总是想吃那些年轻时吃过的菜。老年人爱怀旧,在吃上也是这样。好在现在饮食业越来越繁荣,只要有钱,这种事总能办到。

有一天,我去大饭店订了两样菜给阿林姆妈送去。那几天雨水不是那么多了,有时太阳从开裂的云层中投下一杆杆黄灿灿的光亮。阿林姆妈那天很高兴,脸上闪着红光,眼睛也明亮了许多。那两样菜她也很爱吃,说阿祥,你总还是一个孝顺的儿子。阿林姆妈还高兴地告诉我说,靳平这几天又为她办成了一件大事。她说昨天晚上靳平来告诉我,甘琳姆妈已经答应,只要阿林能买上一套商品房,从棚户区搬到新工房她就允许甘琳和阿林复婚,小江也同我们一起生活,不过阿林夫妇每个月得贴她三百元的生活费。阿林已经有一笔存款,就是买一套房子还差一些,靳平说她有钱,她可以借给我们。今天早上,靳平,阿林和甘琳去看房子去了,听说那地方离市区稍微远一点,但交通倒很方便。可靳平讲,等她为我们办好这件事,看到我们全家团聚了,她也要回新疆……说到这里阿林姆妈又伤心了。我惭愧而沮丧地垂下脑袋,揉揉鼻子。阿林姆妈突然压低声音神秘地对我说,阿祥,你也勿要太难过。你想想看,靳平只是说要回新疆,但从来勿提同你离婚的事,这说明你们的关系还有希望。我说,姆妈,我这一生遇到了你和靳平两个好人,可惜我没有好好去珍惜。阿林姆妈又安慰我说,阿祥,把心放宽些,人都是从一次次的懊悔中成熟起来的。阿林阿爸在世时就爱讲这句话。

商品房买好后,室内装修只花了半个月的时间,阿林和甘琳也办了复婚手续,这样可以让阿林姆妈多享受几天全家团聚后的天伦之乐。这中间的事大多数都是靳平在忙碌,她眼圈总是熬得红红的,脸也明显地瘦了一圈。她与我的那种紧张的关系虽有缓解,但对我的感情始终恢复不过来。阿林姆妈讲得对,作为母亲可以原谅儿子在这方面的过失,但作为妻子,就很难原谅了。我正在为我的错误付出感情上的代价,人们在情爱上也存在着这种罪与罚的关系。我没有理由去怨恨和责怪她,她的内心也够痛苦的了。

阿林姆妈的病情稍稍稳定后,在医生的同意下暂时出院了。两室一厅的住房装饰得很漂亮,也显得很典雅。阿林姆妈住进新工房后高兴极了,这个家总算团聚了。这个时候你就得说"没有钱是万万不能的"这个理了。金钱可以使人堕落,但也可以让人去做善事,所以金钱它本身并不代表恶也不代表善,它体现出来的善与恶全在掌握它的那个人。甘琳对阿林姆妈也格外的孝顺,为了弥补过去曾给婆婆造成过的伤害。阿林姆妈出院那天靳平去请了个大菜师傅,在新工房的客厅里摆了一桌,大家乐融融地围坐在一起。甘琳姆妈也来了,对房子的装饰赞不绝口。她很爽直地说,勿是我勿肯让甘琳和阿林复婚,实在是你们的棚户房让我的面子搁勿下去。对上海人来讲,面子比生命还要紧!像现在这样,多体面呀!我虽勿住这里,但脸上也觉得蛮有光彩!

那天大家都很高兴,但一听说靳平过两天就要回新疆,阿林姆妈一把搂住靳平泪流满面地说:"唉!我还是没有福啊!"

黄梅季节那绵绵的淫雨似乎就没个完。我们要了辆出租车去了火车站。那天刚好是星期天,阿林姆妈一定要坐在出租车里把靳平送到车站。她和小江把靳平夹在中间,阿林姆妈拉着靳平的手,眼里的泪就没有干过。快到车站时,小江搂着靳平的脖子亲了一下,说我以后长大了也要讨像靳平婶婶这样的女人。阿林姆妈讲,看你有勿有这个福气了。

阿林姆妈在小江的陪同下又坐出租返回去了。阿林和甘琳,还有赵经理和我把靳平送上了月台,送上火车。火车快要开了,我站在车窗下,内疚、羞愧、悔恨、痛苦与懊丧煎熬着我,而我眼前似乎又出现了新疆农场的那个五月,我同她手拉手走进开遍蓝莹莹小花的那片翠绿的苜蓿地。"……现在你可以吻我了……"她说。但这时月台上响起了第三遍铃声,靳平猛地一把抓住我,泪便一串串地滚落下来,她说:"云祥,要学好,别学坏,给,里面有把钥匙,还有信……"她把一个信封塞到我手里,而这时火车咯噔一声启动了,徐徐地开出月台。我们一面奔着一面挥手,列车终于消失在远方了。

我打开信,上面写着:"云祥,别怨我,让我去新疆再住上一段时间吧,其实上海的生活我也已慢慢过惯了。不过离开一段时间,对咱俩都有好处。你不要去炒股了,就到赵经理他们的公司去干吧,我已同他说好了,他是个好人。我那抽屉的小铁箱里有一个存折,还有不少钱,你再凑上些也去买一套商品房吧。上海发展那么快,棚户房迟早都要拆除。另外,我走了,我还是不放心隔壁的那个赵姗娥,还有股市上的那个女人。我吃醋,因为我是个女人。还有,你什么时候真学好了,我一定再回来,因为我不能让我们的孩子没有爸爸……"

我的心突然感到一阵震颤。我又把最后一句看了一遍,我激动得浑身哆嗦起来,我用带哭的声音朝阿林喊:"阿林,快!快!你现在就给我去买一张去乌鲁木齐的飞机票,你一定要买上,出什么价都行!"我把信塞到阿林手上。我发疯似的奔向月台的尽头,朝列车消失的方向喊:"靳平,我一定要把你接回来,我不能失去你啊。"

密密的雨丝在空中飘散,被雨水泡得湿漉漉的铁轨闪着水光,在一片雾蒙蒙的雨幕下,那闪亮的铁轨一直向前延伸,向前延伸,延伸到了无边的天际。

洋楼与车库

当我穿着一身破旧而肮脏的衣服,背着一床已烂得像一团团破棉絮似的网套,走到家门口时,母亲坚决地把我挡在了门外,用毫无商量的口气说:"脱光!"天气还很冷,空中又飘悠着霏霏的细雨。我脱得只剩一条裤衩,冻得嘴唇发紫,淋湿的身子直打哆嗦,母亲这才允许我走进家门,而且只能直奔卫生间。小保姆雅芬已打开热水淋浴器,莲蓬头在哗哗地喷着水。我扔出裤衩,母亲撅着屁股伸出铁火钳夹住后急匆匆地扔到门外。也许是为了顾及自己亲生儿子的面子,她才没有捏住鼻子,但却紧皱眉头一迭声地喊,雅芬,快都扔到垃圾桶里烧了,上面再倒点煤油!

一把火,把我所有身上穿的连同那床我舍不得扔在新疆而千辛万苦背回来的网套,瞬间便化成了一团黑灰。母亲这才松了口气。她认为儿子总算同以前的一切彻底告别了,连同那个噩梦般的岁月。但母亲太注重自己的想法,而忽视了儿子的感受,这种做法却使我感到不快。

中篇小说

母亲是我父亲的二房,由于大房死得早,据说是我出生的前一年死的,所以我未见过这位"大妈"。从留存的照片看,那是一位老太婆,而且也不好看,而站在她边上的我母亲,亭亭玉立,俏丽而自信。后来我父亲又娶了三房和四房,但都是另立门户,分开过的,而且很少往来。大房死后,母亲就以正房太太自居了,况且父亲娶了四房太太,只有我母亲生了我这么个儿子,其他生的都是女儿。虽然母亲头胎生的也是个女儿,但儿子毕竟是她生的,所以她很自豪,很看不起那两个姨太太。但"文化大革命"中,革命小将还是骂她是资本家的小老婆。对这种侮辱,母亲一直耿耿于怀。她说她记得最清楚,骂她小老婆的那个女生的鼻梁上有三颗酱油麻子,两大一小。

我们这栋英国式的红砖墙的花园洋房是父亲发迹时盖的。大房死后这栋房子就归我母亲所有。父亲娶第三房时,为了讨好母亲,免生事端,房产划归母亲后,又特地为母亲买了辆雪佛莱轿车,在楼房边上还盖了间相当高级的车库。母亲当然很满意,说你娶三房四房我勿管,但勿许带到我这里来!在母亲看来,有钱人娶几房姨太太算什么?

不让他娶姨太太说不定他会去那种不干净的地方,将来把脏病带到自己身上反而自己受罪。只要娶过姨太太后别忘了我这头的好处,该我享受的一样都不可少!在我的记忆中,那辆银灰色的雪佛莱轿车在我三四岁时就没见着了,但那间相当结实漂亮里面水泥墙抹得溜光的车库却依然在。也许父亲在为母亲盖这车库时,用母亲的话说,他连做梦也想勿到会演绎出那么一系列的故事。难道这也是命中注定的吗?

母亲是初级女子中学的毕业生,属小家碧玉型的,嫁给父亲时才十六岁。所以当我支边去新疆时,三十几岁的母亲还是那么年轻漂亮。我的同学甚至说,她更像我的大姐姐。但当我由新疆返沪后,虽然只有十几年的时光,但母亲竟变得那样苍老,似乎已无一点过去那俏丽的影子,只有那双眼睛还可以让人感到那时的秀丽。母亲说,全是"文革"把我摧残成这样的!我知道,母亲是个爱钻牛角尖并且自尊心和虚荣心都是极强的人。那十几年,她却死不甘心地被压在社会的最底层,那种精神上的折磨使她快速地苍老了。在我的记忆中,母亲非常痛恨和惧怕贫穷,因为她认为贫穷与愚昧、粗野、残暴是紧紧地连在一起的,因此她对穷人总存有戒心。尤其在"文革"时,她被批斗,坐"喷气机"、剃"阴阳头",甚至踢她的阴部,她更坚信这些"穷瘪三"们是因为穷而带来的人性的堕落。

一九六六年当我支边去新疆,母亲哭了,最让她伤心的是我去的是个穷地方,将来要成一个野蛮人了。可"文革"也使她一贫如洗了,她似乎感到自己在贫穷中人性也在堕落。她告诉我说,阿清,我也做了十几年的野蛮人!而现在母亲又富有了,这种富有带给她的是一种透心彻骨的扬眉吐气。我回来的那天,她指着我们车库住的那家人家咬牙切齿地说,阿清,你回来后,勿要去理他们,这帮穷瘪三!

车库住着姓唐的一家五口。"文革"时,我们家被抄后,街道革委会让母亲和姐姐住在一楼的一套房间里,而二楼三楼那几套房间都被当作街道工厂的仓库。车库也搬进来了一家人家,房主叫唐阿根,是个造反派的小头目。以前他们住在棚户区,一家挤在一间不到十平方米的木棚房子里。而那间钢筋水泥的车库有二十几平方米,再用木板或家具一隔,贴上墙纸,比他们原先那房子不知要强多少。他们家儿子唐贵生同他的小兄弟们说:阿拉屋里住咯是花园洋房!说着还得意地把大拇指往上一翘。

想不到他们搬进来的第二年,在一次文攻武卫中户主唐阿根光荣牺牲了。他那一派组织追认他为烈士,扯起大横幅,放大十二寸的照片,在车库门口开了隆重的追悼会。而另一派群众组织说他是反革命,在车库门口和车道上刷满了打倒他的大幅标语。但两派大联合后就再没人纪念他或打倒他了。用母亲的话说,咯只瘪三白死遏了!

母亲觉得"文革"那个年月拖的时间实在是太漫长了,虽说是十年,但前后那几年的影响加起来就有十几年,因此它给我母亲心中刻下的迷惘、惊恐与仇恨是无法磨灭的。而对唐家,她认为唐贵生咯只小瘪三比唐阿根咯只老瘪三更坏!我母亲的阴阳头就是当时只有十几岁的唐贵生剃的,而且用的是一把也不知他从哪儿弄来的修树枝用的大剪刀。母亲说当她见到那把头上带弯钩的大黑剪刀朝她头上冲过来时,她以为自己即将走向死亡。母亲说,当时咯只小瘪三才只有十三岁,心就会这么歹毒!

七十年代中期我曾回沪探过一次亲,那时唐贵生已十九岁了,每天早上在车库门口躺在一条长板凳上练杠铃,练得胸肌高耸,手臂上条条肌肉隆起。他对我说,男人上身呈三角形,那才叫健美!你看我哪能!功架嗲勿?那时我同他接触过几次,并没觉得他坏到哪里去。有一次他问我,新疆哪能?我说还可以。他一撇嘴说,嘉清阿哥,你勿要骗我了,我几个小兄弟里也有阿哥阿姐在新疆咯,每次探亲后回去,又是带清油带大米带香肠带腊肉,大包小包一大堆,上火车抢行李架就像上战场打冲锋。嘉清阿哥,咯趟你要回去,抢行李架的事体掼在我身上,我找几个小兄弟,包你满意!他拍拍高耸的胸肌,意思是凭他这身肌肉还怕抢勿到行李架?他没有食言,我回疆那天他真的领了一帮小兄弟帮我抢了行李架。于是我觉得他还算不错。

但这以后的第二年,他轧了个女朋友。他在女朋友跟前吹自家住的是花园洋房,但女朋友上他家一看,嗤着鼻子说,咯算啥花园洋房,是只车库,煤卫也没有的!女朋友告吹。为了轧第二个女朋友能不再告吹,他就向我家发动了一场攻势,要我母亲和姐姐搬到车库住,他们家要住我母亲和姐姐的住房,那里煤卫齐全是真正的花园洋房。

他限我母亲和姐姐三天内搬出,否则他就要带着一帮小兄弟来采取革命行动了。母亲吓得晚上搂着姐姐哭。姐姐说,姆妈你不要怕,我去想办法。我母亲不知道姐姐是怎么想的办法,问她她也不说,反正街道革委会的人带着派出所的民警对唐贵生说,你们要再这样闹,就从车库搬回棚户区去!本来你们搬进车库住就是违反政策的事!阿生这才不敢闹了,私下里说,想勿到臭资产阶级也有点来头咯。但他并不甘心,他在小兄弟们的帮助下,拉来几车红砖和一些水泥,在车库上面盖了一层房,而且也弄了一间小卫生间。房子弄好后,他还摆酒庆贺,放了几串鞭炮,还冲着我母亲的房子喊:臭资产阶级咯小老婆,看看哪能?老子照样住上了花园洋房?自己动手,丰衣足食,毛主席教导的真勿错。

我母亲气得要吐血。

他那二层楼的花园洋房倒真的为他招来了一个女朋友,就是现在他的妻子叫廖月花,但月花不开花,结婚几年没有生育,而鼻梁上却有三颗酱油麻子:两大一小。

我洗完淋浴,换上一身干净的质地非常考究的衣服,那绒绒的柔软的羊毛衫给我的印象尤其深刻。我躺在软绵绵的富有弹性的长沙发上,感到浑身的每一个毛孔都在享受着这种家庭的温馨。雅芬笑眯眯地把一碟喷着肉香味的生煎馒头搁到茶几上说,阿哥,姆妈叫你先填填饥,等一歇就开饭。我突然感到鼻子发酸。贫穷紧咬着粗野,而文明却需要有富裕来支撑,这大概是真的。屋外那细细密密的雨丝粘到玻璃窗上汇成一条条水柱在溜溜地往下淌着。

我捂着脸哭了,觉得近二十年来,远离了我的这种文明与温馨却突然在一瞬间又回到了自己的身边。

"阿哥,你哪能哭啦?"雅芬惊讶地问。

我抬起头,抹去泪,朝她似甜非甜似苦非苦地一笑说,雅芬,你看到过老鼠从水缸里逃命爬上来的样子哦?雅芬摇摇头。我说,它也会这样哭后再笑咯!

雅芬一脸的迷惘与愕然。

母亲不让雅芬叫她"太太",而叫"姆妈"。是因为"太太"让人想到旧社会,母亲不愿让人以为她重新又要留恋起那个当阔太太时的年月。让雅芬叫她姆妈,一是显得亲近、贴心、平等;二是为了拉拢人心,也为了摆脱自身的孤独。那几年,姐姐到美国去了,我也还在新疆,而房产又全部归还给了母亲,被抄的家具也重新搬了回来。接着各种海外的亲属及财产关系也都联系上了,每月、每季港币、美元、英镑源源而来。一栋大洋楼十几套房间只有一个她,而紧挨着楼房的车库还有一家对立面。找上个五官端正、样子清爽、手脚麻利、头脑活络、嘴巴乖巧又忠厚老实的小姑娘,既当保姆又当养女,那有多好。雅芬叫她姆妈,她感到亲近、舒心、甜蜜,而雅芬也觉得自己脸上挺光彩。雅芬对她一起来沪的乡下小姐妹说:"阿拉姆妈待我老好咯,根本没有把我当小保姆看,完全像待亲生女儿一样待我咯。你们看,项链、戒指、耳环,全部是24K真货。服装也是一套一套地买给我。"

雅芬打扮得确实像个有钱人家的小姐。当然干的却是保姆的活。她全身心地用自己的勤快、体贴、周到、忠诚来回报母亲对她在金钱上的惊人的大方。雅芬给我的感觉是,很漂亮,但总脱不了乡下人的那种粗俗。为我那次对着生煎馒头流泪,她对母亲说:"姆妈,阿哥老作孽咯,看到几只生煎馒头也会哭咯,你说怪伐?"说得我母亲也眼圈红红的。第二天母亲对我说:"阿清,这两年你也不用去寻生活做,好好享享福,勿要看见几只生煎馒头就落泪,让别人看了笑话!"

"姆妈,"我说,"我勿是为那几只生煎馒头哭。"

"咯为啥?"

"为一只从水中逃出来咯老鼠。"

秋雨斜斜地洒在红砖墙上,浸透了水分的红砖墙变成黑红色了。而院内的几株垂柳水淋淋的绿中夹着黄色,在生命的生长中透出了衰败,但依然给人一种顽强的生机。那天绿雨衣上闪着水光的邮递员又送来了由银行寄出的汇款通知单,姐姐又从美国寄来很大一笔美元。姐姐的来信说,祝贺阿弟又回到上海回到母亲的身边,寄上这笔钱是给阿弟添置些东西,如果他愿意的话,可到全国各地游玩一下,我能想象得到弟弟这近二十年是怎么熬过来的。钱不够再来信。但那笔钱足够我游遍两次全中国了。

姐姐对我的感情一直很深。自一九四九年父亲带着很大一部分财产离开上海去香港并且又在那儿娶了一房姨太太后,就很少再同我们联系,只是按时寄一部分钱来,足够我们很富裕的生活。孤单的母亲只好用进电影院逛商店游公园看书听收音机来打发岁月,很少管我们姐弟俩的事。而我的生活大多由比我大两岁的姐姐照料。我去新疆时姐姐哭得最伤心,在那艰难的岁月里,十分艰难的她还不时地往新疆给我寄钱寄吃的东西。姐姐对弟弟的奉献也是无私的,因此我对姐姐也怀着一份特殊的感情。我收到姐姐寄来的这笔钱,鼻子一酸,又想哭了。

七十年代那次探亲回来我与她见了一次面后,我就再也没有见过她,一九八〇年她就去了美国,我很思念她。

姐姐的性格是很刚强的,独立意识也很强,别人都说她更像个男人,只有我感受到她那女性的温柔。"文革"刚开始时,她正在大学读书,有人揭发她同我父亲一直信件往来密切,而我父亲是个官僚资本家,有敌特嫌疑,因此,怀疑她也有特务行为。姐姐长得非常漂亮,在她被关押揪斗中,有人打她的主意,时不时地去缠她。姐姐就在自己胸前胸后挂了两块牌子,上面写着:谁染我谁就跟我一样反动!押她去饭厅打饭时她也挂着牌子气昂昂地走在路上,亮晶晶的眼睛透出一种蔑视。

在那个不堪回首但又不能不回首的岁月中,在我们家,姐姐是主心骨,母亲也听她的。母亲对我说,没有你阿姐,姆妈活不到今天。母亲对姐姐有了比母女更深的一份情感。但有一年姐姐突然失踪了一年多,她走时告诉母亲她有一件非常重要的事要去办,过一段时间一定回来,叫母亲不要找她。母亲牵肠挂肚惶惶不安了一年,她回来后脸也黑了,人也很憔悴。母亲问她到底办什么事去了,她很平静地回答说:"姆妈,你不要再问了,我不会告诉你的!"母亲说,那时你阿姐的眼睛里透出一种让人心酸的伤感与阴郁。

绵绵的秋雨下了整整一天。当太阳在西边露出半个黄灿灿的脸蛋时,天已近黄昏,气候也变得异样的阴冷。

母亲在为我策划旅游的线路图。她兴致很高,似乎她不是在为我策划而是在为自己策划旅游全国的线路似的。

她说要勿是我老了,身上有病,姆妈就陪你一起去!但我却冷冷地说,姆妈,现在我勿想走。她问为啥?我说不为啥,就是不想走。母亲不以为然地摇摇头但又一想说,对,一个人孤单单地去旅游是没什么意思,好哦,等寻到女朋友后再一起去吧。这笔钱姆妈为你保存着。我去新疆后,母亲坚决反对我结婚。她在信中说,你要结了婚就回勿来了!将来姆妈靠啥人啊!其实我没有结婚不是因为慑于母亲的话,而是因为那里的环境。我出身太差,到新疆后就被分配在一个很偏僻的农场的很偏僻的生产队的又远离队部的很偏僻的畜牧排里干活,那儿除了十几个男人外只有几个结了婚的娘

中篇小说

们儿,虽也有一个姑娘,不但比我大两岁而且还是个兔唇,又长着个似乎被人踩了一脚的朝天鼻,我对她怎么也爱不起来。我没结婚母亲很满意也很高兴,认为我很听她的话。其实是两茬里的事却有了一个相同的结果,但我三十好几了还是光棍一条这不能不说也是一种悲哀。

夜里竟又下起雨来,淅淅沥沥。我住在一楼,母亲与雅芬住在二楼,三楼布置着让姐姐回来时住的格局。

但姐姐走后似乎没有想要回来的信息,但那格局还是照样地那么摆着,雅芬只是定时地打扫整理一下。

安逸舒适的生活是种享受,但对我竟也是一种痛苦。在新疆的那些年,生活穷困而艰难,但生命毕竟体现出一种价值,回上海后,生活富裕而舒适,但生命却在无意义地流逝。但回想起在新疆的那番艰难,我又感到非常的后怕。人有时总是处在这样一种两难的境地,人被习惯所左右。茫茫的积雪,狗在近处狂吠,狼在远处呜咽,羊群在此起彼伏地鸣叫。我在这样一片宁静的嘈杂声中安睡。畜牧排是一个与世隔绝的世界,我在马厩每天同瞎了一只眼的李老头刈草喂马。两人轮流值夜班给马喂夜草。我从上海去新疆时带了两木箱书,都是中外名著,值夜班时我就看书。虽然"文化大革命"中这些书都遭到了查禁,但"文革"的冲击波卷到我们那儿的强度已很小很小。李老头是个大字不识一个又不爱管闲事的人,也不知我看的是些什么书,他认为读书人看书是很正常的事,只要我把活儿干好他就满意。我又是单独一个人住间小屋,因此那些名著我反复看了好几遍。里面所描述的是那些追逐金钱的丑恶,玩弄权势的卑鄙,小市民的庸俗,英雄的侠胆仗义与助人为乐,坚贞不渝的爱情的崇高与伟大。那些年,我在马厩的生活辛劳困苦,单调乏味,可以说是泡在苦水里,我性格也变得孤僻与乖戾,但我心中却藏着一个美好的世界。可惜那两箱书在一次洪水中冲没了。回上海后,我越来越感到现实的世界与我心中的世界是那样的格格不入。因此我在适应它的同时又本能地抗拒着我所感觉到的那些丑恶、卑鄙与庸俗。现实与理想和愿望之间的差距太遥远了。

而现在我听到的是淅沥沥的雨声和夜班车的喇叭声,但我却无法安睡。

无聊与安逸也会使人失眠。

夜深了,我看着路灯映在玻璃窗上那黄色的水光,正在我要昏昏欲睡时,我听到有人在敲院门而且在叫:"阿生——开开门呀!姆妈——开开门呀!"那是一个女人的声音。

"外婆——开开门!娘舅——开开门!"一个孩子的声音在叫。

是唐家的大女儿唐丽娟带着她的儿子回来了。

唐丽娟是在"文革"中到安徽插队落户去的。我没见过她。那次我探亲回来时,据姐姐对我讲,是个长得蛮秀气但体质很弱的姑娘。姐姐的评价是,在他们唐家只有她是个好人。她去插队时,唐家什么也不给她准备,是我姐姐背着母亲送了她一些生活必需品,还送了几件姐姐的半新的衣服。我们家那时也很穷困,但毕竟还有些老底子。她走时抱着我姐姐哭了。她咬着我姐姐的耳朵说:"还是你这个资产阶级小姐的心肠好!"

雨继续在下,门继续在敲,人继续在喊,而且已明显地带着心酸与绝望。他们在乞求。

车库里的灯也亮了,一家人都聚在一起而且在哇啦哇啦地叫,好像是在叫给外面听。

"姆妈,勿许去开!"阿生在喊。

"姆妈,你要去开我要闹翻天咯噢!"廖月花在喊。

"勿管我事体!"唐家的小女儿唐丽英在喊。

"好!勿开就勿开!……"唐家姆妈无奈的声音。

门敲敲勿敲了,但我听到了很响的哭声,是唐丽娟和她儿子的。被惊醒了的母亲穿着睡衣拖着软皮拖鞋下来了,后面紧跟着也穿着丝质睡衣睡眼惺忪的雅芬。母亲斩钉截铁地对我说:"阿清,你也不许去开!他们唐家的事,跟阿拉勿搭界!"但她又指着车库忿忿然地说:"你看看这些瘪三,良心有多坏!自己的亲女儿、亲姐姐、亲外甥哎!"

哭声消失了。雨仍在下,淅沥沥,淅沥沥……而我的心却变得越来越沉重。

据雅芬告诉我,自我们家落实政策后,母亲扬眉吐气了,房子、家具、部分金银首饰都归还了,而我姐姐在我已老迈的父亲死前赶到香港后又去美国,争回了该属于我们的那一大笔遗产。不断寄回来的外汇换成的外汇券,撑直了母亲的腰板。在落实政策中,母亲提出车库也应该归还,唐家人应该搬出去!但街道落实政策办公室的人说,这是历史遗留下来的问题,要慢慢来。而且还暗示说,逼急了是会闹出乱子来的。母亲想起唐贵生那浑身三角肌的身坯和廖月花那蛮不讲理的泼妇样,还有那大字不识唯儿子是命的唐家姆妈,再加上那个已长得亭亭玉立,唇灵齿利的唐丽英,她这么个快六十岁的老妇人如何是他们的对手?那就等以后再说吧,风物长宜放眼量嘛。况且她又将体面起来,过去的好日子又要回来了。于是母亲没有再坚持叫唐家立即搬走,而是说:"希望政府继续考虑我这一要求,既然落实政策,就应该落实彻底,留只尾巴作啥?"

"这尾巴问题是要解决的。但总得给我们点时间哦?"代表政府的人说。

母亲感到这十几年来,车库那家人家以自己的红出身把她压得抬不起头来,但这种状况正在悄悄地起着变化。

而这种变化唐家也感觉到了,而且也感到了一种压力,这种压力已不再是政治而是来自金钱了。

母亲刚把雅芬带进家门的时候,唐家人看到她只是一个穿着蓝布袜子土灰色裤子扎着羊角辫子的乡下小姑娘。

但几个月后,雅芬的穿着就时髦得惊人,母亲是有意拼命地打扮雅芬来给唐家人"眼色看"。而勤快的雅芬每天一清早按母亲安排好的菜谱买回来的小菜既让人眼馋又让人眼红,活鸡、活鸭、活鱼、活虾,隔一个礼拜勿是一只用绳子吊着嘴巴四肢又开在挣扎着的活鳖,就是一串嘴上冒着亮晶晶水泡的大闸蟹。"出呐!姚家现在天天都像在过年,摆啥谱嘛!"廖月花咬牙切齿地说,而唐丽英却羡慕得眼睛发绿。

那时一个月还只有几十元工资的唐家谁也摆不起这个谱,但他们却咽不下这口气。尤其是那鱼肉的香气从厨房里一阵阵飘悠出来时,他们那又妒忌又羡慕又痛苦又仇恨的表情让母亲包括雅芬都感觉到了。雅芬虽说是个小保姆,但她觉得自己同我母亲生活在同一个水平线上而得意非凡。有一次,唐家姆妈看到雅芬倒烂菜叶时,连同几棵好端端的小葱一起倒在垃圾桶里,感到太可惜,偷偷地把它捡了回来,但让我母亲和雅芬都看到了。雅芬就用还不很地道的夹着绍兴口音的上海话用让他们听得到的声音说:"姆妈,你看他们几根烂葱也要拾回去,穷酸相!"

这口气唐家咽不下去了。

自唐贵生结婚后,他们夫妇与唐家姆妈和唐丽英就分开过了。每天要生两只蜂窝煤炉子。早上生炉子,唐家姆妈扇一只,廖月花扇一只,两把蒲扇摇出两股浓烟在车库门前缭绕。他们没有厨房间,只好用红砖紧靠围墙垒两个露天灶台,把炉子搁在上面做饭。他们每天炒什么菜做什么饭一目了然。而贫穷正从表面上的光荣变成了实质性地掉价和丢份。面子都撑勿起来的人活在这世上还有什么意思?第二天,廖月花买回一只鸡,不无自豪地高声吩咐杀鸡的阿生:"血流光后让它跳一跳,肉跳松了鸡吃起来嫩!"脖子上沾满鲜血的鸡在车道边的草地上垂着脑袋扑扇着双翅在作生命已经流逝的无望的挣扎。过一天唐家姆妈也买回一只鸡,廖月花捏着鸡腿说:"姆妈,咯只鸡肥倒蛮肥咯,可惜是肉鸡。我同阿生讲了,明朝阿拉再去买只草鸡。草鸡肉香!"他们双方轮着一天买一只鸡回来咋呼着白斩红烧八宝来向母亲示威,车道边的绿草地上洒满了鸡血。

一个星期后,母亲让雅芬叫了辆出租,买回来十只金华火腿,用两根晾衣竿挂在晒台上,任它们风吹雨打,功能是只看勿吃。一只金华火腿抵得上几只鸡,这笔账唐家人会算。

一场大雨把草地上的鸡血冲干净并渗入土中,而那十只金华火腿却在雨中摇晃,像十把大斧头悬在已盖成二层楼的车库的上方。

廖月花说:"再摆阔也是资产阶级的小老婆,有啥稀奇咯啦!"而阿生却发誓也要争取赚钞票富起来,到时他要在楼顶上挂上二十只金华火腿。只有唐丽英闷声勿响默默无话。等我回来后,十只火腿已没有了,但那两根晾衣竿上依然散发着金华火腿那股特有的味道。我没有看到这场无聊的戏,但雅芬同我讲得有声有色,还说:"想同阿拉姆妈别妙头,捏鼻头做梦哦!"

但后来发生的那场戏,我不但经历了而且参与了。唐贵生感到在金钱上他们暂时无法同我们家较劲,于是他想到自己的强项,就是身上那一块块充满力量的肌肉。

由于在家闲待着无聊,有一天早上我同雅芬一起去买小菜,竟在菜市场遇见了也已从新疆回来的同队的小江北和他的老婆亚萍。小江北还是那副精瘦精瘦滑头滑脑的样子,而在新疆被玉米馍催肥催得像柏油桶一样的亚萍依然那么肥胖,脖子上戴着条有小拇指般宽的金项链。他俩在摆鱼摊,生意做得蛮兴隆,见了面自然格外亲,但他忙着做生意,只是一迭声地叫:"姚嘉清,抽空阿拉再一道坐一坐。"从菜市场回来我对雅芬说,以后买鱼就到小江北那儿买,过去他同我在一个生产队,是相依为命的好朋友,起码不会坑我们。但雅芬在他那儿买了两次鱼后,发誓再不买他的了,说分量不够勿说,价钿也比别家摊头高。有一次我见他就骂他说你做生意心做黑遢了,连好朋友家的人都宰。但他理直气壮地说:"做生意就要铁面无私,勿要讲是好朋友,就是亲爹亲娘也敢宰,不然还做啥生意啦!"我说你真是个混蛋,他只是嘿嘿地笑。但有一天他和亚萍上我们家来看我,带来的礼却很重,而且他还把阿力带来了。阿力同我一起在畜牧排干活,我在马厩,他放了十几年的羊。虽回上海也有一年多了,但依然留着满下巴的络腮胡子,脸色黑里透红,仍像草原上的牧羊人。我在想,人类最早崇拜性,崇拜生殖器,原始人的岩画可以作证。后来就崇拜武力,把能用暴力杀戮人压服人的人看成是英雄。再后来就崇拜权力,崇拜金钱,这种崇拜当然已摆脱了动物性而带有人的味道了。但真正文明的人,应该崇拜科学与文化,因为只有科学和文化才是人类所特有的。

但可惜阿力还处在崇尚武力的档次上,腰间始终挂着把鞘与柄都镶嵌着精致的铜花的英吉沙小刀。我问他现在在做啥,他说天天在做"夜市"。我问他啥叫"夜市"?他说就是生意放在夜里做,赚的钱虽不多,但足够养活自己。

那天他们在我房里又喊又叫地回忆新疆的生活,然后又海吃海喝了一阵,阿力酒后还跳了一阵匕首舞,寒光闪闪的匕首东戳西挑的。

雅芬看后汗毛直竖。母亲说:"太野蛮了!"

就在他们来过后的第三天。阴沉了好些日子的天空突然投下了一片灿烂的太阳。这真是晾衣裳的好天气。但二楼我母亲的客厅的玻璃窗突然哐当一声响,一根晾衣裳的竹竿飞蹿了进来,碎玻璃屑溅洒出一片光点。

"喔哟,对勿起,对勿起!"站在车库楼顶上的阿生举着像"嗨希特勒"的手势满面堆笑地说,"姚家姆妈,实在对勿起。勿小心,实在是勿小心,竹竿太滑了。打碎的玻璃我来赔!下次我一定当心点。"

母亲给雅芬递了个眼色,让雅芬把竹竿递出去还给他。明明是存心作怪,但他那满面堆笑的一叠声的"对勿起"弄得你也不好发作。况且他有意裸露着上身,露出那一块块结实的肌肉。

第二天阳光更加明媚,两根晾衣竿同时穿破两块玻璃,碎玻璃屑飞溅到对面的墙角。今天阿生和月花有意并排站在一起,接着又是一连声的"对勿起"。但话语中却透出戏弄了对方而对方又无奈于他们的那种得意。

母亲吓坏了,还好她人不在场,要是飞溅出来的玻璃屑将脸破了相,那人活在世上还有啥意思。阿姐不在家,回来了的我该成为主心骨了。我觉得阿生他们做得太过火了,心里也很愤怒。我对母亲说,姆妈,明朝看我的。

下午我去找小江北夫妇和阿力,把这事一讲,小江北说,好,为了朋友两肋插刀,明朝生意勿做了。阿力说,我做完"夜市"就上你们家。

那天早晨阳光依然灿烂。决心要以自己的行动报答"姆妈"的知遇之恩的雅芬,鼓起勇气,"哐!哐!哐!"三声,把三根晾衣竿飞进对面二楼的玻璃窗里。

"你们咯是做啥!乌龟王八蛋!"月花破口大骂,阿生也窜出来准备动武。但他们突然看到已站在二楼阳台上的我们四个。而穿着牛仔短裤,敞着短袖衣服,腿上胸口长满浓毛的五大三粗的阿力,脸上露着美国西部牛仔那种桀骜不驯的冷酷的表情,手指在拨弄寒光闪闪的英吉沙小刀。阿生和月花马上缩回到家里。阿生气馁了,说新疆人白相小刀就像玩儿戏,吃他勿消。月花骂他,早晓得这样,就勿要去捅晾衣竿。没有金刚钻,揽啥瓷器活啦!

中篇小说

　　于是一切又归于平静,但平静的后面却在蕴孕着一种变化,变化就是唐家内部出现了分歧。这是我的感觉。

　　车道两旁是几株垂柳,院门口是两株法国梧桐,茂密的树枝伸向院墙外,在阳光下投下两大团浓浓的阴影。楼前有一长方形的花坛,过去母亲请了个花匠,定时来为我们种花、修枝,但"文革"时人遭了殃花也就荒芜了。落实政策后,母亲也无心再请花匠种花,不是她不爱花,而是种了花让"这帮瘪三"同时享受,有些于心不甘。自雅芬来后,随意往花坛里撒了些牵牛花籽,于是牵牛花爬满了红墙,绿藤上拥簇着云一样红色和紫色的花朵,倒也别有一番韵味。

　　有一天傍晚,唐丽英拎着个大蛋糕走进我们家,而且脸上露出一种自认低下的媚笑。她对自家的人说,姚家姆妈在"文革"时就很现实,让她低狗头她就低头,给她剃阴阳头她也只好忍着。阿拉现在也应该现实点,你们没看清爽吗? 现在钞票比阶级斗争还要厉害!

　　唐丽英在"文革"时还只是个六七岁的小姑娘,她认为自己在两家的冲突中只是处在一个中立的地位,因她年少无知又没有参与整我母亲的行动,因此她觉得由她出面来调解两家的关系是最理想的。但我母亲并不买这个账。

　　母亲认为她是黄鼠狼给鸡拜年,没安好心。她不但不见唐丽英甚至也不许我去见。她让雅芬出面拒绝她的蛋糕并把她坚决留下来的蛋糕撂在了车道上,并用非常蔑视的口气说:"阿拉姆妈讲,阿拉吃勿惯咯种东西,还给你!"廖月花非常鄙夷她小姑子这种自讨没趣的做法,但唐丽英却认为这是因为你们种下的仇恨太深了,而不是她这样做有什么错。而唐贵生在晾衣竿事件后也突然有了一种新的认识。他说,"文革"时他看我们姚家的人就像是一堆垃圾,现在却像一座高山了。"过去是阿拉用阶级成分压得他们抬勿起头,现在他们却用金钱压得阿拉透勿过气来。上次人家肯舍命拔刀相助,还勿是因为看上他们家有钞票!"

　　他们感到贫穷成了一种耻辱。他们希望有一天财神爷也会来敲他们的门,但那晚在一场绵绵秋雨中,来敲他们门的竟是从安徽乡下插队落户回来的犹如乞丐似的唐丽娟,而且还带了一个也要张口吃饭的儿子,这无疑使他们的穷酸的形象更是雪上加霜。他们感到一种无可言状的难堪。

那晚我的心很沉重。因此天刚有点亮我就起来了。雨竟还在下,牵牛花的花瓣上缀满了晶莹的水珠。想到昨晚雨就没有停过,不知那母子俩是在哪儿过的夜。我急忙去打开院门,就发现唐丽娟搂着儿子龟缩在墙角下,身上披着块塑料布,浑身冻得在瑟瑟地抖。听到开门声他们抬起头看了看我,那眼神使我想起有一年初春,一场大风雪吹散了羊群,我们畜牧排的人分头到荒原去寻找羊只,当我找到一只离群的羊羔时,它看我时也是那种可怜得让人心酸的眼神。

"你叫姚嘉清吧?"她问我。

"是。"

"你姐姐呢?"

"几年前就去美国了。"

她那还存点希望的眼神刹那间便变得异样的惆怅与惘然。

"我们能进来吗?"

"进吧。"我说。我想我只能帮着做到这一点。要不,就会给自己带来太多的麻烦。

虽已黎明但由于下雨,天色还很昏暗。唐丽娟领着小男孩,提着一方用塑料布扎的行李和一只很旧的旅行包。

也许,这就是她从乡下带回来的全部财产,同我回来时一样的寒酸。他们坐到一棵柳树下,顶着塑料布。我回房里,感到心很乱。这是件很难讲得清楚的事,那年月千百万"支青"被抛进苦水中漂浮、挣扎、奋斗、抗争,为生存而含辛茹苦,他们的感受、失落和收获是各不相同的。但当他们返城后,各不相同的命运又在等待着他们。由于历史的根基与自身的原因,"上海知青"返沪后命运之间的差异就格外的明显。我和她同样从苦海中爬回来,但命运的反差却如此巨大。母亲那天烧掉我带的和穿的所有的东西,以为我已彻底同那个岁月告别了。但事实是人生的戏只有开头,却不可能有什么终结,我们与唐家的那个演绎这么些年的戏也还得继续下去,不过戏里的人物却是在不断地变化着。

我想那晚唐家对唐丽娟的到来也商量了对策,因为他们知道院门不可能永远对唐丽娟紧闭,他们得面对现实。

雅芬出去买菜去了,她好奇地看了看坐在柳树下淋着雨的母子俩。她买菜回来后对我说:"看到他们那个样子真作孽。人的命哪能会这样勿一样,苦咯苦煞,好咯好煞!"而母亲正在她那间小健身房里练身段。母亲年近六十,但对自身的美依然珍如生命。年轻时她就懂得女人的美对她们自身的命运有多么重要,对女人来说,美就是一切!"勿是我咯只面孔你阿爸会看上我?"人生的哲理是通过自身的命运来品味的。

健身房刚好面对院子,她自然看到了在雨中的那母子俩。我上去向她问早安时,她一二一二地拉着健身器,脸色严峻地对我说:"勿许管他们唐家的事体!我晓得你从小就心肠好,同你阿姐一样,看见讨饭叫花子就想掏钱给人家。"

而那时唐家的人也都出来了,母亲也停止了健身,自然有点幸灾乐祸地看看唐家怎么演这场戏。过去是他们家看我们家的,现在是我们家看他们家的。

"阿姐,勿是阿拉勿肯留你,你看看咯个家,楼上阿拉夫妻俩住,楼下姆妈阿妹住,连做饭都在外面做。你说你能往哪里轧?上个月你来信说要回来,姆妈就让我给你回信,叫你勿要回来,勿要回来,可你偏要回!"

"那边只剩下我一个'知青'了!我要回来!就是死我也要死在上海!"唐丽娟说,哭了。

"可没有地方给你住呀!"廖月花很凶地说,显出在维护自己利益的事上她是决不退让的,"你还是带着你儿子回去吧。他爸呢?他爸该养活你们!"

"死了!"

"阿姐,"唐丽英说,"阿嫂讲得对,没有地方给你们住。再讲,咯房子其实是姚家咯。"她朝我们房子指了指,而且把声音放大到让我们听得见,"总有一天我们要搬走。"

她刚讲完阿生和廖月花就瞪了她一眼,那意思是,搬走?能搬到啥地方去?唐丽英说这话的目的是在向我们套近乎。她又说:"所以你们还是回去吧,路费勿够,我来掏!"

"阿拉掏!阿拉掏!"月花说,"咯点路费我同阿生还是掏得起咯。"

"我讲了,我死也要死在上海,决不再回去了!"唐丽娟倔倔地说。

"咯你就去死!"唐家姆妈气急败坏无可奈何凶声凶气地大喊了一声。

母子俩在雨中淋着。其他人纷纷去上班或去买小菜。

"天下竟有这样的姆妈和弟妹!"母亲忿忿然地说。又继续练她的一二一二。而我走下楼去,心想,人活在这世上,说说别人都是很容易的。

阴霾的天空似乎没有放晴的意思,雨丝毫不吝啬地在飘洒着,柳条的尖端也不住地垂落着水柱。雅芬买菜回来收起伞,篮子最上面是一条肉头丰满的草鱼,在斟着水的塑料袋里一弓一弓地挣扎着。

"阿哥,"她指指那母子俩,"他们哪能办?"

"姆妈勿让管。"我有些不满地说。

"咯家人家顶勿是东西了!"她指指车库,"心有多坏!"

唐家姆妈也买小菜回来了,竟瞪了母子俩一眼,自管自走进屋里,还把门砰地关上,门的震颤声刺人心寒。但谁都有谁的活法,谁都有自己活法的理由。吃罢早点,我也悻悻地出去逛街,并对母亲说去看一个朋友,中午饭勿回来吃了。我不想见到在这雨中龟缩着的母子俩,眼不见心静!但临走时我还是关照雅芬,要是唐家姆妈勿管他们,你送点吃的给他们。

"姆妈看到要骂咯。"

"你勿会勿叫姆妈看见?你的聪明让狗吃遍啦?"

"阿哥,你往我身上出啥气啦。"雅芬嘟起小嘴说。唐丽娟决心用自己所忍受的苦难来抗击她母亲和弟妹的良心。而绵绵的秋雨增加了这种抗击的分量。我们的良心也在受着折磨,包括雅芬和我母亲,人心都是肉长的。

我逛了一天街。上海的街面最明显的变化就是服装店占了绝对统治地位,人们正在为吃活着变成为穿活着。过去的文具店、书店都不见了,甚至连影院、书场的售票房也兼营起服装了。装饰外表比武装脑袋更重要,似乎人与动物的区别不在头脑而在服装。人已变得重皮不重心了。就是在雨中也能听到鞭炮声,新的公司或者新的店面正在雨后春笋般地开张。现在最吃香也是最不值钱的名片就是总经理。

我去看了小江北和阿力,他俩也大不一样了。小江北的鱼摊扩张了,装活鱼的椭圆形的木盆排了一长溜,还雇了两个帮工。亚萍长得更白胖了,脖子上的宽宽的金项链由一圈变成了两圈,向人显示的不是美观而是财富,因为现在财富也就是美。小江北见了我还是那一句:"阿清,有空再一道坐一坐。"接着就不再理我,忙着招呼顾客。

阿力更是勿一样了,"夜市"勿做了,而是在几家大商场分别租了几只柜台,雇了几个美艳小姐当营业员,生意相当兴隆。他腰间挂的已不再是那把英吉沙小刀,而是只BP机。脖子上也套着金项链,多毛的左右手上戴着五只各种花样的钻石或宝石戒指。他已从崇尚武力进步到崇尚金钱了。他拍拍我的肩膀说,现在的人只在追一样东西:钞票。而你呢?却是钞票在追你。我苦笑一下说,你总算还有个追求,不管是钞票还是理想,但有追求就有幸福。

我呢?却感到一种无所事事的痛苦。阿力叫起来说,好嘞好嘞,你不要身在福中不知福了,要不咱俩换换?我又把唐家的事告诉他,他表情冷漠地说:"你姆妈讲得对,唐家的事你不要去掺和,现在上海咯种事体勿要太多噢!说起来阿拉这些'上海知青'顶惨!"他突然气愤地说,"你看看全国'知青',哪个城市的'知青'有阿拉'上海知青'的苦难多?"但这时他腰间的BP机响了,他慌慌地同我告别,说有一只柜台要提货。"阿清,有空阿拉再一道坐一坐。"他说,跟小江北一个样子!

人人都在为自己的事情忙碌着,我只有到电影院去打发时光。偌大一个电影院只有零零落落的十几个人,大多数还是一对对恋人。在人挤人的上海还有能让人占有如此大的空间,这种反差也真够强烈的。这一年多来,我倒是在无所事事中看了不少电影,但看完电影后才明白为什么电影院没生意。全是那帮玩电影的哥儿们把观众玩跑了!

玩出来的电影全让人倒胃口！有一个打扮还算清爽的姑娘坐到我身边,最多只有十七八岁,我以为她不是做这方面生意的,但一搭腔就露馅了。

"喂,有兴致哦?"

"我有阳痿。"

"摸摸也可以咯呀。"

"只摸勿来勿是更痛苦?"

"试试看。高兴,付钞,勿高兴,我倒贴!"

年纪虽轻但却是老手。我想别自找麻烦,三十六计走为上吧。我逃出电影院,但没想到外面已是漆黑一片了。

黏湿湿的路面反射出来的光亮似乎比原来的灯光还刺眼。叫了辆出租,在路口下了车。我家所在的那条街区是过去的花园洋房区,大概是上海最宁静的街区了。马路两旁是粗壮而茂盛的法国梧桐,宽肥的树叶在雨中沙沙地响。路上已没有多少行人。这里静谧是因为这里的街面上没有商店,只有路灯透过树叶的缝隙投下斑斑驳驳的游动着的光点。我走进弄堂,推开院门,投入我眼帘的仍是龟缩在柳树下的母子俩。这种良心上的挑战是强烈的。我想起过去在欧洲的战争中有一种精神战,一个个排成方阵的军人们,打着旗敲着鼓,面对敌方的枪口,刷刷地整齐向前走,前面一排倒下后,后排继续前进。我们不开枪,让你们杀,使对方在杀戮中感到一种良心上的折磨和精神上的恐惧。这种方法既愚蠢又英明。唐丽娟母子俩也是这样在向我们两家挑战。

我走进家门,雅芬就把我拉进厨房非常得意地咬着我的耳朵说,姆妈今朝中午出去了,我塞了几块饼干给他们,开始他们勿肯要,是我硬塞给他们的。后来我又给他们蒸了两根香肠。她又一笑说,那个小男孩长得好喜欢人咯。他叫姚遥,他爸爸也姓姚,巧哦? 就是太瘦了。

"雅芬,你真好,谢谢你。"我摸摸她的脸说。

"阿哥,勿好这样咯。"她摸着脸说,"姆妈看见要勿高兴的。"但她却又朝我甜甜地一笑。

中篇小说

夜异样的安静。狗娘养的雨却下得更凶了。雨点瓢泼着大地。那晚，两家的电视机都没有开，显然面对这母子俩谁还有心思看电视呢？如果这个时候有个仪器可以记录下当时两家所有人的各自的想法，那将会是个多么有意思的心理解剖图啊。雨越下越大了，就像一排排士兵在战鼓声中朝我齐步走来。我心灵的防堤被冲垮了。

我打着伞走到母子俩跟前，他们在塑料布下瑟瑟地抖着。我请他们到我家门廊里避雨。唐丽娟摇摇头，但那眼神又使我想起那头羔羊。我说，我听阿姐讲起过你，如果我阿姐在这儿，她肯定不会这样坐视不管你们的。我很敬重我阿姐，我们姐弟俩的感情很深，如果阿姐知道你们这样而我却无动于衷，阿姐会责怪我的。现在不是你们求我，而是我求你们。请看在我阿姐的面子上，暂到我家避避雨，以后的事以后再讲。我也在新疆支边了十几年，也是从苦海里爬出来的人，但我相信一句话，天无绝人之路，活下来总有希望。希望是给能坚强地活着的人的。我提到阿姐时她的眼中流出一汪深情。我说完后她非常感激地看看我。趁她在犹豫之中，我抱起她的孩子，拉着她就往我们家走。她赶忙拎上她的行李和旅行袋。但她坚持只在走廊上避雨，不肯进我房间。我不再强求。

"雅芬！"我喊，"下来！"

"做啥？"雅芬走到楼梯口问。

"去下点挂面，再煎两只蛋。"

"姆妈……"她压低声音指指母亲的房间说。

"快去做！"我怒吼起来，"姆妈那里我去说！"

雅芬慌慌张张地下楼去了厨房。后来她说："阿哥，我还没见过你发这么大的火，那眼睛发绿得像要吃人。"

母亲抽烟但不嗜烟，她的规矩是饭后一支，上厕一支，健身后一支，睡前一支。但那晚，我走进她那间布置得很温馨的泛着天蓝色荧光的卧室时，床头柜的烟灰缸里却拢着好几个新烟头，而嵌在嘴上的一支也抽了一半。

她的良心也在折腾。

她看我的眼神已表明她已知道我刚才所做的事。"姆妈，"我解释说，"这栋房子和咯只花园属于阿拉姚家,以后也属于阿拉,要是有两个人就这样冻死在我们的院子里,阿姐会哪能想?以后阿拉咯后代会哪能想?我们不能见死不救,他们,"我指指车库,"迟早要走的。"

"啥叫见死不救?"母亲火了,把抽了一半的香烟狠狠地往烟灰缸里一摁,我感到她这火似乎并不是针对我的话发的,而是对着这件让她也感到为难的事发的。"阿拉就是见死不救,也比他们强。当年他们对我不是见死不救,而是往死里整!剃'阴阳头',坐'喷气机',抄我家,还要抢我房。要勿是我坚强,我也会像上官云珠一样跳楼自杀!"过去母亲是上官云珠的忠实影迷,凡是上官云珠演的电影她至少要看上三遍。因为有人说她长得很像上官云珠,尤其是她的那双眼睛。所以她对上官云珠的死痛心疾首而且惋惜得不得了。一想到那年月她就要提这件事。"还有,前些日子他们还用晾衣竿往我窗口里捅!"

"姆妈,"我也点上支烟说,"在新疆时,有一年初春,天气突然转暖,积雪迅速地融化了。我们畜牧排地势低,半夜里,冲下来的雪水把我们住的地方淹了。我水性不太好,只好爬到屋顶上等人来救。我们排有个右派姓刘,水性相当好,救人,救羊,来回地游。我蹲着屋顶的那栋房子也被水冲塌了,我在水中挣扎,眼看快不行了,是他来救的我。其实前几天排里开批判会时,我还点着他的鼻子批判过他。当时他也已筋疲力尽了,因此把我救到一个高坡时,他也晕了过去。他是拼着自己的命来救我的。我非常感激他,对自己对他的批判也感到内疚。可他苦笑着摇摇头说:'其实你用不着这样,人类之间的互救是人类自身生存的一种需要。在原始社会,我们的老祖宗集体狩猎时,一个人遇险大家都会奋不顾身地去救他,因为他们清楚,自己这样做是为了别人也有一天会这样来救自己。所以我救你还有救别人的动机也是非常原始的,希望我在危急时,你们也能拉我一把,这可以说是一种最原始的人性……'"

母亲沉默着,她眯缝着确有些像上官云珠的眼睛。秋雨叮咚着玻璃窗,那粘在玻璃上的水珠也是蓝莹莹的。母亲大概又想到了那个风雨飘摇的岁月。我在想,那个年月你斗我我斗你,把人都整得惨兮兮的,我不知道这样

中篇小说

斗斗出了什么收获,但人性却在这种互斗中大大地失落了。而转轨后,人们又在金钱的追逐与迷惘中,人性再次地失落,怪不得见死不救的事已屡见不鲜,而女人无耻地去傍大款成了时髦,男人卑鄙地投跪权势成了荣光。人们都该看看自己还像不像个人?当人彻底地自顾自己时他也就失去了自己。人性失落的时间太久了,我们社会的当务之急不是别的而是要重新找回人性,起码是找回那原始的人性……

"姆妈,"我说,"要是阿姐在,阿姐一定会……"

"好哦。"母亲打断我的话说,"就让他们避避雨,等天晴了,就让他们滚!"

现在的咖啡馆是装潢得越来越考究了,一家赛过一家。孔雀开屏是想讨好异性,目的是为了繁衍自己的后代。装潢的美观与豪华是为了招引顾客,目的是想让自己赚更多的钱,所以美的背后有时是一种私利。在唐丽英给我家送蛋糕被我母亲拒绝后的第三天,她在弄堂口拦住了我,硬拖我去了一家档次很高的咖啡馆,一个靠工薪吃饭的人一般不敢进这样的咖啡馆。她说为了表示诚意她豁出来了,甩出几个月的工钿,也要请请我,同我谈一谈。

她要了两杯咖啡和几样小点心。灯光幽幽的,厅堂里放着施特劳斯的圆舞曲。那时在一些中国人的心目中外国音乐好像就是一个施特劳斯,咖啡馆放这音乐是为了显示自己的高档与典雅。当艺术进入商海它也就开始变味。

唐丽英那天穿着得很时髦也很漂亮。她口齿伶俐,但她那晶润润的眼睛背后有种让人捉摸不透的东西。她说我们两家之间不是除了仇恨之外就没有别的东西了。她说有一年你探亲来后回新疆,阿拉阿哥叫了几个朋友帮你抢行李架,同你一起候车熬了一夜,还买了一篮水果给你。当然,要说到仇恨,但这些仇恨都同我唐丽英无关。车库是阿拉爷抢咯,姚家姆妈的阴阳头是阿生剃咯,小老婆是阿嫂骂咯,就是晾衣竿的事也是阿嫂挑唆阿哥做咯。可我唐丽英没做过一件对勿起你们的事,你们就不该拒绝我送的礼,把仇恨一锅煮。再说你母亲的气量也太小了,仇哪能记一辈子?我说,唐丽英你被人批斗后坐过"喷气机"剃过"阴阳头"哦?她说没有。我说你要亲身经历过大概就不会说现在这样的话。她说但我们毕竟不能老生活在过去,而要生活在现在和将来。我说话是这么说,但感情这东西很难这么去把握。有些家仇延续了几代人,为什么?感情!有时一件事会伤人一辈子的感情。

"好哦。"她说,"就算是这样,但我唐丽英没伤你们谁的感情吧?"

那次谈话给我总的印象是,唐丽英得从唐家解脱出来,能与我们家有所往来。买单时,我想付款,但她说这点钱对你是毛毛雨,对我却是一个多月的工钿,可还得我来掏,说好的,我请你!

走出咖啡馆,霓虹灯那红红绿绿的光斑投射在我们身上。她紧挨着我用很柔和的口气说,嘉清阿哥,今朝我们的谈话虽然没有结果,但我想对话总是比仇恨和对抗前进了一步。我说对。她说同你接触后,我觉得你相当有风度相当有教养,我要找对象就找像你这样的……

秋风秋雨愁煞人,但这时我已不愁了。我想明天我要找一下唐丽英,谈谈她姐姐的事。我下了楼后,看到雅芬端了两碗面和两个油煎荷包蛋送到唐丽娟母子俩跟前。

"吃吧。"我说,"不够了再叫雅芬下一点。"

唐丽娟抖抖地接过碗,看看我和雅芬,又看看那两只煎蛋,突然号啕大哭起来。我也感到一阵心酸。赶忙走出门外,站在屋檐下。雨丝在风中飘摇,我看看车库,楼下亮着灯,有四个人影在窗内晃动,他们也在为难。他们会接纳这母子俩吗?楼上,不可能让他们去住,楼下呢?挤进这母子俩也很艰难。按常规还得另弄一套炉子和灶具。如果他们坚决不接纳这母子俩,他们去哪儿呢?拥挤的上海啊,你本能地在排挤着一切想重新返回上海的人!

哭声停止了我便听到他们吃面条的噜噜声。他们冻坏了也饿坏了。我不知雅芬是什么时候站在我身边的,她抬起眼睛看着我说:"阿哥,你们插队回来的人怎么都这样?你看见生煎馒头哭,她看到荷包蛋哭。你们好像是从苦水里爬出来的老鼠,这种感觉都会这么强烈?"

中篇小说

"不,她还没有爬出来呢。"

这时,我希望明天再猛猛地下上一天的雨。老天爷,可怜可怜我们这些变幻无常的破碎的心吧!

霓虹灯那变幻莫测和反复无常的光亮在雨幕中闪烁,让人感到这个世界的光怪陆离。我把唐丽英请到她请过我的那个咖啡馆,并且还坐在以前坐过的位子上。她对我能请她感到很兴奋,她说别的不说就你能请我就很给我面子了。寒暄一会儿后我就向她提出她姐姐的事。她叹口气说这件事很难办,主要是阿嫂坚决勿同意,说让阿姐进家门她就同阿哥离婚,而阿哥历来对阿嫂唯命是从。阿拉姆妈呢?儿子的态度就是她的态度。所以我就是有这个心也没有这个力。我说那也不能就这么让他们饿死冻死在你们家门口啊?"是你们家。"她说,"阿拉只是借住在你们家的车库里。"她看我面露难色便一笑说,"不过我倒有个办法。我昨天夜里就想过了,主要看你们家同意勿同意。"我问她是什么办法,她说车库与楼房之间勿是还有两米多宽咯空当吗?只要前后拦上两道木板墙,上面再盖上个塑料屋顶,不就是间六七平方米咯房子?过去我们住在棚户区里,还勿是都是这样的住房?我想了想,觉得也只能这样了,于是叹了口气也松了口气。但这次谈话却让我有种奇怪的感觉,仿佛这件事是我们家在求他们家,好像唐丽娟是我的姐姐而不是她的姐姐。这真是好心人求恶心人,债权人求债务人,这是一个颠倒了的世界。

天放晴后,我从地下室的储藏间翻出了好些旧木板,又按尺寸去买了两大块塑料屋顶板。唐丽英去请了几个工匠,用了一天时间,叮叮当当地把房子盖了起来。工匠的工钿也是我偷偷付的。屋里用两条长板凳几块铺板搭了个板床。唐丽娟带着儿子住了进去。当她走进那间小屋时,她像日本妇女那样深深地朝我鞠了个躬。那时我想,我傻乎乎地做这一切是为了什么?也许仅仅只是求得自己良心上的一点平衡?因为在我心目中良心似乎还很有些分量,但在有些人看来良心已一文不值了。而唐丽英认为我又领了她的一次情。她说:"嘉清阿哥,要勿是看在你的面子上,我根本勿出咯个力,虽然她是我的亲姐姐。"

雨水染黄了更多的树叶,阳光投射出了满目的秋色。在这件事上母亲对我表示了明显的不悦。唐丽娟的那间小屋把楼房与车库连成了一体,这使母亲感到不自在。而唐丽娟又毕竟是唐家的人,唐家又明显地增加了力量,而本来完全应该属于我家的空间,又被唐家占据去了一部分。母亲恼怒地戳着我的额头说:"你咯个吃里爬外的东西!"她也骂雅芬:"你也勿是个好货!"雅芬委屈地跺着脚说:"阿哥,全是为了你呀!"

母亲对雅芬的不满还含有另一层意思,雅芬过去对母亲从来是忠心耿耿,母亲怎么拨弄她就怎么转。但我回来后,雅芬却在向我靠拢,母亲认为这种靠拢显然是另有企图。作为保姆,雅芬是称心的,但要想当儿媳,那就差着较大的档次。母亲也怕我这个熬了那么些年光棍的三十几岁的儿子会饥不择食,做出有伤风化的事。引起母亲的这种警惕是晾衣竿事件后的一次"请吃饭"。

晾衣竿事件是以我们的胜利告终的,这当然要归功于阿力和小江北。为了表示感激,母亲让我请他们吃顿饭,饭馆由他们挑。但阿力却别出心裁地想吃顿新疆风味的手抓羊肉,而且还要由自己来做。对他的这一提议我们自然十二万分的拥护,怀念过去的生活也能刺激和充实人的心灵。那天,小江北兴致勃勃地从菜场扛回来一只小羊,阿力负责烧。他说他在草场待了十几年,做出来的手抓羊肉是绝对正宗的。厨房里弥漫着一股羊膻味,母亲和雅芬直皱眉头。我们盘腿围坐在我那间客厅的地毯上,中间搁上一大盘热腾腾的大块羊肉,阿力抽出腰间的英吉沙小刀往肉上一插,说要吃自己割。阿力还带来了四瓶新疆名酒"奎屯特曲",说还像以前一样,不喝光这四瓶酒不收场。我们在一只大瓷碗里倒上酒,轮到谁谁一口喝完,不许耍滑。往热热的羊肉上抹上细盐巴,吃起来确实另有一种风味。但上海的羊肉毕竟没有新疆的羊肉香,可这种吃法却使我们感到亲切。我们放肆地大口地吃大口地喝。小江北的兴致极好,拍拍亚萍的背说,讲个笑话给你们听听。我和亚萍刚回上海,阿哥请阿拉去吃饭,阿嫂端上来盘炒鱿鱼,鱿鱼卷就像卷发筒一样,亚萍感到很奇怪。过几天阿拉又回请阿哥阿嫂,亚萍也去买了几只鱿鱼。我在外面收拾房子,她在厨房里忙,后来我听到厨房里有吹风机响,我就喊你做饭还吹啥头发啦。原来她把鱿鱼切成片,用卷发筒来拉卷,卷勿成就用吹风机吹,还喊,小江北,阿拉咯鱿鱼卷哪能卷勿起来咯啦!

我们听后哄堂大笑。亚萍撩起肥手给了小江北一巴掌。我们笑着吃着喝着接着就唱,小江北唱:"达坂城的姑娘辫子长,两只眼睛真漂亮。"阿力唱:"阿拉木罕怎么样,长得不肥也不瘦。"而我却酸溜溜地唱着《花儿为什么这样红》,唱出一个三十几岁的人却还没有享受过爱情的凄凉。唱完我们就划拳,划完拳后就哭。小江北哭做生意的艰难与屈辱,阿力哭做夜市的心酸与辛劳,我哭生命在无聊地流失的惆怅。哭完我们又笑,笑我们毕竟都又回来了,回到了这个可爱又可恶,繁荣又浑浊,热闹又冷漠,说不出的拥挤但又让人感到空前孤独的大上海! 阿力又拿起刀跳匕首舞,醉得舞步东倒西歪,吓得躲在门口看的雅芬直伸舌头。而在我们哭笑之间也来看了看的母亲,赶忙上楼摇着头说:"喔哟,野蛮人,野蛮人……"

阿力坚持喝完这难舍的最后一滴酒,地毯上一片狼藉。他们摇摇晃晃勾肩搭背地出去挡了辆出租走了,我却瘫醉在地上。雅芬扶我起来送进卧室,我搂住她在她脸上狠狠地咬了一口。她贴着我的耳朵悄声地说:"阿哥,阿拉结婚好哦?"我眯醉着眼说:"同你结个屁!"她一下把我撂在床上。于是我呼呼地沉睡过去,似乎又回到了那遥远的新疆……

那晚,雅芬用试探的口气对母亲说:"姆妈,阿哥老坏咯,喝醉酒抱住我亲我还咬我一口。"母亲这才慌了神,紧张地问:"阿清还对你做啥了?"

"其他动作倒还没有……"

"以后你离他远点!"母亲坚决地说。既是对她试探的回答又是对她今后的告诫。母亲也同时意识到一个单身男人与年轻姑娘之间所存在的危险。第二天母亲把我叫到她房里警告我,以后对雅芬的行为要检点。要寻女朋友就像像样样地寻一个,自己找勿到姆妈帮你找,勿要学你老爸,老了还勿正经! 还有,你同新疆的那帮朋友以后少来往,太野蛮了!

我感到,母亲不了解我!

一场寒风吹落了枯叶,地上铺满了金色。唐丽娟清早领着姚遥出去,夜色苍茫后才回来,无声无息默默度日。

两个月后,她屋里传出缝纫机的嗒嗒声,从清早一直响到深夜,像一个孤寂的灵魂在拼搏在抗争在为自己争取着生存的权利。

而母亲也正以只争朝夕的精神开始为我安排婚姻上的事。

入冬后的上海与新疆可大不一样。新疆的冬天是单调乏味的,大地上除了那茫茫的积雪外,什么也没有了。而在上海却还可以看到不少绿色,那些耐冬的植物用绿色来向寒冷显示自己生命的力量,昏黄的夕阳映在那些耐冬的植物上,飘悠出了许多梦幻。许多人可能体会不到三十几岁还没谈过恋爱的男人对婚姻会是种什么感觉,我可以告诉你,内心很热,但外表却很冷,急于想找但又很挑剔。年龄的本钱正在失落但心中的希求却依然很高。要么不找,要找就找个好的,一次成功,因为自己没本钱再折腾了。可我现在的本钱是,仍是个处男,而且很富有。眼下二十几岁的美妞都在追逐六七十岁的富翁,我还怕什么呢?金钱可以买回青春!

母亲给我介绍的第一个对象叫尤妮,不漂亮也不难看,气质也还可以。据母亲讲她爷爷与我老爸有世交之谊,她可以算是个"书香门第"家的后代了。但与她一交谈,觉得在她身上并没有什么书香味。但她却非常的自信,她认为我俩的事成功与否全取决于她,一见面她就摆出一副居高临下的姿态,这使我很反感。在她看来我已三十八岁,她才二十二岁,我还有什么可挑剔的呢?她说:"阿拉之间整整差了十六岁,我都可以叫你爷叔了。当然这件事要看我,只要我勿在乎就没有啥。不过我只想问你一句话,将来那栋洋房是勿是全归你?我是讲你姆妈嗒……那个以后。"

同她见面时姆妈关照我,她下班后在公园里面,在夕照下散一会儿步,然后请她去吃饭。但这饭我不想请她吃了,我说:"洋房现在就归我,但这不关你的事。好吧,再见。"说着我便径直走出公园。后来她对我母亲说:"你儿子的脾气怎么这么怪啦?"我发觉,这种毫无思想和感情基础的拉郎配式的见面是既尴尬又毫无情趣的。

天很快就黑了,我匆匆赶回家。雅芬见我后神色紧张地说,姆妈出事了。说是夜快黑的时候,姚遥在两棵柳树中间拦路绑了根绳子白相,结果姆妈从外面买东西回来,绊了一跤摔得很重。是唐丽英看到后立即背着姆妈去了地段医院。膝盖肿了,脸上也擦去很大一块皮。我问要紧哦？雅芬说还勿晓得,医生讲明天早上拍了片子后才能确诊。我现在回来拿点洗漱用具,唐丽英陪着姆妈。

我和雅芬赶到地段医院。母亲一见我就火了:"都是你！留下这么个小杂种！"说着母亲就哭了。我很感内疚地叹了口气。母亲右膝盖肿得很厉害,右颧骨擦去像酒杯口那么大一块皮。母亲更担心她的脸会破相。母亲是为她的这张漂亮的脸才活在这世上的。"人破了相,还有啥活头？"而唐丽英很殷勤地劝我母亲说:"姚家姆妈,面孔只是擦破点皮,勿要紧咯,过些日子就会好咯。"母亲对雅芬说:"镜子带来了哦？"雅芬把镜子递给母亲,母亲照了照又哭了说,"要是好勿了就糟了！咯只小赤佬,怎么这么坏！"母亲这辈子倒真是为她这张脸活着的。我本想解释说,小孩图好玩,不是有意的,六七岁的孩子懂什么？但这种解释显然会使母亲更恼怒,我只好不说。

不过唐丽英的这一行动倒化解了母亲长期以来对唐家的恨。刚才唐丽英可能又很体贴地同母亲说了些什么,母亲看她时的眼神已有了几分亲切。唐丽英甚至提出由她来陪夜。母亲很感激地说,还是由雅芬陪吧,你明天还要上班。唐丽英说,咯姚家姆妈你好好养伤,我明朝再来看你。

上海的雪同新疆的雪也不一样。新疆的雪是硬硬的,而上海的雪却充满了柔情。母亲拍片后骨头没有受伤。我和雅芬迎着风雪叫了辆出租把母亲接回家来。我们前脚刚进唐丽英后脚就跟进来了,还提了一兜水果,又说了些让母亲舒心的话。她走后母亲对我说,我看唐家只有咯个阿英还懂点事体。

唐丽英以后的程序是:她下班后就去看我母亲,然后下来看我。唯一的变化是同母亲讲话的时间在变短同我说话的时间在变长。她告诉我他们家的事,说阿生正在炒股票,炒得白天黑夜都分勿清,天天熬夜去轧票位,已经赚了好几万,甚至还有个相好,股票市场上搭上咯,先是帮手,后来就成了相好,但廖月花却还蒙在鼓里。看到老公炒股票炒进来这么多钞票,天天笑得嘴也合勿拢。她又说到唐丽娟,说阿拉阿姐住进那小屋后,从来勿同我们家的人说一句话,包括阿拉姆妈。她早上买点心回来吃,中午和晚上带上姚遥在饭摊上吃包饭。阿拉阿姐除了吃饭,睡觉,就是踩缝纫机。不过阿拉阿姐一直很感激你,我看得出来,她看你时眼神就勿一样。她还说人活着当然只能为自己,人不为自己活着还有什么意思?至于能勿能活得幸福活得潇洒,一要看自己的命,二要看自己的本事和手段。

但她与我的谈话,我从来没有感到合我心意过,趣味索然。后来我只是出于礼貌应付应付她。但时间一长,我就发觉她这么纠缠我的用意,她是想让我娶她,而且这种愿望表现得越来越强烈。有一天晚上她甚至留着想不走,还说嘉清阿哥,你这个人活得太勿潇洒太没趣味了。我还没见过你这样的男人,都快四十的人了,却没碰过一个女人。"今朝哪能?我主动让你享受一下爱情与欢乐?"我眼睛发绿了,她这才走,还笑了笑说:"嘉清阿哥,你勿是男人!"

春节将临,家家都忙着置办年货,杀鸡煮肉,刮鱼熬鳖。母亲脸上的伤也痊愈了,而且竟没有留下一点伤疤。

这又是靠唐丽英弄来的一种药膏,说是治伤疤有奇效。母亲自然很感激。保住了脸部的美也就增强了活着的信心。

母亲同我商量,过年时请阿英过来吃顿饭。我知道母亲想请她吃饭只是为了表示一点谢意而没有别的什么意思,因为母亲在养伤期间对我的婚姻问题丝毫也没有放松,可她给我介绍的女人都让我感到失望,她们找我的目的就只有三件事:房子、钞票,出国。有一位在合资企业工作的二十七岁的漂亮女士对我说,什么时候你和我都拿上去美国的护照,什么时候就举行婚礼。"这对你来说不是件难事!"她说。而一位二十五岁的长得蛮秀气的女研究生对我说,让你在美国的姐姐担保我去美国深造,当然阿拉可以先领结婚证,等我在美国学成学业我再回来同你完婚。我说先不追究你是不是在玩弄手腕,你仅仅为这一目的才同我结婚,那么我们的婚姻还有什么爱情基础?但她也很干脆地甩一句话给我,不为这个目的,我同你这么个老头子结婚作死啊！我在想，难道婚姻就是房子、钞票和出国吗？难道建立在爱情基础上的婚姻就不存在了吗？有一天我把这个想法讲给阿力听，阿力听后哈哈狂笑起来，看我就像看一个隔了几个世纪的人一样拍着我的肩膀说："喔哟，姚嘉清哎，你怎么这么不懂经啦？现在的婚姻当然要讲实惠喽，当然要讲房子、钞票、出国喽。我告诉你，我现在同三个站柜台的姑娘困觉，她们还来得想同我困。做啥？有实惠，困一夜，五张老人头。爱情？啥叫爱情？做爱就叫爱情，爱情就是做爱，只要你同女人做上爱也就有了爱情，懂哦？"

我目瞪口呆。

春节前母亲又逼我去同一位姑娘见面。我不想去，母亲生气了，说约都约好了，勿去哪能可以啦！那个姑娘是个时装模特，一副目空一切盛气凌人的样子，好像她不是来同我谈婚姻上的事，而是在给我展示服装。时装模特应充满诗意与梦幻，但她说出的话却是令人心寒的露骨与粗俗。她说，我这个人做事向来爽快。我告诉你，阿拉阿爸姆妈都退休了，想开只商店，只要你们家拿上十万美元，我就算卖给你了，你想哪能就哪能。我听讲你们在美国的财产多得勿得了，咯点小数字算个啥！

我转身就走，那心就像搁在了冰柜里。

上海的冬天真让人难熬。新疆的冬天房子里生火暖似春天，可上海的冬天房子里外一样的阴冷。天正在下着雨雪。我推开院门就听到母亲的叫骂声。原来正在看电视的母亲想看看雅芬过年的菜肴准备得怎样了，下楼时却看到姚遥坐在门口津津有味地啃着一只鸡腿。她就走进厨房问雅芬，雅芬正蹲在厨房后门的水泥地上刮鱼鳞，她听母亲一说大吃一惊，看到搁在大盘里的一只煮熟的鸡少了只腿，便叫："咯个小人哪能这个样子的啦，偷东西吃！"母亲火了，想到被绊一跤的恨。她冲出去，一把拎起姚遥的衣领，先是甩了两个巴掌，接着又骂着把姚遥像拎只鸡似的撂到门外的水泥地上。而那时我正走进院门。唐丽娟听到骂声就奔了过来，但来不及了，孩子像只蛤蟆似地扑在地上，唐丽娟抱起他时，脸蹭破了，鼻子涌着鲜血，前身湿漉漉地淌着污水。唐丽娟哭喊起来："姚家姆妈，你怎么这样的啦！孩子再有错，你也不能这样打这样摔的呀！"她为孩子擦着血又喊，"姚家姆妈，你这样做，总有一天会懊悔的！会懊悔的！"她哭着抱着孩子回家。

我看到当时母亲的表现也像个泼妇,这使我感到很难过。

母亲喘着气,走进一楼的客厅。我也跟了进去,想说什么但又说不成什么,只好默默地坐在她边上。母亲也不说话,只是呆坐着,在回想和反省自己刚才的行为。而这时我们看到唐丽娟领着孩子又来了。她在门口站停,把孩子轻轻往前一推,孩子抹着泪,鼻孔塞着两块被血浸透了的布,红肿的嘴唇向外翻着。孩子走到离母亲几步远的地方,哭着说:"姚家阿婆,我做得不对,以后不敢了,请你原谅。"说完,扑地跪下,咚咚给母亲连磕了三个响头。然后站起来转回身走到唐丽娟身边,哭得又委屈又伤心。

我和母亲沉默了很长时间。从母亲的眼神中可以看到她的心也在受煎熬。也许她正为自己刚才的行为在恼怒自己。她看看我说:"同她见过了？怎么样？也不行？人家可是上海的名模。"我哭丧着脸说:"姆妈,你以后勿要再给我介绍对象了行不行？要不,我现在也给你跪下,磕上三个头？"母亲倏地站起来,指着我跺着脚喊:"阿清哎,你要气煞遏我啦!"

你见过雨雪晴后的天空吗？寒冷的蓝天上竟也挂上了一条彩虹,但那彩虹中竟也挤满了人间的骚动与城市的喧哗。然而我们这个院子却突然安静得出奇。唐丽娟领着姚遥出去了。

到浓重的夜色降临下来时她才回来,她背着姚遥,姚遥的手腕上还缠着纱布。她是带他去地段医院检查了一下伤情。从日常生活的细节中,都在折射着那份深深的母爱。

夜色宁静,已隆出芽蕾的柳条在寒风中飘曳,楼房和车库里的灯都关灭了,但夹在楼房与车库中间的那个木棚房里,电灯还亮着,缝纫机也还在小心翼翼地很忙碌地响着。我走过车道,轻轻地敲了敲木棚屋的门。唐丽娟拉开一条缝看到是我,便打开门说进来吧。孩子已睡着了,跌伤了的嘴唇仍肿得像小猪的嘴巴。我指指他缠着纱布的手腕问怎么样,她说扭伤了,但还好没伤着骨头。

小屋里已添置了不少东西,盖的和铺的也都是新的,她用她那默默地辛劳在悄悄地改善着自己的生活。靠床的墙上挂满了已缝制好的笔挺的西装。我拿下一件穿着试了试,很合身很服帖,我看看里子上缝着的商标,竟是名牌。她解释说,老板叫干的。为了养活孩子和自己,也只能这样做。但为了不要太对不起顾客,她做得很用心也很努力。老板对她的手艺很称道,说同真名牌没啥两样。她说:"老板作假是为了赚钱,我作假是为了生存。"她的眼中透出一丝悲哀。我一笑说,那你也帮我做两套吧,马上开春了,我也不用到店里去买,买的也不一定合身,而我又怕在店里买会被人宰。我不是吝啬那几个钱,而是知道被人宰后心里就感到不舒服,好像受到别人的耍弄和侮辱似的。她说,那好,等我赶完这批货就给你做。

"但要收我钱。"

"我这儿有价格表,你就按价给吧。"

"我可以抽支烟吗?"她点点头。我在床沿上坐下点燃烟后说:"唐丽娟,我有句话想问你。"我看看孩子,他睡得很死。"我听你同我母亲说,你这样做以后一定会懊悔的。我觉得你这话里好像有话。"她盯着我看了一会儿,我的眼睛是真诚的。她说你的心倒很细,我给你看一样东西。她从床底下抽出那个旅行袋。她说你知道这包是谁的?是你阿姐的。她拉开包从里面取出一本很旧的红封面的日记本,又从里面翻出一个信封,从信封里抽出几张发黄了的照片。一共有五张,三张是阿姐抱着姚遥照的,两张是她、我阿姐、姚遥的合照。我惊讶地看着她。

"我没结婚,"她说,"孩子是你姐姐的。八年前,有一天你姐姐突然出现在我跟前。我对她会跑到我插队的那个安徽的山沟沟里来感到很吃惊。她说,她要在我这儿住一阵子,因为怀孕了。她要在我这儿生孩子。我留下了她,同我挤在一张床上睡。我问她是怎么回事,她不肯说,只说是为了保护你母亲,保护那房子,保护她自己,她才失的身,而且不止一次。她说,连她都不知道这孩子的父亲是谁,反正是三个人中的一个,但不管是谁都是畜生!"说到这里唐丽娟的眼里也含着泪。我想这不奇怪,那时那些喊着革命的口号干着禽兽不如的事的人还少吗?

"孩子生下后,你姐姐很为难。孩子的父亲是个畜生,但孩子毕竟是她的。她不可能带他走,但又舍不得把他扔掉。我就说留给我吧,反正我不会在农村结婚的,嫁给乡下人我不愿意,嫁给男'支青'又没有保障,他们为了寻找自己的路随时随地会抛弃你,这样的事我看得多了。我很诚恳地对你姐姐说,我会像待亲儿子一样待他的。也许我这一生,只有他同我相依为命了。你姐姐是很坚强的,讲起她和你们家的苦难,她只有恨却没有泪。但那天她却哭了。"

怪不得姐姐去美国后不肯回来,因为她在这里留下了太多痛苦与耻辱。我拿了其中一张姐姐与孩子的合照说,这一张留给我吧。她点点头。她说这事最好现在不要告诉你母亲,以后再说吧,我怕我们两家之间又会翻出一些谁也料想不到的麻烦。

缝纫机声又响了起来,月光寒寒的但却很皎洁。我走到柳树下,想起那个秋雨绵绵的夜晚,母子俩龟缩在树下的情景。我想,我后来做的那一切其实不是为她而是为我姐姐。还好我做了,就是犹豫的时间太长了。我突然感到鼻子有些发酸。天下有些好事往往并不是为别人而其实是为自己做的。在夜深人静中,缝纫机的嗒嗒声正在凄哀地讲着这样的人生的哲理。

阳光已洋溢着融融的暖气。每场春雨后迎来了更多的温暖。为了不让母亲知道,我不是在家而是去邮局打了个国际长途。我把唐丽娟与姚遥的事同姐姐一说,姐姐就说阿弟你做对了,姚遥就是我的孩子,但他的父亲你也不必再去追究,因为我也无法说清。在失去生命还是失去贞洁的选择中,我选择了生存。如果当时我不忍受屈辱,也许我不会享有现在的一切,希望有时是需要靠时间来给予的。但那段历史毕竟是过去了,你好好照顾他们母子俩。

我在丽娟那儿住了一年多的时间,她把她每月仅有的十几斤定粮给我吃,自己却吃一些瓜菜,甚至挖野菜吃。我生下姚遥后,她去县城医院卖了血,买回一只老母鸡炖给我吃。人性善与恶之间的差距竟有这么大。过几天我给你寄笔零用钱,我的意思你明白了吗?我说我明白了。姐姐问姚遥怎么样,我说长得很秀气,鼻子和眼睛同你像极了。姐姐竟哭了,说上帝有

中篇小说

时是很不公平的。姐姐又问了我的情况,说现在国内商潮汹涌,要是阿弟你想试试,阿姐可以给你提供笔资金。我就苦笑着说,阿姐,我在新疆待了近二十年,已经变成只戆牛了,你给我钱不要连个水漂都没打起来就叫人家骗跑了。老爷子这辈子虽然生活放荡,但积起这么一笔财产也不容易。姐姐笑起来。我说,阿姐我会找到自己生活的位置的,我正在为自己生命毫无意义的流失而痛苦。阿姐说那好,人活在世上总还该做点事。

从邮局到黄浦江边只有几步路。明媚的阳光在水面上映射着一片粼粼的水光。涨潮了,船只正在江面上穿梭着透出一种生存的繁忙与艰辛。洋溢着春意的江水哗哗地拍打着堤岸,在叙述着一代又一代的上海滩上的故事。回到家已是中午了,我就感到院里的气氛有些特别。尤其醒目的是车库的二楼顶的栏杆上,挂着两排金华火腿,在阳光下晃出一片黄灿灿的油光。我数了数,十一只。我知道了。雅芬和母亲都给我讲过挂十只火腿的事。而阿生发誓将来有钱了要挂二十只火腿!看来他炒股票发了,不过挂的是十一只而不是他发誓的二十只,看来还是底气不足,但面子还是要挣回来的,多一只!

母亲正在哇啦哇啦地对雅芬喊,其实是喊给阿生他们听。说要在我们阳台上挂上二十二只火腿,而且每只要比他们的大,分量要比他们的重!雅芬讲,姆妈,下午挂哪能来得及啦。现在店面上买火腿,都是一小片或者一小块,整只整只都很少的。你一下买二十二只店面上哪能一记头拿得出来啦!只有下午去订货,明天早上去提。不过到时阿哥得去帮我忙。我说这场战争我勿参加,无聊!咯就像个体户比赛掼钞票,看上去是想挣面子,其实是丢自己的丑。雅芬说咯我忙勿过来。我说那就雇两个小工,二十二只火腿买得起,雇两个小工雇勿起?母亲看我反对却更来劲了,说雅芬明朝二十二只火腿一定要给我挂出去。你要勿挂出去,你就给我滚回绍兴去,咯口气我要出勿出来,我就像上官云珠一样去跳楼。

但奇怪的是,下午三点多钟,阿生悄悄地把那十一只火腿收了回来,雇了辆黄鱼车拉走了。我感到有点奇怪。

暖洋洋的春风拂动着已经爆出绿叶的柳条,法国梧桐的枝条上也鼓出了许多紫褐色的叶蕾。圆圆的月亮在晴空中撒下一处洁白的宁静。夜深人静后我听到有人轻轻地敲着我卧室的窗户。我探出眼光看到的竟是阿生。他招手让我出去。

"嘉清阿哥,帮帮忙来,"他很恳切地对我说,"挂火腿的事是我秋老虎的天气穿皮袄——热昏!我实在是一时咯冲动,咯几天炒股票炒得顺手,结果叫胜利冲昏头脑,做出咯样的事。其实你想想,阿拉哪能同你们家比呢?以前你们家是哦,勿讲了。现在呢?每个月港币哗哗哗,美元哗哗哗,英镑哗哗哗哗地寄得来,就是一次汇来咯钞票都比我现在所有的存款都多。比苗头也要看实力,我咯点钞票是哦?"他摊摊双手,"同你们比起来算啥?而且炒股票又勿是吃白食,担风险勿讲,每天夜里无论刮风落雨去轧票位,还要同别人吵骂,吃足苦头,我赚咯也是血汗钱啊!一只火腿现在也要三四百,十一只要四千多元,白白挂在楼顶上熏太阳,神经勿要太勿正常噢!"他拍拍额头,"所以阿清哥,求你去同你姆妈讲讲,我的火腿已经收回了。明朝,你们家二十二只火腿也千万勿要挂,阿拉吃勿消。上次十只火腿就压得我一个月困勿好觉抬勿起头。阿清哥,求求你!"

我说好吧,我试试看。他千恩万谢地点着头,走进车库前还向我鞠了躬。我把这事同母亲一说,母亲冷笑一声说:"咯只瘪三学聪明了!"

是绿色把春天召唤到大地上来的。我们院内也是一片嫩绿。姐姐给我汇来了一笔数目不小的"零用钱"。母亲不高兴了,说阿清我每月给你的零用钱比合资企业里做事的人几个月工资还多,你还勿够用?你是不是在外面白相女人了?做勿得咯,得了性病是要丧失生殖能力的,阿拉姚家就要绝后了!还有,也勿要去赌,搓麻将小来来可以,大赌要败家咯。你父亲从来勿赌,也勿逛窑子,就是喜欢讨小老婆!我说姆妈,你说的这些事我都勿会去做。阿姐给我这笔零用钱,我另有用,反正以后会告诉你的。母亲不再追究,只是很不满地说,你们姐弟俩从小就喜欢背着我搞名堂。

春天那柔柔的和风让人感到舒适。下午我去唐丽娟那儿。两套西装都做好了,她让我试了试,很合身。我说你的做工也够上名牌了。她有些得意地笑笑,说你穿这一身真帅气,到底是有钱人家出身,气质就是勿一样。有些大款想当贵族,但穿得再好气质上也勿像。由于生活安定了,她脸色也红润了,透出了三十几岁女人的那种妩媚。我把一叠钱放在她缝纫机上,她很严肃地说:"勿是讲好按价目表给吗?"我只好取走多余的留了个整数,但她还是把零头找给我。我说唐丽娟,我想同你商量件事。我已把你回来的事告诉阿姐了,她对你在如此艰难中抚养了姚遥很感激也很感动。我取出一张银行存折说,这是阿姐给你们的。阿姐说这只是为了表达一下自己的一份心愿。唐丽娟看了看存折,很坚决地摇摇头说,我不能收,况且是这么大一笔数字。我现在的收入养活我和姚遥已经绰绰有余了,请代我谢谢你姐姐。我说你不收那你就代姚遥收下。她说那等姚遥长大了你再给他,我不能代他收。姚嘉清,你帮我做得已经够多了。她把存折还给我,我很感动。有人认为谁也抵挡不住金钱的诱惑,但总还有人挡得住它,不过这需要自身的尊严和健全的人格。我把存折放回口袋里,我也不愿做强人所难的事。但那场面似乎有些尴尬。她马上一笑说,姚嘉清这样吧,姚遥已经七岁了,该去上学了,但这方面的事我很生疏,你帮我把他送进学校吧。我很高兴地说,可以,区教育局里我有认识的人,明早我就去办。

姚遥刚来时皮肤有些黑,但在上海住了几个月,他渐渐地变得细皮嫩肉了,而且也透出了我们姚家人的那份秀气。我越看越觉得像我阿姐,因此我对他有了一份更深的情感。为他办了入学手续后,开始几天我天天送他去上学,放学后又接他回来。马路上汽车自行车太多,我教他怎样走人行横道线,怎样看红绿灯。他也很乖巧,一教就懂而且很认真地按着规范去做。法制观念是需要从小培养的。在接送了一个星期后,又当着他母亲的面答应我为他买点心和糖果吃,我们之间便建立起了感情与信任。有一天放学,夕阳的余晖已抹在长得很茂盛的翠绿的树叶上。我为他买了块糖糕,孩子爱吃面食。他吃着糖糕把我拉到弄堂口的一个角角上说:"娘舅,我要告诉你一件事,妈妈不让我同别人讲,可同你娘舅讲没关系。娘舅……"他眼中流出了深深的委屈,"绊倒阿婆的绳子不是我绑的,是丽英阿姨绑的。她看到阿婆出门了,她就把绳子绑了拦在路中间,后来她就回到房间里站在窗口往外面看。阿婆绊倒了,她就跑出来背上阿婆往外走,还指着我骂:'小赤佬,良心怎么会这么坏啦!'"

我在突然感到一种愤懑的同时也感到一种悲哀。唐丽英正是通过这一招才被母亲允许同我们家往来的,而且来往得很热络。这些日子她依然下班后先去看我母亲,给我母亲解闷,如果我在她也非要在我屋里再坐一坐。她毫不隐讳她对我的追求。她的意思是你摆你有钱人的臭架子,我只管追求我的幸福。世上无难事,只怕有心人,难道你这快四十岁的老光棍还能指望找到比我更年轻漂亮的?

最近在同我讲话时,她还来上几句"英格里稀",说是她正在夜大学英语。以后她要考托福,为将来去美国做准备。她说这话时还朝我眨眨眼睛,意思是只要我把你追到手,去美国还有啥问题?她想靠我去美国?做梦去吧!

"娘舅,"姚遥说,"还有鸡腿也不是我偷的。那天我在门口玩,丽英阿姨把我叫进去,撕了个鸡腿给我。我说人家的东西我不吃,妈妈讲过的。可她硬塞到我手里说,阿姨给你你就吃!这家人家有钞票,不吃白不吃!"

我想,她极力想投进我们这个家的门,但她依然仇恨和妒忌我们这个家。人有时是靠手段而不是靠心灵活着的。

拥挤而繁茂的牵牛花在向红砖墙上奋力地攀登。夜间一场细雨,牵牛花争相怒放了,倒也煞是好看。吃过早点我又去邮局同阿姐通了电话,讲了唐丽娟不肯收钞票的事,阿姐说不肯收不要强求,人就该靠自身的力量活着。我又说姚遥长得越来越漂亮而且越来越像你了。阿姐笑了说你给我关照好他。打完电话我的情绪很好,就去黄浦江边走了走,江面上的风湿润而柔和。我还叫了辆出租,让司机笃悠悠地开我笃悠悠地看。司机说你要我开快我也开勿快,只要勿堵车就勿错了。这些年上海也真是日新月异。我说啥时候上海的交通问题解决了,上海就有大出息了。司机说你这话我爱听。

转悠了一个多小时我回家,发现家里不知出了什么事,院门外站了不少人仰着头在看热闹。我挤过人群走进院子,只见车库的二楼顶上阿生像疯

中篇小说

了一样又喊又叫又蹦又跳。举着双臂喊:"我亏空两三万叫我到哪里去弄啊!阿林咯只瘪三把我坑苦了啊!我还活在世上做啥?跳楼算了呀!……"而已一头白发的唐家姆妈拍着大腿对着上面喊:"阿生你勿能死啊,你一死我靠啥人去啊!"

外面围观的人越来越多。我回到家里母亲也正站在窗前看。她对我说:"勿许去管他们的事!过去他们这种造反派逼得上官云珠跳楼,现在钞票逼得他们跳楼。"

阿生虽喊着要跳但就是不跳。其实这么低的二楼就是跳下来也死不掉,除非头朝下。但廖月花却在喊:"你们不能见死不救啊,就只有两三万元呀。借给阿拉,阿拉到时一定还你们。人心都是肉长咯呀,你们哪能可以见死勿救咯啦!"她那喊声似乎不是在求人而是在要挟人,眼睛还不住地往我楼上瞟。母亲说:"当年她骂我是资产阶级小老婆时也是咯种口气,泼妇一样咯!"

这时在外面围观的人群中有一个人在喊:"唐贵生,勿要只喊勿练呀!有种就往下跳,跳只鹞子翻身,让大家也开开眼!"周围的人哄地笑起来。大家已看出他不会真跳楼,于是只当是看一场滑稽戏。炒股炒亏的人何止他一个,谁会一个个都跳楼呢?

但在一片此起彼伏的哄笑和议论声中,楼顶上突然出现了一个人——唐丽娟。她一脸的严峻与恼怒,走上去给了阿生两记耳光,说:"你发什么疯,你已经是三十出头的人了,却还不像个人!炒股炒盈了就挂火腿,炒亏了就要跳楼!炒股票不就是个赌吗?既然要赌那么就赌出个英雄气概来!不要赌赢了就嬉格格地热昏,赌输了就赖兮兮地丢丑!给!"她从口袋里掏出一沓钞票往他手上一拍,"这是我的全部积蓄,全给你,你再去炒,炒盈了你还我,炒亏了算我白给!不要这么没出息的样子,让别人当耍猴看!"

阿生捏着那一大沓钱张着嘴呆愣了老半天,而唐丽娟的这一表现就像电闪雷鸣般地震动了大家的心。我和母亲大概又想到她刚来时在雨中的那番坚韧。母亲说:"咯个女人勿得了。"

283

天气一天比一天热起来,树木也已一片浓绿。阿力的事业也在蒸蒸日上。他从做夜市到租柜台,现在决定要开公司,同新疆兵团的一家商贸公司在上海合开了一个"上新实业有限公司"。新疆兵团那家公司的罗经理也是"上海支青"。开业那天阿力很兴奋地对我说,今天罗经理坐飞机带来两条新鲜羊腿,晚上我们几个"上海支青"再聚一聚。晚上自然又是一番疯狂。新疆的羊肉就是比上海的羊肉好吃。在谈到生意上的事时,阿力非常得意地说:"咯几年做生意做下来我有三条体会,一是要会当骗子,骗术越高明越能赚钱;二是要只认钱不认人,有钱就是爷;三是要面对金钱跪下自己的灵魂。"小江北眯着醉眼一拍他的背说:"阿力,深刻!"

在席间我遇见了也是同我在一个农场待过的陆亮,他已是个小有名气的作家了。他告诉我,他正在为一家出版社编一本书,是一百个在新疆待过的"上海支青"讲一百个自己最最难忘的故事,他说你如果有兴趣,就同我一起搞,你读过不少书,文字也不错。我说行!我现在闲得无聊得要发疯,陆亮给我张名片说,那过几天你来找我。

夜已有些深了。我喝得头重脚轻,脚下仿佛在飘着云。我歪进我的房间,打开灯。我想是不是我酒喝多了眼睛花了,我看到我床上竟睡着个人,两条嫩嫩的光胳膊露在被子外面。我睁大眼睛问:"谁?"那人坐起来,裸露着上身。"唐丽英!"我说,"你这是做啥?"她一笑说:"做啥?你不明白?哎,"她掀开被子,赤裸着全身,"明白了哦?"她又一笑,笑得很无耻。

"你给我滚出去!"我叫。这有点像电影中的语言,但当时我只能这样表达。

"阿清哥,你勿要再装正经了。有几个夜里你偷偷地跑到阿拉阿姐屋里去,你以为我勿晓得?好了,"她说,"现在我的身子全都叫你看去了,你看哪能办?"

"让我娶你是哦?"

"我看你只能这样了。"她又无耻地一笑说,"快关灯上床哦。你这么把年纪连个女人都没碰过,你不觉得自己活得太窝囊吗?"

"好,我上床!"我冷笑一声冲上去,双手捏着她的胳膊,一把把她拽下床来。她没想到我那握了十几年铡刀的双手会那么有力量。我把她提起来,一下摔到了门外,然后抓起她撂在沙发上的衣服抛到她身上。我砰地把门关上了。

我以为她会哭会闹会撒泼。但她没有,悄悄地穿上衣服走了。那时我酒也醒了一半。我坐在床边上喘着气感到自己受到了侮辱。

已在睡觉的母亲和雅芬听到响声后,便穿着睡衣走下来。唐丽英已悄然无影了。我把这事同母亲一说,母亲惊讶地张大嘴说,现在咯姑娘哪能会变成咯种样子的啦?母亲看看弄得很凌乱的床,厌恶地说,雅芬,床上的东西统统给我换掉!这样勿要面孔的女人说不定有啥脏病,要是传染上了讲都讲勿清爽。

雅芬匆匆把被子单子抱走,又从储藏室弄来干净的给我换上,嘟哝着说,从她进我们家送礼的那天起,我就看出她没安好心。

我让雅芬先上去睡觉,我说我还有事要同姆妈讲。雅芬走后我关上门。我把姚遥讲的事告诉了母亲。母亲说当时我也怀疑,姚遥这么小,到路中间去绑根绳子做啥?都是些贼种!死掉的唐老头就勿是个好东西!"文革"中搞打砸抢把性命也搭进去了。咯帮瘪三哪能还勿搬走啦?我说姆妈我还要同你讲件事。我从床头柜的小抽屉里拿出一只信封,抽出一张照片说,姆妈你看。母亲接过照片瞪大眼睛说,这是哪能椿事体?我说你看这小孩像谁?母亲说有点像姚遥。我说对,姚遥是阿姐的孩子。我把这事前前后后地讲了一遍,还讲了唐丽娟省下自己的定粮给阿姐吃,卖血为阿姐买老母鸡的事。我说阿姐寄给我的那笔零用钱其实是给他们母子俩的,但唐丽娟说什么也不肯收。虽说同胞姐弟妹,但人与人是不一样的。母亲点点头。她捏着那照片的手在不住地抖,可能又想起了那个令人不堪回首的岁月。母亲眼里含着泪说:"阿清,给我点根香烟。"

跳楼与裸体事件后,院内又恢复了平静。唐贵生和唐丽英两人从此早出晚归,我很少能看到他们的身影,只有那缝纫机声在夜深人静中还在嗒嗒嗒地辛劳地有节奏地响着。母亲想看看姚遥,但我说要见放学时上学校见,不能让唐丽娟看到。那天放学我同母亲在学校门口等,姚遥看到母亲,害怕地躲到我身后。我对姚遥说,不要怕,阿婆上次做错了,来向姚遥认个错,姚遥是好孩子。母亲抱住姚遥含着泪说:"好孩子,原谅阿婆好哦?"姚遥点点头。

母亲往他的口袋里塞了卷钱,姚遥掏出来摇摇头。我说:"姆妈,勿要难为孩子了。"母亲掏出手绢抹了一下眼睛,说哦佛教上讲要与人为善,我看这话有道理,人有时做了恶事结果做到了自己人身上。

牵牛花败了又开,开了又败,一茬接着一茬。那些日子我与陆亮分头去采访由疆返沪的"支青"。采访也很艰难,各人都为改善自己的生存状态而忙碌。他们返沪后与仍在新疆的"上海支青"一样,命运间的差异很大。在新疆的"上海支青"中,有的当上师局级领导,甚至当上省部级领导,而有的还在农场包地。返沪的"支青"也一样,有的当上大公司的经理,区局里的头头,但有的却在当搬运工,在摆地摊,但一提起他们在新疆的那段生活,都会有几个催人泪下揪心难忘的故事。这是件很有意思的工作。

当我沉湎在过去的那些岁月中时,现实却继续在演绎着它自身的故事。我发觉母亲对姚遥的感情越来越深,她说姚遥长得越来越像你阿姐,脾气也有些像,但比你阿姐小时候要乖。母亲在孤寂中不时地思念着在美国的女儿,现在把这种思念更多地投在姚遥身上。她经常到学校去接姚遥,或者到姚遥放学时,站在窗前往下看,等着自己外孙的身影的出现,眼中有时流出深切的惆怅。明知是自己的外孙却不能认,不能去公开亲近他,人生有时就会有这样的无奈。

春咬着夏夏咬着秋,岁月的流逝竟也是这样的迅速。我又看到树上那些变黄了的树叶。吃罢晚饭后天又淅淅沥沥地下起雨来。我正在灯下整理那些采访来的故事,姚遥的小脑袋伸进来说:"娘舅,妈妈让你去一下。"

唐丽娟的情绪很好。她笑了笑对我说,你知道今天是什么日子?我摇摇头。她说一年前的今天,我领着姚遥来到这里,是你安排了我们,我才有今天,所以我要再次谢谢你。我说应该说我不该犹豫得那么久,让你们淋了整整一天一夜的雨,我该向你道歉才对。"都过去了,"她一笑说,"今天我要告诉你的是,过些日子我们家就要统统搬走了。阿生炒股又发了,数目还不小。他来还我钱时,我对他说,去买一套房子,不能老住在人家的车库里,我们打扰人家已经太久了,该还给人家一个清静了。这次他倒还听话,房子已经买上了,正在办手续。丽英傍了个大款,已经搬到大款那儿去住了,他们是结婚还是同居,我不知道,问她她也不说。我呢?老板很器重我,让我当工长,还给我租了一室一厅的一套房,我正在让人装修。这样,我就要带着姚遥离开你们了。"我说,真有些舍不得姚遥走,另外我要告诉你,这事我已告诉我母亲了。她说这事我知道了,姚遥说阿婆待他很好。她说到这里突然有些伤感,眼圈有些红。

  我回家把这事告诉了母亲,我以为,她会高兴,但她眼中却有了一分惆怅。母亲卧室里那蓝灯光显得很特别,被抹成蓝色的玻璃窗上闪烁着流淌着的雨丝的水光。母亲抽了大半支烟后说:"好哦,我晓得了。"

  有一天我在路上碰到阿力,真是总经理的派头了,笔挺的西装,嵌着金属丝的领带,面孔闪着红光。看到他这副模样谁也不会想到他在新疆的草场上放过十几年的羊。生存环境改变着每个人的面貌。他说他买了一套三室两厅的住房,与一个年轻而性感的女人同居了。他拦了辆出租把我拖到他家。进了门我感到很尴尬,那女人竟是唐丽英。她见了我也有些不自在。我喝了口咖啡就告辞,说已同一位返沪"支青"约好了现在见面。阿力也没强留,他送我下楼时我说,阿力你到底玩了多少女人?阿力说,喔哟,我白相这么好个女人算啥?有的大款是白相了少妇白相少女,白相了大学生白相研究生,还要白相外国女人。"我说嘉清兄,"他文绉绉地来了这么一句话,"你也太落伍了。"我说白相女人就算时髦?他说,姚嘉清,你知道不知道,现在人只对两样东西感兴趣。

  "什么?"

  "钱和性!"

  唐家果然要搬走了。一天早上天气晴朗。唐贵生要来两辆卡车,还带来几个人,不久,车库里的东西便搬空了。出于礼貌,他们走时我送到门口。阿生显得很友好,说嘉清阿哥,打扰你们家这么些年,对勿起。廖月花说,房租也没有付过,不过你们有钱人家也勿在乎这么一点点钞票,是哦?话音里还带着刺。

下午唐丽娟搬家。天空却阴云密布。她要了一辆"130"车,我去帮她。虽说行李不多,但把车厢也装满了。车先开出弄堂口,唐丽娟领着姚遥来同我们告别。我,母亲,雅芬把他们送到院门外,母亲看着姚遥依依不舍。

"同阿婆、娘舅,阿姨再会。"唐丽娟对姚遥说。

"阿婆,娘舅,阿姨再会。"姚遥摆摆小手说。

"姚遥,到时来看看阿婆噢。"母亲说。

姚遥点点头。

唐丽娟拉着姚遥的手,转身朝外走了几步。但她突然又站停了,转过身来,拉过姚遥说:"姚遥,勿要叫阿婆,要叫外婆,她是你的亲外婆。"姚遥疑惑地看看他妈妈。"叫呀!"唐丽娟又拉他一下。

"外婆!"

母亲突然控制不住自己,猛地冲了上去,跪倒紧搂着姚遥痛哭起来。"姚遥,我的心肝宝贝!"母亲哭出了过去那个岁月中的辛酸,哭出了自己做错了好几件事的深深的内疚,哭出了一个外祖母对亲外孙的那份亲情,哭出了人生有那么多不能如愿的那份惆怅。唐丽娟领着姚遥出了弄堂口。绵绵的秋雨又悠悠地飘落了下来,水泥地面很快就变成了湿漉漉的一片。我们重新回到院子里,顿时有一种空落落的感觉。

夜幕降临大地,雨越来越大。现在这里的一切又重新回归到我们家了,但我却感到一种失落。晚上,我和母亲默默地听着雨声看着电视,什么话也不想说。雅芬走进来问:"姆妈,明朝吃啥?菜谱你还没有定呢。"母亲挥一下手有些不耐烦地说随便买点吃吃就行了,还摆个什么谱呀。而这时,车库、木棚、树木、草坪、花坛、正在枯萎的牵牛花,还有这栋已有数十年历史的英国式的红砖楼房,都笼罩在一片飘摇着的雨幕之中。我在想,等我把一百个人的一百个故事搞完后,是不是真该到全国去旅游一下了呢?……

附 录

附录

《回忆随录》节选

韩铁夫

波　澜

　　华东革大入疆工作总队到达新疆迪化以后,先住在老满城八一农学院。不久,我们中队被安排到北门俄文学校,校长姓王,叫王季青,是王震司令员的爱人,对我们这些知识分子十分重视,优礼有加。春节期间还为我们做了慰问演出。我们心中都感到愉快,虽然是每逢佳节倍思亲,人们都惦念着上海的亲人,但多少得到了一些慰藉。我特地写了一篇《迪化的春节》,抒写了自己对这个陌生的城市的一些感受,感情是真挚的,目的藉以使我的亲友们了解我们当时的情况。

　　临别前夕,我年老的父亲以及胞兄文炎都来上海与我话别。父亲老泪纵横,希望我请求组织,留

《回忆随录》作者韩铁夫是韩天航之父

下来,因为他已年老,把媳妇及六个孙子全部带到边疆,路远万里,前途安危未卜,人说纷纭。

我安慰了父亲,我是吉人天相,经过抗日战争的磨炼,我是会在边疆安全的生存下去的。临别请父亲吃了一顿饭,并和文哥及生祥侄子和我妻子共同照了一张相,还有儿子天虹和天放。这是一张珍贵的纪念照,一直保存到今天,我万万没有想到,这次与父亲的分别却是诀别,以后再也见不到面了。照片中慈祥的父亲永远定格在方寸的背景中,成了永恒的遗憾!

这次集体大调动,从上海调到新疆,我们在从上海到西安的专列火车上,在西安去新疆的三十多辆大篷车上,唱的歌:

> 我们的心在跳跃,
> 满腔的热血在燃烧,
> 听,祖国在向我召唤,
> 奔向祖国的最前哨!

大家异口同声,浩浩荡荡,火车烟煤缭绕,大篷车尘土飞扬。大篷车每辆底层是机器,中层是铺盖行李,行李上面坐人。每车大人小孩三十八人到四十人,最小的孩子抱在怀里,为了沿途安全,每天行走约六十至七十公里。

因为进疆工作队准许带家属,凡是在上海有工作的随行编入队伍,作为队员,按调差待遇。有全家都来的,有夫妻二人同来的,也有把家安顿在上海,孤身一人来的。我的全家成员:一位老太太,上海请来的保姆,专门看顾阿六的;我们带入新疆的孩子共六人:天青十岁,天航八岁,天虹六岁,天明五岁,天放三岁,天鹰一岁。原住建德新村24号的房子,全部交还了华东区盐务局,不能带的东西卖了旧货,可以说是破釜沉舟,下了决心到新疆安身立命。这样的人家不在少数。

过了春节以后,驻俄文学校的人,部分人陆续分配了工作。庙没有造好,菩萨的安排确实成为问题,因为绝大多数原来都是机关的干部,农垦安插不了,地方政府安排也很困难。于是人才滞销。大队派了人专门带了档案,与各机关联系,还剩下一部分人,最后军区干管部把人员全部移交地方人事厅。

我们全体的伙食都包在俄文学校,三个月付不出饭钱也难以交代。当时乌鲁木齐的物价,照上海人来看相当贵的,一颗大白菜八角钱,理发八角钱,草纸一角两张,美孚灯泡每只一元二角元。孩子们上街总得吃点儿西瓜片、哈密瓜、葡萄等,幼小的孩子也得买一公斤饼干,而且更严峻的是适学儿童的求学问题。

我的一搭子呢?保姆张秀芳已提先安排出去了。据后来了解,她已嫁给某连级干部了。没有钱使,又不能去乌市买东西,而且也没有什么可买。幸亏有单身来疆的一位队员主动借给我二十元,后来借去了我一支金套蓝色加拿大出品的派克笔,他说这支笔很好使,后来说要我今后自己再买一支,这支给他,又给了三十元,当时这种派克笔市场价是五十五元至六十元。秦琼卖马,我卖派克。

建德新村24号旧事钩沉

这好像又是二十多年前历史的重复,孙女丽丽不愿去宝昌路,也挤在这七个平方米的亭子间。我与天航同榻,辗转反侧,难以入眠。往事如烟,如影历历,纷至沓来,感慨万千,稍一整理,这就是《建得新村旧事钩沉》。

在一九六七年冬,我从新疆避难来到上海,全家八人连同保姆,挤在建德新村24号二十多个平方米的住房里(包括亭子间),不过这还是不幸之中的大幸。因为在一九五四年,我考虑到了子女们的前途,毅然地只身带了这子女六人,从遥远的新疆把他们安顿到上海,总算有我的一个暂时避难之所。在厄运中喘息一时。同时我也想到,如果一九五四年不在深思熟虑之后,把子女迁入上海,另设一窟,孩子们也不会受到高等的教育。而暂避厄难,也就很难想象了。而今天的合家团聚,可能又有另有一番景象了。少年时读到的《冯谖传》是有益的,他为孟尝君巧营三窟……

镜头之三：亭子间墙上，有子女们写的画像。天航画的头像，用黑色做背景，浓淡层次，很像一把扫帚。天放见了风趣地说："横扫牛鬼蛇神。"阿六介绍他画的头像说："我画头像是一只鼎。"我在头像的嘴上画了一副牙齿，立即成了一个龇牙咧嘴的怪样，十分滑稽，我说："我画牙齿一只鼎"，大家哄堂大笑……

镜头之六：我是爱抽烟的，"勇士"牌不断，"劳动"牌较少，天虹从嘉定来看我总是带点烟来，"前门"牌是珍稀之物。毛三（我的侄子钱增祥）现在是华东水利局高级工程师，来看我也买"前门"牌来，还有金大立，也省了零用买"前门"牌送来。物贵人情更贵。有一次我想吸阿尔巴尼亚的烟（价格不贵），叫阿姨替我到虬江支路，今称邢家桥南路的一家烟店去买。不久她回来说："先生，你要的烟买不到。"我说："你怎样说的？"她说："我要'阿拉阿爸呢'牌。"大家听了都捧腹大笑，原来她把烟名叫错了。

建德新村24号包括亭子间约二十四个平方米，却是人来人往，邻居及孩子们的同学，经常来串门。这些青年们总是闹哄欢笑。阿航也是从新疆避难到上海家里的，也和"小朋友"同学们进进出出，不时还有新疆的知青来看他。他性情很好，兄弟姊妹之间没有扞格，相处亲善，我与他同住亭子间，这时无论家人朋友都很贴心。现在这些边疆知青，有的调到上海，有的仍在新疆，不少是飞黄腾达的。这次还有人请阿航赴宴，一席数百元，与过去相比，真不啻霄壤之别……